Jürij A. Treguboff

JURIJ A. TREGUBOFF
GESPENSTER IN FRANKFURT

Jurij A. Treguboff

Gespenster in Frankfurt

Roman

Feuervogel-Verlag

Gestaltung von Buch und Umschlag durch den Verlag.
ISBN 3-921148-03-0

INHALTSVERZEICHNIS

DER KÄFIG

Grenzstation Herleshausen. Den Gefangenenzug entlang schreitet der fiese KGB-Offizier, der den Zug begleitet hat. Sein Äußeres erinnert an ein häßliches Entlein - das sich aber nie in einen Schwan verwandeln wird. Für uns ist er aber wie ein Erzengel, der uns, etwa fünfhundert Mann, aus dem sowjetischen Lager hierher gebracht hat. Wir alle sind bereit, ihn abzuküssen, so wunderbar erscheint er uns mit seinen vergilbten Achselstücken und den flaschenartigen Stiefeln an den O-Beinen. Die grünen deutschen Grenzbeamten mit rosigen, wohlgenährten Gesichtern wenden wie auf Kommando ihre Köpfe in seine Richtung. Das häßliche Entlein preßt die Listen mit unseren Namen an die verkratzte Aktentasche.

Wir verlassen den Bahnhof. Rechts und links stehen Menschen, sie besehen uns erstaunt, erschrocken und sogar entzückt. Einige schwenken schwarz-rot-goldene Fähnchen. Aus einem schwarzen Ärmel von bester Stoffqualität wird mir eine Hand entgegengestreckt, von der anderen Seite ebenfalls ein Arm, schwarz bekleidet. Ich verstehe: Katholische und evangelische Geistliche. Auf dem Platz warten Omnibusse. Sie sind halb aus Glas, wie ich sie nie zuvor gesehen habe. Wir steigen ein und fahren ab.

„Wohin geht es? " fragen wir.

„Ins Lager Friedland."

Also gibt es auch hier Lager. Friedland, Friedland - diesen Namen habe ich schon gehört. Sicher, Herzog von Friedland, dreißigjähriger Krieg, Lützen, Rauchschwaden, die ungeschlachten, wie Schildkröten wirkenden kaiserlichen Kürassiere. Vielleicht ist dieses Lager sein ehemaliger Feudalbesitz - der Herzog von Friedland baute sehr gute Gefängnisse. Aber nein, das Herzogtum Friedland liegt in Nordböhmen.

Die Bevölkerung Westdeutschlands empfängt uns viel feierlicher als sie den durch Gottes Gnaden Herzog von Friedland jemals empfangen hätte. Die kleinen Städte und Dörfer sind mit Menschen überflutet. Wir werden ausgefragt. In die Hände steckt man Eßbares, sozusagen „von der dankbaren Bevölkerung". Meine deutschen Kameraden stecken alles in die Taschen. Ach, ihr lieben Freunde, wie wenig habt ihr in den sowjetischen Lagern gelernt. In einem passenden Augenblick, als der Omnibus kurz hält, flitze ich in ein Schreibwarengeschäft, schaue die Verkäuferin traurig an und schon bin ich im Besitz einer überdimensionalen Papiertüte, in die alles hineinkommt. Dadurch beweise ich zum wievielten Male, daß die Deutschen viel klüger als die Russen sind, die Russen jedoch viel gerissener. Man gibt mir viel mehr als den anderen, denn ich habe Tara. Deutsche lieben eben Ordnung. Außerdem habe ich die unergründlichen, leidenden slawischen Augen - Deutsche sind romantisch. Es ist alles ein bißchen konfus. Keine zwei Stunden sind vergangen, seit ich frei bin, und schon beginnt das Hamstern. Meine deutschen Kameraden lachen:

„Eugen, ist es wahr, daß der Deutsche den Affen erfunden hat, und der Russe ihm den Schwanz anbrachte?"

Ich nicke mit dem Kopf.

„Ja, das kann man glauben!" lachen sie und schielen auf meine Tüte.

Ich verstehe gar nicht, was der Affe damit zu tun hat.

„Kein Wunder, daß ihr den Krieg gewonnen habt. Im Lager hast du als geborener Russe alle Vorzüge der Deutschen besessen. Man hat dich auch als Deutschen befreit! Und nun sammelst du in eine russische Tüte deutsche Liebesgaben. Anscheinend hat man dich im Land des Sozialismus überhaupt nicht umgeschult. Natürlich lieben wir dich trotzdem sehr, besonders, wenn du mir die größte Apfelsine schenkst!"

„Für eine Apfelsine eine halbe Tafel Schokolade!"

Alle lachen.

„So ist es recht, die Bevölkerung beschenkt euch und ihr handelt damit! Solch ein Blatnoj!"

Vom Omnibus aus schicke ich an Tante Nina ein Telegramm. Am Wege sieht man Männer und Frauen mit Plakaten in den Händen und auf der Brust. Auf den Plakaten die Namen und manchmal vergrößerte Fotos der Vermißten. Das sind die wahren Opfer des Krieges, die nicht Zurückgekehrten und die ewig Wartenden. Meine Mutter lebt nicht mehr, Gott hat ihre Leiden beendet.

Das Lager. Kalt läuft es mir über den Rücken beim Anblick der sehr sauberen, wie aus dem Ei gepellten Baracken, aber dennoch sind es Baracken. Stämmige Polizeibeamte helfen schleppen, schielen mit einem Auge nach der Tüte mit den Liebesgaben. Bin ich frei oder nicht - oder ist das hier halbe Freiheit? Das Mittagessen ist herrlich und gar nicht lagermäßig. Ein Stück Hammelfleisch von stahlgrauer Farbe, zarte Kartoffeln in uniformbrauner Soße, Fett und wieder Fett.

Die Baracke des Roten Kreuzes. Endlose Kartotheken. Eine höfliche Einladung des katholischen Pfarrers zum Kirchgang. Der evangelische Pfarrer ist nicht zu sehen. Die Katholiken sind immer den Protestanten um eine Nasenlänge voraus. Gebetsrufe, der Wind weht unter der Kuppel, die Orgel dröhnt. Für mich ist es eine fremde Kirche, doch längst haben sich im Lager die Unterschiede zwischen den Konfessionen verwischt, vielleicht hat es auch niemals eine Trennung gegeben.

Abend. Lange kann ich nicht einschlafen, liege auf einer Pritsche, bedeckt mit einem weißen Laken. Am nächsten Tag wieder Fragen und Impfungen, Impfungen und Fragen. Am Abend Weiterfahrt. Man fragt mich, wohin ich will.

Ich nenne Berlin. Dort lebt meine Tante, der einzige Mensch, der mir nahesteht. Jedoch die Erinnerungen sind nicht angenehm: Verrat und Festnahme.

Zeitungsleute mit Mardergesichtern erscheinen und befragen uns über die westlichen Radiosender, BBC und Radio Liberation. Einige von uns haben etwas davon gehört. Ich selbst hörte vom BBC. Sehe zum ersten Mal ein Tonbandgerät, einen geheimnisvollen Bandwurm auf einem durchsichtigen Rad. Es notiert meine Stimme, hoffentlich nicht meine Gedanken. Wer weiß, die Technik ist unterdessen fortgeschritten. Einer der Journalisten sieht mich durchdringend an und erklärt:

„Ich kann auch Ihre Gedanken lesen!"

„Dann nehmen Sie es mir bitte nicht übel!" erwidere ich galant.

Wieder ein kristallener Omnibus. Die für Berlin Bestimmten fahren nach Hannover. Merkwürdig, unterwegs sehe ich gar keine Trümmer. Das Leben brodelt, Läden mit Neonlicht, Autoreihen. Ein gewisser Werner Kriegs zieht einige Zeichnungen aus einer neuen, im Lager gekauften Mappe. Er ist Erfinder und Menschheitserretter von Beruf.

„Genossen!" predigt er. „Ich habe ein elektrisches Auto erfunden, billiger und leichter als alle anderen. Ich muß nur noch ein Problem lösen, ein ganz kleines und winziges, und ich bin Millionär. Wo soll ich das Auto nur anschließen? "

Im Omnibus Grabesstille.

„Was heißt ‚wo'? " fragt schließlich einer zögernd. „Einfach den Stöpsel hineinstecken und es fährt? "

Verdutzt schweigt der Erfinder.

Über Hannover lastet Nebel. Nicht sehr lustig empfängt uns die erste große Stadt der freien Welt. Der Luftverkehr ruht, Berlin empfängt nicht. Wir müssen bis zum Morgen warten.

Am nächsten Morgen fahren wir zum Flugplatz. Am Eingang zwei bekannte Gesichter. Mitglieder des NTS. Sie umarmen mich freudig, das Herz aber bleibt kühl. Ich kann es nicht leiden, wenn man mich umarmt. Im Moskauer Lubjanka-Gefängnis hat mich der Untersuchungsrichter oder vielleicht war er auch etwas ganz anderes, ebenfalls umarmt. Hinter den Umarmungen versteckt sich fast immer irgendeine Schweinerei. Politiker beginnen anschliessend, einen auszunutzen, und die Frauen - zu betrügen. Doch einstweilen werde ich im Flughafen-Restaurant mit einer Schwedenplatte gefüttert. In der Seele wird es unangenehm. Die beiden wollen mich mit dem eigenen Auto nach Frankfurt mitnehmen. Frankfurt ist zur Zeit Zentrum des NTS. Es stellt sich heraus, daß viele von den Unseren eigene Autos fahren.

„Eigene Autos? " frage ich.

„Ja, den meisten sind sie jedoch von der Organisation zur Verfügung gestellt worden."

Das klingt unheilverheißend. Woher kann der bettelarme NTS eigene Autos haben? Zweifelnd betrachte ich meine älteren Kameraden. Gott weiß, wohin sie mit mir fahren wollen. Bei dem kleineren zucken die Lippen irgendwie zynisch. Ich versuche, mich zu erinnern, ob sie mir etwas in den Tee geschüttet haben, anscheinend nicht.

Wie steht es bei Puschkin in seinem „*Geizigen Ritter*":

„*Der Mensch stirbt leise, ohne Schmerzen.*"

Zwischen den Nebelwällen glänzt die Straße wie ein trüber Fluß. Im Auto sitze ich hinten, die beiden „Entführer" haben die vorderen Plätze eingenommen. Das sieht jedoch nicht wie eine Entführung aus: Das Opfer setzt man nach vorn und schlägt von hinten. Unter meinen Füßen liegt ein solider Wagenheber. Wenn ich handeln soll, dann gleich. Doch ich kann nicht so ohne weiteres dem Vorsitzenden des NTS über den Schädel fahren. Auch ist kein anderes Auto hinter uns zu bemerken. Demnach muß ich die Ereignisse abwarten.

Nachts im Hotel. Soll ich auskratzen oder nicht? Wenn davonlaufen, dann wie und wohin? Ich schleiche in die Toilette. Die Frage „*To be or not to be?* " wird am besten auf der Toilette gelöst. Das Fenster ist ohne Gitter. Ich könnte die Regenrinne benutzen. Die untere Tür ist sicher abgeschlossen. Doch ich werde nicht bewacht und sollte daher besser abwarten. Aber in Berlin habe ich seinerzeit auch die Ereignisse abgewartet und entdeckte mich plötzlich im Gefängniskeller.

Ankunft in Frankfurt. Wir passieren freudlose Stadtteile, dann wird die Gegend wohnlicher. Wir halten vor dem Haus Nr. 3. In meiner Panik vergesse ich, mir die Straße zu merken.

„Das ist der I... Weg", erklärt der Kleinere, „meine Wohnung."

Hm, seine Wohnung! Das ist bedrohlich. Seit wann haben Mitglieder des NTS eigene Wohnungen? Der Tee wird serviert, anscheinend ist nichts drin. Die Dame des Hauses fragt mich, ob ich mich ihrer erinnern kann? Krampfhaft überdenke ich alle Möglichkeiten einer Falle. Zitiere einige Komplimente. Komplimente helfen immer, selbst wenn ich in ein Agentennest geraten bin. Nach Tee und Abendbrot - auch ein Indiz - beginnt ein ernstes Gespräch.

„Lieber Jewgenij Borisowitsch!" der Zeigefinger des Hausherrn geht in die Höhe. „Bedenke, du bist hier unter Freunden."

Das riecht stark nach der Lubjanka. Wie war es dort? Das Brustbild Berijas an der Wand, der kristallene Kneifer, gegenüber der mit faulem Fett vollgepfropfte Karl Marx. Ein Tschekist kaukasischen Aussehens, pflaumenschwarze verlogene Augen.

‚Lieber Jewgenij Borisowitsch, seien Sie unbesorgt, Sie werden Ihre Mutter sehen!'

Dies hier erscheint mir dem sehr ähnlich. Wohin bin ich geraten? Es gibt viele Möglichkeiten: I... Weg Nr. 3 kann dem amerikanischen Nachrichtendienst gehören, dem englischen, dem deutschen und sogar dem sowjetischen, und der Teufel weiß, wem noch? Wem aber dienen dann unsere Mitglieder? Die meisten kenne ich das halbe Leben. Jemandem dienen sie unbedingt, denn woher kommt das Geld?

„Begreife bitte, Jewgenij Borisowitsch", er zögert. „Wie soll ich mich höflicher ausdrücken, wir müssen dich ein paar Tage isoliert halten. Du bist ein wichtiger Zeuge der sowjetischen Wirklichkeit und für uns ist deine unvoreingenommene Meinung sehr wichtig. Daher wirst du während einiger Gottestage niemanden von deinen Freunden sehen."

Das heißt, ich bin festgenommen! Doch von wem?

Am nächsten Morgen erscheint ein stämmiges Subjekt in mittlerem Alter mit einer ziemlich interessanten Dame und stellt sich als Professor B. vor. Auf dem Tisch steht ein Tonbandgerät. Ich werde gebeten, meine Erlebnisse in den letzten acht Jahren in chronologischer Reihenfolge zu erzählen. Interessenpunkt: Aktive antisowjetische Elemente in den Gefängnissen und Lagern. Ich erzähle alles. Leise zischend läuft das Band. Stunden vergehen. Am nächsten Tag dasselbe. Es wird spannend, zu erfahren, womit das alles endet. Zu Mittag gibt es Suppe, wunderbaren Fisch und Pudding. Wieder ein Rätsel: Wer bezahlt dieses Essen?

Abend. Wir sitzen gemütlich beisammen. Der Hausherr ist nicht da. Die Türglocke schellt. Im Korridor fröhliche Stimmen. Man hört einen saftigen Kuß. Drei treten ein: Ein hübscher junger Mann von etwas orientalischem Äußeren, eine vollschlanke Dame, die so russisch aussieht, daß ihr Platz nicht in einem Nachrichtendienst, sondern in einem ethnographischen Museum mit der Inschrift „*Echt russische Schönheit*" sein sollte, und eine weitere weibliche Person mit der Figur einer Eidechse, hübsch und sympathisch. Alle beobachten mich verstohlen. Es beginnt ein Gespräch. Worte fallen, die ich nicht begreife und die für mich keinen Sinn haben: Possev, RAP, Grani. Namen, Adressen.

Dic Eingangstür klickt. Es erscheint der Hausherr. Er bleibt in der Mitte des Raumes stehen, läuft rot an, die Augen werden böse.

Erschrocken betrachtet die Frau ihren Mann

„Wie ist so etwas möglich, frage ich dich? " Effektvolle Pause. „Ich habe die Anordnung getroffen und alle wissen Bescheid!" Der Hausherr schielt auf die Gäste. „Jewgenij Borisowitsch ist ein wichtiger Augenzeuge, ein altes Mitglied des NTS. Seinen Zeugenaussagen wird eine ungeheure Bedeutung beigemessen, vielleicht sind sie entscheidend. Der Vorsitzende selbst hat mir befohlen, ihn zu isolieren, damit es nicht einmal den Anschein eines Einflusses von außen geben kann. Und nun ist der Hauptauftrag des Vorsitzenden von mir nicht erfüllt worden..." Wieder eine Pause. „Ihr ... ihr habt mir den Kronzeugen verdorben... gänzlich verdorben, unwiderruflich! Das ist ein ungeheurer Skandal, eine wichtige Aktion ist zugrunde gerichtet worden..."

Die vollschlanke russische Schönheit wird krebsrot.

„Ich verstehe nicht, liebster Hausherr. Aus Rußland ist unser Mann angekommen und natürlich vergehen alle vor Neugierde. Man möchte sich aussprechen, deshalb sind wir auch gekommen...!"

„Begreifen Sie doch! Ein wichtiger Auftrag des Vorsitzenden ist geplatzt... geplatzt... Spreche ich zu Ihnen russisch oder wie? "

„Wir verschwinden schon, schrei nur nicht so!"

Alle erheben sich verlegen und erzürnt.

„Besser, wir gehen tatsächlich heim", sagt errötend die vollschlanke Dame und schreitet gravitätisch zusammen mit der Eidechse und dem jungen Mann hinaus.

Erregt läuft der Hausherr im Zimmer herum.

„Wozu hast du aufgepaßt? " attackiert er seine Frau. „Ich habe dich gebeten, niemanden hereinzulassen... Das ist eine Schande ohne Ende!"

„Reg dich nicht auf", versucht die Frau, ihn zu beruhigen. „Niemand ist gestorben. Wie er war, dein Kronzeuge, so ist er auch geblieben."

Ich selbst fühle mich furchtbar ungemütlich. Vielleicht ist alles eine Komödie, wie es im „*Faust*" steht:

„*Und merkt euch, wie der Teufel spaße!*"

Kaum da und schon ein Skandal! Ich verstecke mich im Nebenzimmer.

„Schau, schau, den Kronzeugen haben wir verdorben", spricht die Frau mit gedämpfter Stimme, damit ich nichts höre. „Wenn der Kronzeuge ein Esel ist, so bleibt er auch ein Esel, und wenn klug, dann bleibt er auch klug!"

Lange wälze ich mich auf dem Diwan und kann nicht einschlafen.

FREUNDE

Endlich sind alle Befragungen beendet und anscheinend ist ein Beschluß gefaßt worden. Ich darf allein das Haus verlassen. Das Haus I... Weg Nr. 3 scheint keine direkte Filiale irgendeines Nachrichtendienstes zu sein. Ich schlendere in Frankfurt umher. Die Füße glitschen auf abgefallenem Laub. Bin ich nicht selbst so ein abgefallenes Blatt? Was soll ich denn im Leben weiter machen? Vor allem: Wer ist Freund und wer ist Feind? Die Sowjetmacht - das ist natürlich der Feind, wenn sie mich auch laufen ließ. Haben sie mich denn wirklich entlassen? Ich habe sie doch selbst ein bißchen überlistet. Was aber der NTS jetzt ist, das weiß ich noch lange nicht. Doch wenn ich schon wieder in unser Milieu geraten bin, so bin ich mit den Augen der Sowjetmacht gesehen, ein rückfälliger Verbrecher, der sein altes Leben wieder aufgenommen hat. Und solch einem Subjekt soll man sehr wohl auf die Pfoten schlagen! Logische Schlußfolgerung: Die Gefahr droht mir seit dem Augenblick an, in dem ich wieder in unser Milieu geraten bin. Punkt zwei: Was tun? Leibwächter wird man mir nicht geben, Waffen auch nicht. Im Schaufenster eines Waffengeschäftes sind Messer und Dolche ausgestellt. Ich wähle ein Wurfmesser mit einem roten Griff. Morgen werde ich beginnen, wie ein dummer Junge zu trainieren.

Heute aber interessieren mich die Frauen. Es scheint, als ob alle keine Strümpfe tragen. Dann finde ich heraus, daß man hier sogar im Spätherbst sehr dünne Strümpfe trägt. Acht Jahre und einige Monate Lager — das ist keine Bagatelle! Was sind sie alle für Schönheiten zwischen fünfzehn und sechzig Jahren! Es zieht mich am meisten zu den Mädchen, doch die Lebensweisheit empfiehlt, sich mehr für die älteren zu interessieren.

Hinter mir keucht laut ein Hund. Ich kenne dieses Signal und bleibe starr stehen. Gleich ertönt der Anruf: „*Halt, wo kriechst du hin?* " und die bekannte Warnung: „*Marsch, Kolonne, aufgepaßt! Schritt links, Schritt rechts, wird als Flucht betrachtet. Die Waffen werden ohne Warnung angewandt!*"

Ich bin aber nicht mehr im Lager. Der Hund verbellt eine sich hinter einem Türrahmen verschanzte Katze. Ja, hier gibt es eigene Probleme. Eigentlich, worauf warte ich noch? Entgegen jeder Logik stehen mir alle Türen zum Leben offen. Die stalinische Epoche habe ich hinter mir. Damals hat man dem Häftling für immer das Rückgrat gebrochen. Bei mir haben sie es nicht geschafft — und ich muß leben. Wie? Nun, so wie die anderen leben! Es gibt doch Menschen, die das Leben ausnützen und genießen. Warum soll ich nicht dasselbe tun? Umso mehr, da ich Geld habe. Ich kaufe mir einen neuen Schlips, doch das ist zu wenig. Die Deutschen sagen: „*Kleider machen Leute!*"

Am anderen Tag bin ich tadellos angezogen und die Pforten einer teuren Bar öffnen sich vor mir. Die Bar ist luxuriös. Hier ist alles so berechnet, daß für die Illusion der Sündhaftigkeit und des Großherrentums möglichst teuer bezahlt wird. Es ist früh und die Bar ist noch leer.

Auf einem Hocker sitzt eine prachtvolle Dame in einem schwarzen Kleid aus einem mir unbekannten Stoff. Ich sehe nur, daß es keine Seide ist. Das Kleid umfließt eine gute, aber grobknochige Figur. Ich setze mich neben sie und überlege, was ich bestellen soll. Wein ist zu banal, Kognak veraltet, Bier zu proletarisch. Am Schönsten wäre Limonade. Am anderen Ende der Bar bestellt ein aufgeschwemmter Onkel etwas Giftgrünes in einem Glas, das wie eine altgriechische Amphore aussieht, nur ein bißchen kleiner. Ich weise mit den Augen darauf — und das giftgrüne Etwas steht vor mir. Die Nachbarin schielt auf mein Glas. Ich begreife meinen Fehler, zwinkere mit den Augen und auch vor ihr steht das Giftgrüne.

„Hör mal, Schnuckelpuckelchen", fragt die Nachbarin. „Wieso bist du so blaß? "

„Hab acht Jahre abgebrummt."

In den Augen der Nachbarin entsteht ein warnendes und sehr interessiertes Feuerchen. Sie macht eine schreibende Bewegung.

„Etwa das? "

„Nein, keine Wechsel."

Die Hand mit den ziemlich kostbaren Ringen taucht in die Tasche.

„Hast du dich etwa in der Tasche geirrt? "

„Nein, das ist nicht mein Fach."

Die angepinselten Augen werden größer. Die Kante ihrer Hand springt zur Gurgel. Es ertönt ein sehr natürliches Röcheln. Mit verzücktem Erschrecken blickt sie auf mich.

„Aber nein, um Gottes Willen, ich habe politisch acht Jahre in der Sowjetunion abgesessen."

Die riesigen, wie Sterne leuchtenden Atropinaugen erlöschen. Die Nachbarin rückt weg und dreht mir den Rücken zu. Allerdings, das Grüne nimmt sie mit. Offensichtlich sind die Märtyrer der sowjetischen Lager keineswegs so populär im Westen, wie man darüber zu reden pflegt.

Nach und nach füllt sich die Bar. Es kommen einige sehr häuslich aussehende Menschen. Zwei zwinkern sich gegenseitig zu und wenden sich dann an mich.

„Was bist du, Kamerad, fast so weiß wie ein Laken? ... Ach so, In Rußland im Lager warst du? Dementsprechend bist du ein Heimkehrer. Jetzt ist es noch zu früh, Kamerad, aber später, wenn du willst, bringen wir dich zu deinesgleichen."

„Zu Heimkehrern? "

„Natürlich nicht."

„Dann verstehe ich nicht. Wer bin ich denn Ihrer Meinung nach? "

„Sagen wir mal, ein nicht ganz alltäglicher Mensch, und wir bringen dich zu ebenfalls nicht ganz alltäglichen Menschen. Was trinkst du, etwas ohne Alkohol? Und natürlich rauchst du auch nicht und liebst auch die Frauen nicht? "

„Im Gegenteil — ich liebe sie sehr, aber sie mögen mich aus irgendeinem Grunde schon viel weniger."

Beide kippen ihre Gläser, platzen dann vor Lachen los und bestellen noch einmal. Sie versuchen, mich betrunken zu machen. Warum eigentlich nicht?

Nach zwei Stunden führe ich meine neuen Bekannten. Sei haben - wie man sich in Rußland ausdrückt - Makkaronifüße, und ich bin in sehr lustiger Stimmung. Das sieht nicht gerade nach einer Entführung oder einem Nachrichtendienst aus.

Wir passieren die Konstablerwache, die Allerheiligenstraße. Hier liegen auf der linken Seite etliche — sagen wir — romantische Kneipen: *Lilli Marleen*, *Sonne von Mexico*, *Zum roten Gorilla*, und andere. Mag sein, daß sie völlig anständig sind. Wir gehen weiter und dann in eine der Kneipen hinein.

Tabaksrauch, Lampions wackeln wie buntfarbige Gespenster. Merkwürdige Typen sitzen in den Ecken. Zwei mit hochgerollten Hemdsärmeln. Man sieht muskulöse tätowierte Arme. Ein Hund von ebenso undefinierbarer Rasse betrachtet uns. Zwei Straßenmädchen, ziemlich angetrunken und wie es scheint, schon ausrangiert und spezialisiert auf alle möglichen -ismen und diverse Pulver, begrüßen lässig meine neuen Bekannten.

Das zweite Zimmer. Ein Alter mit Krücken aus der Epoche von Alt-Karthago und vorsintflutlichen Bergschuhen. Jemand in schmutzigen Lumpen. Eine stattliche ältere Dame, einäugig, mit einer ihr ähnlichen rothaarigen Katze.

„Unsere lie...liebe Wirtin", erklärt schwankend einer meiner neuen Bekannten.

„Geh fort, du dummer Hund!"

„Ei wei, warum denn das? "

„Hast du vergangenen Freitag vergessen? "

Ich blicke mich um, um Platz zu nehmen. Doch mit Verachtung zeigt die Wirtin nach hinten, in die Tiefe.

„Bitte, noch weiter!"

Die Katze schließt wieder die Augen. Drei Stufen führen hinunter, dann geht es nach rechts. Wieder ein Zimmer. Entsprechend dem bisher Gesehenen muß ich jetzt wohl eine Art Höllenraum mit Ungeheuern betreten. Doch es gibt keine Ungeheuer.

Hinter einem ovalen Tisch sitzen mehrere Frauen und Männer. Ein etwa dreißig Jahre alter Bärtiger in einem Pullover mit Zebrastreifen, hinter dessen Kragen die Enden eines Hemdes in wilder Farbe hervorlugen. Haarschopf und Backenbart fließen zusammen, und der wiederum in einen verknüllten, kurzen, blonden Bart. Neben ihm eine Frau, sehr jung und hübsch, in einem schwarzen Kostüm, eine große Talmieidechse auf der Brust, an den Füßen schwarze Lackschuhe mit unnatürlich hohen Absätzen. Dann ein junges Mädchen, knapp neunzehn, in einer Silberbrokatbluse und mit schreiend buntem Rock. Ihre kindlichen, blauen, etwas basedowschen Augen sind merkwürdig starr. Neben ihm mit einem versoffenen Gesicht ein Jammersubjekt, das etwas Verdächtiges hinter seinem Kragen sucht. Um die Hüften trägt es einen komischen breiten Gürtel mit silbrigen Blechen. Weiter tief hinten, eine junge und hübsche Frau. Sie erscheint mir sehr bekannt. Irgendwo und irgendwann habe ich sie schon einmal gesehen, aber es ist lange her. In meinen Schläfen beginnen scharfe Nadeln zu stechen. Auf der anderen Seite des Tisches sitzt ein Mann in einem eleganten blauen Anzug und mit einem silbernen Schlips. Neben ihm ist noch jemand, in völlig zerlumpter Kleidung.

„Wer ist das? " fragt die Frau in schwarz.

Einer meiner angetrunkenen Begleiter hebt den Arm.

„Silentium!"

„Hick!" gluckst es unter seinem Sonnengeflecht.

„Liebe Freunde, blutdürstige Tiger, ihr alle wißt, wie ich

mich bemühe, unsere Gesellschaft mit Menschen, die aus der Reihe tanzen, zu vergolden, pardon, zu bereichern. Zum Beispiel mit dir!"

Er unterbrach sich und bohrte seinen Finger auf denjenigen, der hinter seinem Kragen rumorte.

„Du gehst schon wieder auf die Jagd, halali, hinter deinem eigenen Kragen!"

„Wo sonst soll ich mich denn damit befassen? Ich nehme an, der Maharadscha von Lahore wird mich nicht zur Tigerjagd einladen."

„Vor solch einem Ungeheuer wie dir kneift jeder Tiger aus!"

„Du besoffene Schnauze, sei ruhig!"

„Idiot!"

„Der Jäger aus Kurpfalz ist ein Idiot!"

All das wurde ohne jede Wut ausgesprochen.

„Ja, um nicht zu vergessen, ich habe hier einen richtigen Heimkehrer angeschleppt, und ich denke, daß er würdig ist, in unseren Kreis aufgenommen zu werden.

Alle sehen mich zweifelnd an.

„Und hast du schon viel bekommen, als Berufsheimkehrer? " erkundigt sich der Bärtige.

„Nein, aber ich denke, noch etwas zu ergattern."

„Das ist gut, bei den Beamten muß man zapzarapp!" erklärt die finstere Gestalt in Lumpen.

„Und da du nun bei uns eingeführt bist — das entscheide ich als Vorsitzender — beginne ich, mit Verlaub, einiges zu erläutern. Dieser pfuideibel Zirkel existiert seit ungefähr drei Monaten. Entstanden ist er mit dem Ziel der Auffindung und Klärung der Wahrheit. Doch da allgemein bekannt ist, daß sich mit der Suche nach göttlicher und menschlicher Wahrheit Politiker, Minister, Philosophen, Pfaffen, Gelehrte und so weiter befassen und die Welt dabei keineswegs der Wahrheit näher gekommen ist, im Gegenteil, sie hat sich weiter davon gelöst, so haben wir uns entschlossen, mit dem Suchen sozusagen am anderen Ende anzufangen. Ich fasse mich kurz: Wir sind hier neun Personen, und wir gehören alle ... hm ..."

„Was faselst du rum? " ertönt eine fröhliche Stimme aus dem Hintergrund.

„Zum Abschaum der Menschheit, und wir glauben, daß es uns schneller gelingen wird, die Wahrheit ausfindig zu machen..."

„Halt den Mund! Die Wahrheit, die hopst immer zwischen den Fingern hindurch."

„Nicht unterbrechen! Zuerst der offizielle Teil, sozusagen die Bestandsaufnahme. Wir haben hier eine Prostituierte..." Eine Geste in Richtung des Mädchens mit der Brokatbluse. Es erfolgte keine Reaktion. „Dann ein sehr sonderbares weibliches Wesen, das sich übrigens sehr für Sie interessiert. Weiter eine Dame der Gesellschaft, die sehr die schwarze Farbe und unschuldige Mädchen liebt. Was die Damen anbelangt, so wäre das alles. Jetzt wir, die Herren der Schöpfung. Ein Dieb und Zuhälter, dieser da, der elegante." Aus der angezeigten Richtung erfolgte eine tadellose Verbeugung. „Ferner ein Haus- und Realitätenbesitzer. Er hat Sie hierher gebracht. Haus und Realitäten vermietet er zu himmelschreienden Preisen an die lustigen Damen. Numero drei: Heruntergekommenes Subjekt, angelt oftmals kleine graue Tiere hinter seinem Kragen hervor, und wenn Sie sich mit ihm nicht gut stellen, so wird er ein ganzes Schwadron auf Sie loslassen. Abgesehen davon ist er sehr klug. Und hier: Ein SS-Mann a. D., seinerzeit rasend tapfer in den Schlachten. Heute sammelt er für europäische Kinder, aber, o weh, das Angesammelte klebt aus irgendeinem Grunde in seinen Taschen fest. Er schlürft ziemlich viel. Außerdem hat er Sie aufgegabelt."

Der Adressat schluckte und sah mich verlegen an.

„Dieser Bart hier verneint in geschlechtlicher Hinsicht die Frauen und erkennt Männer an. Bald wird er jedoch gezwungen sein, mit seiner künstlerischen Tätigkeit aufzuhören, denn das gnadenlose Schicksal hat ihm eine bekannte Generalskrankheit beschert, die sehr unangenehm und schmerzhaft bei seinen poetischen Betätigungen ist. Und - um ehrlich zu sein - ein Hehler, momentan pleite, Ihr ergebenster Diener!"

Der Vorsitzende verbeugt sich.

„Und ich habe gar keine Hämorrhoiden!" protestiert der Bärtige. „Das nennt sich ein Vorsitzender! Aber da wir wenigstens einen anständigen Mann brauchen — anständiger Mann natürlich in Gänsefüßchen, damit wir Sie nicht beleidigen, Sie sind doch kein Trottel — so haben wir Sie auch beschafft. Das Wichtigste hat der Esel von Vorsitzendem natürlich vergessen. Wir diskutieren hier schon den dritten Abend über Gott."

Allgemeine Pause.

„Dementsprechend, was ist Gott eigentlich? " fragt der Bärtige.

„Für dich hat Gott anscheinend alles geschaffen, mit Ausnahme des Rasierapparates", entgegnet die Frau in schwarz.

„Und wenn man ernst bleibt? "

„Ob man über Gott ernst spricht oder nicht, die Tragödie besteht darin, daß dies nichts ändert."

„Ich denke, da wir nicht direkt feststellen können, was Gott bedeutet, können wir das vielleicht indirekt tun."

„Was heißt das, sollen wir etwa über den Teufel reden? " kichert die angetrunkene Besitzerin der Brokatbluse.

„Weißt du denn, was der Teufel ist? "

„Jawohl, der Teufel ist der Kunde, der schlecht bezahlt."

„Nein, du dummes Frauenzimmer, der Teufel ist bestimmt kein Kunde."

„Willst du damit etwa sagen, daß wir selbst seine Kunden sind? "

„Kameraden", ertönt die Stimme des Vorsitzenden. „In meiner Eigenschaft als Vorsitzender protestiere ich. Wir klären das Wesen Gottes und nicht das des Teufels. Das ist schließlich ein gewisser Unterschied."

„So denke ich auch!" kichert jemand.

„Also indirekt!" Ich merke, der ehemalige SS-Mann spricht. „Ich sage einfach, daß ich die Welt ohne Gott nicht verstehen könnte."

„Soso, eine geistige Renaissance in der SS also. Für mich aber ist die Welt auch mit Gott völlig unverständlich."

„Für mich ist Gott das Umgekehrte meines Hauses und meiner Realitäten."

„Realität — das bist du!"

„Nein, Spaß beiseite. An dem einen Ende befinden sich mein ganzer Besitz und ich selbst und auf der anderen Seite ist Gott. Bei Gott gibt es gar nichts, kein Haus, keine Realitäten und keinen anderen Dreck."

„Was gibt es denn dort? "

„Dort ist Gott!"

„Demnach meinst du, daß Gott das Gegenteil von allem möglichen Dreck ist? Sehr sonderbar!"

„Kannst du denn etwas anderes sagen? "

„Ich meine, Gott ist eine Persönlichkeit voller Güte." meldete sich die Dame in schwarz.

„Du rechnest also damit, ins Paradies zu kommen."

„Selbstverständlich."

„Solche Frauenzimmer wie du werden dort nicht aufgenommen, ist zu langweilig und zu gefährlich. Die Engel sind nämlich weiblichen Geschlechts."

„Selbst bist du ein Dummkopf, du Lump und Zuhälter du! Du, du, du zahlst auch deine Schulden nicht!"

„Kameraden!" ertönt wieder die Stimme des Vorsitzenden. „Für eure persönlichen Angelegenheiten interessiert sich der liebe Gott überhaupt nicht."

„Und ich sage euch, ich bin natürlich ein Zuhälter, doch Christus hat auch der Sünderin vergeben!"

„Na, Bruder, von einer Sünderin bis zu einem Zuhälter ist es ein sehr weiter Weg!"

„Demnach meinst du, daß es für Zuhälter keine Vergebung gibt? "

„Doch, aber erst hör auf, ein Zuhälter zu sein, tu Buße und verteil unter die Armen die ganze Pinke, die du den Mädchen weggenommen und sie zusätzlich noch verdroschen hast!"

„Ich verdresche niemanden! Die geben mir von alleine und ich vertrinke mit ihnen auch fast alles."

„Was du mit dem Geld machst, ist deine private Sache. Wenn du nicht bereust, wird dir auch nicht vergeben."

„Kameraden! Wir reden über Gott und nicht über die Reue!"

„Auch ein Vorsitzender! Hat angefangen, über Gott und über Gott, wie ein Leierkasten! Wir wissen selbst, daß es um Gott geht, sagen können wir aber nichts. Du Miststück!" Der SS-Mann wurde plötzlich wütend. „Holt lieber die Priester! Ein Trottel hoch zwei bist du, nichts im Kopf, und willst auch noch für Ordnung sorgen!"

„Die Priester sind am weitesten von Gott entfernt, die werden es dir schon zeigen!"

„Hat sich hier ein Haufen Gesindel angesammelt!" erhebt plötzlich der Inhaber des Blechgürtels und des Zoos seine Stimme. „Klar — daß es mit Gott nicht klappt!"

„So ist es!" bestätigt eine Stimme aus dem Dunkeln, die mir bekannt vorkommt. Ich fühle einen Schock. Wann und wo habe ich diese Stimme gehört?

„Kameraden!" beginnt von Neuem der SS-Mann. „Hick, Gott ist solcher, welcher ... Ich habe zu tief ins Glas geschaut!"

„Das sehen wir! Gott kann niemals Solcher oder Welcher sein."

„Wartet mal, das alles haben wir schon gehört." der Bärtige erhebt sich von seinem Stuhl. „Hier ist doch der Neue, der Heimkehrer!"

„Er ist doch kein Heimkehrer aus dem Paradies."

„Nein, aber aus Rußland. Wie ist dein Name? Der Familienname ist nicht nötig."

„Ich heiße Jewgenij."

„Dann bist du Russe, allerdings nicht der erste hier bei uns. Vor Jahren war hier schon mal einer, versuchte immer, Gutes zu tun und starb dabei. Russen sind außer Konkurrenz was Gespräche über Gott und Wodka betrifft."

„An Gott glaube ich, Wodka trinke ich nicht."

„Dann bist du auch kein Russe!"

„Kameraden, ich rufe euch zur Ordnung!"

„Halt!" schaltet sich der elegante Zuhälter ein. „Mit Gott klappt es heute entschieden nicht. Wie wäre es aber mit dem Antichristen? "

„Was ist das denn? "

„Hast du nicht davon gehört? Es wird solch ein Mensch kommen, der Christus ähnlich ist."

„Wie kann ein Mensch Christus ähnlich sein? Christus erscheint mir so wunderbar, daß ihm kein Mensch ähnlich sein kann."

„Du kannst bloß in deinem schwarzen Kostüm herumsitzen und über hübsche Kavaliere nachdenken. Bist ein bißchen veraltet, Muttchen! ‚*Alles mit Maß*', *sagte der Schneider und schlug seine Frau mit der Elle tot!*"

„An Männer denke ich nicht."

„Hast aber gedacht! Jetzt denkst du an kleine Mädchen."

„Du Lump und Zuhälter! Du bist bloß böse, weil du mich nicht in deine dreckigen Pfoten bekommen hast."

„Ich denke nicht an dich, sondern an den Heimkehrer."

Alle sehen mich an.

„Nun, Heimkehrer, fang an." ermuntert mich der Vorsitzende und erhebt sich feierlich.

Ich könnte vieles über Gott sagen, doch ich fühle, ich durfte nicht reden, sondern mußte etwas zeigen. Ich war ihr Gast.

„Wieviel Zeit gebt ihr mir? "

„Soviel du willst. Wir haben uns selbst schon ausgeschöpft, aber du bringst vielleicht etwas Neues."

„Ihr nennt mich Heimkehrer. Jawohl, ich komme aus dem Lager, und im Lager hat auch alles angefangen. *Wir hatten bei uns in Workuta einen Priester, einen kleinen Dorfpriester. Klein war er natürlich nicht von Wuchs, er hätte bei den ‚langen Kerls' dienen können. Stämmig und gerade wie ein Stock, und er hatte nichts Demütiges und Gutmütiges an sich. Von der Priesterwürde schon ganz zu schweigen. Dem Aussehen nach war er wie ein Blatnoj. So wurde er auch genannt: Blatnoj-Priester. Blatnojs, das sind nämlich die Asozialen. Über einen herziehen konnte er auch wie ein Blatnoj. Manchmal äußerte er sich so, daß selbst die anderen Blatnojs mit den Ohren schlackerten. Alles an ihm war wie an einem Blatnoj, alles, außer den Augen. Sie waren dunkel, sehr tief und gar nicht russisch.*

Betete er, so anders als bei den Sektierern, wenig und nicht aufdringlich. Er wurde sogar nicht allzu böse, wenn man ihn störte, belegte den Deliquenten mit ein paar Flüchen und damit Schluß. Und da ist es auch passiert. Da kam gerade ein Befehl des Ministers, für Mord im Lager sollte die höchste Strafe verhängt werden, nämlich Erschießung. Der Staatsanwalt kam höchstpersönlich und hat das vorgelesen.

Nun, so ein Blatnoj-Bengel, nicht mal ausgewachsen, so an die sechzehn Jahre alt, konnte sich nicht beherrschen, vergaß den Befehl und hat dem Koch eins mit der Eisenstange ausgewischt. Alles, comme ci, comme ca, keine Indizien. Aber jemand hat sich doch die Sträflingsnummer auf dem Rücken gemerkt. Die hohe Obrigkeit steht natürlich Kopf. Wer war es?

Dann kriegt der Bengel einen Brief von zuhause, von seiner Mutter, dazu noch ein Freßpaket. Und plötzlich ein Geschenk: Man hat die Frist von zehn auf fünf Jahre herabgesetzt. Bleiben ihm also hinter Stacheldraht noch zwei Jahre. Wie im siebten Himmel fühlt sich das Bürschlein. Erzählt allen von seiner Mutter. Und am Morgen, bitteschön, irgendjemand hat dem Bevollmächtigten etwas ins Ohr geflüstert.

‚Hast du dem Koch eins ausgewischt? '

‚Nein!'

‚Was heißt nein, wenn man dich allein gesehen hat?'

Hat man den Bengel in den Isolator eingesperrt. Alle sagen, der Fall ist sonnenklar, und der Bevollmächtigte fügt noch hinzu:

‚Klar, du bist der Mörder! Und wenn in drei Tagen der Täter nicht gefunden wird, ist dir die höchste Strafe sicher. '

Nun begreift der Junge, so sieht es aus mit dem Leben und mit der Mutter. Dieses Gespräch hat aber der Kalfaktor aus dem Isolator gehört und hat nicht dicht gehalten. Am nächsten Tag wußte das ganze Lager Bescheid. Jemand hat von diesem Gespräch auch dem Blatnoj-Priester erzählt.

‚Dementsprechend', sagt der Priester. ‚ist für diesen Idioten das Ende gekommen? '

‚Das scheint so zu sein, Vater!'

Der Priester sitzt und denkt nach. Dann erhob er sich, kleidete sich an und zog los. Am nächsten Morgen, als ob man im Lager Alarm geschlagen hätte, hat sich der wahre Mörder des Kochs gefunden, und wissen Sie, wer es war: Der Blatnoj-Priester hat selbst alles eingestanden.

Das Lager ist perplex. Der Schlafnachbar des Priesters wurde zum Bevollmächtigten gerufen und dort sind alle Vorgesetzten, der Lagerkommandant, der Bevollmächtigte, alle Offiziere und sogar irgendein Major aus der Hauptverwaltung. Und alle lachen. Vor ihnen steht unser Priester.

‚Sagen Sie mal, Vater', beginnt der Bevollmächtigte. ‚Sie sind doch kein Mörder. Das können Sie ja gar nicht! Umsonst haben Sie sich zum Erschießen angemeldet. Wollen Sie etwa die Sowjetregierung betrügen? '

Jedoch, der Priester erzählt alle Einzelheiten.

‚Da, sieh mal einer an, ein Diener Christi!'

Man macht eine Gegenüberstellung mit dem verdächtigten Bengel. Der weint nur. Und da beginnt der Priester zu schreien.

‚Was macht ihr Sowjetmistvieh mit diesem kleinen Jungen! Seht ihr denn nicht, daß solch einer gar nicht morden kann? '

Hat da der Bevollmächtigte unseren Priester genau angeguckt, und der Bevollmächtigte war bestimmt kein dummer Bursche, und mit dem Kopf genickt.

‚Laßt diesen Bengel frei!'

Hat man auch getan. Und den Priester ins Gebietsgefängnis hinein. Natürlich die Todesstrafe. Nach einem Monat wurde im Lager der Befehl vorgelesen..."

„Sachte, sachte, Heimkehrer. Was hat das denn mit Gott zu tun? "

„Ist doch klar, der Priester hat bewußt den Tod gesucht für einen anderen."

„Wenn alle Popen in Rußland so dumm sind, dann ist es kein Wunder, wenn bei euch die Kommunisten herrschen."

„Bist du aber doof, Zuhälter, das war doch ein christliches Opfer!"

„Wieso? Um an Stelle des Mörders erschossen zu werden? "

„Aber der Mörder ist doch nicht schuldig, weil er ein Mörder ist..."

„Wer ist denn schuld, vielleicht Goethe oder Schiller? "

„Nicht Goethe, sondern die Sowjetregierung."

„Erlaube mal, Heimkehrer, ihr Orthodoxe sagt doch, daß es keine Macht gibt, die nicht von Gott wäre? " schaltet sich eine spottende weibliche Stimme ein.

Wieder ein Schock. Die Erinnerung. Berlin 1930. Nach hinten kippen die Gesichter dieses komischen Klubs. Die Lampe schaukelt. Alles zerfließt. Ich rede und rede...

„Im Grunewald spielt eine Gruppe Schüler Fußball. Deutsch-russische Höhere Schule des Heiligen Georgs gegen Werner-Siemens-Oberrealgymnasium. Ich schließe Bekanntschaft mit Heinz Stubinger. Der kleine Ball, gehetzt von zweiundzwanzig Schülern, machte uns zu Freunden.

Sein Vater, ein bedeutender Kaufmann — der Herr Kommerzienrat, wie sich die Deutschen in ihrer blumigen Sprache ausdrücken. Heinz hatte noch eine Schwester, Ingeborg, ein großes, hübsches, anmaßend blickendes Mädchen mit gleichgültigen, kalten Augen. Heinz hatte zwei eigene Zimmer und jeden Freitag traf sich dort das junge Volk. Es ging aber durchaus nicht um Fußball. Durch Abstimmung wurde ein Thema bestimmt, und es begann eine sehr systemlose, aber packende Diskussion. Es herrschte ein unglaubliches Geschrei und Gejohle und in der Regel kam es zu überhaupt keinem Ergebnis. Die Zeit reichte nicht aus. Gegen drei Uhr nachts verlangten auch die liberalen Eltern absolute Ruhe. An diesem Freitag, dem 22. August 1930 war das Thema das gleiche wie heute in Frankfurt, und ein Studiosus namens Fabian verlangte mir nichts, dir nichts, das Wort und schrie:

‚Freunde, es gibt keinen Gott! Und warum nicht? Wenn es ihn geben würde, gäbe es nichts Böses in der Welt! Was ist das für eine Weltordnung, bei der der Herrgott auf einem goldenen Thron sitzt, allwissend, allgegenwärtig und allmächtig, und die Menschen krümmen sich in ihren Qualen.'

Die Mehrzahl schloß sich diesem anthropomorphen Standpunkt an. Ich protestierte und erklärte, daß ich an Gott glaube.

‚Und warum?'

‚Einfach darum, weil ich ein Russe bin.'

‚Demnach glauben wir nicht, weil wir Deutsche sind?'

‚Das habe ich nicht gesagt. Ich will nur betonen, daß ich russischer Emigrant bin. Ich habe viel verloren, sehr viel. Unterdessen auch mein Vaterland. Bei mir ist nur mein Glaube übrig geblieben. Das ist alles.'

‚Das ist kein Beweis.'

‚Er hat recht, er hat recht!' regte sich auf einmal der Jude Kohn auf. ‚Wir Juden haben auch kein Vaterland, und wenn wir auch keinen Gott hätten, so bliebe uns nur der Strick, um uns aufzuhängen!'

‚Hurra!' schrie einer aus der Ecke. ‚Zum ersten Mal sind sich Russen und Juden einig!'

‚Wer ist da neidisch, daß die Juden und die Deutschen immer ein Herz und eine Seele waren!'

Allgemeines Lärmen begann. Ich blickte mich um. Neben der Tür saß Ingeborg und sah mich verschmitzt an. Der Lärm wurde immer stärker und stärker. Damit war erwiesen, daß nicht nur die Russen unter den Fittichen der Nacht, wenn alle anständigen Menschen schlafen, über Gott schreien. Nach und nach verschwanden die heiser gewordenen Kameraden. Als einer der letzten ging ich.

‚Jewgenij, auf ein paar Worte!' Ingeborg stand an der Treppe. Ich stieg einige Stufen empor. Sie ging voran. Teure Teppiche dämpften die Schritte. Ich wußte, Ingeborg hatte oben im Haus ihr eigenes Appartement, in das sie selbst ihren Bruder nur selten hineinließ. Die Situation war nicht gerade die angenehmste: Zwei Uhr nachts, Besuch bei der Tochter des Hauses. Wenn das der Herr Kommerzienrat wüßte!

‚Jewgenij, tritt ein!'

Ich blieb stehen.

‚Hören Sie, Fräulein Inge, jetzt ist es schon nach zwei, anscheinend etwas spät. Wenn Ihre Eltern...'

‚Sie schlafen längst.'

Im Zimmer herrschte eine schwüle Hitze. Es roch nach orientalischen Düften. In der Ecke ein purpurner Vorhang, halb offen. Merkwürdige schwarze Masken hingen dort.

‚Die sind aus Afrika.'

Doch ich betrachtete nicht die Masken. Mich interessierte eine rote Laterne aus schwarzem Gußeisen. Ihr Licht belebte die Masken. Hinten im Raum eine offene Tür. Dort sah ich etwas weißblau Wallendes, sehr Helles, höchstwahrscheinlich ein Bett, das wie eine Wasserfläche wirkte. Auf einem niedrigen ledernen Kissen nahm ich Platz. Ingeborg sah mich traurig und lächelnd an.

‚Du glaubst also an Gott, und dazu noch an einen russischen.'

‚So ist es, und ich kann auch nicht anders.'

‚Hat dieser komische Gott dir viel gegeben?'

‚Nun, zumindest hat er meine Mutter und mich aus der Sowjetunion gerettet.'

‚Rede keinen Unsinn! Ich bin natürlich mit dir einverstanden, es gibt einen Gott. Doch er kann niemandem in dieser Welt helfen. Bei uns hier gibt es aber einen anderen hohen Herrn, und er interessiert sich sehr für dich. Ich werde dich mit ihm bekannt machen.'

‚Ingeborg! Ich muß doch sehr bitten! Solche Späße mitten in der Nacht!'

‚Ich spaße nicht, ich gebe dir nur einen guten Rat. Hast du zu Hause einen Frack?'

Mein Unterkiefer klappte nach unten.

‚Du mein Unglück, ich ahne schon, du hast nicht mal einen Smoking. Dummer Bengel, hier ist das Geld.'

‚Wozu?'

‚Gott im Himmel, was für ein Schwätzer! Hör zu, hier sind hundert Mark. Leih dir zum nächsten Donnerstag einen Frack, Hosen natürlich auch, entsprechenden Mantel und Zylinder. Daß du nicht etwa deinen alten Manchestermantel anziehst! Bist du tadellos angezogen, dann komm her. Nicht zu mir, sondern geh nur den Weg zu mir. Alles andere wirst du dann schon selbst begreifen.'

‚Wenn ihr Gäste habt, werde ich wie eine Vogelscheuche aussehen.'

‚Auch so bist du eine Vogelscheuche, allerdings eine sympathische, und ich möchte dir helfen. Vielleicht wirst du klüger.'

‚Ich verstehe das überhaupt nicht.'

‚Tu, was man dir sagt. Du wirst es nicht bereuen, und jetzt, hinaus mit dir!'

‚Ja, ich...'

‚Ja, du bist ein dummer Junge. Siehst aber niedlich aus, ganz wie ein Mädchen. Könntest viel verdienen...'

Das Haus lag hinter mir. Der noble Stadtteil Dahlem hing unter einem Regennetz. Am nächsten Tag verschlief ich den Unterricht. Komische Ingeborg!

Am Nachmittag ging ich zu einem Pfand- und Verleihhaus. Die Prozedur des Maßnehmens war erniedrigend und dumm. Alles paßte irgendwie nicht, hing wie auf einem Bügel. Der Zylinder verschaffte mir das Aussehen eines Zirkusangestellten oder eines alten Affen. Es schien mir, als ob der dicke Inhaber und sein Sohn sich zuzwinkerten und über mich lustig machten. In der Tat, der Sohn rümpfte verdächtig die Nase, als ich den Zylinder aufsetzte. Endlich paßte alles und wurde in einen Karton verpackt. Es war nur noch auf Donnerstag zu warten.

Schwitzend vor Angst zog ich mich um, damit man zu Hause nichts bemerkte. Wieso mache ich mich gerade am Abend bereit? Die verdammte Ingeborg hatte doch nichts von der Zeit gesagt. Unterwegs fiel mir ein, wenn die dicke Portierfrau unseres Hauses mich im Frack sehen sollte, ist das Unglück da. Alle im Haus werden es erfahren. Der Zylinder ist zusammengeklappt in ein Papier eingewickelt und mit rosa Band zusammengebunden. Das rosa Band hatte ich der Katze weggenommen. Langsam senkte sich ein schwerer Nebel auf Berlin. Was hat Ingeborg gesagt? Ich soll zu ihr gehen! Tatsächlich, solch einen Dummkopf wie mich hat es lange nicht mehr gegeben. Die dumme Inge hat sich einen Scherz erlaubt und du ziehst Frack und Zylinder an. Welch ein Gaudium für sie!

Doch mit mir geschah etwas nicht Alltägliches. Häuser, Nebel, die zitronengelben Laternen, alles zitterte, krümmte sich, schwamm fort und löste sich auf. Links von mir war die Mauer der Städtischen Gärtnerei, eine abgeschabte, zwei Meter hohe Ziegelmauer mit einem durchgerosteten, niedrigen, halbrunden Tor. Wie oft habe ich das schon gesehen. Ich blieb stehen. Das Tor war nicht da, genauer, das Tor war ganz anders. Prachtvolles Ebenholz, bronzene Griffe mit Löwenköpfen, in der Mitte ein großes, kupfernes Dreieck mit der Spitze nach unten. Wann haben sie das Tor ausgewechselt? Und wie luxuriös es war! Ein kalter, kupferner Griff. Das Tor öffnete sich ohne Quietschen. Ich wußte genau, was hinter der Mauer war: Peinlich sauber angelegte Blumenbeete, jedes mit einer weißen Tafel mit schwarzen lateinischen Buchstaben versehen. Jetzt war dort nichts dergleichen.

Ein Weg führte geradeaus, flankiert von mittelgroßen schwarzen Pappeln, und an seinem Ende war ein großes, tempelartiges Gebäude von unverständlicher Architektur zu erblicken. Hinter den schwarzen Pappeln rauschten Sträucher. Wann haben sie das alles gemacht? Tempel, Bäume? Von der Straße aus sieht man nichts. Ich schritt über knarrenden, weißen Kies. Die Umrisse des Tempels wurden klarer. Schlafe ich? Es sah nicht danach aus. Ich bückte mich, hob einige Steinchen auf und legte sie in die Tasche. Die Tür zu dem Tempel war halb offen. Im Winde schaukelte eine rote Laterne. Innen wirkte es wie im Foyer eines sehr reichen Kinos, ein bißchen kitschig. Eine dünne Garderobiere steckte mir eine Nummer zu, die sie gegen meinen Mantel austauschte. Erstaunt blickte sie auf meine Schiebermütze und auf den Zylinder in Papier. Links vom Eingang eine offene Tür. Dort brummten Stimmen. In einem runden Saal viele Menschen, vielleicht hundert, Männer und Frauen. Fräcke und große Toiletten.

Etwas rauschte über mir. In der Mitte des Raumes ein Pult, umwebt von sonderbaren Lichtreflexen. Doch nein, das ist kein Pult, sondern eine riesige Spinne, *die pelzigen Pfoten aus schwarzem Ebenholz, Greifzangen, Augen, rote*

Augen. Ich verstand. Sie waren aus Alexandriten gemacht, rot mit grünem Schimmer. Von der anderen Seite der Balustrade blickten andere Augen auf mich, sehr hübsche Augen. Ingeborg im Ballkleid ging mir entgegen.

Gefahr — schrie etwas in mir! Durch den Kopf flitzten abgerissene Gebete, solche gegen die dunkle Macht. Die Tür! Beim Hinausgehen streift mich ein zornig erstaunter Blick Ingeborgs. Das Vestibül. Die magere Garderobiere. Ihr gleichgültig erstaunter Blick. Der Weg zurück über den Kies. Rechts und links rauschen schwarze Pappeln. Der Tempel ist hinter mir. Besser, ich blicke mich nicht um. Ich rannte bis zum Tor. Gleich, gleich wird Ingeborg hinter mir her jagen. Doch niemand verfolgte mich. Ich war beim Tor. Was nun? Zu Ingeborg? Wer ist sie, was will sie von mir? Ich muß alles überprüfen, ob es kein Traum ist. Ja, ich mußte es überprüfen, aber zuerst hier.

Ich ging zum Tor zurück. In dem webenden Nebel das vertraute, alte Tor, verrostet, bedeckt mit grünen Flecken. Die Griffe waren ganz anders als zuvor. Sie ließen sich nicht bewegen. Das Tor war verschlossen. Mir wurde alles klar, doch ich brauchte noch den letzten Beweis. Es war alles sehr einfach und gar nicht geheimnisvoll. Ich wurde verrückt.

Doch in der Tasche knisterte der Kies. Ich nahm das Taschentuch, legte es neben die Mauer, zog den Mantel aus und legte ihn darauf, darüber Frack und Zylinder mit dem Katzenbund. Der Wind bewegte die steife Hemdbrust. In einer Sekunde saß ich auf der Mauer. Nichts Sonderbares, der bekannte Anblick. Blumenbeete, weiße Tafeln mit schwarzen, lateinischen Inschriften. Keine Pappeln, kein Tempel, nur Nebel. Weiche Erde. Widerlich knisterte der Sand in den Schuhen. Ich ging quer über die Blumenbeete. Nebel, Nebel, nichts als Nebel! Vor mir zeichnete sich die Gegenmauer ab. Und wenn ich mich plötzlich in den Pfoten der schwarzen Spinne befinden sollte? Bestimmt lauert sie hier irgendwo, zusammen mit Ingeborg. Doch nichts geschah. Es fehlte nur noch, daß man mir Mantel und Frack klaut! Auf dem Rückweg, direkt am Tor, nahm ich *eine Handvoll Erde, Erde, die der Berliner Gärtnerei gehörte. Gottlob, meine Sachen waren noch da, sonst hätte ich von meinem Gymnasiasten-Taschengeld alles neu kaufen müssen. Im Gehirn wälzte sich der Vers:*

‚O, Gott, gib mir nicht Wahnsinnstod,
dann lieber Pest oder Schafott!'

Ich wurde verrückt. Arme Eltern. Es war sinnlos, zu Ingeborg zu gehen.

In der Nacht schlief ich so, wie Menschen vor einem großen, ungeheuerlichen und unabwendbaren Unglück schlafen. Ich träumte von der schwarzen Spinne und ihren Pfoten. Sie sitzt und lauert, lauert und sitzt. Die Spinne — das war die Zukunft.

Einige Tage später. Eifrig blättere ich in medizinischen Büchern über Halluzinationen nach. Doch es gab keine Lösung. Nebeneinander in zwei Streichholzschachteln lagen Kies *und* Erde. *Die Schachteln hatte ich mit Datum und entsprechenden Inschriften versehen. Es gibt Gehörhalluzinationen. Das ist die primitivste Art, stand in dem Buch. Bei Weiterentwicklung der Krankheit folgen Sehtäuschungen, dann Täuschung des Tastgefühls und als Gipfel die kombinierten Sinnestäuschungen. Für meinen Fall gab es keine Antwort.*

Antwort konnte ich nur durch Ingeborg erhalten. Der neue Freitag kam heran. Was soll ich bloß sagen? Ich entschloß mich, nichts zu sagen. Sie sollte selbst reden. An diesem Freitag war es besonders laut. Wir tranken Wein. Zu meinen Ehren hat jemand sogar eine halbe Flasche Wodka angeschleppt. Ingeborg war nicht zu sehen. Es war tief in der Nacht. Ein verschlafenes Dienstmädchen kam und sagte Heinz etwas leise, aber entschieden ins Ohr.

‚Nun, wir müssen nach Hause', sagte er lächelnd. ‚Die Vorfahren befehlen.'

Ich ging hinaus und hatte bereits den Türgriff in der Hand.

‚Jewgenij, bitte einen Augenblick!'

Ingeborg stand in der Ecke. Schweigend folgte ich ihr. Es war wie bei meinem ersten Besuch. Zähe Düfte, schwar-

ze Masken. Wie ein rotes Auge brannte die Laterne. Schimmerte sie nicht grünlich, wie die Augen der Spinne? Ingeborg schenkte sich aus einer spiralförmigen Flasche ein umfangreiches Likörglas voll, fiel schwer in den Sessel und lächelte schief.

‚Sie haben aber keinen Likör verdient!'

Dann kam es böse und laut:

‚Nun, Jewgenij, solch einen Feigling habe ich noch nicht erlebt!'

‚Warum? Wieso bin ich feige?'

‚Und was war am Donnerstag vor acht Tagen?'

‚Nichts, meiner Ansicht nach.'

‚So! Und warum sind Sie aus der Kirche weggerannt?'

‚Fräulein Ingeborg, ich bitte Sie, was soll das heißen?'

‚Sind die heutigen Gymnasiasten umständlich! Meistens kapieren die Russen doch alles sehr schnell, doch anscheinend gibt es in jeder Familie ein schwarzes Schaf. Also, wie Sie wollen! Wie verabredet sind Sie gekommen und haben im Frack sehr gut ausgesehen. Ich wollte Sie gerade meinen Freunden vorstellen, als Sie sich umdrehten und davonrannten. Warum eigentlich?'

‚Ingeborg, was faseln Sie da? Von welcher Kirche sprechen Sie? Dort ist nichts und konnte auch nichts sein. Dort ist die Gärtnerei. Blumenbeete. Ich werde verrückt. Meine arme Mutter!'

‚Sie sind völlig normal, Jewgenij, und Ihre Nerven sind wie bei einem Nashorn. Wenn Sie krank wären, hätte ich mich bestimmt nicht mit Ihnen befaßt. Niemand interessiert sich für Verrückte!'

‚Es gibt also dort einen Tempel und ich war in ihm?'

‚Ganz recht, dort ist ein Tempel und Sie waren in ihm. Wenn Sie wollen, können Sie auch nächsten Donnerstag kommen. Ich bitte jedoch sehr, nicht wieder so ziellos fortzulaufen. Das ist dumm, außerdem bringen Sie mich in eine peinliche Situation.'

‚Und was ist mit der Gärtnerei?'

‚Die befindet sich auch dort. Doch für Sie und für mich ist dort jeden Donnerstagabend ein Tempel.'

Hypnose, natürlich Hypnose. Ingeborg ist selbst verrückt.
‚Ihre Antwort, Jewgenij!'
‚Nein, Ingeborg, ich kann nicht. Das ist eine große Sünde. Ich komme nicht mehr, ich habe Angst.'
Ingeborg wiegte sich sehr verlockend im Sessel.
‚Und wenn ich dich sehr darum bitte? '
‚Ich kann nicht.'
‚Spiel hier nicht den Naiven, ich kenne deine Ansichten. Diesen Quatsch hat dir deine Mutter oktroyiert. Übrigens, eine reizende alte Dame, und sie wäre noch reizender, wenn sie nicht so gläubig wäre. Laß ihr ihren Glauben und soll Gott ihr helfen. Er liebt es übrigens gar nicht, jemandem zu helfen. Du aber komm lieber zu uns!'
‚Wer sind diese ‚sie'? '
‚Diejenigen, die demjenigen dienen, der immer Herr dieser Welt war.'
‚Ich kann nicht.'
‚Hast du immer noch Angst? Ich sehe, solch einem Dümmerchen ist schwer zu helfen. Doch früher oder später wirst du doch bei uns sein. Das steht auf deiner Stirn geschrieben.'
Die stickige Hitze in dem Zimmer wurde dichter und die Lampe brannte heller. Ich erhob mich. Ingeborg blickte mich nicht an, verabschiedete sich nicht und begleitete mich auch nicht.
Ich hörte auf, die Assembleen bei Heinz zu besuchen. Er schrieb mir ein paarmal und lud mich zu besonders interessanten Diskussionen ein. Doch diese Gespräche reizten mich nicht mehr.

DER SUMPF

Einige Monate gingen ins Land. Dem Herbst folgte ein modriger, feuchter Winter. Eine merkwürdige Unruhe bemächtigte sich meiner mehr und mehr und jagte mich in die zweifelhaften, nördlichen Stadtteile Berlins. Eine lange, liederliche Straße, naß, mit einer vergessenen, selten verkehrenden Straßenbahn. An den Ecken Kneipen mit einem moralisch angeknacksten Publikum. Männer mit Fragezeichen und Frauen ohne Fragezeichen. Der Glanz des Asphalts floß zusammen mit dem Glanz hoher, fest verschnürter Stiefel. Ohne Grund schlenderte ich langsam um eine Litfaßsäule herum. Auf der anderen Seite stand ein großes, schlankes und breitschultriges Geschöpf mit einer Wespentaille und einem unglaublich engen, kurzen Rock. Die langen Extremitäten waren von glänzendem Leder umgossen, ohne Anzeichen auch nur einer Falte, und endeten in einer dicken Sohle und unwahrscheinlich hohen Absätzen. Das lederne Wespenwesen war angetrunken und miaute etwas vor sich hin. Die Jacke bestand aus papageigrünem Leder und wurde von einem schreiend bunten Halstuch gekrönt. Das stark geschminkte Gesicht erinnerte an Ingeborg. Ich drehte mich um, wollte die Säule von der anderen Seite umgehen und stand auf einmal von Angesicht zu Angesicht vor ihr.

‚Guten Abend, Jewgenij', sprach die wohlbekannte, nicht ganz feste Stimme. ‚Du bist also auch hier und wie ist es mit Gott? '

Die Hand in einem teuren Handschuh ergriff mich am Ärmel. Ingeborg machte eine Schaukelbewegung nach hinten und blieb stehen. Ihre Schuhsohlen quietschten laut, die Knie knickten zusammen. Sie beugte sich schief zu mir.

‚Hallo, da sind wir nun mal wieder!'

Ich verlor die Fassung.

‚Sie ... Sie sind hier? '

‚Ja, ich bin hier.'

Ingeborg hakte sich bei mir unter und führte mich fort. Sie versuchte, lotrecht zu gehen. Heiser klang die Glocke einer Kneipentür. In der Tiefe des Raumes donnerte eine Orgel. Ein dicker Wirt in einer Wachstuchschürze fixierte uns flüchtig und setzte dann den Ausschank fort. Sonst beachtete uns niemand. Die Kneipe war brechend voll. Menschen tranken und lärmten. Schwer schritt Ingeborg über die schmutzigen, quietschenden Bretter und schleppte mich zu einem Tisch in einer Ecke, an dem in einem roten Pullover eine schwere Frau mit gespreizten Beinen saß. An ihren dicken und muskulösen Waden trug sie solche Stiefel wie Ingeborg, jedoch in grün. Die Frau war etwa fünfundvierzig Jahre alt, vollkommen betrunken und keuchte schwer. Immer wieder versuchte sie, ihren nach vorn fallenden Körper gerade zu biegen, sackte aber zusammen und alles begann von vorn.

‚Setz dich!' forderte Ingeborg mich auf, ließ sich auf einen Stuhl mit einem speckigen, plinsenartigen Kissen fallen, schlug die Beine übereinander und nickte mir zu. Dann wandte sie sich an ihre dicke Nachbarin.

‚Nun, Gerda, stehst du auf oder willst du dich wieder hinsetzen? Das ist Gerda, Jewgenij, säuft Kognak und Bier durcheinander wie ein Ritter und besäuft sich wie ein Schwein. He, aufstehen, Erwin kommt! Das ist ihr Louis , Jewgenij', erklärte sie. ‚bei ihm laufen zehn von uns. Gerda ist zugleich seine Frau und seine Adjutantin. Erwin ist ein Organisator wie Napoleon. Mit den Kräften hapert es aller-

dings ein bißchen, und so schafft Gerda für ihn Ordnung. Kraft hat sie wie ein Trakehner-Roß. Natürlich, wenn sie nüchtern ist. Aber auch angetrunken ist sie gefährlich. Wenn was mit den Mädels nicht in Ordnung ist, dreht sie die Hände hinter dem Rücken mit einem Seidenstrumpf zusammen. Da kann man raufen, schreien, betteln — mit der Hundepeitsche zieht sie einem so stark eins über, daß man eine Woche lang nicht in einem Klubsessel sitzen kann.'

Schwerfällig beugte sich Gerda wieder nach vorn, dann zurück. Der Stuhl krachte.

,Die steht nicht auf', bemerkte ein stämmiger Mann, dem Äußeren nach ein Kraftfahrer.

Ingeborg schluckte.

,Willst du wetten? '

,Wieviel? '

,Fünf Mark.'

,Eine Heldin bist du, wie die Jungfrau von Orleans. Wat heißt: Steht auf? '

,Ich meine, aufstehen und bis zur Tür gehen.'

,Sie wird aufstehen und hinknallen. Unterwegs kann sie zehnmal hinfallen. Außerdem schafft sie es nicht.'

,Und ich sage, sie kommt bis zur Tür und wird hinausgehen. Dabei wird sie vielleicht fünfmal umfallen.'

In der Kneipe wurde es still. Alle fixierten die Anstrengungen Gerdas.

,Ober!' ertönte das mächtige Rollen des Wirtes. ,Nimm die Molle vom Tisch, sonst fliegt sie rein und schneidet sich. Steh dann mal Rede und Antwort!'

Plötzlich atmete Gerda laut aus, besah sich die Runde mit bleiernen, stieren Augen und kapierte anscheinend, daß man etwas von ihr erwartete. Zaghaft begann sie, ihre knallgelben, mit großen Stulpen versehenen, Handschuhe anzuziehen, stand auf und steuerte auf die Tür zu. Doch auf halbem Wege begann eine Kraft, ihre mächtigen Stempel auseinanderzuziehen.

,Was ich nicht sagte!' freute sich der Chauffeur.

,Was hast du deine Augen aufgesperrt wie ein Uhu, du dämlicher Biertrottel!'

Wütend blickte Gerda den Wirt an. Eine Lachsalve folgte. Gerda stöhnte auf und fiel auf die Knie. Doch plötzlich sprach sie ein Schimpfwort, erhob sich schwankend und ging hinaus. Der heisere Glockenton. Alle begannen, auf einmal zu reden.

‚So, Freundchen, erst zahl die fünf Eier. Was ich dir gesagt habe!' triumphierte Ingeborg. Sie zupfte mich am Ärmel. ‚Pack die Münze weg, Jewgenij, und schnell mir nach. Ich zeige dir etwas, was du sonst in tausend Jahren nicht zu sehen bekommst. Die fünf Mark habe ich jedenfalls verdient. Aber ich stehe auch ganz schön unter Dampf.'

Wieder Nebel, ölige Laternenkleckse. Entlang der Mauer stolpert Gerda. Etwas weiter schärft ein äußerst respektabel aussehender Herr höchst eindringlich einer Dame von eindeutigem Aussehen etwas ein. Dabei schüttelte er methodisch seinen Zeigefinger vor ihrer Nase. Wie ein Pauker, dachte ich.

‚Dieser Blödian versucht anscheinend, eine gefallene Seele zu retten.' kicherte Ingeborg. ‚Oder er will fünf Mark raushandeln, der olle Freier!'

‚Wohin führst du mich? '

‚Hinter Gerda her. Gleich wirst du eine Szene erleben. Gerda ist viel nüchterner, als ich dachte.'

Ich bemerkte plötzlich, daß ich begann, Ingeborg zu duzen. Sie hat es aber wohl für selbstverständlich angesehen. Spreizbeinig stieg Gerda drei Stufen hoch und verschwand. Wir folgten. Ein düsterer Korridor. Kitschigluxuriöse, staubigtrübe Zimmer folgten. Kleine elektrische Birnen.

‚Gleich wird Gerda die Hilde verdreschen, die hat sich in der Arbeitszeit angesoffen', flüsterte Ingeborg und hielt mich fest am Arm. Ich spürte, daß sie vor lauter Wollust bebte.

‚Warum trägt Gerda grüne Stiefel? '

‚Das ist ihre Firmenmarke. Sie ist Expertin für so etwas.' Sie legte den Finger in den Mund und machte eine saugende Bewegung. Mir wurde unbehaglich zumute.

‚Gibt es solche Schweinereien überhaupt? Das ist doch widerlich!'

‚Ich meine auch, aber es gibt Liebhaber, und in unserem Beruf gibt es solche Sachen, von denen du nie geträumt hast.'

‚Und Sie, Ingeborg?'

‚Nun, Jewgenij, du bist ja wieder zum Sie übergegangen. Damit muß man schon Schluß machen. Im Grunde bin ich eine Sadistin. Du wirst mich noch kennenlernen.'

Aus dem Nebenzimmer ertönten eine saftige Ohrfeige und eine zweistimmige Schimpfkanonade.

‚Warte mal', hauchte Ingeborg. ‚Es sieht so aus, als ob nicht alles nach Programm verläuft. Untersteh dich, dich einzumischen! Was passiert, ist nicht deine Sache. Hier herrschen eigene Gesetze.'

Vorsichtig machte Ingeborg die Tür auf. Laut spielte ein Radio. Zwei weibliche Stimmen brüllten um die Wette. Auf dem Fußboden lag Gerda, wild mit den grünen Stiefeln ausschlagend und umschlungen von einer mageren Frau. Gerda hielt sie am Handgelenk fest und die andere versuchte kreischend, ihre Hand mit einem Lackschuh zu befreien. Und über den beiden sich auf dem Fußboden wälzenden Körpern erhob sich ein merkwürdiges Wesen, eine große, stämmige Frau, genauer, eine phantastische lederne Puppe, ganz in schwarz, die Füße in matten, ungeschlachten Stulpstiefeln, die bis zum Bauch emporreichten. An den Füßen klirrten überdimensionale Sporen.

Ingeborg wich zurück. Ich erinnerte mich an ein billiges Bild von einem der drei Musketiere des Königs. Schmerzhaft preßten Ingeborgs Finger meinen Arm.

‚Beweg dich nicht!'

In der nächsten Sekunde setzte sich die lederne Frau schwerfällig auf Gerdas Pullover.

‚Laß los, du Hure!' brüllte Gerda so laut, daß die Scheiben klirrten. Plötzlich drehte sich die dünne Frau zur Seite, setzte sich mit den Knien hinter Gerdas Kopf und zog Gerdas Hände in den gelben Stulpen nach hinten. Eine lederne Hand schlug Gerda ins Gesicht, wieder und wieder.

Sich an ihrem eigenen Gebrüll verschluckend, polterte Gerda mit ihren grünen Stiefeln wie eine Rasende auf dem zerrissenen Teppich. Es nützte nichts. Die Schläge hagelten weiter. Doch plötzlich hörte die Lederne auf, mit ihren Fäusten zu arbeiten. Nur noch Gerdas hysterisches Schluchzen und das schwere Atmen der dünnen Frau war zu vernehmen. Rot vor Anstrengung band sie Gerdas Hände mit einem Seidenstrumpf und einem lila Strumpfhalter zusammen.

‚Hilfe!' schrie Gerda plötzlich heiser.

Ich wollte vorspringen.

‚Halt, du Idiot!' flüsterte Ingeborg wütend. ‚Erst müssen wir wissen, wer die Lederne ist. Sie ist nicht aus Berlin. So eine sehe ich zum ersten Mal. Auch solche Stiefel kenne ich nur aus dem Kino.'

Leise pfiff Ingeborg.

‚Ich verstehe, die kommt aus Hamburg. Weiblicher Schläger. Dort gibt es solche Kätzchen.'

Unterdessen nahmen die Ereignisse im Zimmer feste Formen an. Ruhig saß die Lederne auf Gerdas rotem Pullover und zündete sich eine Zigarette an. Gerdas Gesicht war mit Blut beschmiert. Sporenklirrend streckte die Lederne ihre Beine nach vorne und fragte mit einer angenehmen Altstimme:

‚Was nun?'

‚Dies da!' Die dünne Frau stopfte Gerda einen Klumpen in den Mund. ‚Binde ihr die Stiefel zusammen, dann ins Auto und zu mir. Ich werde ihr eine Szene machen!'

Ruhig erhob sich die Lederne und begann, mit etwas Langem, das sie aus ihrer Tasche holte, Gerdas Füße zu verschnüren. Gerda, frisch ausgeruht, begann zu toben wie ein Fisch auf dem Sand. Wie hypnotisiert blickte ich auf die widerliche Szene.

‚Was passiert jetzt, Ingeborg?'

‚Leiser! Ich weiß jetzt, wer das ist. Hat früher im Zirkus gearbeitet, bis sie zu Saufen anfing. Mit ihr wird Gerda auch nüchtern nicht fertig. Sie hat nicht alle Tassen im Schrank. Wie sie sich herausgeputzt hat!'

‚Dann muß man sie in eine Irrenanstalt sperren.'

‚Versuch mal, Freier! Stiefel wie im 17. Jahrhundert zu tragen ist‚kein Verbrechen!'

‚Heb sie auf!' befahl heiser die dünne Frau. ‚Ich helfe dir!'

‚Schaff ich selbst!'

Keuchend schlug sich die Lederne Gerda über die Schultern. Sofort sah ich, daß sie dies nach allen Regeln der Kunst machte.

‚Hierher, durch die Hintertür. Kipp aber nicht auf der Treppe um, wirst dich mit deinen Sporen verfangen.'

‚Das soll dein Kummer nicht sein. Die trage ich schon drei Jahre. Ist es weit bis zu dir? '

‚Nein, das dritte Haus über den Hof.'

Schwer auftretend und mit den Sporen klirrend ging die Lederne ins Hinterzimmer. Dort krachten Bretter. Ein Schloß knackte.

Ingeborg fieberte.

‚Ich weiß, wo die Lange wohnt. Womöglich machen sie Gerda noch kaputt, sie ist doch betrunken. Mord können wir hier nicht gebrauchen. Das bricht uns allen hier in dieser Gegend das Genick. Die Lederne ist auch ganz nett.'

Ingeborg wirkte völlig nüchtern. Die Straße war leer. Ein halbrunder Torbogen. Ein großer Hof mit zwerghaften Gebäuden. Durch eine erleuchtete Tür kroch gerade ein phantastisches Ungeheuer.

‚Das sind sie!' zischte Ingeborg. ‚Die ist aber groß im Schleppen!'

Eine dunkle Treppe. Es roch nach Katzen, Würsten und etwas Saurem. Plötzlich hielten die klirrenden Schritte an. Eine Tür schlug zu.

‚Gleich sind wir drin', Ingeborg hielt sich am Geländer fest. ‚das Schloß taugt nichts. Ich habe einen Dietrich. Wir müssen nur warten, bis sie wieder zu schlagen anfangen. Sonst hören sie uns.'

‚Ist das nicht gefährlich, Ingeborg? '

‚Sicher, aber ich kann Gerda nicht im Unglück allein lassen. Sie ist doch aus unserer Clique.'

Hinter der Tür begann es zu poltern.

‚Jetzt!' Etwas Langes und Gebogenes verschwand im Schloß. Die Tür quietschte. Ein krummer Korridor roch nach Tabak. An seinem Ende ein abgeschabter, halb offener Vorhang. Dahinter saftige Schläge und Flüche.

‚Da hast du, Hure! Mistvieh, Hauptdreck, Hure vom oberen und unteren Ägypten, du Schwein in grünen Stiefeln! Jetzt schreist du! Hast wohl vergessen, wie du mich im Schwitzkasten gehalten und mit der Hundepeitsche bearbeitet hast!'

‚Langsam voran, Jewgenij, aber leise!'

Ich wurde wütend.

‚Selbst machst du Krach mit deinen Stiefeln!'

Das Zimmer war blau von Tabaksrauch. Ein großer Tisch. Auf ihm leere und volle Bierflaschen, Gläser, Aschenbecher mit Zigarettenstummeln. In der Mitte, wie ein Herrscher, eine angeknabberte Ananastorte. Anscheinend hatte man hier lange und mit Verstand gefeiert.

Gerda lag bäuchlings auf einem mit Teppichen bedeckten Kanapee. Schreiend stachen der rote Pullover und die grünen Stiefel von den vergilbten Teppichblumen ab. Die dünne Frau saß auf Gerdas Rücken und zerrte sie mit Wonne an den Haaren. Gerda keuchte und versuchte mit aufgeblähten Backen , den Knebel loszuwerden. Die Lederne lag mit dem Rücken zum Vorhang und schlürfte etwas Dunkelbraunes aus einem Glas, das ständig nachgefüllt wurde. Dann erhob sie sich und trat an den Tisch. Sie hielt eine dickbauchige Flasche gegen das Licht.

‚Hilde, wo hast du den denn ausgegraben? '

‚Frag nicht! Und sauf weniger!'

‚Das geht nur mich an. Du hast deinen Spaß am Schlagen und ich am Saufen.'

‚Jewgenij, du mußt mir helfen. Soll die Lederne sich nur ansaufen. Allein werde ich nicht fertig mit ihr.'

Es zog unangenehm in der Magengrube. Jeden Augenblick konnte es einen Skandal geben. Protokoll, Ausschluß von der Schule. Die Mutter weint. Vielleicht kommt es sogar zu einem Gericht. Je mehr ich in diese Sache ver-

strickt wurde, umso gespenstischer erschien mir alles. Die Lederne trank schnell und mit berufsmäßiger Erfahrung. Dann, wohl um die Sache zu beschleunigen, führte sie die Flasche an den Mund. Hilde blickte auf.

‚Rose, hör auf, den Benedictine zu saufen. Ich hab dich nicht dazu gemietet.'

‚Ich habe meine Arbeit getan. Verdrisch sie, soviel du willst. Mich aber laß in Ruhe!'

Und beseligt gluckste Rose weiter.

‚Ich sage dir: Aufhören! Der Likör gehört doch nicht dir! Glaubst du, er kostet nichts? '

Hilde sprang leicht auf die Füße und ergriff die Flasche. Doch sie schaffte keinen Schritt. Die Lederne umschlang Hildes seidene Waden mit ihren Stiefeln und saß im nächsten Augenblick auf ihr. Hilde wurde weiß.

‚Jetzt fahren sie sich gegenseitig an die Kehle!' frohlockte Ingeborg.

‚Paß auf!' Roses Finger fuhr an Hildes Nase. ‚Du weißt, daß ich so etwas nicht leiden kann. Bleib ruhig liegen, bis ich ganz fertig bin.'

Rose erhob sich und nahm vom Tisch eine neue Flasche.

‚Darf ich aufstehen? ' fragte Hilde ängstlich.

‚Bleib liegen, bis ich es dir erlaube.'

Und schwankend setzte sich die Lederne auf Hilde, deren Augen groß und leuchtend wurden.

‚Trink!' befahl Rose.

‚Ich will nicht.'

‚Das ist deine Sache! Fall mir aber nicht in den Arm!'

Es wurde still. Die Lederne trank schnell und glucksend, den Kopf nach hinten gebeugt. Ein dumpfer Schlag. Die leere Flasche zersprang an der Wand. Rose erhob und setzte sich wieder.

‚Los, Jewgenij, beweise jetzt, daß du ein Mann bist! Die Lederamazone ist fix und fertig. Wir sind dran!'

Ingeborg fletschte die Zähne wie eine Tigerin und stürzte vorwärts.

‚Mach Gerda frei!'

Im nächsten Augenblick saß Ingeborg auf Roses Rücken

und arbeitete mit den Fäusten. Ganz unten, im Tiefkeller sozusagen, röchelte die Dünne. Ich zog Gerda den Knebel aus dem Mund, riß die Fesseln von den Händen. Mit den Beinen kam ich nicht klar.

‚Auf dem Tisch liegt ein Messer, Jewgenij!'

Ich wunderte mich über die Fixigkeit, mit der Ingeborg alles bemerkte.

‚Ich danke dir, Schätzelein. Wer bist du denn? Bist wohl mit Inge gekommen. Von wo seid ihr beide überhaupt aufgetaucht? '

‚Weißt du, Gerda, wo gerauft wird, bin ich dabei!'

‚Nochmals vielen Dank! Jetzt muß ich aber Hand an diese beiden legen!'

Gerda trat plötzlich mit dem Absatz ihres grünen Stiefels auf Roses Hinterkopf. Ein kurzer Kampf begann. Die Lederne röchelte, schluckte und polterte plump mit den Stiefeln auf den Fußboden. Endlich gab sie Ruhe. Mit stieren Augen betrachtete sie Ingeborg und begriff gar nichts. Sie fühlte nur, daß lange, schwarze Beine nach ihr traten..."

Die Lampe wackelt. Im trüben Schein wieder das bekannte Zimmer. Am Tisch neun Menschen. Alle schwiegen.

„Und was war weiter, Heimkehrer? "

„*Dann haben Ingeborg und Gerda ihren völlig zerschmetterten und verzweifelten Gegnerinnen die Hände gefesselt. Die Leder-Rose, das war ihr offizieller Name, war hoffnungslos betrunken. Gerda packte die Dünne und die offizielle Exekution begann. Die Dünne brüllte und weinte. Beschwor Gerda, sie nicht zu schlagen, schwor alle Schwüre zum Gedenken der Mutter, des Vaters und eines halben Dutzend Tanten, worauf Gerda ihr vollkommen logisch erklärte, daß ihre Mutter noch lebe und ebensolch eine Hure wie sie selbst und der Vater ein Gauner sei. Von den Tanten sei zwar nichts Bestimmtes bekannt, aber Ähnliches anzunehmen.*

‚Meine Liebe, so etwas werde ich nie, nie wieder tun!' schrie die Dünne, doch nutzte es nichts. Ingeborg erwies

sich wirklich als Sadistin. Sie strahlte wie ein Sonntagskind und leitete die Exekution."

„Und du? "

„Ich bin kein Sadist. Vor Widerwillen wußte ich nicht, wohin ich mich wenden sollte. Niemand beachtete mich. *Es war bereits Morgen. Ich packte Ingeborg am Ärmel und wollte sie mit mir fortschleppen. Für einen Augenblick vergaß sie Gerda und Rose.*

‚Wohin willst du mich schleppen, Jewgenij? '

‚Fort von hier!'

‚Ich bin doch hier zu Hause!' protestierte sie.

‚Und die Villa in Dahlem? Dein von allen geachteter Vater? Dein Bruder? Deine Mutter, eine ‚von'? Ingeborg, überleg dir, was du tust! Mein Gott, wenn das herauskommt, was für einen Skandal wird es geben! Meterhohe Schlagzeilen in der Boulevard-Presse: Doppelleben der Tochter eines Kommerzienrates aus Dahlem, sie eine Pro...' Ich stockte.

‚Genier dich nicht, Jewgenij! Courage, wie die Franzosen sagen! Ich bin eine Prostituierte, und sogar eine mit allen möglichen pathologischen Einfällen. Doch ich bin so, wie ich bin. Es gibt zwei Ingeborgs, eine in Dahlem, die andere ist hier. Aber beide sind sie dort, von wo du so schändlich geflohen bist. Ich war vierzehn Jahre alt, als meine Unschuld futsch ging. Seitdem weiß ich nur eines: Ich brauche Männer, und keineswegs solche mit gutbürgerlichen Allüren. Glaub mir, nur dieses Milieu kann mich befriedigen. Ich bin nur dann glücklich, wenn ich trinke, in diesen Stiefeln die Straßen abgrase und Männer habe.'

‚Ingeborg, ich flehe dich an...'

‚Tu das nicht, Jewgenij. Ich weiß, von deinem Standpunkt willst du mein Bestes. Wir leben aber in verschiedenen Welten. Ein bißchen werde ich mich noch mit dieser gestiefelten Rose unterhalten, dann gehen wir zu mir. Ich stelle nur eine Bedingung. Geld brauch ich nicht, du hast auch keins. Zum Dank mußt du mir jedoch versprechen, mit mir dorthin zu gehen, von wo du weggelaufen bist. Erinnerst du dich noch? Damals, im August? '

Warum eigentlich sollte ich mir im Leben nicht wenigstens einmal das erlauben, was sich so viele erlauben? Vor mir stand Ingeborg, angetrunken, verlockend und lasterhaft wie die Sünde selbst. Weit aus der Ferne hörte ich auf einmal die Stimme meines Vaters:

‚Ich gebe dir meinen Segen für ein nützliches und ehrliches Leben!' —

‚Ich kann nicht, Ingeborg!'

Ich drehte mich um und ging fort. Niemand hielt mich zurück. Für eine Sekunde sah ich in dem orangenem Türrahmen noch einmal die Kontur ihrer Figur, die grüne Lederjacke, glänzende Lackstiefel, in denen sich die Lampe spiegelte. Dann war ich wieder auf der faulen, feuchtnassen Straße. Mir entgegen fuhr ein Junge mit Milchflaschen von Bolle. Ich fühlte Ekel und Angst in mir und trachtete nur danach, möglichst weit fortzukommen."

„Ein Held bist du gerade nicht, Heimkehrer!"

„Wie kann man da ein Held sein? Wie es bei uns heißt : Unter den Schafen ein Held, unter den Helden ein Schaf!"

„Was geschah weiter mit deiner Ingeborg? "

„Ich weiß es nicht. Nach einiger Zeit habe ich sie noch einmal gesehen. Ich glaube, sie und die Leder-Rose sind später Freundinnen geworden."

„Dann ist deine Erzählung also noch nicht beendet? " fragte der Vorsitzende.

„Die Erzählung über den Teufel fängt erst richtig an."

„Also weiter!" Das Mädchen in der Silberbluse zitterte vor Ungeduld. „So also haben unsere damals in Berlin gelebt! Man sieht gleich: Die Reichshauptstadt. Nicht mit Frankfurt zu vergleichen! Frankfurt ist doch Provinz! Hier wird man niemals solch eine Leder-Rose oder Ingeborg finden, und wenn man auch drei Jahre suchen würde."

„Und wenn deine Ingeborg plötzlich auftaucht? " ertönte wieder die bekannte Stimme und versetzte mir erneut einen Schock.

INGEBORG

Am Morgen erwachte ich auf dem Kanapee im Hinterzimmer. Ich war allein, nur die Lampe brannte. Dann schlief ich wieder ein und wurde erst dadurch geweckt, daß mich jemand am Kragen zerrte. Es war die rothaarige, einäugige Wirtin. Auf ihrer Schulter saß die Katze.

„Wach auf, Heimkehrer! Bald ist Mittagszeit! Du hast aber einen guten Schlaf. Komm am Abend wieder, dann werden alle da sein. Hast du überhaupt Geld? So, geh!"

Ich ging in den I... Weg. Dort hatte man sich schon aufgeregt. Abends um zehn Uhr erhob ich mich vom Teetisch und erklärte, daß man mich bis zum Morgen nicht erwarten brauche. Jemand lächelte verständnisvoll. All das Gespenstische der Vergangenheit kam wieder an die Oberfläche, wie die Leichen längst Ertrunkener. Doch die Kneipe war völlig real und stand an ihrem Platz.

Ich wurde voller Freude begrüßt.

„Du hast recht, Heimkehrer, wenn du hier über allen möglichen Spuk faselst. Und vom Spuk bis zum Satan ist es ein Schritt, und von ihm ist es ein Schritt bis zu ..."

„Hättest du dir bloß die Zunge abgebissen, du mit deinem Blechgürtel! Als Vorsitzender bitte ich dich, Heimkehrer, anzufangen!"

„Später war ich noch einmal bei der Ingeborg, das heißt,

nicht bei ihr, sondern bei ihrem Bruder. Sie hat mich natürlich wieder in ihr Zimmer geschleppt."

„War sie wieder in Stiefeln? "

„Keine Spur! Sie war die wohlerzogene junge Dame, wie bei unserer ersten Begegnung. *Lange saßen wir uns schweigend gegenüber. Dachten wohl beide an die wilden Szenen mit Gerda, Hilde und Rose. Dann fragte sie mich lächelnd:*

‚Hast du alles verdaut, das von damals? Es ist übrigens alles Quatsch! Wie hast du dich entschieden, wirst du am Donnerstag kommen? '

‚Nein, ich komme nicht.'

‚Willst du nicht? '

‚Ich will nicht und ich kann nicht.'

‚Du bist dumm, nicht nur wie ein Eselsschwanz, sondern wie drei Eselsschwänze! Du gehörst dennoch zu uns, Jewgenij! Höre jetzt dein Urteil für das ganze Leben: Entweder kommst du zu uns, dann wirst du einer der erfolgreichsten Menschen sein, Geld, Ehre und solche Frauen haben, daß du nicht einmal mich mehr ansehen wirst. Wenn du aber nicht kommst, so wirst du dich dein Leben lang quälen, und selbst der Tod wird dich meiden bis zu einer gewissen Zeit. Entscheide dich!'

‚Ich komme nicht.'

‚Nun, das ist deine Sache. Ich würde nicht gern in deiner Haut stecken.'

Damit war alles zu Ende. Ich wurde krank, genas und begann, häufig die Kirche zu besuchen."

„Hat es denn genutzt? "

„Ich weiß nicht. Viel später, gegen Ende des Krieges, habe ich Ingeborg nochmals getroffen. Doch das ist eine besondere Geschichte!"

„Na, dann mal los! Hier hast du Bier. Kaum hast du angefangen, schon willst du Schluß machen. Es ist immerhin noch lange nicht Mitternacht."

„Ja, Heimkehrer, du hast mich sehr getröstet", sagte die Frau in schwarz. „Giselle hat recht, damals hat man verstanden, in Berlin zu leben, in der Augsburger Straße und auf dem Alexanderplatz und dem Kudamm. In der Müllerstraße hat man auch nicht gerade Fliegen mit dem Mund gefangen."

„Jetzt ist die Mode für Stiefel leider vorbei", bedauerte der edelmütige Sammler für europäische Waisenkinder.

„Nicht ganz, aber hier in Frankfurt wird danach nicht gefragt. Die Kunden sind ohne Phantasie." Schon wieder diese bekannte weibliche Stimme. Wenn ich mich nur erinnern könnte! Sie fuhr fort: „Stiefel gibt es jetzt nur in Hamburg. Dort gibt es alles. Selbst einem weißen Elefanten wird man Stiefel anziehen, brauchst nur dafür zu zahlen."

„Schluß jetzt mit euren Stiefeln! Wo hast du die Ingeborg das nächste Mal getroffen? " fragte der Vorsitzende.

„Wieder auf der Augsburger Straße. Wo sollte sie sonst sein? "

„War sie besoffen? "

„Nein. *Das war schon 1943. Die Luftangriffe waren in vollem Gange. Einmal ging ich im Dunkeln draußen spazieren. Nur blaue Lampen und gelbe Lichtstreifen waren zu sehen — das war die Kriegsnacht über Berlin. Frühling, Glatteis. Vor mir ging eine Frau. Nur die Silhouette war zu erblicken. Plötzlich rutschte sie aus und fiel hin. Ich half ihr auf die Beine. Unter den Fingern fühlte ich einen dicken Pelz. Parfüm.*

‚Haben Sie sich weh getan? '

‚Ja, etwas. Der Fuß ist nicht ganz in Ordnung. Ich wohne hier gleich um die Ecke.'

In der Stimme schwang etwas Bekanntes.

Sie hinkte ziemlich stark und wohnte wirklich im dritten Haus hinter der Ecke, drückte auf einen Knopf. Ich wollte mich verabschieden.

‚Nein, treten Sie bitte ein, ich möchte mich bei Ihnen bedanken.' und fügte mit leiser Ironie hinzu. ‚Ich beiße nicht.'

Ein Summen ertönte. Eine Treppe, Teppich, weiche, gleichmäßige Wärme. Die Tür war sehr hoch und sehr breit, sie stand offen. Ein halbdunkler, luxuriöser Vorraum, dann ein großes Speisezimmer, besser, ein Saal, und eine schier endlose Reihe schlecht erleuchteter Zimmer.

‚Legen Sie bitte ab.' Aus dem Dunkeln erschien ein kokettes Dienstmädchen und nahm mir den Mantel ab. Die Dame warf den Pelz ab und verschwand hinkend in einer Seitentür.

‚Vielleicht wollen Sie sich etwas erfrischen, wir haben eine warme Dusche. Bitte, genieren Sie sich nicht.'

Ein sehr großes Badezimmer. Zwei Wannen, blaue und rosa Keramik, blitzende Brausen, verschiedenfarbige Waschbecken, irgendwelche mir unverständliche Apparate, anscheinend sehr teuer und wichtig. Überall Chrom, Nickel. Alles strotzte vor festem, selbstherrlichem Reichtum. Wie herrlich war die Dusche nach einer Nacht im Zug.

Das Dienstmädchen erwartete mich.

‚Bitte, hier rechts.'

Am Ende des Speisezimmers eine erleuchtete Nische, vollgepfropft mit Grünpflanzen und Blumen. Ich trat ins Licht und erstarrte. Vor mir saß Ingeborg. Sie trug ein einfaches, blaues Kleid und bestickte, unverwüstliche Saffianlederstiefel und nickte mir kokett zu.

‚Grüß Gott, Jewgenij!'

‚Grüß Gott, Ingeborg. Natürlich, wenn du keinen Spaß machst!'

Ich besah sie mir ganz genau. Das war eine völlig andere Ingeborg, nicht mehr ganz jung, doch wunderbar schön.

‚Wie geht es Ihnen, Ingeborg? '

‚Wie du siehst, gut. Doch ich glaube, wir haben uns früher geduzt. Nimm bitte Platz.'

‚Was macht dein Fuß? '

‚Etwas besser, aber noch nicht ganz gut. Wie geht es deiner Mutter? '

‚Mama quält sich und hat Angst um mich.'

‚Aber du bist doch nicht an der Front, sondern im Reichsministerium Ost.'

‚Du weißt auch das? '

‚Ja, und noch viel mehr, und weißt du, vom Standpunkt einiger Leute sind das nicht ganz schöne Dinge.'

‚Deshalb bin ich also hier? '

‚Ja.'

Ein zweites Dienstmädchen. Es rollte einen kleinen Tisch herbei. Auf ihm, von meinem Standpunkt aus gesehen, paradiesische Dinge: Torten, Kuchen, Teegebäck, orientalisch aussehende Flacons mit unverständlichem Inhalt.

‚Bediene dich, Jewgenij. Ich kenne deinen Geschmack. Du lebst so wie früher, trinkst nicht, rauchst nicht, liebst aber alles Süße.'

‚Dafür brauchen wir leider Lebensmittelkarten.'

‚Ich schlürfe nach wie vor, betreibe auch mein altes Handwerk, entsprechend eurem weisen Sprichwort: Den Buckligen macht nur das Grab gerade. Sehr gut gesagt. Erinnerst du dich noch an Rose, Hilde und Gerda?'

‚Diese Nacht werde ich bis zu meinem letzten Hauch nicht vergessen.'

‚Ich auch nicht. Hilde und Gerda sind nicht mehr da, und Rose ist meine beste Freundin geworden.'

‚Prügelt sie sich so wie früher?'

‚Ja, wir vergnügen uns zuweilen. In gewisser Beziehung sind wir beide zugleich Sadistinnen und Masochistinnen.'

‚Wer ist denn stärker?'

‚Diejenige, die nüchterner ist. Hast du wieder Angst bekommen?'

‚Unser Gespräch ist nicht gerade erheiternd.'

‚Rose hat im Konzentrationslager Karriere gemacht. Dort kann sie ihre Talente voll anwenden, sozusagen, auf gesetzlicher Grundlage. Sie ist auch verheiratet.'

‚Glücklich?'

‚Ich weiß nicht. Der Mann hat Angst vor ihr wie vor dem Feuer. Ständig ist er mit blauen Flecken übersät. Doch lassen wir die Rose. Ich will mit dir über etwas anderes reden. Erinnerst du dich an unser Gespräch, vor zwölf Jahren?'

‚Und ob!'

‚Nun, wer hat Recht gehabt? Dein Leben ist doch ein bißchen verkorkst?'

‚Ja — und das ist nicht gerade angenehm.'

‚Willst du weiter so leben?'

‚Es ist besser als dein Angebot.'

‚Glaubst du nach wie vor an Gott?'

‚Ja, ich glaube, und es wird wohl immer so sein.'

‚Das kann ich mir nicht vorstellen.'

‚Ich kann nicht anders.'

‚Hör, Jewgenij! In gewisser Hinsicht ist dein Schicksal mit dem meinen verbunden. Du weißt, wie die Welt beschaffen ist. Es gibt Licht und Schatten und beide sind notwendig. Doch ich will nicht, daß du dich quälst.'

‚Wie soll ich mir deine Fürsorge erklären?'

‚Sagen wir, durch Christenpflicht und Nächstenliebe. Doch das wirst du erst später begreifen.'

Ingeborg zeigte auf ein kleines Tischchen, das ich bisher übersehen hatte. Auf ihm standen Portraits in verschiedenen Größen und in kostbaren Rahmen. Aufschläge prachtvoller SS-Uniformen grauten. Die Bilder waren beschrieben, anscheinend mit Widmungen.

‚Schau, Jewgenij, ich habe gute Verbindungen. Ein Wort von dir und du bist in dieser Uniform, und keineswegs als Schütze A...'

‚Ich bin doch staatenlos.'

‚Sie nicht so naiv! Das kann man schnell in Ordnung bringen.'

‚Noch einmal vielen Dank, Ingeborg, aber das ist nicht nötig.'

‚Hör mal, Jewgenij, du willst also nicht? Warum hast du vor dem Bösen solch eine Angst? Du bist zwar im Recht, aber du bist nicht allein. Du hast eine Mutter. Ihr wird es bestimmt besser gehen als jetzt, und deine Mutter wird doch nichts Böses tun. Du hast für sie zu sorgen, selbst wenn du dabei einen Kompromiß mit dem Bösen eingehst. Ist es möglich, daß du dich dem Bösen nicht opferst, um deine Mutter zu retten?'

‚Wie soll denn diese Rettung aussehen?'

‚Deine Mutter wird aus Berlin herausgebracht und dann in einer stillen Provinzstadt leben, ohne Luftangriffe und hysterische Nachbarn. Auch die Ernährung wird besser sein. Was kann es Größeres geben, als sich dem Bösen zu opfern, um einen anderen Menschen zu retten. Denk in Ruhe

nach und iß auch deine vielgeliebten Kuchen. Du ißt schon das dritte Stück Torte. Weißt du, daß du auf Kosten des Reichssicherheitshauptamtes schlemmst?'

Ich schwieg und beobachtete sie verstohlen. Sie zog mich noch stärker an als früher.

‚Gefalle ich dir?'

‚Ja, sehr.'

‚Und was ist los? Wenn du willst, daß ich dir gehöre, so sage ja.'

Ich war so ziemlich am Ende. Meine arme Mutter! Wie eingeschüchtert sie war, allein, leidend, erschrocken. Außerdem stammte sie aus dem Kaukasus und sah durchaus jüdisch aus. Schon einige Male mußte sie ihre arische Abstammung nachweisen. Vielleicht konnte ich ihr wirklich helfen? Doch um welchen Preis? Man kann nicht den Teufel durch Beelzebub austreiben.

‚Schau, Jewgenij, du wirst untergehen, wirst dich quälen. Leicht ist das Kreuz eines Helden zu tragen, wenn alle es sehen, das weißt du selbst. Und bei dir: Ein graues Alltagsleben, alltägliche Leiden wie bei allen, nur etwas schlimmer. Selbst der Tod wird dich meiden, und deine Mutter wird auch mit dir allein sein.'

‚Ingeborg, das wirst du nicht tun!'

‚Doch, Jewgenij, und wenn nicht ich, dann tun es andere.' Ingeborgs grüne Augen leuchteten. ‚Ich mache nichts, und ich kann selbst auch nichts machen. Ich erfülle den Willen.'

‚Wessen Willen?'

‚Das weißt du, und fang bitte nicht wieder an zu beten. Es ist mir befohlen, dieses Gespräch mit dir zu führen. Also — dein letztes Wort heißt ‚nein'?'

Ich schwieg. Ingeborgs Gesicht wurde eckig und scharf im Profil.

Hinter mir stand das Dienstmädchen. Ich warf den Mantel über. Beim Verlassen des Speisezimmers blickte ich mich zum letzten Mal um. In der hell erleuchteten Nische, vor dem Hintergrund der Pflanzen und Bilder, saß Ingeborg mit lang ausgestreckten Beinen. Ihr Kopf hing schwer herab. Dunkel, fast schwarz, hob sich ihre Figur von den erleuchteten, smaragdgrünen Pflanzen ab. Die Ausgangstür summte. Riegel, die ich vorher nicht bemerkt hatte, öffneten sich automatisch. Die blau erleuchtete Treppe. Vor dem Eingang eine schwere Limousine. Der Chauffeur in brauner Uniform machte sein Männchen und hob den Arm.

‚Herr Kreiton? Ich habe Anordnung, Sie dorthin zu bringen, wohin Sie es wünschen — natürlich nur im Raume Groß-Berlin.'

Ich verlor völlig die Fassung und nannte die Anschrift meiner Mutter. Wie weich diese Limousine fuhr..."

„Und was weiter, Heimkehrer? "

„Nach einer Woche erhielt ich durch einen Boten eine prächtige Torte Schweizer Herkunft mit einem Zettel von Ingeborg. Es war eine Schokoladentorte."

„Jawohl, und mit Nüssen!" berichtigte eine Stimme aus dem Hintergrund.

„Dann begannen schon richtige Qualen. Die Armee des Generals Wlassow, Gefangenschaft in der Tschechoslowakei, ein Jahr Freiheit in Berlin, schließlich Gefängnis und Lager in der Sowjetunion."

„Und Ingeborg? "

„Sie existiert und weiß genau, wo ich bin."

„Sag mal, spinnst du auch nicht, Heimkehrer? Deine Nerven sind anscheinend ein bißchen...? Deine Ingeborg ist einfach eine sexuell nicht normale Person und du bist ihr lebendiger Komplex geworden."

Der Bärtige lächelte trübe.

„Ich weiß nicht", überlegte ich. „Ich hätte teuer dafür bezahlt, wenn es so wäre. Doch es handelt sich gar nicht um Ingeborg. Ich kannte eine Frau, vielleicht weit schlimmer als sie, doch womöglich existieren beide nur in meiner Einbildung. Mir ist davon jedoch nicht leichter, glaubt mir."

„Das wird ja spannend", bemerkte der Haus- und Realitätenbesitzer und begann, mit seinem Bierglas zu spielen.

„Es ist schon spät."

„Keine Müdigkeit vortäuschen!"

„Ihr seid wie die Kletten!" An der Schwelle stand die rothaarige Wirtin, zornig wie der Zorn selbst. Die Katze miaute. „Los, nach Hause! Diebe, Huren, verdammte Bisexualisten, Lumpenpack, dreckiges, karierte Teufel! Auch du, Heimkehrer, bist ein Narr. Wenn du auch gesessen hast, so hat es wohl nichts genutzt. Die werden dich auffressen, mit allen Gedärmen. Die Bande hat doch den ganzen Tag nichts zu tun!"

„Erlaube mal!" ereiferte sich der Elegante. „Ich arbeite doch!"

„Ja, mit fremden Geldbörsen und Mädchen! Erhebt euch! Außerdem brauche ich eure Hilfe. Im ersten Zimmer ist ein Skandal in Vorbereitung."

Tatsächlich, unter den schaukelnden Lampions ist es nicht ruhig. Jemand in Dreckslumpen springt wankend auf einen bulligen Kerl von harmlosem Aussehen los. Es ist schon Morgen. Der Bullige kommt entweder von der Nachtschicht oder geht zur Frühschicht. Unter einem blauen Monteuranzug trägt er einen dicken Pullover.

Der in Lumpen schreit:

„Du langer Lulatsch, verdammter Eiffelturm! Weißt du überhaupt, mit wem du sprichst?" Dann stürzt er vorwärts, verplempert Bier. Doch ein verdächtiger Typ mit tätowierten Armen hält ihn an den Hosenträgern fest, die mit einem Nagel an den Hosen befestigt sind. „Vor dem Krieg war ich Einkäufer hochwertiger Essenzen! Herr Baron von Blumenau persönlich war mein Chef! Der knallte mir auf die Schulter und fragte: ‚Nun, mein Kätzchen, Herr Stampf, für wieviel hast du heute Katzen mit allen ihren Schwänzen eingekauft?'"

Die Damen in der Ecke kichern laut.

„Nicht umsonst heißt dein Baron ‚von Blumenau'! Der drückt sich auch blumig aus. Von wegen — Katzen!"

„Sei ruhig, du ausgetrocknete Brennessel, Dame ohne Kundschaft, Palme ohne Nuß!" zetert der Angesprochene und wendet seine Aufmerksamkeit wieder dem Monteur zu.

„Und du Zitterpopel! Du — mich schubsen!"

Dann stürzt er vor wie ein napoleonischer Kürassier auf die feindliche Fahne. Die Hosenträger spannen sich und platzen. Der Nagel bohrt sich in die Hand des tätowierten Subjekts. Der Angreifer ist inzwischen bei dem Monteur angekommen und fliegt wie ein Ball wieder zurück.

„Paß auf, Landsmann!" zischt wütend der Tätowierte und steht auf. „Ich gestatte nicht, meinen Freund zu schlagen!"

„Ich schlage niemanden!" antwortet phlegmatisch der Blaue, blickt aber doch unruhig umher. Verstohlen langt das tätowierte Subjekt nach einer Flasche.

„Stell die Flasche zurück, du Lump!" befiehlt ruhig der ehemalige SS-Mann. „Dann raus mit dir!"

Von der anderen Seite nähert sich der Elegante, etwas Glänzendes in der Hand. Der Tätowierte wird auf einmal ganz ruhig. Die rothaarige Wirtin packt den Dreckigen am Kragen.

„Schon wieder kommst du mit deinem Baron! Und ich füttere dich noch durch! Hinaus mit dir, du Laus!"

Der Kerl versucht, die Reste seiner Hosenträger und den Nagel aufzuheben. Mit einer Hand hält er die herunterrutschende Hose und stolpert auf die Straße.

„Heimkehrer", wendet sich die Wirtin herrisch an mich. „geh nach Hause, schlaf! Am Abend bist du herzlich willkommen. Natürlich, wenn du willst!"

DER VERTRAG

Am nächsten Tag laufe ich Sturm gegen alle möglichen hessischen Behörden, fülle zahllose Formulare und Fragebögen aus, gebe eidesstattliche Erklärungen ab und überall Paragraphen, Paragraphen. Eine Armee von Paragraphen zieht gegen mich zu Felde. Manche sind fett und dick wie Generale, fette Paragraphen in Klammern, magere ohne Klammern von riesiger Dimension, mit Kommentaren und ohne. Die Absätze reiten voran wie eine leichte Kavallerie. Wie eine siegreiche Armee marschieren sie gegen mich, mit graziös verbogenen Figuren. Sie sind sich ihres Sieges sicher und ich meiner Niederlage gewiß. Ich muß meine neuen Freunde fragen, wie sie zu den Paragraphen stehen.

Der Herbstwind jagt gelbe Blätter, die mich an meine Freunde erinnern. Ich überlege, wenn diese Blätter einen Denkapparat hätten, wären sie felsenfest davon überzeugt, daß sie nach eigenem Willen fliegen.

In der Kneipe hat sich nichts verändert. Verdächtige Typen mit tätowierten Armen. Wie ein Huhn pickt das Subjekt in Dreckslumpen mit seiner Nase in einer Ecke. Die Hosenträger waren neu. Im Hinterzimmer waren schon alle versammelt. Womöglich ging niemand von ihnen nach Hause. Der zerlumpte Vorsitzende saß an seinem Platz, doch trug er heute einen tadellosen, grauen Anzug.

„Das Ohr gehört unserem neuen Freund, dem Heimkehrer!"

„Sofort — wenn er für alle Bier bestellt!"

„Du, Langbart, flitz nach Bier!"

Der Bärtige steht auf und lächelt. „Sind das Krokodile, man muß erzählen und sie obendrein noch bewirten!"

Ich räuspere mich. Die Paragraphen verschwinden hinter dem Horizont.

„Also, liebe Freunde, wie die Engländer sagen: Once upon a time! *Man schrieb das Jahr 1927, mein zweites Jahr in Deutschland, und in diesem Jahr begann alles.*"

„Das heißt? "

„*Ich steckte mich mit Syphilis an.*"

„Wie alt warst du denn? Noch ein bißchen jung, scheint mir? "

„Ich habe mich natürlich nicht angesteckt, aber ich bildete es mir ein. *Eine gewöhnliche Kinderliebe, mit einem Kuß, und dann erschien ein Aussatz auf Lippen und Händen. Ich begann, eine Anleitung zur Erkennung von Geschlechtskrankheiten zu lesen.*"

„Moment!" unterbrach der Haus- und Realitätenbesitzer. „Ich erinne mich, da war ein Witz..."

„Ruhe, nicht unterbrechen! Vorsitzender, beruhige ihn!"

„Meinethalben soll er reden, aber schnell!"

„Ich kenne auch eine Geschichte. Bei uns wurden in der Oberprima, kurz vor dem Abitur, Vorträge über Geschlechtskrankheiten gehalten. Der Lektor war übrigens ein ziemlich bekannter Professor und sagte einmal: ‚Meine lieben jungen Freunde, bei manchen Krankheiten fällt das Geschlechtsorgan ab...' "

Das wirkte wie ein Schock. Das Zimmer dröhnte vor Lachen.

„Und bei welchen Krankheiten findet das statt? " erkundigte sich neugierig die Dame in der Silberbrokatbluse. „Das muß man schließlich wissen!"

„Das weißt du selbst, hast höchstwahrscheinlich schon alles." schnitt ihr gereizt der Haus- und Realitätenbesitzer das Wort ab. „Kaum hatte der Professor das zitiert, als er einen Zettel bekam, setzte die Brille auf und las. Alle spitzten die Ohren. ‚Meine lieben jungen Freunde', begann er. ‚hier fragt mich ein Optimist, ob ein neues wächst an die Stelle des alten. Eine Erneuerung des Organs findet nicht statt.' "

„Steffen, dein Wille ist geschehen. Aber du lügst. So etwas gibt es in der Schule nicht."

„Ich lüge nicht!"

„Beweis das!"

„Dir muß man alles beweisen, wie dem Staatsanwalt."

„Aufhören mit dieser Diskussion!" mischte sich der Vorsitzende ein. „und ich muß sehr bitten, in Gegenwart von Damen solche Witze nicht zu erzählen!" Und forderte mich auf, weiter zu erzählen.

„Wo war ich stehen geblieben? Ach ja, also, Aussatz. *Die Broschüre habe ich ausgelesen. Die Katastrophe war da: Syphilis. Das Herz wie ein Eisblock. Fühlte mich wie ein Frosch, und solch eine Angst und Schande ist über mich gekommen, daß ich mich entschlossen habe, Schluß zu machen, hinein ins Wasser...*"

„Sie schwimmen doch wie ein Fisch!" wieder die bekannte Stimme.

„Damals konnte ich es noch nicht so gut. *Beschloß, mein unwürdiges Leben zu beenden und begann, über das Geländer der Potsdamer Brücke zu klettern und beinah war ich schon im Wasser...*"

„Und nach einer Minute warst du ertrunken." ergänzte todernst die heruntergekommene Persönlichkeit mit dem blechernen Gürtel.

Jemand schnaubte unverfroren.

„Wenn ihr solche Kommentare vom Stapel läßt, werde ich nichts mehr erzählen!"

„Sei nicht beleidigt, Heimkehrer, der hat eins mit dem Staubsack auf den Kopf bekommen!"

„*Gerade, als es beinah so weit war, roch es hinter mir nach einem feinen Parfüm. Es war ein sonderbarer Geruch, etwas Totes, Klägliches und sehr Trauriges war darin. Eine Hand in schwarzem Leder riß mich zurück. Ich stieß mich an. Als ich erwachte, saß ich in einem Auto, einem englischen Luxus-Mormon. Am Steuer ein Chauffeur in Livree mit einem komischen, birnenartigen Kopf. Hinter den Fenstern floß die Straße. Neben mir saß eine Dame in einem zugeknöpften Mantel. Sie hatte ein längliches, sehr hübsches Gesicht, blaß, ohne eine einzige Runzel, grellrote Lippen. Gesamteindruck: Eine sehr schöne Maske.*

‚Nun, Jewgenij, bist du wach?' Das wurde sehr ruhig in reinem Russisch gesprochen.

‚Der Kopf tut etwas weh. Wohin fahren wir?'

‚Nicht weit. Ich muß mit dir reden. Überhaupt, wohin warst du unterwegs und wo würdest du dich jetzt befinden, wenn ich nicht gewesen wäre?'

‚Ich habe meine Gründe.'

‚So ein dummer Bengel! Er hat seine Gründe! Was für Gründe sind es denn?' Ruhig zog sie den abgeschabten Ärmel meines billigen Schülerjacketts zurück. ‚Das ist nicht Syphilis, sondern Heufieber. Und nun hättest du auf dem Boden des Kanals gelegen bis dich nach Bier riechende Feuerwehrleute rausgeholt hätten. Und deine Mutter, die dich erst vor einem Jahr aus der Sowjetunion hierher gebracht hat? Allein wäre sie zu deinem Vater zurückgekehrt, um ihr Leben in Moskau zu Ende zu leben. Wie, hast du denn nicht bedacht, du widerlicher Bengel, daß außer dir deine Eltern nichts mehr im Leben haben? Du hast dir nichts weiter ausdenken können, als von der Brücke in den Kanal zu springen, nach einer Klettertour über die geschmacklosen, gußeisernen Geländer der Wilhelminischen Zeit!'

Mir wurde unbehaglich. Diese Frau, die ich seit einer Viertelstunde kannte, wußte viel, viel zu viel über mich.

‚Wozu gibt es denn die Ärzte? Wenigstens dieser Semjonow, der wie ein fetter Kater aussieht! Die Ärzte sind zwar alle dumm, aber ich nehme an, daß er Heufieber von Syphilis unterscheiden kann.'

Stark schmerzte der Kopf. Das Auto fuhr in den Hof eines großen, dunklen Hauses in einer schmalen, sehr ruhigen Straße. Der Chauffeur öffnete den Wagenschlag. Sein dickes, aufgedunsenes, gelbliches Gesicht mit gleichgültigem Ausdruck erinnerte in seiner maskenartigen Unbeweglichkeit irgendwie an meine neue Bekannte. Eine große Tür aus Eiche und Bronze im viktorianischen Stil öffnete sich. Ein birnenartiger Kronleuchter. An den Wänden Familienportraits. Links führte eine finstere, eichene Treppe nach oben. Gegenüber ein in der gleichen Eiche gehaltener Saal. Überall gotische Schnitzereien, ausgelegt mit Silber und Perlmutt. Ein niedriger Schrank war mit goldenen Leuchtern gekrönt. Daß sie aus Gold waren, habe ich natürlich erst später erfahren. Überall silbernes Geschirr. An den Wänden vermutlich sehr gute Bilder. Damals habe ich auch nicht ahnen können, daß allein in diesem Zimmer Werte für eine gute halbe Million waren.

‚Gefällt es dir, Jewgenij? '

‚Ja, sehr hübsch.'

‚Kennst du etwas besseres? '

‚Ich denke schon.'

‚Wo denn? ' Sie war ehrlich erstaunt.

‚Als kleines Kind war ich einmal im Winterpalais, einige Tage vor der Revolution.'

‚Und was hat noch auf dich einen starken Eindruck gemacht? '

‚Der Säulensaal des Hauses der Sowjets, wo Lenin aufgebahrt lag.'

Sie lachte. ‚Da hast du aber etwas verzapft!' Ihr Lachen war fast lautlos, aber sehr lustig. Alles lachte, das Gesicht, die Augen, der Mund.

‚Wir werden große Freunde, Jewgenij. Zumindest hast du Humor. Setz dich und paß auf. Verspürst du mir gegenüber Dankbarkeit? '

‚Ja.' Ich nickte.

‚Es wäre auch merkwürdig, wenn du keine Dankbarkeit fühlen würdest. Schließlich habe ich dir das Leben gerettet. Allerdings, bei dir sieht man keine allzu große Freude, doch trotzdem mußt du mir einen Dienst erweisen.'

Mir lief es kalt über den Rücken und ich erinnerte mich plötzlich an eine Tante, die mich unter allen möglichen

Vorwänden zwang, ihr sonntags die Blumen zu begießen.
‚Warte hier, Jewgenij!'
Ich wunderte mich nicht mehr darüber, daß sie meinen Namen kannte. Sie ging durch eine kleine Tür hinaus. Ihre Figur, hoch und schlank, warf keinen Schatten. Alles ringsum war irgendwie gespenstisch. Ich verspürte keine Angst, doch ein Instinkt, der in jedem Menschen wohnt, signalisierte Gefahr. Hier war es ungewöhnlich und geistig unrein. Doch sie kam schon zurück mit einem großen Blatt von festem Papier.
‚Lies durch und unterschreibe. Natürlich nur, wenn du willst.'
Ich las.

VERTRAG

Paragraph 1

Hiermit verpflichte ich mich, alle Wünsche desjenigen zu erfüllen, der diesen Vertrag aufgesetzt hat. Meine Verpflichtungen entstehen aus dem Gefühl der Dankbarkeit für die Errettung meines Lebens, die am 11. Dezember 1927, 2.17 Uhr, in der Stadt Berlin an der Potsdamer Brücke erfolgte.

Paragraph 2

Der Verfasser dieses Dokuments erklärt seinerseits, daß er sich verpflichtet, von dem Unterzeichner dieses Vertrages nichts zu verlangen, das in irgendeiner Weise seinem Leben, Gesundheit, religiösen Bekenntnis oder auch seinen Verwandten oder seinem Erfolg im Leben entgegensteht. Der Unterzeichner ist ebenfalls nicht verpflichtet, etwas zu erfüllen, was seinem Gewissen und seinen Ansichten widerspricht.

Paragraph 3

Nachdem ich diesen Vertrag unterschrieben habe, anerkenne ich seine Gesetzeskraft bis zu dem Augenblick, wenn er durch seinen Verfasser für null und nichtig erklärt wird, worauf der Letztere allein ein gesetzmäßiges Recht hat. Außer von dem Verfasser kann dieser Vertrag von niemandem und unter keinen Verhältnissen für null und nichtig erklärt werden.

Paragraph 4

Ich verpflichte mich, für den Lauf meines Lebens absolutes Schweigen über diesen Vertrag zu bewahren, oder bis zu dem Augenblick, wenn mir von dem Verfasser erlaubt wird, das Geheimnis nicht mehr zu bewahren.

Paragraph 5

Der Verfasser dieses Dokuments verpflichtet sich seinerseits, den Unterzeichner zu protegieren und zu beschützen, und zwar in den Grenzen, die er für nötig befinden wird.

Paragraph 6

Dieses Dokument bleibt in der Aufbewahrung des Verfassers.

Paragraph 7

Der Vertrag ist von unbegrenzter Dauer.

(eigenhändig unterschrieben)

Berlin, den 11. Dezember 1927

Sie hielt bereits einen altertümlichen Gänsekiel in der Hand bereit.

‚Hast du durchgelesen und bist einverstanden?'

‚Ich weiß nicht, ich muß überlegen.'

‚Da gibt es nichts zu überlegen. Du hast einen Wechsel bei mir, und Wechsel müssen bezahlt werden. Übrigens, erst werde ich unterschreiben.'

Deutlich und kalligraphisch unterschrieb sie:

Der Verfasser.

‚Ich bitte um Entschuldigung, das ist aber kein Name.' bemerkte ich schüchtern.

‚Für dich habe ich keinen anderen Namen. Das ist kein juristisches Schriftstück.'

‚Wie soll ich das verstehen?'

‚Das ist ein Dokument des menschlichen Gewissens.'

Ich studierte sie etwas genauer. Sie hatte wundervolle, mandelförmige, grünlichgraue Augen. Sie blickten ruhig und traurig, aber keineswegs böse.

‚Entscheide dich, Jewgenij, wir haben nicht viel Zeit.'

Ich nahm den Gänsekiel. Schwarze Tinte mit rötlichem Widerschein tropfte von ihm. Deutlich und groß unterschrieb ich: Jewgenij Kreiton. Sie nahm den Vertrag und legte ihn auf ein kleines Tischchen.

‚Nun, Jewgenij, werden wir Tee trinken, schließlich bist du ein russischer Junge, und dann besprechen wir, was du für mich tun mußt.'

Ein verzierter, silberner Samowar puffte. Wie alles in dem Zimmer war er antik. Auf einem silbernen Tablett ein Durcheinander verschiedener Leckereien. Sie goß mir Tee ein und packte etwas auf den Teller, etwas sehr Schmackhaftes und Pikantes. Nach fünf Minuten merkte ich, daß sie selbst nichts aß.

‚Genier dich nicht, ich habe schon gegessen.'

‚Ich muß fort.' Ich erhob mich. ‚Bestimmt hat meine Mutter schon bemerkt, daß ich nicht zu Hause bin und womöglich bereits die Polizei alarmiert. Ein Skandal! Ich bin Ausländer, und meine Mutter regt sich leicht auf.'

‚Sie ist einfach ein impulsiver Mensch, der viel im Leben gelitten hat. Hat sie gesehen, wie du fortgegangen bist?'

‚Dann wäre ich wohl nicht weggegangen.'

‚Ja, sicher. Hast du auch keinen Zettel hinterlassen?'

‚Wozu denn das? Ich ging doch nach drüben!'

‚So etwas Albernes! Nach drüben brauchst du dich nicht zu beeilen, Jewgenij, dahin kommt jedermann viel zu früh. Deine Mutter schläft ruhig und ahnt nichts. Alles hängt davon ab, daß du leise ins Haus kommst. Wir müssen aber noch eins besprechen. Deine Aufgabe ist leicht. Bestell in der Kirche für mich eine Prosfora, für die Gottessklavin. Der Name steht auf einem Blatt Papier in diesem Umschlag. Er ist verschlossen. Du wirst ihn einfach so, wie er ist, der Kirche übergeben und gib mir dein Ehrenwort, daß du nicht versuchen wirst, ihn zu öffnen.'

‚Das verspreche ich. Bis wann muß ich das machen?'

‚Im Laufe von zwei Wochen.'

‚Ich würde mir gern Ihre Adresse notieren.'

‚Du brauchst sie nicht. Wenn du die Prosfora geholt hast, werden wir uns wieder begegnen. Ich kriege dich schon!

Nun schnell nach Hause. Das Auto wartet bereits.'

Das Auto mit dem dicken, birnenartigen Chauffeur stand noch an der gleichen Stelle. Wieder flossen die Strassen vorbei, unbekannte Straßen. Keine Namen waren zu erkennen. Regenbogenölige Laternen. Der Mormon stoppte. Der Chauffeur öffnete den Verschlag. Wir standen an der Ecke unserer Straße. Es war wie versprochen. Die Mutter schlief. Niemand hatte etwas bemerkt. Ich zog mich aus und schlief ein.

‚Jewgenij, steh auf! Was bist du so blaß?'

Die Mutter stand mit dem Tablett an meinem Bett. Beim Frühstück machte ich bereits den Mund auf, um meinen sonderbaren Traum zu erzählen. Doch der Aussatz war noch auf der Hand, und in der Tasche lag der Briefumschlag.

Ich begann, mich verstohlen zu erkundigen, wie man eine Prosfora bekommt. Ich hatte das noch nie selbständig gemacht. In diesem Ritus lag etwas sehr Rührendes, kindlichen Erinnerungen entsprechend, etwas Naives und Durchgeistigtes.

Die Kirche war halbdunkel. Sie war arm, bescheiden, doch voller Liebe und Würde. Sie war so rührend würdevoll, wie nur die armen Emigrantenkirchen sind. Der Gottesdienst hatte erst begonnen. Näselnd las der Kirchendiener vor. Zwei alte Frauen wisperten miteinander. Sie richteten die geschmolzenen Kerzen vor dem Heiligenbild des Tages auf.

‚Ich möchte gern eine Prosfora für das Wohlleben haben.' Ich stockte. Woher wußte ich, daß die Prosfora für das Wohlleben sein sollte, vielleicht war sie für einen Toten bestimmt. Das hatte ich vergessen zu fragen. Doch wenn man es nicht weiß, ist es schon besser, das Wohlleben zu wählen.

‚Haben Sie den Namen aufgeschrieben, junger Mann?'

‚Hier, in diesem verschlossenen Kuvert steht alles.'

Jetzt geschieht etwas Sonderbares, dachte ich. Doch nichts geschah. Ein Diakon von riesigem Wuchs schleppte einen Stoß Zettel und meinen Briefumschlag fort. Im Halbdunkel leuchtete sein prächtiges Haar.

‚Was ist das für ein Diakon!' empörte sich im Hintergrund eine leise männliche Stimme. ‚Ein Bonvivant ist er! Sein Platz ist in der Oper, dort kann er den ersten Liebhaber spielen!'

‚Er singt auch in der Oper.' bemerkte ein anderer. ‚Alle Choristinnen sind verrückt nach ihm. Solch ein Schwein!'

‚Schimpf nicht in der Kirche! Erst recht nicht über eine geistliche Person!'

Die Kirche wurde voll. Überall erschien mir das Gesicht meiner neuen Bekannten. Soll ich vielleicht für sie beten?' Nachdem ich das Kreuz geküßt hatte, ging ich dem Ausgang zu. Die Prosfora hatte ich völlig vergessen.

‚Junge, he!' ertönte hinter mir die samtene Oktave des Diakons. ‚Bei uns ist es nicht Sitte, die Prosfora zu vergessen! Dort liegt sie, neben dem Heiligenbild.'

Auf einem silbernen Tablett, bedeckt von einem Blatt weißem Papier lag die Prosfora. Der Briefumschlag fehlte."

„Heimkehrer, was ist das eigentlich, die Prosfora? "

„Das ist eine Art geweihtes Brot von runder Form, es hat eine mystische Bedeutung."

Ich fuhr in der Erzählung fort.

„*Zu Hause habe ich die Prosfora sorgfältig in ein sauberes, neu gekauftes Taschentuch gewickelt. Ein paar Tage gingen dahin.*

Die Schularbeiten waren beendet. Es dämmerte. Mit einem Buch saß ich neben meinem Fenster, ganz ohne Gedanken, und durch die Stille in meinen Ohren drang ein vielstimmiger Klang. Zuerst war er kaum zu hören, dann wurde er immer stärker, immer aufdringlicher, und merkwürdig, ich begriff sofort: Man rief mich. Ich mußte fortgehen und verließ das Haus. Die Prosfora beulte meine Manteltasche leicht aus. Ich passierte einige Häuserblocks. Es wurde schnell unnatürlich dunkel. Klebriger Nebel durchflutete die Riesenstadt. An der Ecke wartete der Mormon mit dem birnenartigen Chauffeur. Jetzt werdet ihr mich nicht überlisten, dachte ich, genau werde ich mir alle Straßen merken. Doch ich konnte nichts erkennen.

Kreuzungen, Straßenbahnen, Brücken, alles war unbekannt.
‚Chauffeur, wohin fahren wir?'
Er antwortete nicht. Erst als wir stehenblieben, erkannte ich die stille, schmale Straße. Der finster prächtige, gotische Saal. Sie war dieses Mal so gekleidet, als ob sie ausgehen wollte, in einem grünen Samtkleid mit silberner Stickerei auf der Brust. Ein silberner Gürtel, gedreht wie eine dicke Kordel. Am alten Platz das Tischlein, wieder voll beladen.
‚Ich habe Ihnen gebracht, was Sie wollten.'
‚Vielen Dank, und für das Gebet noch mehr. Du brauchst nicht zu staunen, woher ich das weiß. Es ist nicht nötig, danach zu fragen. Du kennst doch das alberne russische Sprichwort: Wer viel weiß, wird früh alt! Nun, setz dich!'
Sie legte die Prosfora auf das kleine Tischchen, auf dem beim ersten Besuch unser Vertrag gelegen hatte. Ich aß und fühlte dann, daß es Zeit war zu gehen. Auf dem Rückweg konnte ich wieder nichts fixieren..."
„Und dann? Ist das die ganze Geschichte?"
„Dann war zuerst nichts. *Ein halbes Jahr habe ich sie nicht gesehen. Die Sommerferien gingen gerade zu Ende, es war ein schwül-feuchter August, als sie mich wieder rief. Die Bitte nach einer Prosfora wiederholte sich. Doch hatte ich keine Angst mehr und bat sogar, mir das Haus zu zeigen. Es war eine sehr luxuriöse Villa. Sie erinnerte an ein Museum für sakrale Kunst. Überall fromme Gegenstände, religiöse Symbole, orthodoxe Kreuze, katholische Kruzifixe. Es gab mehr Heiligenbilder als selbst in der Kirche. Ein großer Reichtum stach buchstäblich überall hervor, aber kein aufdringlicher, marktschreierischer Reichtum, nicht plötzlich zusammengerafft, sondern ein solider, jahrhundertealter Reichtum, der seinen eigenen Wert und seine Macht kannte. Besonders erstaunlich war die Bibliothek. Sie erstreckte sich über ein halbes Stockwerk, annähernd fünftausend Bände, zumeist in Leder gebunden. Manche Bücher hatten ein mittelalterliches Aussehen, mit ihren goldenen lateinischen Inschriften auf dem Schweinsleder. Ich bat um Erlaubnis, etwas besonders Verlockendes mitzunehmen. Mit einer ausholenden Geste zeigte sie mir, daß*

ich nehmen könne, was ich wollte. Ich wählte eine alte Ausgabe des Lyrikers Derschawin, den ich kaum kannte. Doch sie selbst zu fragen, wer sie sei, wagte ich nicht.

Erst bei meiner nächsten Visite fragte ich sie verlegen, ob sie nicht mit mir in die Kirche gehen wolle. Sie drehte sich um und blickte mich unbewegt an. Im ersten Augenblick erschien in ihren länglichen Augen etwas sehr Ungutes, dann, als ob sich alles in ihrem Kopf ordnete: Angst, Gleichgültigkeit, Müdigkeit und Resignation. Lange blickte sie mich durchdringend an, dann lächelte sie und sagte:

‚Ich kann nicht.'

Die Audienz war beendet.

DER HEIRATSANTRAG

Jahre gingen vorüber. Meine Besuche in der Villa, deren Lage ich immer noch nicht kannte und auch nicht kennen durfte, wurden zur Gewohnheit. Ich mußte immer dasselbe für sie tun. Aber mein persönliches Leben und das meiner Mutter wurden viel, viel schwerer. Eine Pechsträhne begann. Das Geld fehlte. In Rußland litt mein Vater wie zahllose andere in dem Fleischwolf stalinischer Experimente. Ich mußte das Gymnasium verlassen. Schwere Arbeit für das tägliche Brot stand mir bevor. Hitler kam an die Macht. Gerüchte, daß der Führer und Reichskanzler russische Emigranten gegen deutsche geflohene Kommunisten mit der Sowjetunion austauschen wollte, schwirrten umher. In niedergeschlagener Stimmung war ich bei ihr und erzählte alles über die Verschickung und Krankheit meines Vaters und bat um Hilfe. Unbeweglich, wie eine Statue saß sie im Sessel und hörte alles geduldig an. Dann schwiegen wir lange.

‚Ich kann dir helfen, Jewgenij, doch werde ich das lieber nicht tun. Du und die Deinigen glauben doch an Gott!'

‚Ja, das kann man wohl sagen.'

‚Dann soll für dich alles Gottes Wille sein und du mußt selbst versuchen, diesen Berg zu überklettern. Du und deine Verwandten sind nicht die ersten Menschen in Not.'

‚Es sind aber meine Eltern, die leiden, und Sie können ihnen helfen. Ich bitte doch nicht für mich!'

‚Nicht jede Hilfe nutzt etwas. Wirklich zu helfen,ist etwas sehr Schwieriges. Du erinnerst dich doch an das Märchen, in dem Teufelsgold sich in klägliche Kohlen verwandelt hat? Da du mich jedoch sehr bittest, werde ich dir aber dennoch helfen. Erinnerst du dich an den fünften Paragraphen:

Der Verfasser dieses Dokuments verpflichtet sich seinerseits, den Unterzeichner zu protegieren und zu beschützen, und zwar in den Grenzen, die er für nötig befinden wird.

Die Zeit ist jetzt reif, meine Verpflichtungen einzuhalten. Doch wirst du die Hilfe kaum bemerken.'

Ich sah sie an. Seit sieben Jahren kannten wir uns und sie hatte sich gar nicht verändert, als ob sie ein Bild und kein Mensch war.

‚Zweifelst du daran? '

‚Nein, kaum. Doch Sie haben sich in dieser Zeit gar nicht verändert.'

‚Das hast du richtig bemerkt. Doch wollen wir darüber nicht reden. Das führt zu nichts.'

Tatsächlich, seit diesem Gespräch wurde alles irgendwie besser. Die Mutter zog in eine bessere Wohnung um; meine Arbeit wurde leichter, erträglicher; mein bisher so klägliches Gehalt verbesserte sich, doch die Ruhe war dahin. Etwas fehlte. Ich wünschte, erhoffte etwas, wußte aber nicht, was. Plötzlich wurde es mir klar: Ich war bereits ein erwachsener Mann und liebte meine geheimnisvolle Unbekannte. Ein starkes Gefühl bemächtigte sich meiner vollständig. Zwei Wochen später brachte mir der Bote des Schneidermeisters meinen ersten, maßgeschneiderten und mit seidenen Revers versehenen Smoking. Geschlagene zwei Stunden habe ich mit Verzückung die Revers gestreichelt. Und vom Ersten des nächsten Monats an war ich kein Arbeiter mehr, sondern ein Angestellter.

Im Zimmer herrschte Halbdunkel. Wie ein Tintenfleck lag mein Smoking auf dem weißen Bett. Ich versuchte, sie mir zwischen gotischen Schnitzereien vorzustellen.

Unbedingt mußte ich sie sprechen. In der Dunkelheit begannen Fäden zu weben. Morgen um sechs, morgen um sechs, raunte es aus der Dunkelheit.

Am nächsten Tag war ich seit dem Erwachen wie ein von der Kette losgerissener, junger Köter. Erst zum Friseur, dann kaufte ich Lackhalbschuhe, dann Nägelschneiden, unter die Dusche, und hinein in den Smoking. Eine ganze Stunde quälte ich mich mit der Fliege ab. Kaufte einen Strauß weißer Rosen. Warum gerade weiße, konnte ich mir selbst nicht erklären. Um vier Uhr war ich mit allem fertig und saß eine Stunde völlig unbeweglich, damit es keine Falten gab. Der bekannte dämmrige Zustand, der Klang ertönte und ich verließ das Haus. Wie immer stand das Auto nicht weit vom Hause entfernt. Der helle Gummimantel knirschte über dem Smoking."

„Soso!" unterbrach der Elegante. „Weißt du denn nicht, daß man bis achtzehn Uhr überhaupt keinen Smoking anzieht? Und noch dazu mit einem hellen Gummimantel darüber! Das ist doch ein Bild für die Götter!"

„Woher sollte ich denn das alles wissen!" versuchte ich, mich zu verteidigen.

Am Tisch begann ein Gejohle.

„Heinrich, halt doch die Klappe, jetzt wird es interessant. Ich höre zu gern, wie andere Leute Liebeserklärungen machen, vor allem, Männer an Männer, aber auch zwischen Männern und Frauen, wenn das auch albern ist."

Die Dame in schwarz zwinkerte kokett mit den Augen.

„Mach weiter, sonst zerpflücken sie den ganzen Sinn!"

„*Auto und Chauffeur, beide so unveränderlich wie ihre Herrin, nahmen mich in Empfang. Vor Aufregung war ich völlig durcheinander. Es war ein warmer Sommertag, die Sonne sank. Der gotische Saal war von den Lichtstrahlen zerschnitten. In ihnen tanzten zahllose Stäubchen. Noch nie habe ich sie so prächtig gesehen, in einem halblangen, schwarzen, glänzenden Kleid mit einer rubinfarbenen, gestickten Eidechse auf der Brust. Sie lächelte mich an.*

‚Komm und bring Glück herein, Jewgenij, oder muß ich dich vielleicht schon Jewgenij Borisowitsch nennen? Du

bist heute so feierlich. Das ist natürlich dein erster Smoking und der Blumenstrauß, nehme ich an, ist für mich.'

‚Ja, er ist für Sie. Doch erst möchte ich Sie um Erlaubnis bitten, mit Ihnen etwas Ernstes zu besprechen.'

‚Ist das so wichtig?'

‚Für mich, ja.'

Eine lange Pause folgte.

‚Hast du dir alles gut überlegt, Jewgenij? Es gibt Dinge, die man später niemals wieder gutmachen kann. Manchmal kann man etwas tun, was nicht zu verbessern ist.'

‚Ich denke, ich habe alles überlegt. Sie haben mein Leben gerettet. Ich liebe Sie sehr und bitte Sie, sofort meine Frau zu werden.'

Auf ihrem Gesicht widerspiegelte sich nichts.

‚Das also bedeuten deine wunderbaren Rosen? Wieviel hast du dafür bezahlt, und hast du auch den Rabatt nicht vergessen?'

Das kam so unerwartet, daß ich völlig perplex wurde.

‚Du hast die weiße Farbe der Reinheit und Unschuld gewählt. Diese Farbe paßt vielleicht zu dir, bestimmt aber nicht zu mir. Sag, Jewgenij, was weißt du vom Betrug?'

‚Fast gar nichts. Das hat auch nichts zu sagen.'

‚Hast du auch keine Angst? Hast du nicht manchmal das Gefühl, daß mit mir — wie soll ich mich da richtig ausdrücken — etwas nicht stimmt?'

‚Sehr oft sogar, doch ich liebe Sie trotzdem.'

‚Jewgenij, mit solchen Sachen spaßt man nicht. Ja, man kann mich sogar sehr lieben. Und wenn ich alt werde, krank und häßlich, vielleicht ein Monstrum, was dann? Wirst du mich auch dann lieben?'

Ich schickte mich schon an, etwas über die Liebe bis zum Sarg und darüber hinaus loszukrähen, doch das traurige Gesicht meines Vaters stand vor mir, bei der Trennung in Moskau:

‚Sei immer ehrlich, mein Sohn! Lügen ist immer schandbar, meide das. Doch wenn du nicht lügst, so kannst du in unseren herrlichen Zeiten nicht existieren, ich meine die kleinen Lügen. Doch niemals lüge im Großen.'

Minuten zogen vorbei, und immer noch dachte ich nach. Es wurde dunkler.

‚Wie steht es, Jewgenij? Du bist mir eine Antwort schuldig!'

‚Wenn Sie alt und häßlich wären, könnte ich Sie nicht lieben.'

‚Sehr gut, Jewgenij, und gut, daß du dich deines Vaters erinnert hast. Ehrlichkeit rettet immer. Warte noch einen Augenblick.'

Entlang dem Fenster kroch ein erlöschender Sonnenstrahl.

‚Hast du eigentlich ein gesundes Herz? Und bist du sehr schreckhaft?'

‚Als Kind habe ich mich im Dunkeln sehr gefürchtet.

‚Das tat ich auch. Ich werde dich jetzt sehr erschrecken, doch das ist nötig für dich und mich. Du warst ehrlich mit mir und ich muß ehrlich mit dir sein.'

Langsam schob sie den schweren Sessel zurück und nahm darin Platz. Hinter den farbigen Scheiben des Fensters, das jeder gotischen Kathedrale Ehre erwiesen hätte, erlosch der letzte, kupferrote Strahl. Plötzlich veränderte sich etwas in ihrem Gesicht, unsichtbare Stützen lockerten sich in seinem Inneren. Das Gesicht verzog sich, doch nicht nur es allein. Die gesamte Figur beugte sich nach vorn, sackte zusammen. Es war ein schauerliches Spiel halbdunkler Schatten. Die Wangen fielen ein, Runzeln erschienen. Das Gesicht wurde über und über runzlig. Das schwarze Kleid mit der rubinroten Eidechse war plötzlich zu weit.

Vor mir saß eine uralte Frau, ein mageres Skelett in schwarz, mit einer roten Eidechse, die jedoch nicht mehr auf der Brust, sondern viel tiefer war. Nur in den Augen war es wie früher, dort waren noch Leben und Willen.

‚Wie gefalle ich dir nun?'

Mit Schrecken sah ich, daß sie keine Zähne hatte. ‚Nun, ist die Begutachtung vorbei?'

Doch ich sah nicht mehr hin. Ein nasser Lappen stieg vom Magen empor. Dann begann die Verwandlung von Neuem. Plötzlich, jubelnd und schillernd, entflammte der kristallene Leuchter. Sie saß vor mir, wie immer, im Glanze der Jugend und Schönheit. Die Augen schmerzten mirvon dem blendenden Licht.

‚Das wär's, Jewgenij. Ehrlichkeit für Ehrlichkeit. Jetzt hast du mein wahres Gesicht gesehen. Du warst ehrlich, doch hättest du gelogen, so wärst du für immer mein und hättest niemals mehr dieses Haus verlassen, und deine Mutter hätte keinen Sohn mehr.'

Ich konnte nichts erwidern. Kälte nistete in meinem Herzen.

‚Also, du willst mich trotzdem heiraten? Ich sehe, daß du es willst. So ein dummer Junge! Vor nichts hast du Angst. Tapferkeit ist nämlich das beste Zeichen der Dummheit. Doch wisse, daß im Augenblick der Ehe du gezwungen sein wirst, mich so zu lieben, wie du mich eben gesehen hast, und nicht so, wie ich jetzt vor dir stehe. Nun aber genug der Schauermärchen, schließlich sind wir nicht in einem Spukschloß auf dem Rummel. Mach dich an den Kuchen heran, vor allem an die Obsttorte.'

Ich würgte alles hinunter.

‚Für heute ist das alles. Nein, noch etwas. Wieviel hast du für die Blumen bezahlt?'

‚Zwanzig Mark.'

‚Du bist verrückt! Wann hast du das letzte Mal deiner Mutter Blumen geschenkt?'

‚Ich kann mich nicht mehr genau erinnern.' stotterte ich.

‚Sei schon still!' Sie warf einen Zwanzig-Mark-Schein über den Tisch. ‚Das ist für Blumen für deine Mutter, und kauf nicht etwa nur für fünf Mark! Ich kenne meine Pappenheimer! Du sollst überhaupt viel mehr an deine Mutter denken. Deine Blumen aber werde ich für immer aufbewahren. Ich bekomme nicht zu oft Blumen. Und jetzt, auf Wiedersehen. Denke nicht etwa wieder, jemandem einen Heiratsantrag zu machen. Du bist jetzt auf den Geschmack gekommen. Heiratest du die Verkehrte, wirst du für dein ganzes Leben Kummer haben.'

‚Was soll ich denn tun?' begann ich eingeschüchtert. ‚Soll ich immer Junggeselle bleiben?'

‚Bis dahin ist es noch weit. Wenn es einmal sein muß, werde ich dich vielleicht selbst verheiraten. Nun, verschwinde, sonst habe ich noch andere Überraschungen für dich!'

An der Tür blickte ich mich um. Sie saß noch immer unter dem blendenden Kronleuchter, und es schien mir, als ob etwas in ihren Augen glitzerte. Doch ich war wohl kaum noch Herr meiner Sinne."

„Du bist ein Esel, Heimkehrer!"

Ich protestierte.

„Doch, du bist ein Esel, weil du sie nicht genommen hast."

„Hättest du sie so gesehen, wie ich sie gesehen habe, dann wäre dir dein Fankfurter Herz in deine Frankfurter Hosen gerutscht."

„Aber sie ist doch reich!"

„Ich denke, du machst dir nichts aus Frauen? "

„Ich sorge auch nur für dich, wie ein Vater!"

„Woher weißt du denn, daß sie Geld hatte? " Der Haus- und Realitätenbesitzer kniff schlau ein Auge zu. „Vielleicht ist ihr Reichtum eben solch ein Blendwerk wie ihre Schönheit? "

„Es gibt im Leben keine Zauberei! Sie ist einfach eine gute Hypnotiseuse, und unser romantischer Heimkehrer ist kein schlechtes Objekt für eine Suggestion. Man braucht wirklich nicht viel, um dir etwas suggerieren zu können."

„Ich weiß nicht. Das ist nicht so einfach."

„Und dann? "

„Dann war alles wie vorher. *Mich nahm etwas anderes in Anspruch. Meine Arbeit. Ich mußte mir einen Weg mit der eigenen Stirn bahnen und dazu noch poussieren, wie es in diesem Alter von Amts wegen sein muß. Das ist doch wie Brot. Meine Poussierereien waren ziemlich unbedeutend. Doch dann kam wieder die wirkliche Liebe — der Teufel soll sie holen!*"

„Wieder mit Spuk? "

„Nein. *Sie war natürlich eine Tänzerin. Mein ganzes Leben hat sie mit dem Emigrantenballett verflochten, und eine von diesen Ratten hat mich auch in die Lubjanka gebracht.*"

„Wie bist du nur auf sie gekommen?"

„Sie hat gesoffen."

„Ein komischer Mensch bist du. Immer hast du irgendetwas mit pathologischen Subjekten zu tun. Lügst du auch nicht?"

„Ihr selbst seid ja auch eine ziemlich komische Gesellschaft. Wenn ich jemandem von euch erzähle, heißt es auch: Er lügt."

„Das kann man schwer bestreiten", bestätigte lachend die Frau in schwarz. „Doch erzähl am besten so wenig wie möglich. Nur die Polente allein wird dir alles von uns glauben."

„Schon wieder geht das Gequassel los! Wie hat sie denn Karriere gemacht, deine saufende Tänzerin, in ihrem vertikalen Beruf? Für diejenigen, deren ganze Karriere von der Balance abhängt, ist das Saufen ziemlich gefährlich."

„Sicherlich hat sie auch einen horizontalen Beruf gehabt?" erkundigte sich die silberne Brokatbluse.

„Das ist gerade das Erstaunliche, anscheinend nicht. *Sie war Deutsch-Russin und viel zu hoch von Wuchs für ihren Beruf, doch so gebaut, daß, angefangen vom Schüler bis zum hundertjährigen Greis, alle den Eindruck hatten, eine Hochspannungsleitung berührt zu haben. Einmal war ich bei ihren Eltern zu Gast. Der Papa, ein solider Beamter, natürlich mit Geld, wollte mit mir ein Gläschen Aquavit leeren. Ich dankte und sagte, daß ich Nichttrinker bin.*

‚Rauchen tun Sie auch nicht? Und wie ist es mit Mädchen?'

‚Ich hasse die Weiber wie die Sünde!'

‚Hör mal!' sagte er zu seiner Frau. ‚Das wäre etwas für unsere Verena. Haben Sie keine Angst, junger Mann, sie ist eine Ballerina und sehr hübsch. Eine Schande für die ganze Familie! Träumt vom Kinoruhm, war schon zum Empfang bei Dr. Goebbels.'

‚Werner, immer quatschst du etwas zusammen!' Die Dame des Hauses wurde rot.

‚Wieso, ist das etwa nicht wahr? Also, junger Mann, ich werde Sie mit meiner Tochter bekannt machen und Sie werden sich natürlich bis über beide Ohren in sie verlieben. Es gibt zwar ein kleines Aber, Sie werden sich jedoch zurechtfinden.'

Nun, hat er mich auch bekannt gemacht. Verena entpuppte sich wirklich als Schönheit und keinesfalls als eine Dutzendtänzerin. Sie tanzte in verschiedenen besseren Varietes und soff so, daß alte russische Fachleute vor ihr den Mund aufsperrten.

Morgens übte sie sehr sorgfältig. Dann streckte sie sich auf der Chaiselongue aus und begann zu träumen. Bei den Russen schreitet dem Saufen immer das Träumen voraus. Am Kopfende der Chaiselongue stand ein spezielles kleines Tischchen auf Rädern. Das Tischchen war mit einem Hebel versehen, den man nur drücken brauchte, und schon öffnete sich die obere Platte und aus dem Inneren kamen die Flaschen wie die Teufel aus dem Höllenschlund. Die Flaschen waren fest verankert und jede hatte ein Bändchen um den Hals. Sie brauchte nur ein Glas bereithalten und am Bändchen zu ziehen. Die Flasche kippte um und sie konnte trinken, sich selbst zur Freude und der Leber zum Verdruß. Sie schenkte ohne Unterbrechung ein. Gegen Abend, wenn es Zeit für das Theater wurde, war sie völlig fertig.

Meistens wurde sie von einem Hilfsregisseur und einem stämmigen Schreiber abgeholt. Die beiden transportierten sie per Taxi ins Theater. Dort wurde sie von der Friseuse und der Garderobiere gepackt und unter die kalte Dusche geschleppt, wo eine unbeschreibliche Tragödie stattfand. Verena kreischte, als ob man ihr die Kehle durchschneiden wollte, weinte, drohte, endgültig das verdammte Theater zu verlassen, fluchte und wurde schnell nüchtern. Sie wurde angezogen und an eine bestimmte Kulisse gestellt. Dort blieb sie auch stehen, bleich und schwer atmend, bis zu ihrem Auftritt. Sie tanzte immer fabelhaft. Fast immer gab es stürmischen Applaus. Sie irrte sich nie und vermasselte nicht einen einzigen Takt. Doch dann war es mit ihren Kräften zu Ende, und hinter den Kulissen stand ein spezieller Mann mit ihrem leopardenfarbenen Bademantel. Sobald sie raushopste, wurde sie sofort eingewickelt und wieder unter die Dusche gebracht, diesmal unter eine warme. Anschließend ging es nach Hause, um zu schlafen, und am nächsten Tag begann alles von Neuem.

Nach vielen Zweifeln wurde mir der leopardenfarbene Bademantel anvertraut. Gründlich paukte mir Verena ein:

‚Hier, steh zwischen der vierten und dritten Kulisse und warte, bis ich von der Bühne komme. Du weißt doch, nach der letzten Pirouette, wenn die Waldhörner ihr Pianissimo anfangen.'

Ich aber kapierte vor lauter Aufregung, Verliebtheit und dem Durcheinander hinter der Bühne gar nichts. Von den Kulissen aus erscheint eine Aufführung immer als einziges Chaos. Es gab den ‚Nußknacker' von Tschaikowskij, und ich war auch nicht viel geschickter als dieser Nußknacker. Habe meine Arme mit dem Bademantel ausgebreitet, die Augen herausgequollen wie bei einer Eule, und so stand ich wie ein leibhaftiger Trottel, wie eine Fledermaus mit ausgebreiteten Flügeln. Nur viel dämlicher! Rund herum kicherten alle. Ich hörte das und vor Verlegenheit fürchtete ich mich, auch nur mit der Wimper zu zucken.

Plötzlich sprang sie heraus. Ich wickelte sie in den Bademantel und bemerkte etwas sehr Sonderbares: Verena hatte rotes Haar, doch jetzt war sie auf einmal brünett und viel kleiner von Wuchs. Schau, schau, hatte ich eine Falsche eingewickelt, und die Eingewickelte fragte erstaunt:

‚Entschuldigen Sie bitte, ich bin Beate Meier zwei, und wer sind Sie? '

Habe ich offenen Mundes angefangen, den Bademantel von der Meier zwei herabzuzerren. Und hier kam Verena selbst angesprungen, riß in ihrer Wut so stark an dem Bademantel, daß die Meier zwei aus dem Bademantel wie eine leere Hülse aus einer Mauserpistole herausflog.

‚Komm mit in die Garderobe und nimm den Bademantel mit!'

Und dort begann es:

‚Du Lausebengel, Gymnasiast, Ballettembryo, Emigrantenlümmel...!'

Das sind die druckbaren Ausdrücke. Verena, wenn auch aus einer guten Familie, hat sich immer sehr präzise ausgedrückt.

‚In meinen Leopardenmantel hast du die Meier zwei eingewickelt! Weißt du Vogelscheuche überhaupt, wer sie ist? Das ist meine Hauptfeindin! Die erste Intrigantin des Theaters! Eine seltene Talentlosigkeit, und schlafen tut sie mit dem Hauptportier. Wenn sie ihre Pirouetten dreht, dann keucht sie und stützt sich auf einen Tisch. Außerdem, ihr Verlobter ist der zweite Schreiber vom Büro, weißt du, dieser Abgeleckte mit einer intellektuellen Warze am Ohr! Sie kriegt auch entsprechende Rollen — Spuren im Schnee! Daß du den Bademantel sofort in die Wäscherei bringst!'

‚Es ist doch bald Mitternacht!'

‚Ich sage, du sollst ihn hinbringen! Wegen deiner Romantik werde ich nicht in einem schmutzigen Bademantel umherlaufen!'

Was sollte ich tun? Ich klingelte einen mir bekannten Besitzer einer kleinen Wäscherei aus dem Bett. Ein Skandal mittleren Ausmaßes! Zahlte zehn Mark im voraus, wenn bis zum nächsten Abend alles fertig sei. Kehrte zurück ins Theater. Verena, die Füße auf dem Toilettentisch, betrachtete gerührt eine ovale Flasche.

‚Wo ist mein Bademantel? '

‚Was heißt das? In der Wäscherei natürlich!'

‚Wenn ich dich sehe, denke ich an das alte russische Sprichwort: Bitte einen Narren zu beten, schon zerschlägt er sich die Stirn. Das habe ich doch nicht ernst gemeint!'

Dann begann sie, mir Cocktail einzuflößen. Zuletzt erklärte sie mit einem Seufzer:

‚Weißt du, diese Meier zwei wird zu dir viel besser passen als ich, eigentlich ein reizendes Mädchen!'

Da soll man etwas von Frauen verstehen! Erst ein Theaterskandal mit Fassade und dann ...

Verena war stark angeheitert, wippte mit dem Finger und belehrte mich:

‚Alle Frauen haben immer recht. Sagt sie, es sei weiß, hast du nur zu nicken; sagt sie, es ist schwarz — ebenfalls. Kurzum, du hast immer zu nicken, aber handeln mußt du immer nach deiner eigenen Art! Wie mein verstorbener Onkel in Rußland. Er war Marineoffizier in Kronstadt und hat irgendwelche Batterien befehligt. So kommen einmal hohe Vorgesetzte und fragen: ‚Sind das sechszöllige Geschütze?' Und der Onkel: ‚Jawohl, eure Exzellenz, zwölfzöllige!'‘

Erst viel später habe ich verstanden, daß die Eltern Verenas mich mit ihrer Tochter bekannt gemacht hatten, sozusagen als moralische Bremse, da ich nicht trank. Doch Verenas Freund zu sein und nicht zu trinken, war sehr schwierig. Nach und nach begann ich, mit ihr zu trinken. Es war aber doch eine wirkliche Liebe, und wissen Sie, womit sie begann? Mit Bleisoldatenspielen!"

„Eine Ballerina und Bleisoldaten?"

„Völlig im Ernst! Eine saufende Ballerina und Bleisoldaten! *Einmal war sie verhältnismäßig nüchtern und nach einigen geheimnisvoll fragenden Blicken bemerkte sie leise:*

‚Ich werde dir etwas zeigen, weil du so nett bist!' Sie führte mich in ein Hinterzimmer und schweigend blieben wir an der Schwelle stehen. Dort war eine Märchenwelt aufgebaut. Auf einem großen Tisch standen sich zwei Armeen gegenüber. Wunderbare Nürnberger Bleisoldaten in den schönsten Uniformen, die jemals auf der Erde existierten, die bunten Uniformen des Napoleonischen Zeitalters.

Es stellte sich heraus, daß Verena sich in der Geschichte der Napoleonischen Kriege besser zurechtfand als mancher Professor. Ich selbst hatte erst vor gar nicht so langer Zeit aufgehört, mich für Bleisoldaten zu interessieren. Für einige Stunden wurden Verena und ich um zehn Jahre jünger. Zuletzt kam es zu einem Riesenkrach, weil wir uns über die Aufstellung der Reiterei nicht einigen konnten. Verena begann zu weinen und erklärte, daß ein Kavalleriegeneral, wenn er wirklich tapfer ist, seiner Truppe immer voran ist und nicht auf dem rechten Flügel. Ich versuchte, sie zu trösten, und damit fing alles an. Bei den Russen beginnt die Liebe mit Mitleid, bei den Franzosen mit Patriotismus, bei den Briten, weil die Liebe zur Tradition gehört und bei den Deutschen aus Angst vor einer nicht ausgenutzten Möglichkeit.

Dann passierte noch ein Erdrutsch in meinem Leben. Ich wurde Mitglied einer revolutionären russischen Organisation. Einige Tage gingen vorbei. Ich stand vor meiner merkwürdigen Unbekannten. Ihr Gesicht drückte Sorge aus. Nach und nach habe ich doch gelernt, in ihrem Gesicht zu lesen. Ihre Frage war kurz:

‚Bist du stark verliebt?'

Ich bejahte.

‚Ich kenne deine Verena. Willst du sie heiraten?'

‚Ja.'

‚Hast du schon den Heiratsantrag gemacht?'

‚Noch nicht, ich habe Angst.'

‚Tu es auch nicht.'

‚Warum nicht?'

‚Erstens wird sie dich nicht nehmen, und zweitens, wenn sie es doch tut, so wird dies das Ende deines Lebens bedeuten. Spätestens in drei Jahren wirst du in einer Irrenanstalt landen, und wenn du von dort herauskommst - wenn, habe ich gesagt - mußt du gleich eine Alkoholentziehungskur mitmachen.'

‚Das sollte mir passieren?'

‚Bitte, widersprich mir nicht. Nicht du wirst ihr abgewöhnen zu trinken, sondern sie wird es dir angewöhnen. Aber das geht noch. Ein paar Monate in einer Heil- und Pflegeanstalt haben noch niemandem geschadet. Aber du wirst dabei in eine Artisten-Boheme geraten, und das ist viel schlimmer. Aber am schlimmsten, am allerschlimmsten sind deine nationalen Jünglinge. Es gibt nichts Schlimmeres als Politik, die von jungen Bengeln gemacht wird.'

Ich fühlte mich getroffen und beleidigt. Sofort las sie meine Gedanken.

‚Untersteh dich, mir böse zu sein. Dazu hast du weder ein Recht noch einen Grund. Außerdem, vergiß nicht, du

hast den Vertrag unterschrieben. Ich bin viel stärker als du und wünsche dir nur Gutes. Mir gefällt gar nicht, daß du dich neuerdings mit Politik befaßt.'

‚Dann werden Sie vielleicht so gut sein und mir erläutern, wozu ich überhaupt leben soll! Mein Vaterland habe ich verloren. Um meine Ausbildung zu Ende zu führen, habe ich kein Geld. Ich arbeite schwer. Eine Karriere im modernen Deutschland zu machen, wird man mir, einem Staatenlosen, nicht gestatten. Die deutsche Staatsangehörigkeit annehmen - das heißt, unehrlich zu sein. Dazu bin ich noch nicht fähig. Das Einzige, an das ich glauben kann, ist ein abstraktes Rußland der Zukunft. Solch ein Rußland gibt es nicht, aber die Hoffnung allein ist schon viel wert.'

‚Ein Rußland der Zukunft ist eine Chimäre, und du wirst es nie erleben. Einfach deshalb, weil es solch ein Rußland nicht geben kann.'

‚Und für Sie? '

‚Für mich ist Politik absolut uninteressant, sie existiert einfach nicht. Ich habe sehr viel gesehen und werde vielleicht noch mehr sehen, auch wenn ich daran absolut nicht interessiert bin. Doch du fängst erst an zu leben. Weißt du, Jewgenij, was Politik überhaupt ist? Gaunerei auf hoher Ebene, multipliziert mit kaltem Verstand und menschlicher Bosartigkeit. Daraus entsteht ein fataler Kreis. Und in diesem Kreis schlagen sich verzweifelt Idealisten, anständige Leute und Gläubige. Das sind die kläglichen Falter, die die Flamme der Politik ernähren, indem sie in ihr verbrennen. Du wirst einer von ihnen sein. Wenn du untergehst, so wird man einige alberne Zeilen über dich drucken, das heißt, man wird einige Zentimeter von schlechtem Zeitungspapier und einige Milligramm Druckerschwärze verwenden. Das ist aber noch nicht einmal so schlimm, Jewgenij, wenn nun die Flamme, in der du verkohlst, beginnt, im Weltmaßstab zu brennen, so wie zum Beispiel der Kommunismus. Du weißt doch, was Lermontow gesagt hat:

Es liegt Verzücken in dem Kampf,
wenn in Arabien Stürme wehen,
denn alles, was Verderben bringt,

fürs menschlich Herz verbirgt
unausgesprochene Verzückung!

Wie groß auch die Gefahren und Unannehmlichkeiten sind, zu verlockend ist das blendende Licht am Proszenium der Weltpolitik. Doch ich habe begründete Angst, daß das Feuer, in dem du deine Flügel verbrennen wirst, sehr klein und fies sein wird. Es ist sehr beleidigend, in einem Glas Wasser zu ertrinken.'

‚Doch man kann auch nicht den Kommunismus weiter dulden. Die Menschen quälen sich doch!'

‚Deine Art, dich auszudrücken, gefällt mir sehr. Sie ist sehr kindlich und durchaus idealistisch. Kurz gefaßt, du bist auf dem besten Wege, zur Gattung der heiligen russischen Jurodivije zu stoßen, verwandt der alten russischen liberalen Intelligenz, die ihr Leben auf Stelzen verbrachte und hinter die Wolken blickte, und die jetzt schon fast ausgestorben ist oder kläglich ausstirbt.'

‚Doch diese heiligen Narren — vielleicht in Gänsefüßchen, vielleicht auch ohne — haben das Ihrige getan. Die Revolution ist doch eine Tatsache!'

‚Jawohl, die einen heiligen Narren haben die Revolution gemacht, damit andere heilige Narren sie bekämpfen. Der unerbittliche Gang der Geschichte hat die Ersteren betrogen und wird auch die anderen betrügen. Das heißt, dich und deine Kameraden. Das ist ein schlechtes Geschäft, Jewgenij. Sowjetrußland ist nicht das kaiserliche Rußland, die jetzige Macht ist unendlich stärker und härter als das alte Regime. Das zaristische Regime lebte sich ein ganzes Jahrhundert aus, das sowjetische hat seine Lebenskraft noch lange nicht erschöpft. Die alte Emigration, die den Kommunismus von Positionen der Vergangenheit bekämpfte, hat ihre Existenz beendet. Sie ist keine politische Größe mehr. Deine nationalen Jünglinge, die gerade erst von Zukunftspositionen aus den Kampf aufgenommen haben, irren sich einfach. Es gibt noch keine revolutionäre Situation im Lande und niemand weiß, wann sie sein wird. Starke Unzufriedenheit, rebellischer Geist und Haß gegenüber einer erbarmungslosen Despotie bedeuten noch nicht

Revolution. Diese Begriffe darf man nicht verwechseln. Die revolutionäre Situation beginnt mit einer Idee, denn erst dann kann ein ideologischer Abgrund entstehen, in den ein Regime hineinstürzt. Das kaiserliche Rußland stürzte in den Abgrund des Sozialismus, und in welchen -ismus wird deiner Ansicht nach die Sowjetmacht stürzen?'

‚Wir werden eine Idee erschaffen!'

‚Eine Idee, Jewgenij, kann man nicht wie einen Roman schreiben, sie muß prophetisch vorausgesehen werden. Man muß sie hervorleiden, hervorquälen und logisch begründen. Wenn ich auch nur eine Frau bin, das begreife ich sehr wohl. Bis jetzt ist keine Idee zu sehen und ein ideologischer Abgrund wird sich erst in dreißig, vierzig Jahren für die Sowjetunion auftun. Deine politische Buchhaltung mußt du schon für Jahrzehnte im voraus führen. Warte deshalb ab, dich mit Politik zu befassen, sonst werden auf deinem idealistischen Rücken irgendwelche Halunken ins politische Paradies hineinreiten. Du glaubst mir natürlich nicht. Du selbst wirst schwerlich zu einem politischen Schweinehund, aber ich gebe zu, es liegt ein großer Reiz im politischen Hazardspiel. Natürlich, wenn du klug genug bist, Politik als eine Art Roulette zu empfinden.'

‚Sie wollen mir nicht helfen?'

‚Ich kann nicht. Politik ist eine Sache der Lebendigen und nicht die Meinige.'

‚Was haben Sie eben gesagt?' fragte ich erstaunt.

‚Du hast es nicht begriffen? Ist auch nicht wichtig. Ich werde dir immer helfen, so wie du mir hilfst, doch mit politischen Problemen mußt du selbst fertigwerden. Jetzt werden wir uns über das Gemeinste unterhalten. Ich weiß zum Beispiel von deiner Bekanntschaft mit dieser Ingeborg. Du hast kein Glück. So wenig, wie du Glück gehabt hast, als du mir seinerzeit begegnet bist, doch ich bin dir früher über den Weg gelaufen. Bitte, erzähl mir die Geschichte mit Ingeborg von Anfang an, mit allen Einzelheiten, und möglichst in chronologischer Reihenfolge. Heute haben wir viel Zeit.'

Ich erfüllte ihre Bitte. Dann schwiegen wir lange.

‚Eins ist klar, du bist in eine furchtbare Welt hineingeraten. Vergiß niemals, daß der Teufel dort am nächsten ist, wo das Laster herrscht. Von dem grauen Tempel habe ich auch gehört. Du hast sehr wohl daran getan, daß du damals fortgelaufen bist. In solch einer Situation gibt es nur einen Weg: Flucht. Diese Ingeborg ist auch ein Teil deines Lebens geworden, und zwar ein böser Teil.' "

Laut miaute die Katze hinter der Tür. Man hörte ein Rumoren. Die Vergangenheit rollte sich zusammen. Doch schon lange hörte man mir nicht mehr zu. Alle schliefen. Ich hörte Schnarchtöne. Der elegante Zuhälter schlief umschlungen mit der jungen Vertreterin des ältesten Gewerbes der Welt. Ihre Gesichter waren wie bei Kindern, unschuldig und rührend vertraulich. Die Frau in schwarz hatte sich in ihren Stuhl zurückgelehnt. Sie atmete schwer und gleichmäßig. Der Haus- und Realitätenbesitzer, die heruntergekommene Persönlichkeit und der SS-Mann a. D. schliefen mit auf den Armen gestützten Köpfen. Sie lächelten glücklich. Lediglich im Gesicht des ehemaligen SS-Mannes lag etwas Hartes, Eigenwilliges. Auch die anderen schliefen und es schien, als ob der Schlaf, der jüngere Bruder des Todes, alles Irdische und Schlechte von ihren Gesichtern gewischt hatte.

„Dieser Heimkehrer erzählt nicht ungeschickt." murmelte jemand im Schlaf. Das fühlte ich selbst.

Hinter den Fenstern war es längst hell. Die Ausgangstür war verschlossen. Ich legte mich auf eine Bank in der Ecke, bedeckte mich mit einem fremden Mantel und war nach einer Minute fest eingeschlafen.

„Heimkehrer, steh auf! Rasier dich und eß zu Abend!" Die Wirtin, diesmal ohne Katze, aber mit einer Zigarre im Mund, zupfte mich an den Haaren. „Sag, wirst du zu Hause keinen Krach haben? "

„Ich habe gar kein richtiges Zuhause." entgegnete ich, sprang aber doch auf wie ein Pickel auf der Nase. „Ich muß aber anrufen."

„Mach schon, dort ist das Telefon. Geh dann ein bißchen an die frische Luft und beschließe endlich deine

Geschichte, wenn sie überhaupt ein Ende hat. Kaum hatte deine geheimnisvolle Dame angefangen, sich über Politik auszulassen, als alle zu schnarchen anfingen. Ich habe übrigens deine Geschichte auf Tonband aufgenommen, das hast du wohl noch nicht bemerkt. Drei Spulen sind bereits voll. Alles in allem hast du über zehn Stunden gequatschst und die Frage nach Gott ist immer noch offen."

„Ich meine, die Erzählung versucht, begreiflich zu machen, was der Teufel ist, um dann später zu Gott überzugehen."

„Nun, ich weiß nicht, Heimkehrer, ob du unter Verbrechern und Zuhältern, heruntergekommenen Subjekten, Straßenmädchen und allen möglichen Gaunern den Teufel findest. Meines Erachtens nach wohnt er nicht hier. Sie sind natürlich schlechte Menschen. Das Strafgesetzbuch hat schon recht, und die guten Bürger trennen sich ebenfalls zu Recht wie durch eine chinesische Mauer von ihnen. Ich selbst habe dreimal für verschiedene krumme Sachen gesessen und mein verstorbener Mann wegen Körperverletzung. Fuhr einem mit der Faust an die Niere und dann an den Adamsapfel. Doch sie leiden auch mehr als die guten Bürger. Nein, Heimkehrer, den Teufel mußt du schon woanders suchen, vielleicht im Bundestag, wer weiß!"

DIE GEFANGENSCHAFT

Ich ging mehrere Stunden spazieren und bin sogar unter einen warmen Herbstregen gekommen, doch auch die frische Feuchtigkeit hat die Gespenster der Nacht nicht hinweggespült und keine Erleichterung gebracht. Zu der unbestimmten Zeit, wenn der Abend zu Ende gegangen ist und die Nacht noch nicht angefangen hat, saß ich wieder im Hinterzimmer. Sie empfingen mich wie einen alten Bekannten. Ich kannte sie schon alle mit Namen.

Gravitätisch räusperte sich der Vorsitzende.

„Wir, Heimkehrer, waren das vorige Mal unter der Bürde deiner Erzählung etwas erschlafft, die natürlich, was Qualität und Quantität anbelangt, nicht ganz alltäglich war. Doch interessiert uns sehr, was mit deinen beiden Damen geschah."

„*Jahre gingen dahin. Etwas wechselte von meiner Unbekannten auf mich über. Geschickt bremste sie bei jeder neuen Begegnung meinen Enthusiasmus, doch unsere Organisation erstarkte, die Knochen krachten und die Charaktere knacksten ein. Wir wuchsen und breiteten uns aus. Immer mehr versackte ich in der Organisation und in Unannehmlichkeiten.*

Der Krieg begann. Gleich zu Beginn war ich bei ihr. Sie interessierte sich überhaupt nicht für den Krieg. Es schien, als ob in dem gotischen Saal die Zeit stehengeblieben war. Über mein Kompliment wegen ihres fabelhaften Aussehens rümpfte sie stark die Nase.

‚Sag mir bloß nicht, daß ich gar nicht alt werde! Du weißt gar nicht, was sich hinter diesen Worten verbirgt. Jede Frau würde begeistert sein, aber mir gefällt es nicht. Du selbst alterst gar nicht und siehst sehr jugendlich aus. Das ist zum Beispiel ein Kompliment!'

‚Jetzt werde ich wohl bald alt werden, im Kriege.'

‚Nun, mich läßt das völlig kalt. Viele Kriege habe ich gesehen. Dir drohen weit schlimmere Gefahren.'

‚Ich kann im Krieg umkommen, wie jeder andere.'

‚Es gibt vieles, das schlimmer ist als der Tod, genauer, als das, was der normale Durchschnittsmensch als Tod bezeichnet. Doch der Tod bringt mit sich Frieden und ewiges Angedenken, wie dies in unserer wunderbaren orthodoxen Totenmesse gesagt wird. Ewiges Leben bedeutet ewige Ruhe. Das ist schwer für uns zu verstehen, und sogar unmöglich, doch es ist so. Wenn man aber auch nach dem Tode keinen Frieden hat, was dann?'

‚So etwas gibt es nicht!'

‚Doch, das gibt es. Und Gott gebe, daß du niemals so etwas erfahren wirst. Ingeborg und ihre Freunde wollen das sehr. Du wirst ihr noch begegnen, und nicht nur einmal.'

‚Können Sie mir vielleicht alles genauer erklären?'

‚Nein, das, was du wissen mußt und kannst, weißt du bereits. Das Weitere erfährst du später.'

‚Diese Ingeborg droht mir mit allen möglichen Strafen, wenn ich nicht zu ihren Freunden stoße.'

‚Das wird auch so sein, davor kann auch ich dich nicht bewahren. Doch du bist auf dem rechten Weg. Sei immer dir selber treu. Selbst, wenn du an allen möglichen Unsinn glaubst und er dir heilig ist, so ist dies doch besser, als wenn du an richtige Dinge nicht glauben würdest. Über kurz oder lang sieht ein ehrlicher Mensch seinen Fehler immer ein und macht ihn wieder gut. Erinnerst du dich an Goethes ‚Faust'? *Ein guter Mensch in seinem dunklen Drange*
ist sich des rechten Weges wohl bewußt.'

Ende 1943 begegneten wir uns wieder. Der Krieg war bereits so gut wie entschieden. Europa brannte an allen vier Enden. Alles war wie bei den vorangegangenen Begegnungen, bis auf das Ende.

‚Jetzt werden wir uns lange nicht mehr sehen und ich bin dir für vieles dankbar, für sehr viel. Doch auch du stehst in meiner Schuld.'

Bald danach fuhr ich fort. Der Sturm, der über Europa tobte, begann auch an mir zu zerren. Immer stärker bissen sich die Zahnräder der deutschen politischen Polizei in unserer Organisation fest. Die stählernen Zähne rissen am Körper, doch wir lebten. Ich trat in die Armee des Generals Wlassow ein und befand mich nach einer regelrechten Odyssee zu Beginn des Jahres 1945 in tschechischer Kriegsgefangenschaft. Ich fror, hungerte und begann, die Flucht vorzubereiten. Zu irgendeinem Zweck brachte man mich nach Gitschin, dem ehemaligen Sitz von Albrecht, durch Gottes Gnaden Herzog von Friedland. Von hier begann vor dreihundert Jahren dieser einzigartige Abenteurer und Jesuitenzögling im Feuer und zügellosen Toben des dreißigjährigen Krieges seinen politischen Weg.

Dort wurde ich untersucht. Polizeibeamte suchten in SS-Runen in meinen Achselhöhlen, doch fanden sie nur eine einzige, sehr häßliche Warze. Gekleidet war ich wie eine Vogelscheuche. Drei Paar Hosen übereinander, die zusammen ungefähr so viel wärmten wie ein Paar. An den Füßen Holzpantinen. Jeder Gemüsegarten wäre stolz darauf gewesen, mich zu seinem Schutz zu bekommen. Es war ein strenger Winter. Die Nase floß, die Hände waren steif. Ein Furunkel am Rücken schmerzte.

Ein älterer tschechischer Offizier sagte auf deutsch zu mir: ‚Folgen Sie mir bitte!'

Er führte mich aus der Kaserne heraus, etwa zwei Strassen weit. An der Ecke stand ein Auto mit einem Chauffeur.

‚Nehmen Sie Platz!' sagte er.

Kaum konnten die steifen Finger die Tür öffnen. Der Offizier blieb zurück, das Auto fuhr an. Erst jetzt bemerkte ich den Chauffeur. Es gab keinen Zweifel, ich fuhr zu ihr.

Die Fahrt war nicht lang. Ein finsteres Gebäude mit korinthischen Säulen in einem Garten. Allein verließ ich den Wagen. Auf einen Tisch gestützt stand sie in allem Glanze ihrer Jugend und Schönheit. Selige Wärme überall, auf dem Tisch längst vergessene Speisen. Fragend betrachteten mich die bekannten Augen:

‚Sehr gut, so mußt du auch sein! Du hast ganz andere Augen als damals in Berlin. Krieg und Gefangenschaft haben einen Mann aus dir gemacht. Geh nach oben, dort ist ein Bad für dich vorbereitet.'

Ein kleines Badezimmer. Silbrig leuchtende Hähne, in allen Regenbogenfarben schillerndes Wasser, englisches Badesalz, Franzbranntwein zum Einreiben, zwei flaumige dicke Handtücher, die wie Schlagsahne aussahen, zwei Paar warme Wäsche. Selig ruhte sich der Körper im Wasser aus. Ich zog ein Paar Wäsche über das andere, rauhe, aber feste und dicke Hosen, warme Strümpfe und Soldatenschuhe. Als ich alles angezogen hatte, entdeckte ich, damit das Maß voll wurde, warme Fausthandschuhe. Ich packte meine Lumpen zusammen und ging nach unten.

Sie nickte befriedigt.

‚Du hast sogar breite Schultern bekommen. Deine Lumpen pack da auf die Zeitung. Sind dort vielleicht zufällig kleine, graue Tiere?'

‚Ich glaube nicht. Später wird das alles ins Revolutionsmuseum kommen, doch bis dahin muß man es desinfizieren.'

‚Ich weiß nicht, das muß ich mir noch überlegen, das mit dem Revolutionsmuseum. Zu malerisch sind die Lumpen. Iß dich jetzt satt.'

Die Nahrungsaufnahme war beendet, die Augen fielen mir zu.

‚Wird man mich nicht bestrafen wegen meiner Abwesenheit vom Lager und der neuen Kleidung?'

‚Das ist alles vorausgesehen. Tschechen sind ein Volk mit sehr unangenehmen Komplexen, doch nicht ohne slawische Mildtätigkeit. Jetzt bist du warm angezogen. Wenn dich jemand fragt, sage, ein Tscheche habe dir die Kleidung ge-

schenkt, weil du ihm während des Krieges geholfen hast. Wenn man dich nach dem Namen fragt, nenne diesen hier, auf dem Zettel. Alle Menschen kennen Dankbarkeit. Noch etwas. Denk nicht mehr an die Flucht, sie könnte dein sicherer Untergang sein. Versprichst du mir das?'

‚Das kann ich tun.'

‚Ich sehe aber keine besondere Überzeugung bei dir, aber denk an unseren Vertrag!'

‚Den kann ich kaum vergessen.'

‚Glaube nicht, die Tschechei sei das Ende. Noch sehr viel steht dir bevor.'

‚Ich nehme an, all das haben Sie für mich getan, weil Sie mich brauchen?'

‚Schon wieder Fragen, dummer Junge! Damals konntest du es nicht begreifen und heute erst recht nicht.'

‚Ich bin kein dummer Junge, sondern Offizier in der Armee des Generals Wlassow.'

‚Die nicht mehr existiert! Abgesehen davon, im Vergleich zu mir wirst du auch mit achtzig ein dummer Junge sein. Bist du satt?'

‚Für heute, ja. Ich kann mich ja nicht für die ganze Gefangenschaft satt essen.'

‚Hast du noch Fragen an mich? Wenn ich kann, gebe ich dir Antwort.'

Ich wollte fragen, wann ich frei werde, doch fragte ich:

‚Wann werde ich frei und werde ich noch meine Mutter sehen?'

‚Sie lebt und du wirst sie noch sehen. Eine sehr gute Frage, wieder hast du den Nagel auf den Kopf getroffen. Hier hast du noch etwas von mir. Nimm, dort an der Tischecke.'

Dort lag ein einfaches, ganz kleines Kreuz.

‚Das eigene hast du natürlich verloren.'

An der Schwelle stand der birnenartige Chauffeur. Der Offizier empfing mich an der gleichen Ecke. Niemand im Lager hat mich etwas gefragt. Alles war wie ein Traum, doch die derbe, feste Kleidung und das Kreuz waren real.

Die Erinnerung an das frühere Leben in Berlin wurde

wach. Die Mutter, Kirche, Kameraden, sie, der birnenartige Chauffeur — war das nicht alles ein Fieberdelirium? Wie glücklich aber können solche Delirien einen Menschen machen! Und hier die Realität: Pritschen, mit Gras ausgestopfte Matratzen, fettige, ausgebeulte Fressnäpfe, eine zerrissene Decke, aus drei Decken zusammengenäht. Ewige Gespräche, wer hat schuld am Krieg und warum ist er verloren worden. Nach einigen Tagen Rücktransport zu dem ehemaligen Feudalgut irgendeines deutsch-tschechischen Aristokraten namens Fürst Lobkowitz. Vielleicht war er auch nur ein Graf. Das interessierte uns gar nicht. Wichtig war etwas anderes: Ich hatte seine mageren, vom tschechischen Staat konfiszierten Kühe zu pflegen. Mit den Kühen war ich gut Freund und begann zu begreifen, warum der moderne Mensch nur, wenn er einsam und unglücklich ist, zurück zur Natur findet. So etwa mußte ein Ritter sein Kampfroß geliebt haben. Der heilige Sergius führte Freundschaft mit dem Bären, Franziskus von Assisi predigte den Fischen. Ich begriff, daß ein Mensch sich sehr wohl mit den Tieren unterhalten kann und sogar Antwort bekommt. Man mußte die Tiere aber sehr lieben.

An mir nagte etwas anderes. Der Fluchtgedanke ließ sich nicht verdrängen. Ich durfte nicht fliehen — sie wollte es nicht. Dennoch trieb mich etwas zur Flucht, etwas Machtvolles und Böses.

Im Stall war es warm. Oft blieb ich dort unter dem Vorwand, sauber zu machen, saß und lauschte. Lauschte, wie die Kühe wiederkäuten und schielte besorgt in die ferne Ecke, wo in einem besonderen Verschlag der Bulle stand, namenlos und böse wie ein Teufel. Dauernd rasselte er wie ein Zuchthäusler mit seinen fünf Ketten. Mit fast menschlicher Schläue brachte er es fertig, sich von ihnen zu befreien, gottlob, nicht von allen auf einmal. Die Ketten wieder zu befestigen, gehörte zu den heiligsten Pflichten eines jeden, der die derart gefährlichen Machenschaften des schlauen Tieres bemerkte. Natürlich wagte es niemand, in den Verschlag hineinzugehen. Die Ketten konnte man von außen schließen.

‚Paß auf, Eugen!' hatte mir der Vorarbeiter gepredigt. ‚Alles ist halb so schlimm! Nur sieh zu, daß dieser Teufel sich nicht losmacht. Wenn er anfängt, die Kühe zu stoßen oder nach draußen kommt und jemanden aufspießt, gibt es nur einen Ausweg, ihn zu erschießen. Weißt du, wieviel er wert ist? Dich als Deutschen wird man wegen Sabotage belangen, mich vielleicht auch einsperren. Die Tschechoslowakische Republik kennt keinen Spaß, wenn es um volkseigene Kühe geht. Zumindest kommst du ins Gitschiner Karthaus.'

Es war schon zehn Uhr. Ich schleppte zwei Blechschüsseln mit warmem Wasser herbei, um mich gründlich zu waschen. Dann wollte ich mein Fluchtinventar überprüfen. Ich setzte mich auf einen kleinen Schemel, den gewöhnlich die Melkerinnen verwendeten, und begann, ohne Eile zu plantschen. Im Stall wurde es still. Es war, als ob von irgendwoher ein Auge auf den finsteren, mittelalterlichen Stall blickte, durch meterdicke Wände schaute, direkt auf mich, nur auf mich. Doch wem gehört dieses Auge? Sofort fühlte ich ein Unglück, blickte mich um. In der Mitte des mit frischem Sand bestreuten Ganges stand der Bulle. Sein mächtiges Haupt war gebeugt. Er stand dort und fixierte mich mit seinen trüben Augen. In den Augen, ganz tief, brannten dunkelrote Alexandrite. Das Tier schien zu überlegen, was es weiter tun sollte und vor allem, was es mit mir machen sollte. Und ich — nackt aus dem Stall rennen? Die alten Gewölbe wurden von dicken Eisenstangen zusammengezogen. Ich könnte mich nach oben schwingen. Und die Kühe? Die Krise reifte.

Und hier geschah es. Das Auge, das mich ansah, hatte greifbare Formen angenommen. Es wurde zu einer ungeheuer großen, dürren Figur, und diese Figur bewegte sich durch die verschneiten Felder direkt auf den Stall zu. Ihr Ziel war ich. Eisige Kälte stieg auf. Alle fühlten ihr Näherkommen. Die Kühe hörten auf zu kauen und erstarrten für einen Augenblick, dann begannen sie zu zittern mit einem kleinen, verzweifelten Zittern. Wie auf Kommando hoben sich ihre Ohren. Sie horchten, lauschten auf die lautlosen

Schritte, von denen die Felder erbebten. Auch der Bulle lauschte. Sein Kopf sank tiefer und tiefer. Jetzt mußte ich fliehen und mich im Heu vergraben. Doch das hätte nichts gerettet. Auch durch Heu konnte er sehen. Jetzt begann auch der Bulle zu zittern. Die dicken, muskulösen Falten auf dem Hals zuckten. Er zitterte noch, als ich mit meinen wie Streichhölzern dünnen Armen seinen mächtigen Hals umfing. Das gewaltige Tier sank in die Knie und drückte sich selbst an mich.

Der da draußen schritt weiter. Der Stall erstarrte. Mensch und Tiere fühlten, gleich wird er herankommen und das wird der Untergang aller sein. Doch er kam nicht heran. Er blieb stehen, als ob er lauschte. Die Kälte wurde eisiger, wie ein kalter Trichter ins Nichtsein. Dann begann er, sich wieder zu entfernen.

Alles Lebendige im Stall atmete auf, und erst dann erinnerte ich mich, daß man in solchen Minuten beten muß. Doch es gab keine Worte und Gedanken. Schwerfällig erhob sich der Bulle von seinen Knien. Ich ließ seinen Hals nicht los und ging mit ihm. Erst, als er im Verschlag war, ging ich zurück, wusch mich, zog mich an und ging mit einem sauberen Batzen Stroh wieder zu ihm. Ich hatte Angst, allein über den Hof zu gehen. Der Bulle blickte sich um, als ob er mich einlud, sein Gast zu sein. Dann legte er sich nieder. Neben ihn legte auch ich mich aufs Stroh. Dann erhob ich mich wieder und begann, in Gedanken die Ketten um seinen Hals zu schließen. Traurig sah er mich an und leckte mich plötzlich mit einer großen, rauhen Zunge. Der Gedanke, daß er mich mit einer Bewegung seines riesigen Kopfes plattdrücken kann, kam mir nicht in den Sinn. Mein Kopf wurde trüb, es war schon sehr spät.

Am nächsten Morgen entdeckte man mich neben dem Ungeheuer. Die Fragen nahmen kein Ende. Mit der Offenherzigkeit einfacher und guter Menschen und im Verlaß auf meine Unkenntnis ihrer Sprache nannten mich die Tschechen sehr deutlich einen verrückten Deutschen. Von diesem Tage an wurde ich für immer dem furchtbaren Bullen zugeteilt, der sich in meiner Gegenwart so benahm, daß er ruhig in die englische Botschaft eingeführt werden konnte. Doch ich begriff auch etwas anderes. In diesem Stall hatte ich zu warten, bis mir jemand sagen wird: Es ist genug! Und ich wußte auch, daß der, dem es nicht gelang, mich in dieser Nacht in Staub zu verwandeln, sich noch mit mir befassen wird.

Nach einigen Wochen wurde ich wieder nach Gitschin geholt. Dieses Mal blieb ich in der Kaserne. Nach einem Tag erklärten mir die Tschechen lakonisch:

‚Du fährst nach Mährisch-Ostrau, zum Kohlenkratzen.' "

„Und jetzt, Heimkehrer, fahr nach Hause, ins Bett." Mit blau umrandeten Augen sah mich der Vorsitzende an. „Weißt du, wie spät es ist? Frag lieber nicht. Du hast dich wirklich nicht kurz gefaßt. Trotzdem, ich hoffe, daß es heute nicht das letzte Mal ist."

„Und was ist mit dem Teufel? " erkundigte sich der Haus- und Realitätenbesitzer. „Wir sind keinen Schritt näher gekommen."

„Dir muß man den Teufel auf dem Tennisschläger überreichen! Der Heimkehrer handelt richtig. Er bringt uns an den Teufel heran, sozusagen in konzentrischen Kreisen. Worüber sprichst du morgen, Heimkehrer? "

„Über Kohlengruben und Berlin nach dem Kriege."

„Wir haben es zur Kenntnis genommen. Komm bitte morgen etwas früher. Jetzt ist es schon wieder Tag, wenn auch noch dunkel."

„Ein SS-Mann glaubt nicht an den Teufel. Unsereiner glaubt nur an Großdeutschland."

Schnaufen ertönte.

„Bleibt mir bloß vom Hals mit eurem Großdeutschland! Weit gebracht habt ihr Helden uns." seufzte der Bärtige und erhob sich.

„Du kannst aber nicht leugnen, daß er ein tapferer Soldat war, wie sie alle", meldete sich die Dame in schwarz, während sie in ihrem Täschchen wühlte.

„Das leugne ich auch nicht. Doch für unsere Zeit ist das viel zu wenig, auch wenn man der tapferste Soldat ist. Der Kopf muß da sein, sonst sitzt man gleich in der Patsche."

Auf dem Hof roch es faul und feucht. Im Kopf drängten sich neue Gespenster, quietschten und kreischten die Hunde in Mährisch-Ostrau.

„Hören Sie, liebster Jewgenij Borisowitsch, wohin gehen Sie eigentlich jede Nacht? " fragte man mich im I... Weg.

„Nur so. Ich gehe zu meinen Freunden und erzähle."

„Schnell haben sie sich eingefunden, diese mitternächtlichen Freunde. Und Ihre Erzählungen... daß Sie bloß nicht plötzlich wieder in der Lubjanka landen."

„Das glaube ich nicht."

„Sie kennen doch das Sprichwort: Der Truthahn hat zuviel nachgedacht, dafür kam er in die Sonntagssuppe. Passen Sie bloß gut auf sich auf!"

WANZEN

Ich paßte wirklich auf. Am nächsten Tag stand ich schon gegen zehn Uhr vor der Kneipe. Alles war zugeschlossen. Eine vergilbte, von Fliegen mehrerer Generationen garnierte Inschrift verkündete, daß das Lokal heute geschlossen sei. In der Seele wurde es leer und unangenehm. Aus dem düsteren Hof winkte mir eine Hand zu, dann wurde ein Bart, zerknüllter als sonst, sichtbar.

„Hierher, durch den Hintereingang. Ich bin großer Fachmann, was Hintereingänge angeht. Fast alle sind schon da. Nur der elegante Herr und diese andere fehlen noch. Sie werden wohl nicht mehr kommen."

Genau vermerkte der Vorsitzende, wer fehlte. Bier in Flaschen mit einem silbernen Hals wurde serviert.

„Wie immer wird das Wort dem Heimkehrer erteilt. Ist jemand dagegen? Nein! Also, schieß los und präsentiere uns nach Möglichkeit den Teufel!"

„Wir fuhren los zum Kohlenkratzen, ungefähr sechshundert Mann. Unterwegs großes Rätselraten, schließlich gab es viele Möglichkeiten.

‚Wir fahren in die Sowjetunion!'

‚Woher weißt du das? Dir hat wohl Marschall Schukow persönlich Bericht erstattet?'

‚Der tschechische Schreiber hat geschwatzt.'

‚Was hat er denn geschwatzt, dein Schreiber?'

‚Er sagte, wir fahren in das Donez-Becken, zur Strafe für unsere Verbrechen.'

‚Wegen welcher Verbrechen?'

‚Nun, wegen unseren kollektiven, deutschen Verbrechen.'

‚Ich kann mich keiner Verbrechen erinnern.'

‚Du kannst dich nicht erinnern, aber die Sieger erinnern sich sehr wohl. Immer werden die Besiegten niedergetrampelt.'

Und der Zug lief und lief, zweifellos gegen Osten. Wir kamen in Josefstadt an, eine Festung, von Kaiser Josef gegründet. Ein finsterer, quadratischer Kasernenbau, rußschwarze Mauern, dunkle Bögen. Am Eingang reißen uns die tschechischen Soldaten die Mützen herunter. Das Wichtigste: Sowjetrussen sind nicht zu sehen.

Man läßt uns direkt auf dem Fußboden schlafen, auf eroberten deutschen Matratzen. Das Essen ist schlecht. Am nächsten Tag medizinische Untersuchung. Fast alle werden für tauglich befunden. Der finstere Kasernenhof, ausgelegt mit steinernen Platten, wird durch den malerischen Anblick tschechischer Dragoner belebt. Sie tragen blaue Kittel und rote Hosen, wie die Franzosen während des deutsch-französischen Krieges. Wieder in den Güterzug. Eine Tagesreise und endlich Mährisch-Ostrau, das berühmte Kohlengebiet.

Die Deutschen meinen, es sei deutsch; die Tschechen, es sei tschechisch und die Polen halten es für polnisch. Mir jedoch schien es unter der Fuchtel der Moskauer Kommunisten zu stehen. Unterbringung in einem ehemaligen Ostarbeiterlager, schmutziggrüne deutsche Baracken. An den Wänden russische Propagandaparolen in weißer Schrift:

Vergiß die Ehre des sowjetischen Kriegers nicht!

Trage den Namen des sowjetischen Soldaten hoch!

Der Kamerad in der Gefangenschaft ist wie dein eigener Bruder!

Wenn du die faschistische Viper zerdrückst, schau ihr nicht in die Augen!

Und am Torweg stand:

Fürs Vaterland, für Stalin!
Ehre und Ruhm den treuen Mitkämpfern Stalins,
Molotow, Berija, Kaganowitsch, Malenkow,
Mikojan und Schukow!

Die Perle aber war:
Opportunist, halte an,
Schwankender, festige dich!
Säufer, hör auf zu trinken!
Tretet alle dem Komsomol bei!

Jemand hatte hinzugeschrieben:
Schöner Komsomol!

Ich kam in eine kleine Gruppe. Wir wurden auf LKW's verladen, fuhren irgendwohin. Neben dem Chauffeur jemand in halbmilitärischer Kleidung, eine rote Binde am Arm und mit einer sowjetischen Maschinenpistole. Sehr unheilverkündend. Sollen mir die Feinde des Militarismus verzeihen, ich habe es immer vorgezogen, als Gefangener von Militärs und nicht von Zivilisten eskortiert zu werden. Immer sind Militärs humaner als die verdammten, bewaffneten Zivilisten.

Wir kamen an. Das Örtchen hieß Lasi. Ein Förderturm. Eine Schwebebahn transportierte Kohle in alle Himmelsrichtungen. Der Ort gefiel mir nicht. Wiederum waren wir in einem Lager ehemaliger sowjetischer Ostarbeiter. Doppelter Stacheldraht. Blasse, magere Gesichter. Am Eingang jemand mit Hakennase. Am Arm eine gelbe Binde mit der Inschrift KAPO. Gummiknüppel. Überall tschechische Wächter in uniformähnlichen Kitteln, mit roten Binden und sowjetischen Maschinenpistolen. Wir wurden in Reihen zu fünft aufgestellt, gezählt, notiert. Der Wächter, der meinen Namen aufschrieb, hatte eine kindliche Schrift. Offensichtlich ein ehemaliger Grubenarbeiter, der jetzt Lagervorgesetzter geworden war. Das Kommando:

‚Marsch, in die Baracken!'

Der Stubenälteste zeigte mir meinen Platz. In der Matratze rasselte es komisch. Zuerst begriff ich nicht, doch dann wurde mir klar, daß die Baracke ein einziges Wanzennest war. Überall wimmelte es. Glänzende Wanzenbäuch-

lein von verschiedenem Kaliber und Ernährungsstand bevölkerten jeden Riß. Der Nachbar lag in Unterwäsche auf der Pritsche. An den Knöcheln hat er seine Unterhosen fest zusammengebunden. Auf den angeschwollenen Füßen mit Wonne und Verständnis saugende Wanzen.

‚Erlaube, Kamerad!' wand ich mich an einen stämmigen älteren Mann. ‚Warum hat er sich die Füße so abgeschnürt? Die Blutzirkulation wird gestört. Siehst du, wie seine Füße angeschwollen sind?'

‚Anders geht es nicht. Du wirst auch so schlafen, sonst fressen dich die Wanzen auf. So gelangen sie wenigstens nicht an den Körper, wenn man auch die Ärmel an den Handgelenken fest zusammenbindet. Sonst schläft es sich nicht.'

Eine schwüle Nacht. Der große, sehr poetische Mond wirft von Stacheldraht zerrissene Schatten. Das Lager kämpft mit einer zahllosen Wanzenarmee. Die Menschen stöhnen im Schlaf, fluchen im Wachsein. Man hört das Knacken zerdrückter Tiere, dumpfe Schläge auf die Matratzen, keuchendes Husten.

‚Die verdammten Tiere!'

‚Sie kriechen mir unter das Hemd!'

Jemand in der Ecke trampelt mit nackten Füßen, zerrt die Unterwäsche von sich und versucht unter Fluchen, die blutrünstigen Tiere herauszuschütteln. Keuchen, Husten, Phantasieren. Kleine, aber gut spürbare Kügelchen kriechen über meinen Körper. Sie laufen über die Stirn, verfangen sich in den Haaren. Mein Körper verwandelt sich in eine einzige Alarmsirene. Signale über die Invasion des Feindes kommen von allen Seiten. Kopf und Hals und die nicht bedeckten Hände und Füße brennen und schmoren. Alle Zweifel an der Denkfähigkeit der Wanzen verlassen mich. Systematisch suchen sie sich Passagen durch die Wäsche, und ich bin sicher, daß sie sie finden. Von Schlaf kann keine Rede sein, nur ein deliriumähnlicher Halbschlaf. Jeder Nerv ist angespannt. Man hört die Leiden der anderen und leidet selbst.

Aus der Baracke gegenüber ertönte Gebrüll, dann dumpfe

Schläge. Jemandem waren die Nerven durchgegangen. Der Mann schlug um sich und trampelte mit den Füßen. Eine verschlafene KAPO-Figur rannte mit einem Gummiknüppel in der Hand in die Baracke.

‚Wen wird er prügeln, die Gefangenen oder die Wanzen?'

Menschliches Geschrei! Da es anscheinend unmöglich ist, eine Wanze mit dem Gummiknüppel zu verprügeln, drischt der KAPO-Mann auf jemand anderen ein. Endlich kommt der Schlaf. Ich träumte, mit beiden Füßen in einem Ameisenhaufen zu stehen, wollte die Füße herausziehen und konnte es nicht.

‚Aufstehen!'

Der KAPO-Mann lief zwischen den Baracken herum und tobte. Es war genau fünf Uhr. Niemand war ausgeschlafen. Dampfende Kessel mit einer braunen Flüssigkeit wurden herangeschleppt, der sogenannte Kaffee. Eine Scheibe Brot. Alle, die das Tor passierten, wurden gefilzt und in Reih und Glied aufgestellt. In strammer Haltung und mit herausquellenden Augen meldete der KAPO-Mann einem proletarisch aussehenden Subjekt mit roter Binde, daß hundertsiebenundvierzig Bergarbeiter bereit stehen.

Die Grube war nicht weit, etwa einen Kilometer entfernt. Gebirgige Gegend. Vor der Grube wurden wir wieder gezählt und erhielten Arbeitskleidung. Jedem tschechischen Arbeiter wurden einige Deutsche zugestellt. Ich sah zum ersten Mal aus der Nähe einen Förderkorb und die finstere technische Ausrüstung einer Grube. Schmutzigweiße Wände flohen nach oben. Im Magen Übelkeit. Die Füße wollten sich von dem Boden des Förderkorbes trennen. Etwas biß mich unter dem Hemd; höchstwahrscheinlich fuhr eine verirrte Wanze mit mir in die Grube.

Auf der zweiten Sohle blieben wir stehen, gingen lange Gänge zu Fuß. Stickige Luft. Es roch nach Kohle, Maschinenöl, Staub. In den Händen eine schwere Batterielampe mit einem roten Ring. Das hieß: Der Besitzer der Lampe ist Deutscher. Früher haben russische Grubenarbeiter diese Lampen mit dem roten Ring bekommen. Das Schicksal kann manchmal sehr rachsüchtig sein.

Ich bin hoch von Wuchs und das war sehr schlecht. Die Grube liebt Breitschultrige und Stämmige. Jeder Zentimeter Wuchs bedeutet zusätzliche Leiden. Ich mußte mich bücken und das schmerzte, die Atmung wurde gehemmt, im Kreuz zog es.

Neben uns ein Förderband, mit dem die Kohle fortgeschafft wurde. Es stand. Unsere Schicht hatte noch nicht begonnen. Doch plötzlich begann es, sich zu bewegen, eine widerliche Schlange ohne Anfang und ohne Ende, wie die Midgardschlange aus dem altgermanischen Volksepos. Ich ging um die Ecke. Hier hörte man infernalisches Gekreisch. Die Kohlenrutschen. Zwei metallene Rinnen rieben aneinander. Wir waren im Streb. Trotzdem hatten wir Glück. Die Schicht war zweieinhalb Meter hoch, fast horizontal. Entlang dieser Kohlenmauer lief das Band. Wie schwarze Schlangen krümmten sich die Schläuche, mit denen die Preßluft zu den Preßhammern geleitet wurde. Überall lagen metallene und hölzerne Stempel, Spitzhacken, Schaufeln und alles mögliche Werkzeug herum.

Die eigentliche Arbeit begann. Knatternde und polternde Preßlufthämmer, das Rauschen der nach unten fallenden Kohle. Staub verdeckte die Sicht. Unbeirrt lief das Förderband weiter. Tschechische Rufe, Geschimpfe. In der Wolke von Kohlenstaub leuchteten ohne Zwinkern die Grubenlampen wie die Glühwürmchen. Die meisten haben einen roten Ring.

Die nicht sehr zahlreichen Tschechen arbeiteten mit den Preßlufthämmern. Jedem waren zwei Deutsche zugeteilt, die die Kohle wegschaufeln und auf das Förderband zu werfen hatten. Kleine Gruppen von Deutschen bereiteten unter der Anleitung einiger Tschechen die Stempel zu. Sägen kreischten. Schleunigst mußte die Decke befestigt werden. Kohle schaufeln war eine sehr schwere Arbeit. Das Band war mehr als drei Meter entfernt, und die Kohle mußte auf der Schaufel zum Band gebracht werden. Nur eines war gut: Von den Ausdünstungen der Kohle wird der Mensch trunken und arbeitet wie im Dämmerschlaf. Hinter dem Band senkte sich die Decke langsam und verschwand im Dunkeln. Dort standen leuchtend zahllose geknickte und nicht geknickte Stempel. Es war streng verboten, dorthin zu gehen. Jeden Augenblick konnte sich die Decke herabsenken. Unheimlich laut knackten die Stempel in der Finsternis.

‚Wo ist denn Bortschek?' fragte ein Tscheche in gebrochenem Deutsch.

‚Wer ist das? Ein Deutscher?' fragte ein Kamerad.

‚Nein, kein Deutscher. Tscheche. Ein junger Bursche, Mitglied des Komsomols. Kam von selbst als Freiwilliger in die Grube und jetzt sieht man ihn schon den dritten Tag nicht mehr.'

‚Wie ist so etwas möglich? Ein Mensch kann doch nicht in der Grube verschwinden? Er ist doch mit jemandem gekommen, jemand muß ihn gesehen haben.'

‚Und wie ein Mensch in der Grube verschwinden kann!' erklärte der Tscheche mit gedämpfter Stimme. ‚In der Grube, Genosse Deutscher, gibt es alles. Manch ein Bergmann geht so in die Dunkelheit und niemand sieht ihn mehr.'

‚Wo kommt er denn hin? Wenn er verschüttet wurde, sieht man doch, daß etwas heruntergekommen ist. Vielleicht ist er irgendwo eingebrochen, aber hier gibt es doch keine bodenlosen Abgründe!'

‚Ihr Deutschen denkt, ihr seid so furchtbar schlau und wir Tschechen seien dumm. Dabei muß ich dir sagen: Ich bin seit acht Jahren Bergmann, und als ich anfing, hat mir ein alter Mann, der sein ganzes Leben in der Grube verbracht hatte, bei einem Glas Bier solche Sachen erzählt, daß ich beinah davongelaufen wäre. Übrigens, hier habe ich ein Stück Brot mit Schmalz. Gib dem Langen auch etwas ab. Bist du neu hier?' wandte er sich an mich.

‚Ja, gestern angekommen. Zum ersten Mal in einer Grube.'

‚Das ist nicht einfach. Bitte, rede nicht so laut auf deutsch. Eigentlich ist es uns verboten, mit euch zu reden, da ihr doch Faschisten seid, und in eurer Sprache schon gar nicht. Ich kenne aber die deutsche Sprache und will sie nicht vergessen. Kannst du tschechisch?'

‚Ich habe slawische Sprachen studiert und verstehe etwas. Das Sprechen fällt mir aber schwer.'

‚Dann kannst du auch russisch?'

‚Ja, ein bißchen.'

‚Russisch brauchst du hier nicht. Du bist jetzt für zehn Jahre tschechischer Bergmann. Glaubst du mir nicht?'

Na, hoffentlich nicht, dachte ich im stillen und schwieg.

‚Paß auf, hier in den Gruben in Mährisch-Ostrau gibt es Kohlenlöcher, ja, so werden sie von uns genannt. Wer in solch ein Kohlenloch gerät, kann zugrunde gehen, er kann aber auch solche Sachen erleben, die man overtage niemals erlebt. Du mußt bedenken, das ist kein gewöhnliches Loch in der Kohle, sondern solch ein Ort, an dem deine Seele in die Kohle hineingeht und dort alles Mögliche sieht.'

‚Was denn?'

‚Zum Beispiel werdet ihr gleich einen Stock sehen, ihr verdammten Deutschen, wenn ihr nicht weiterarbeitet. Und du, Duranto, du bist auch einer! Nennt sich Tscheche! Die Norm wird doch von mir verlangt, oder etwa nicht?' mischte sich eine grobe Stimme ein.

‚Ich habe ihnen ja nur unsere tschechischen Bergmannslegenden erzählt. Es sind doch gebildete Leute.'

Der tschechische Vorarbeiter, der sich so heimtückisch herangeschlichen hatte, winkte hoffnungslos mit der Hand ab.

‚Solch eine Schande! Du bist jung und nennst dich Kommunist, mit einem Kohlenloch kannst du aber nicht fertig werden. Doch wenn ihr nicht arbeitet, werde ich deine Deutschen nicht in ein Kohlen-, sondern in ein ganz anderes Loch einsperren!'

Verlegen griff der junge Tscheche zu seinem Preßlufthammer.

‚Morgen erzähle ich euch weiter.'

‚Morgen haben uns vielleicht schon die Wanzen aufgefressen.'

‚Bis morgen nicht! Gibt es denn so viele?'

‚Tausende!'

Wir schleppten uns nach Hause zum Mittagessen. Viel

Kartoffeln, aber kein Fleisch. Ich setzte mich auf die Pritsche. Es war noch viel zu früh, um schlafen zu gehen. Und hier erschien ‚er'. Erst sah ich nur sein Bäuchlein in der Ritze, dann kroch er heraus und bewegte sich ohne Eile auf mich zu. Er war ein Musterexemplar der Wanzenfamilie, groß, fett gefüttert, mit hochherrschaftlichen Manieren und voller Würde. Eine Weile blickten wir uns gegenseitig an. Dann streckte ich ihm etwas verlegen meine Hand entgegen, doch er dachte nicht daran, seine Mahlzeit zu beginnen. Sein Äußeres sprach:

‚Ich kenne dich, du dummes, menschliches Wesen! Du hast soviel Blut, daß du Tausende wie mich satt machen kannst, doch du bist zu geizig dazu. In deiner Unwissenheit weißt du nicht einmal, daß ich das unreine Venenblut aussauge, das mit für dich unnützen Stoffen angefüllt ist. Selbst die heilige, katholische Kirche hält Geiz für die erste der Todsünden. Und was machst du?'

Schuldbewußt blickte ich ihn an und hielt ihm weiter meinen Arm hin. Doch noch immer bewegte er sich nicht, als ob er sprechen würde:

‚Ja, ich brauche mich dir nur anzuvertrauen und du bringst es fertig und zerdrückst mich! Wieviele meiner Brüder haben so den Tod gefunden! Doch ich bin keineswegs solch ein Narr und bekleide außerdem eine bedeutende Stellung hier in der Wanzenhierarchie. Ein Wort von mir genügt, und meine Brüder werden dich in geschlossenen Reihen angreifen, mit Sturmsäulen und unter Führung von Offizieren.'

Ich schwieg weiter. Jetzt schien er von meinen friedlichen Absichten überzeugt zu sein und kroch gravitätisch und ohne Eile auf meinen Arm. Ich wartete, was weiter geschehen würde. Doch er dachte nicht daran, mich zu beißen. Vielleicht war er satt oder er verachtete mich immer noch.

‚Hör mal, mit wem sprichst du eigentlich?' Auf das Bett gestützt stand neben mir der eben zurückgekommene Nachbar. ‚Tust du das schon lange?'

‚Was?'

‚Dialoge mit unbelebten Gegenständen führen?'

‚Ich spreche mit einem Lebewesen!'

Hier bemerkte er ‚ihn' und begann zu lachen.

‚Was schaust du dir dieses Vieh an? Siehst dir die Wanze an und sie betrachtet dich. Zerdrück sie! Eine weniger!'

‚Nein, weißt du, es ist interessant, ‚ihn' zu beobachten. Solch ein großes Exemplar habe ich noch nie gesehen.'

‚Wirklich, ein riesiges Vieh!' bestätigte der Nachbar.

‚Hör mal, ich will ‚ihm' einen Namen geben, und weißt du, was für einen? Soll er auf russisch heißen: Iwan Iwanowitsch. Wir sind doch wie bei den Russen in Gefangenschaft.'

‚Du hast Ideen, Eugen! Eine Wanze taufen, wenn es auch eine russische ist! Was sollen wir mit dem Vieh tun?'

‚Soll ‚er' weiterleben!'

Ich preßte meine Hand an die Wand und Iwan Iwanowitsch kroch vornehm und ohne sich umzublicken in seine Ritze. Doch bevor er endgültig verschwand, schien es mir, als ob er sich umgedreht hätte und sein winziges Köpfchen irgendwie verändert war.

Der Kamerad trat von meiner Pritsche zurück. Er wartete einen Augenblick ab, als er dachte, ich würde ihn nicht beobachten und begann, mit besorgter Miene einem anderen Kameraden im Unglück etwas zu erzählen.

Abenddämmerung. Für uns ist Nachtruhe. Die Nachtschicht hat das Lager bereits verlassen, wir durften uns schlafen legen. Die fest verschnürten Fuß- und Handgelenke schwollen an. Ich werde sie aufbinden, überlegte ich, und vor dem endgültigen Schlaf wieder zubinden. Dicht stand der Schlaf neben mir. Etwas Sonderbares geschah. Nirgends am Körper fühlte ich Bisse. Keine Wanzen. Ich schlief wie ein Toter.

‚Eugen, steh auf, es gibt Frühstück!'

Schwer riß ich die Augen auf. Ich fühlte mich völlig ausgeschlafen, im Gegensatz zu meinem Nachbarn, der krähenfüßige Augensäcke und eingefallene Wangen hatte.

‚Mir ist schlecht, Eugen, sehr schlecht! Die ganze Nacht habe ich nicht geschlafen. Solch eine Folter mit den Wan-

zen habe ich noch nicht erlebt. In Schwärmen griffen sie mich an. Ich wußte nicht, wie ich sie zerdrücken sollte! Und wie sie beißen, wie die Hunde! Ich wollte dich wecken, du schliefst aber wie ein Toter und hast im Traum sogar gelächelt. Daß sie dich nicht ganz aufgefressen haben! Du hast völlig entkleidet geschlafen. Anscheinend schmeckt dein Blut den Viechern nicht.'

Einige Tage gingen dahin. Ich gewann meinen Iwan Iwanowitsch ehrlich lieb und setzte ihn regulär auf meinen Arm, um ihn zu füttern. Iwan Iwanowitsch war wirklich eine Persona grata. Seine Volksgenossen rührten mich kaum an.

Wieder ein Montag. Ich war in der gleichen Arbeitsgruppe wie der junge Tscheche, der mir von dem Kohlenloch erzählt hat. Er blickte mich düster an.

‚Ihr Deutsche seid ein wißbegieriges Volk. Gut, ich werde es dir zu Ende erzählen. Nur, niemandem ein Wort... sonst wird man mich in unserer Zelle mit Schande bedecken.'

Im Streb riesige Staubwolken. Gelblich schimmerten die Grubenlampen. Wie sie mich an die sündigen Berliner Laternen erinnerten, damals, als ich Ingeborg begegnete. Um diese Gedanken zu verjagen, beginne ich voller Wut, die Kohle wegzuschaufeln.

‚Du sollst an der Sohle schaufeln, das ist einfacher!'

Doch ich habe mich gut ausgeschlafen und schaufle energisch, helfe sogar dem Nachbarn. Der tschechische Steiger geht vorbei, in hohen Gummistiefeln und mit einer kleinen Öllampe. Erst senkt er sie ganz tief bis zur Sohle, dann hält er sie in Brusthöhe und dann ganz hoch und beobachtet dabei aufmerksam die Flamme.

‚Siehst du', bemerkt der sympathische junge Tscheche. ‚Er kontrolliert das Gas. Und du sperrst den Mund auf!'

Wütend schaufle ich weiter. Eine Minute besieht sich der Steiger meine Stachanow-Arbeit und nickt zufrieden mit dem Kopf.

Mir scheint, daß ich nicht mehr im Streb bin, sondern auf einer nebligen, lärmenden Berliner Straße. Hin und her fliegt der Spaten. Die Brust keucht. Die Atemwege sind voller Staub. Die Knochen tun weh. Doch der Kohlenberg schmilzt zusammen. Die großen, glänzenden Stücke legten wir mit den Händen auf das Förderband. Endlich blieb es stehen. Frühstückspause. Dauernd knackte es dort im Dunkeln, wohin man nicht gehen durfte.

Ich trat etwas zurück, dann noch etwas weiter nach hinten. Noch bin ich außer Gefahr. Plötzlich in der dunklen Tiefe ein Licht. Gespaltene, verzerrte Stempel. Das Licht wurde heller, die Decke niedriger. Mit dem Rücken an einen Stempel gestützt schläft ein junger Bergmann. Neben ihm die Lampe. Ich stolperte über einen Stein und der junge Bengel sprang auf.

‚Teufel nochmal! Ich dachte, der Steiger... habe Angst bekommen. Doch Gott sei Dank kommt er nicht hierher, er ist ein Feigling. Weshalb bist du gekommen? Noch dazu als Deutscher?'

‚Was machst du denn hier? Es ist doch verboten!'

‚Ich schlafe, wenn andere arbeiten.'

‚Was sagen denn die Kameraden dazu? Beschweren sie sich nicht?'

‚Sollen sie es versuchen! Ich bin ein hoffnungsloser Fall. Mich kann niemand zwingen zu arbeiten. Bald wird man mich wohl aus der Grube jagen. Bis dahin aber haben sie zu blechen. Und du, Deutscher, marsch auf deinen Platz! Sonst bin ich dran, deinetwegen! Außerdem ist mir deine Visage zu schlau. Wenn du willst, komm morgen um diese Zeit wieder hierher. Ich bringe dir etwas zu essen.'

Vorsichtig kehrte ich zurück, geriet aber zu einer anderen Stelle, bin wohl zu sehr nach links abgeschwenkt.

Wieder knirscht die Schaufel. Nach zwei Stunden bleibt das Band stehen.

‚Wir haben viel geleistet.' lacht der sympathische Tscheche. ‚Das Band schafft es nicht mehr. Wieder ein Bruch. Jetzt kann ich dir alles über das Kohlenloch erzählen. Daß nur das verdammte Band nicht wieder anfängt. Paß auf! Das Kohlenloch ist natürlich kein Loch!'

‚Sondern?'

‚Hier, unter der Erde, gibt es andere Gesetze als da oben.

Es fehlt nicht viel an fünfhundert Metern Tiefe. Im Himmel gibt es Gott, auf der Erde ist ein Strich, hier in der Erde ist Niemandsland. Hier, Brüderchen, herrschen die Geister, und genau das ist das Kohlenloch. Die Berggeister können es nicht leiden, wenn man sie stört. Überall steckt der Mensch seine Nase hinein, wenn man ihn darum bittet und wenn man ihn nicht bittet. Besonders ihr Deutschen! Deshalb habt ihr auch den Krieg verloren. Wenn die Grube voller Menschen ist, gehen die Geister ihnen aus dem Weg. Aber wehe, der Bergmann bleibt allein unter der Erde! Dann beginnt ihr Hauptvergnügen. Der Spuk geht los, und ein schrecklicher Spaß, so daß auch der Tapferste keine Freude haben wird, und es ist noch gut, wenn du nicht verrückt wirst. Zum Beispiel, du gehst irgendwohin, wo niemand ist und wo du nicht sein sollst. Siehst auf einmal einen anderen Bergmann, der dich beim Namen nennt und dich lockt und vor dir geht. Nun, du folgst ihm natürlich, und er bringt dich an einen so engen Ort, daß du von Glück sagen kannst, wenn du überhaupt rauskommst. Plötzlich ist der Bergmann verschwunden und vor dir steht eine Kohlenwand. Oder die Kohlen werden auf einmal durchsichtig und du siehst, wie in der Tiefe die Berggeister spielen und die Seelen derer quälen, die ihnen verschrieben sind.'

,Glaubst du denn auch an Gott?'

,Du etwa nicht? In der Grube glauben nur Idioten nicht an Gott. Hat da einer vor einiger Zeit gesagt, er glaube an keine Geister. Plötzlich hört er seine Braut aus dem Dunklen nach ihm rufen, folgte dem Ruf, und später fand man ihn mit zerschlagenem Schädel unter einem Haufen Steine.'

Das Förderband quietschte, fauchte und begann, sich wieder zu bewegen.

,Los, schaufle weiter, bald ist Feierabend!'

In dieser Nacht wiederholte sich dasselbe wie in der Nacht zuvor. Die Wanzen ließen mich in Ruhe. Selbst Iwan Iwanowitsch tauchte nicht wieder auf. Anscheinend verachtete er mich doch.

Gut ausgeschlafen war ich am nächsten Tag wieder in der Grube. Als das Förderband stoppte, ging ich, um

Bortschek zu suchen. In der Tiefe sah ich seine Lampe. Stempeldschungel, Haufen heruntergefallener Steine. Ich hatte mich wohl geirrt. Seine Lampe flackerte viel heller und viel weiter weg. Alle möglichen Widerstände umgehend beschleunigte ich die Schritte. Immer weiter in die Tiefe ging Bortschek.

‚Bortschek!' schrie ich. ‚hab keine Angst, ich bin es. Der Steiger ist nicht zu sehen!'

Keine Antwort, doch das Licht wurde heller. Das rissige Gestein hing mal tiefer, mal höher. Manchmal mußte ich auf den Knien kriechen. Ich muß zurück, dachte ich, und sofort erschien das Licht ganz dicht neben mir. Dann flammte es auf und erlosch. Nur meine eigene Lampe mit dem roten Kreis leuchtete.

‚Bortschek, Bortschek, wo bist du? '

‚Bortschek... tschek... wooo bist duuu?' antwortete das Echo.

Vor der Nase war eine Gesteinswand. Wie trüb leuchtete meine Lampe. Will sie etwa ausgehen? Ich bewegte mich nach rechts. Wieder eine Wand. Etwas schlug mir schmerzhaft auf den Kopf, die Wand teilte sich.

Gleichmäßige Wärme, reine, gute Luft. Mit der Lampe stand ich in dem bekannten Zimmer. Es wurde schwül, roch orientalisch. Der purpurne Vorhang in der Ecke war halb offen. Merkwürdige schwarze Masken. Wie ein rotes Auge brannte die rote Laterne. Auf der Chaiselongue saß Ingeborg in einem dunklen Kleid.

‚Setz dich, Jewgenij! Aussehen tust du wie ein Schornsteinfeger. Hab keine Angst, du machst nichts schmutzig. So sind wir uns also wieder begegnet, zum Zweck eines weiteren Gesprächs. Damals in Berlin ging es dir besser, nicht wahr? '

‚Wieso bin ich hier? Eben bin ich doch noch in der Grube herumgeirrt.'

‚Und irrst dort immer noch herum, doch die Grube ist ein sehr sonderbarer Ort. Gestern hat man dir doch einiges erzählt. Das ist aber nicht wesentlich, wesentlich ist etwas anderes. Heute hast du den sogenannten kritischen Tag, in

deinem Leben oder in unserem. Endlich mußt du dich entscheiden: Zu uns oder nicht zu uns? Wenn du zu uns kommst, hast du nichts mehr zu befürchten. Für dich gibt es weder Grube noch Gefangenschaft. Solch ein Leben wird für dich beginnen, von dem die meisten nicht einmal zu träumen wagen.'

‚Ingeborg, in der Grube gehe ich vor die Hunde. Und Sie wollen mir helfen?'

‚Bestimmt wirst du vor die Hunde gehen, doch das willst du wohl nicht?'

‚Natürlich nicht. Was muß ich tun, um von da rauszukommen?'

‚Schreib hier an diesem Tisch, daß du aus tiefstem Herzen deinen Starrsinn bereust und mit allem einverstanden sein wirst, was man von dir verlangen wird. Tu das, und dann wird das Wort ‚Sorge' für dich nur eine Bedeutung wie im Lexikon haben.'

Ich blickte mich um. Im Zimmer gab es kein einziges christliches Symbol, doch der schwere Bücherschrank hatte ein kreuzartiges Ornament. Ich versuchte, mir darauf die hängende Gestalt des Gekreuzigten vorzustellen. Tatsächlich, ich sah eine Gestalt, geknickte Knie und ein kraftlos zur Seite hängendes Haupt.

‚Hör auf damit!' Ingeborgs Gesicht wurde dunkel. ‚Er wird dir nicht helfen. Ich meine die zweite Person der Heiligen Dreieinigkeit. Entscheide dich, das ist deine letzte Chance. Die Zeit entschwindet uns. Ja oder nein?'

Die Gestalt des Gekreuzigten wurde deutlicher. Und meine sonderbare Beschützerin?

‚An sie brauchst du nicht zu denken! Ich kenne die Dame. Sie hat sich entschieden übernommen. Sie braucht dich. Alles Betrug! Nur bei uns erlangst du Wahrheit, Kraft, Schönheit und Leben. Entscheide dich!'

Ich schwieg. Das Zimmer wurde trüb und verschwommen. Um mich wuchsen Stempel empor. Gesteinstrümmer. Die Finsternis eines zum Einsturz verdammten Strebs. Ich wußte nicht einmal, in welche Richtung ich gehen sollte. Etwas war geschehen, ich hatte etwas angerichtet, was nicht wieder gutzumachen war. Ich wußte aber nicht, was. Nur eins war mir klar: Ich stand an der Grenze des Wahnsinns. Irgendwo, sehr weit entfernt, schlugen Preßlufthämmer. Doch konnte ich die Richtung nicht ausmachen. In der Ferne tanzte ein Glühwürmchen. Jemand war hier. Das Glühwürmchen näherte sich. Vor mir stand Bortschek. Erstaunt betrachtete er mich und ich ihn.

‚Wie bist du hierher gekommen, Deutscher?'

‚Ich suche dich.'

‚Woher weißt du, daß ich hier bin?'

‚Ich habe doch mit dir gesprochen.'

‚Wann denn?'

‚Gestern.'

‚Gestern habe ich dich gar nicht gesehen und mit überhaupt keinem Deutschen gesprochen. Kennst du meinen Namen?'

‚Natürlich, du bist Bortschek. Man hat mir von dir erzählt. Nun, und gestern ging ich auf die Suche, um nachzusehen, was hier los ist. Du lagst da und schliefst. Dann bist du aufgewacht und hast mir noch gesagt...' Ich stockte.

‚Nun?'

‚Daß du mir Essen mitbringst.'

‚Ich sehe dich zum ersten Mal in meinem Leben.'

‚Aber du bist doch Bortschek?'

‚Woher weißt du überhaupt meinen Namen?'

‚Dein Kamerad hat ihn mir genannt.'

‚Er ist der größte Schwätzer in ganz Böhmen!' Forschend betrachtete Bortschek mich. ‚Lügst du auch nicht, daß du mich gesehen hast?'

Rundum Stille. Nur die Stempel knackten und an der Decke tat sich etwas. In den Augen Bortscheks sah ich so etwas wie Verständnis.

‚Nur fort von hier, hier ist es nicht geheuer.'

‚Kann etwas runterkommen?'

‚Nicht nur das.'

Er führte mich in eine ganz andere Richtung als die, die ich für richtig gehalten hätte. In der Ferne begann ein Reigen von Grubenlampen, fünf, ein Dutzend. Der sympa-

thische Tschechе sagte nichts über mein unerlaubtes Fortbleiben. Er blickte nur finster zur Seite. Bevor Bortschek wieder verschwand, steckte er mir noch eine großkalibrige Stulle zu. Er mußte wohl der richtige Bortschek sein, wer aber war der andere? Dahin, in die finstere Leere, werde ich nicht mehr gehen.

In der Baracke Großoffensive der Wanzen. In allen Himmelsrichtungen krochen sie auf dem Bett herum. Doch merkwürdig, nach wie vor wurde ich von ihnen nicht gebissen.

Wochen verstrichen. Es wurde Hochsommer. Unerträgliche Hitze. Die Wanzen verwandelten sich in reißende Tiger. Ab und zu kam Iwan Iwanowitsch aus seinem Riß und betrachtete mich fragend. Dann fütterte ich ihn. Er saugte mein Blut mit Gefühl, Anstand und echt aristokratischer Gemessenheit und kroch dann zurück. Einmal hatte ich nicht aufgepaßt, und plötzlich war Iwan Iwanowitsch draußen. Mein Nachbar, durch Schlaflosigkeit, Hitze und die Wanzen bis zum Delirium zerquält, ergriff bebend vor Wut eine Klatsche aus Papier. Ich schaffte es gerade noch, ihn am Gelenk festzuhalten. Erstaunt sah er mich an.

‚Was hast du denn?'

‚Das ist doch Iwan Iwanowitsch!'

‚Was für ein Iwan Iwanowitsch?'

‚Diese Wanze hier! Das ist mein Freund. Er hat Befehl gegeben, daß mich die anderen Wanzen in Ruhe lassen.'

‚Dieses fette Vieh, das dich saugt, nennst du Freund?'

‚Versuch, ihn zärtlich zu streicheln. Vielleicht werden sie dich dann auch nicht mehr beißen.'

‚Sieh zu, Eugen, daß du nicht meschugge wirst! Den Wanzen gibst du russische Namen und verlangst noch von mir, sie zu streicheln!

Mit Interesse betrachtete Iwan Iwanowitsch diese Szene.

‚Versuch es lieber, solange er noch nicht im Riß ist.'

Ihm quollen die Augen heraus, aber dennoch berührte er Iwan Iwanowitsch sehr vorsichtig mit dem kleinen Finger. Nach dieser Staatsaktion verschwand Iwan Iwanowitsch ohne Eile in seinem Riß.

Man versetzte mich an eine andere Stelle. Der Streb war genau einen Meter hoch. Auch der sympathische Tscheche ist mitversetzt worden.

‚Du bist so lang und mager', bemerkte grinsend der Vorarbeiter. ‚Dieser Arbeitsplatz ist für dich wie geschaffen.'

Ich kroch in den Kohlenriß hinein und fühlte mich wie Iwan Iwanowitsch. Nur — mich streichelt niemand. Mit der Spitzhacke schlug ich die Kohle heraus und schaufelte sie selbst zurück. Wir waren zu dritt, jeder weit von dem anderen entfernt. Zwei Tage vergingen. Ich half einem alten und sehnigen Tschechen, die Decke zu befestigen. Wir sägten Stempel, zimmerten Bretter zusammen. Dann, eines nachmittags, begann es, über uns zu rumoren.

‚Eugen, zurück!'

Der alte Tscheche warf seine Säge fort und stürzte auf allen vieren dorthin, wo Grubenlampen zu sehen waren. Doch es war zu spät. Die Stempel krachten, knackten, verdrehten sich unter der ungeheuren Last zu Schrauben. Zwei, drei knickten wie Streichhölzer. Die schwarze Gesteinshöhle senkte sich von oben herab. Wie ein Aal wand ich mich zwischen den Stempeln hindurch und schaffte zwei Drittel des Weges, stieß schmerzhaft mit dem Kopf an, etwas Riesiges preßte plötzlich meinen Rücken. Die Lampe, einen Meter von mir, wurde plötzlich zu einer leuchtenden Sonne. Als letztes sah ich das jubelnde Gesicht Ingeborgs.

Über Bretter und Nähte der Barackenwände krochen muntere Sonnenflecken. Ich war nicht mehr in der Grube. Dieses Zimmer hatte ich im Lager noch nicht gesehen. Wenige Pritschen, weiß bedeckt. Einige waren besetzt. Die Gestalten trugen relativ reine Wäsche. Alle betrachteten mich fragend. An meiner Pritsche stand jemand und hielt meine Hand.

‚Nun, bist du zu dir gekommen? '

Ich fühlte meinen Körper kaum, wollte den rechten Arm bewegen und konnte es nicht.

‚Los, Eugen, bewege nacheinander Arme und Beine!'

Die Füße schmerzten, aber sie bewegten sich, ebenso der linke Arm. Doch der rechte Arm lag da wie tot.

‚Was wir für Ängste um dich ausgestanden haben, Eugen! Doch deine Knochen sind ganz. Im rechten Arm ist höchstwahrscheinlich ein Nerv verklemmt, das geht aber in Ordnung.'

‚Was ist denn mit mir geschehen?'

‚Eine banale Grubengeschichte, du bist verschüttet worden. Ein Toter ist zu beklagen, dein ehemaliger Chef, der junge Tscheche. Hat mit dem Stempel eins auf die Birne gekriegt. Du bist auch übel dran. Zwei weitere sind mit dem Schrecken davongekommen. Alles in allem, ich resümiere: Die Decke ist um die Hälfte abgesackt. Du lagst gute fünfzehn Stunden unter der Kohle, bis man dich herausgraben konnte. Aber auf dir hat nicht viel gelegen. Zwischen deinem Rücken und der Decke waren etwa fünf Zentimeter Luft und du hattest genug zum Atmen. Sonst wärst du dran gewesen, kaputt. Der Tscheche war etwas dicker als du, dafür ist er jetzt tot. Dich hat man ohnmächtig auf der Bahre hierher gebracht, dann gewaschen. Die Lagerleitung hat dir ein Paar weiße Wäsche geschenkt und befohlen, dir besseres Essen zu geben, wenn du überhaupt zu dir kommen solltest. Solche Geschichten lieben sie nicht. Aus Mährisch-Ostrau war schon eine Kommission da, morgen kommt wieder eine. Bis dahin aber bleib ruhig liegen.'

Ich lag und dachte nach. Im Lazarett gab es kaum Wanzen. Das Essen war besser. Von Zeit zu Zeit versuchte ich, meinen rechten Arm zu bewegen, aber er blieb weiterhin steif. Nach und nach verließ mich die Schwäche.

Am nächsten Tag trudelte mit Glanz und Gloria eine Kommission aus Mährisch-Ostrau ein. Drei Zivilisten, ein Militär mit Sternen, ein anderer mit blitzenden Kugeln auf den Schulterstücken. Ich stand von der Pritsche auf, schwankte jedoch ziemlich stark und durfte mich wieder hinsetzen. Der ältere Militär begann, mich in gutem Deutsch zu befragen, ob ich schon lange in der Grube sei und was eigentlich passiert sei. Ich erzählte alles sehr genau, doch viel war nicht zu berichten.

‚Können Sie sich entsinnen, wie eng die Stempel standen?' fragte mich der ältere Militär.

‚Ich verstehe nicht, was heißt das: wie eng?'

‚Sicher, Sie sind ja kein Grubenarbeiter. Ein Grubenarbeiter hätte mich sofort verstanden. Nehmen wir beispielsweise eine Fläche von fünfmal fünf Metern, also fünfundzwanzig Quadratmetern. Wieviel Stempel waren da ungefähr?'

‚Vielleicht drei.'

‚Wie, nicht mehr?'

‚Ich glaube nicht.'

Der Zivilist nahm ein Blatt Papier und zeichnete sehr sorgfältig ein Quadrat, das fünfmal fünf Meter darstellen sollte. Alle schauten schweigend zu.

‚Versuchen Sie bitte, hineinzuzeichnen, in welcher Ordnung die Stempel dort standen und vermerken Sie bitte nach Möglichkeit die Stelle, an der Sie gearbeitet haben und die Sie kennen, bis zu der Stelle, wo rechts und links Ihre beiden Nachbarn gewesen sind. Zeichnen Sie bitte mit kleinen Kreisen alle Stempel ein, die da waren. Übrigens, war die Decke teilweise mit Brettern verschalt?'

‚Ja, die meisten Stempel standen auf Brettern und oben, zwischen den Stempeln und der Decke, waren auch kleine Bretter. Ich habe sie selbst mit den Verunglückten zusammen gesägt.'

Alle sahen sich schweigend an. Sorgfältig zeichnete ich den Plan meiner Arbeitsstelle, vermerkte die Entfernungen, zählte in Gedanken die Stempel und trug sie als kleine Kreise ein. Alle beobachteten mich aufmerksam. Dann sagte einer auf Tschechisch, aber ich verstand ihn ganz gut:

‚Ist deutlich genug. Fast dasselbe wie bei den anderen, sogar noch weniger.'

Alle nickten und gingen fort.

Am Nachmittag brachte man mir ein maschinengeschriebenes Protokoll.

‚Das sind Ihre Aussagen, Kreiton.' erklärte der Militär. ‚Können Sie tschechisch?'

‚Sehr schlecht, ich kann besser russisch.'

‚Vielleicht sind Sie letzten Endes sogar ein Russe?'

‚Nein, ich bin kein Russe.'

‚Sie sind ein ehrlicher Mann. Heutzutage versuchen alle, sich zu Russen zu erklären, ich meine, nach dem Sieg. Alle sind auf einmal Russen oder Juden geworden. Wenn Hitler noch leben würde, hätte er sich wohl auch für einen Rabbiner erklärt. Also, das sind Ihre Aussagen. Wollen Sie, daß wir Ihnen alles ins Deutsche übersetzen?'

Aus den Gesichtern der anderen las ich, daß sie dies äußerst unnütz und langweilig finden würden. Schweigend unterschrieb ich. Der Militär nickte.

‚Hier stimmt alles völlig mit Ihrer Aussage überein.' Plötzlich zwinkerte er lustig mit den Augen und sagte in reinem Russisch: ‚Der Aussage getreu. Was macht übrigens Ihre Hand?'

‚Sie bewegt sich nicht.' antwortete ich auf deutsch.

‚Gut, nach einigen Tagen werden wir Sie in ein Lazarett nach Mährisch-Ostrau überführen.'

‚Vielen Dank.'

Die Kommission ging fort. Eine Woche verstrich. Natürlich dachte niemand daran, mich nach Mährisch-Ostrau zu überführen. Doch die Hand begann, sich ein bißchen zu bewegen. Das war in gewisser Hinsicht schlecht und ich begann, meine Verletzung weiterhin auszunützen. Stundenlang lag ich auf dem Bett und suggerierte mir ein: ‚Sie arbeitet nicht, sie arbeitet nicht...'

Die Selbsthypnose wirkte.

Schräg über mir auf der Doppelpritsche lag ein Kamerad. Er wurde nicht verschüttet, sondern hatte einen Schlag auf den Kopf bekommen. Sein Kopf war verbunden, trotzdem war er ein glücklicher Mensch. Er war in die Dame verliebt, die die Akku-Lampen auflud. Diese energische Tschechin, etwa dreißig Jahre alt, saß in ihrem Käfig und übte ihre Diktatur über die Lampen aus. Bei Tschechen und auch bei den Deutschen galt, daß derjenige, dem sie ihr Lächeln schenkte, untertage Glück haben würde. Der Nachbar hob seine Augen zur Decke, wo er anscheinend den Parnaß erblickte, und kritzelte mit einem winzigen Bleistiftstummel ein Gedicht zu Ehren der Lampendame.

‚Ihr Antlitz zart, wie Rosen weben,
erhellt die Grubenbatterie
und Amor hat dabei im Schweben
mein Herz verwandelt wie noch nie.
Die Lampen leuchten unten finster
der Lampendame Marmorfinger...'

‚Eugen, was reimt sich auf ‚finster'? '

‚Zum Beispiel: Ich armer Mister...'

Die Nachbarn lästern.

‚Nicht umsonst hat der einen Schlag auf den Kopf bekommen. Da wird man gleich zum Dichter!'

Doch ich kam nicht dazu, den Vers richtig zu formulieren. Der KAPO-Mann kam angelaufen.

‚Eugen, los in die Kanzlei, und sammle deine Sachen.'

In der Kanzlei lieferte ich meine Grubensachen ab, unterschrieb etwas und ging in meine alte Baracke, um auf Wiedersehen zu sagen. Iwan Iwanowitsch sah mich an. Ich besorgte mir eine Streichholzschachtel und setzte ihn dort hinein, nachdem ich ihn gefüttert hatte.

‚Du kommst mit mir, du bist mein einziger Freund!'

Eine halbe Stunde später fuhr eine Gruppe von Invaliden mit dem Zug nach Mährisch-Ostrau, unter ihnen auch der zweifelhafte Invalide Kreiton. Die Hand bewegte sich nämlich schon ganz munter. Direkt vor der Abfahrt öffnete ich noch einmal die Streichholzschachtel. Was macht eigentlich mein Iwan Iwanowitsch? Er war ganz runzlig geworden, kroch umher und suchte verzweifelt nach einem Ausweg. Als er mich erblickte, stellte er sich auf die Hinterfüßchen, als ob er sagen wollte:

‚Selbst fährst du nach Hause und mich schleppst du fort, aus diesem Paradies! Warum eigentlich? Was habe ich dir, du Lump, getan? Ich bin hier ein großer Führer!'

Ich verstand. Iwan Iwanowitsch wollte nirgends hinfahren. Ich ließ ihn frei. Er verschwand in seinem Riß mit einer Schnelligkeit, die absolut nicht seiner Größe, seiner Wohlbeleibtheit und seiner Würde entsprach.

‚Leb wohl, Iwan Iwanowitsch! Vielen Dank! Befiehl nach Möglichkeit, den Nachbarn nicht ganz auszusaugen!'

Es stellte sich heraus, daß nach Mährisch-Ostrau eine ganz gewöhnliche Straßenbahn fuhr. Auf dem Trittbrett verlor ich das Gleichgewicht und klammerte mich mit dem paralysierten Arm an den Haltegriff. Zum Glück hat niemand etwas Verdächtiges bemerkt.

Das Lazarett in Mährisch-Ostrau befand sich in dem mir bekannten Lager. Doch gleich gab man uns Bescheid, daß wir weiter nach Prag fahren werden, in das Lager Motol, einem speziellen Lager für Invalide und Sanitätspersonal und natürlich auch für solche, die sich dafür ausgeben. In Motol zirkulierten die tollsten Gerüchte. Alle Invaliden sollten nach Deutschland transportiert werden, in ihre Wohnorte. Zweitausend Mann lebten praktisch von diesen Gerüchten. Doch wer Invalide ist und wer nicht, das sollte ein tschechischer Arzt entscheiden. Das war eine bedrohliche Nachricht. Ich verstärkte meine hypnotischen Übungen. Mir schien es, als ob die Fangarme sowjetischer Sicherheitsorgane überall auf mich Jagd machen.

Die Zahl der gefangenen deutschen Ärzte in Motol war sehr groß. Eines Morgens erwachte ich und, o Glück, wie ein Sandsack hing mein Arm. Ich wurde von deutschen Ärzten untersucht, die sehr delikat, aber unzweideutig andeuteten, daß sie mich für einen geschickten Simulanten hielten. Doch ich war kein Simulant mehr. Einem der ganz besonders eifrigen Jünger Äskulaps erklärte ich, daß er sich ganz umsonst solch eine Mühe gäbe. Der Krieg sei zu Ende und mir drohe keineswegs die Einberufung in die Wehrmacht, und für die Tschechen arbeiten wolle ich nicht. Doch der gelehrte Mann bemerkte nicht die Ironie und setzte die Untersuchung meines Armes mit deutscher Gründlichkeit, Methodik und segenlosem Fleiß fort. Offensichtlich war er der Meinung, daß es für einen deutschen Kriegsgefangenen eine Schande sei, zu versuchen, den tschechischen Kohlengruben zu entrinnen. Ich dachte an den Ausspruch von Hus auf dem Scheiterhaufen: ‚O heilige Einfalt!' Damit hatte er bestimmt die deutschen Stabsärzte gemeint. Doch seine Mühe war umsonst. Ich war kein Betrüger mehr..."

„Aber ein Esel!" bemerkte die Wirtin. Schon seit einer Stunde hörte sie mir zu. „Wieder hast du einen Redekollaps, Heimkehrer. Was bist du für ein schlafloser Mensch! Ist es nicht Zeit, zum Arzt zu gehen? Jetzt ins Bett! Später kannst du weiter erzählen. Hier ist es wie in Tausendundeiner Nacht!"

Längst ist die letzte Straßenbahn verpaßt und bis zu der ersten dauert es noch lange. Ich gehe zu Fuß. Ein Betrunkener kommt mir entgegen.

„Hallo, Kamerad!" murmelt er. „Heute kämpft jeder gegen jedermann, Peter gegen Petermann!"

Was werde ich ihnen in der nächsten Nacht erzählen? Meine Ankunft in Berlin. Die Alliierten- und Schiebermär aus dem Nachkriegsberlin wird wieder lebendig. Doch jetzt brauche ich nur eines: Schlaf.

DAS SPINNENNETZ

Am nächsten Morgen stellte ich fest, daß im Briefkasten Benachrichtigungen von drei verschiedenen Ämtern waren, hochfeierlichen Behörden, und mit Entrüstung mußte ich vermerken, daß in den nüchternen Kanzleien der Stadt Frankfurt kein Platz für mystische Vernebelungen besteht.

„Sie sind mir ein bißchen zu blaß." bemerkte der Amtsarzt. „Sie schlafen wohl schlecht? Ich werde Ihnen ein Schlafmittel verordnen."

„Vielen Dank, Herr Doktor."

„Sicher — Ihre Lagererlebnisse. Sie müssen sich zerstreuen. Sagen Sie bitte, besuchen Sie niemals Restaurants? Wir haben hier nämlich sehr verlockende Unternehmen. Wie wär's? "

„Ab und zu besuche ich sie."

„Machen Sie heute einen Besuch. Oder wissen Sie was: Wir gehen zusammen. Ich werde Sie an solch einen Ort bringen, wo Sie noch nie waren und wo Sie ohne mich auch niemals hinkommen werden. Das ist..." er senkte geheimnisvoll die Stimme und schielte auf die im Nebenzimmer sitzende Sekretärin. „Das ist die verdächtigste Kneipe in ganz Frankfurt. Personen ohne Gefängniserfahrung kommen dort gar nicht hinein. Doch ich bin Amtsarzt und kenne einige aus dem Publikum. Dort gibt es zwei Zimmer.

Ins Hinterzimmer werden wir beide wohl nicht hineinkommen, aber auch im ersten Zimmer ist es ganz interessant."

Bei mir beginnt es, in der Magengrube zu ziehen. „Also, heute abend um neun Uhr. Dort, müssen Sie wissen, ist die Wirtin eine regelrechte Megäre mit einer Katze."

Ich falle bald in Ohnmacht, doch kann ich schlecht absagen. Wir treffen uns an einem Kino. Ich stelle mir vor, daß Robespierre auf dem Weg zum Schafott kein besseres Gefühl gehabt hat. Wir treten durch den abgeschabten Eingang ein. Die Wirtin mit der unverwüstlichen Katze eilt herbei.

„Herr Doktor, wie ich mich freue! Wie lange haben wir uns nicht gesehen! Haben Sie unterdessen viele Alkoholiker geheilt? Und mein lieber Heimkehrer — daß ihn der Teufel hole — ist auch schon da, früher als sonst, und hat unseren lieben Amtsarzt mitgebracht."

Fröhlich lacht die Wirtin. Das Gesicht meines neuen Freundes ist ein einziges Fragezeichen. Doch dann wird die Wirtin ernst und böse.

„Wer hat dir erlaubt, Heimkehrer, neue Leute hierher zu bringen? Du gehörst längst zu uns, doch der Signore Dottore...? Das nennst du Dankbarkeit? "

„Ich habe niemanden gebracht. Der Herr Doktor hat mir selbst angeboten..."

Die hintere Tür quietschte. Von dort strömten Rauchschwaden wie aus der Hölle. Der Bart erscheint, hinter ihm die Dame in schwarz, der Herr Haus- und Realitätenbesitzer, der Kollektor für europäische Kinder, der Vorsitzende und alle anderen. Ein unbeschreiblicher Tumult beginnt. Jemand umarmt den Doktor und poltert los:

„Vielen Dank für die Tabletten, Doktorchen! Habe mir den Alkohol ganz abgewöhnt. Anstelle von Bier — es sei dreimal verflucht — gluckse ich jetzt Kognak mit drei Sternen."

„Ergreift die beiden." kommandiert der Vorsitzende. „Es wird Zeit, daß wir anfangen."

Mit Geschrei werde ich ins letzte Zimmer geschleppt, während der Arzt untergehakt abgeführt wird. Die Wirtin droht mir mit dem Finger und will noch eine Unterredung am Brunnen mit mir führen, mit Aus- und Einatmen und hohem C, weil ich ohne Erlaubnis einen Fremden gebracht habe. Mißbilligend miaut die Katze und macht einen Buckel. Im letzten Zimmer bin ich wie zu Hause, was man nicht gerade vom Doktor sagen kann. Er wird vorgestellt. Bier wird gebracht, dann außerplanmäßige Pullen, Zigaretten und sogar Zigarren. Mir zu Ehren gibt es russische Eier in Mayonnaise. Der Amtsarzt flüstert mir ins Ohr:

„So also sieht Ihre Schlaflosigkeit aus? Die Tabletten habe ich Ihnen wohl ganz umsonst verschrieben!"

Schuldbewußt schwieg ich.

„Los, Heimkehrer, wie bist du von der Tschechei nach Berlin gekommen?"

„Wenn doch nur bis nach Berlin! Leider noch viel, viel weiter! *Doch momentan kontrolliert der tschechische Arzt mit Hilfe seiner gefangenen deutschen Kollegen ununterbrochen die wirklichen und imaginären Invaliden. Invalid sind fast alle. Transporte nach den verschiedenen Besatzungszonen werden zusammengestellt. Ich nannte als Heimatstadt Berlin und gehörte zu dem Transport in die Ostzone. Wir passierten das vernichtete Dresden. Überall winkt uns die Bevölkerung zu.*

Plötzlich bog der Zug ab, wieder in Richtung der tschechischen Grenze. In den Güterwaggons Panik. Anscheinend ging es zurück. Manch einer bereitete sich vor, vom Zug abzuspringen. Doch direkt vor der Grenze wurden wir wieder entladen. Quarantäne. Das ehemalige Lungensanatorium Reizenhein. Hier waren wir frei, ohne Wachmannschaften, müssen jedoch vierzehn Tage in Quarantäne verbringen. Das Essen war schlecht. Jeden Abend machten sich Banden auf den Weg, um bei den Bauern nach Kartoffeln zu buddeln. Zwei wurden von einer uns unbekannten, blau uniformierten Polizei geschnappt. Einer aus der Kanzlei las ihnen die Leviten.

‚Ihr Dummköpfe, Narren! Solche Blödiane wie euch muß man auf Kosten der Alliierten mit einem nassen Lappen totschlagen! Erzählt! Wie habt ihr die Kartoffeln geklaut? Ihr

habt doch keinen Spaten! Habt ihr etwa mit dem Taschenmesser in der Erde herumgestochert?'

,Wir haben das sehr einfach gemacht! Am Stengel fassen und rausziehen — und die Kartoffeln in die Tasche.'

,Und dann?'

,Dann die nächste Pflanze...'

,Das habe ich von euch Idioten erwartet! Kein Wunder, daß man euch geschnappt hat! Wieviel Pflanzen habt ihr unnütz rausgerissen? Als ob euch ein gestreifter Esel geboren hätte! Wißt ihr denn nicht, Idiotensöhne, daß der größte Teil der Kartoffeln in der Erde bleibt, wenn man am Stengel zieht? Man muß wühlen, um alle herauszubekommen. Euch Hornochsen muß man in den Mutterleib zurückschicken, zum umformen! Ein Skandal im Maßstab von ganz Sachsen, und ihr werdet ins Dresdner Gefängnis kommen!' "

„Bremse mal, Heimkehrer! Wie war das?" unterbrach fröhlich der elegante Mann. „In den Mutterleib zum umformen? Solch einen Ausdruck habe ich noch nie gehört. Aber ich will nicht stören."

„Am anderen Tag ein bedrohliches Gerücht. Ein Soldat aus der sowjetischen Kommandantur war gekommen. Er überprüft die tschechischen Entlassungsdokumente, und bei ihm war einer in Zivil! Eine Fratze hatte er! Ohne Überprüfung gab es weder Lebensmittelmarken, noch Passierscheine in die Heimatorte. Ich überzeugte mich davon, daß der Zivilist eine qualifizierte Tschekistenvisage hatte. Die Überprüfung begann.

Es war Anfang September und der Morgen war herrlich. Endlich wurde ich aufgerufen. Der Tschekist trug einen phantastischen schwarzen Hut. Eine geschminkte Dolmetscherin war bei ihm. Bei meinem Eintritt sagte der Tschekist, ohne mit der Wimper zu zucken, auf russisch:

,Setzen Sie sich!'

Das war wie ein elektrischer Schlag. Mein Gott, wissen sie denn schon Bescheid? Ruhig blieb ich an der Tür stehen.

,Setzen Sie sich!' wiederholte die Dolmetscherin auf deutsch und schielte nach meiner angeschwollenen Hand.

,Frage ihn', forderte der Tschekist sie auf russisch auf und lächelte dabei klischeemäßig. ,Was ist mit seinem Arm und wieso ist er paralysiert.'

Die Dolmetscherin übersetzte in schlechtes Deutsch. Mir wird es etwas leichter ums Herz. Sie wird kaum merken, daß ich kein Deutscher bin.

,Ich habe Paralyse aufgrund von Epilepsie.'

Erschrocken betrachtete die Dolmetscherin den Tschekisten.

,Ich weiß gar nicht, was das für eine Krankheit ist.'

Doch der besser gebildete Tschekist hat schon alles verstanden.

,Eine miese Sache!' und fügte auf deutsch mit einem Lächeln hinzu. ,Verheiratet? '

Ich antwortete ebenfalls auf deutsch.

,Nein, in Deutschland durften Epileptiker nicht heiraten.'

Alles wird peinlichst übersetzt.

,Also!' lächelte der Tschekist noch fröhlicher. ,Hitler hat es Ihnen also verboten zu heiraten? Doch jetzt ist er nicht mehr da. Sie werden nach Berlin fahren, Sie werden heiraten und arbeiten.'

Huldvoll wurde ich entlassen. In der Tür stand schon ein anderer, ein erschrockener, älterer, ehemaliger Feldgendarm. Die Tür wurde hinter mir zugeknallt, doch trotzdem hörte ich noch, wie er schwur, niemals auf jemanden geschossen oder gar jemanden erschossen zu haben.

Am nächsten Tag fuhren wir nach Berlin und am 19. September 1946, sieben Uhr abends, stand ich zwischen Trümmerhaufen am Bahnhof. Ich fuhr direkt zu meiner Mutter. Gottlob, sie lebt! Sie war stark gealtert und ergraut, doch ihre Freude war ungeheuerlich. Ich war wieder zu Hause. Aber wenn auch West-Berlin der Sowjetmacht entglitten war, so ist doch überall ihr unsichtbarer Arm spürbar.

Am nächsten Tag lief ich von Behörde zu Behörde. Anmeldung, Polizei, Lebensmittelmarken. Dazu kommt noch, daß in meinem Namen ein Buchstabe geändert wurde, dadurch klang er echt deutsch. Doch das konnte in West-

Berlin als Urkundenfälschung ausgelegt werden. Ich meldete dies bei der Polizei. Viel zu viele Personen kannten meinen richtigen Namen. Die Herren von der Polizei waren offensichtlich verlegen und redeten von ihrer Unzuständigkeit, telefonierten irgendwohin und nannten mir eine neue Adresse. Meine Entlassungspapiere bekam ich zurück.

Ein luxuriöser Bau in einem der südwestlichen Stadtteile. Villen. Viele Amerikaner. Ziemlich schnell wurde ich in ein Büro gerufen. Dort saßen hinter einem eleganten Schreibtisch ein blutjunger amerikanischer Leutnant und ein breitschultriger Sergeant. Hinter der Schreibmaschine ein sehr hübsches junges Mädchen. In fast reinem Deutsch wandte sich der Leutnant an mich.

‚Man hat mich von der deutschen Polizei angerufen. Vor allem müssen wir Ihren richtigen Namen feststellen.'

Ich nannte ihn.

‚Moment!' unterbrach mich der Leutnant. ‚Sie sind doch Russe!'

‚Ja, der Geburt nach.'

‚Wann und wo sind Sie geboren?'

Ich nannte mein Geburtsjahr und Petersburg.

‚Das heißt jetzt Leningrad.'

‚Es tut mir leid, als ich geboren wurde, gab es noch kein Leningrad.'

Verächtlich lächelte der Leutnant.

‚Man sieht gleich, daß Sie ein richtiger Weißrusse sind. Doch das ist jetzt gleichgültig. Wie ist Ihre Staatsangehörigkeit?'

‚Deutsch.'

‚Bei welcher Gelegenheit haben Sie die deutsche Staatsangehörigkeit erhalten?'

Ich erzählte, wie ich die deutsche Staatsangehörigkeit erhielt, als ich mich zur Armee des Generals Wlassow meldete. Aufmerksam hörte der Leutnant zu. Die Schreibmaschine klapperte.

‚Jetzt das Wichtigste! Warum haben Sie Ihren Namen verändert und sind ungesetzlich mit falschen Papieren nach West-Berlin gekommen. Sie haben doch keine richtigen

Ausweispapiere aus Ihrer Gefangenschaft mitgebracht?'
‚Ich habe im Augenblick weder Paß noch Kennkarte.'
‚Erzählen Sie bitte kurz Ihren Lebenslauf.'
Ich erfüllte seine Bitte. Die Zeit verging. Ich sprach schon eine geschlagene Stunde.
‚Also, wie ist das eigentlich passiert, mit dem Buchstaben in Ihrem Namen?'
‚Ich habe nichts verändert. Es ist in der tschechischen Gefangenschaft geschehen, im Lager Motol bei Prag, von wo aus wir entlassen wurden.'
‚Aber Sie haben doch davon gewußt! Wann war das, als Sie zum ersten Mal hörten, daß Ihr Name falsch ausgesprochen und geschrieben wurde?'
‚Drei Tage vor der Abfahrt. Man hat uns alle auf dem Platz versammelt und die Namen vorgelesen.'
‚Und was haben Sie unternommen?'
‚Nichts.'
‚Wieso nichts? Es war doch Ihre Pflicht, die tschechische Lagerverwaltung auf den Fehler aufmerksam zu machen!'
‚Wissen Sie, diese Pflicht war sehr gefährlich. Die Tschechen haben um diese Zeit die Deutschen sehr schlecht behandelt.'
‚Und da sind Sie noch unzufrieden?'
‚Ja, ich bin der Ansicht, daß man wehrlose Leute immer gut behandeln sollte, selbst wenn es böse und schlechte Menschen sind.'
‚Was geschah dann?'
‚Zu den Tschechen zu gehen, war für mich sehr gefährlich. Sie konnten mich töten, mißhandeln. Sie konnten die Zurücksendung nach Deutschland verschieben bis zur Fertigstellung neuer Papiere, sie konnten von meiner russischen Abstammung erfahren und mich den sowjetischen Behörden ausliefern. Alles das konnte meinen Untergang als Folge haben, und mir war es vollkommen einerlei, wie mein Name geschrieben war. Hauptsache, ich komme nach Hause. Immerhin ist meine Mutter hier.'
‚Das haben Sie ja auch erreicht. Sind nach Berlin gekommen. Doch dadurch haben Sie folgende Paragraphen der

Besatzungsstatute von West-Berlin übertreten, §§...§§...'

Er nannte Zahlen und Buchstaben, und sie alle besagten, daß jeder Deutsche, der bewußt die Alliierte Besatzungsmacht irreführt...

,Und in diesem Falle entspricht das den Tatsachen — kann mit Gefängnis bis zu zehn Jahren bestraft werden.'

Es zog bei mir in der Magengrube.

,Ich habe Sie aber nicht irregeführt. Ich bin selbst zur deutschen Polizei gegangen, dann zu Ihnen, und meldete den Fehler.'

,Das ist kein Fehler, sondern eine bewußte Urkundenfälschung.'

,Ich habe keine Urkundenfälschung begangen.'

,Doch, Sie haben davon gewußt und nichts unternommen. Schauen Sie, bei uns in den Vereinigten Staaten ist das so: Natürlich, es kann immer ein Fehler bei der Transkription eines Namens unterlaufen. Doch man kann den Namen buchstabieren und niemand sagt ein Wort. Es war Ihre Pflicht, dasselbe bei den tschechischen Behörden zu machen, bei unseren Verbündeten.' fügte er mit Nachdruck hinzu.

Ich überlegte mühselig, wie ich diesem netten Leutnant mit solch einem völlig unbedeutenden amerikanischen Zimmergesicht weismachen konnte, daß die tschechische Lagerverwaltung nicht mit der amerikanischen Polizei in Pennsylvania zu vergleichen sei und daß an meiner Stelle jeder so gehandelt hätte und er selbst wahrscheinlich auch. Doch er wird nichts begreifen, auch wenn er fünfmal über den eigenen Kopf hinauswachsen wird. Sehr schwer begreifen die Menschen fremde Tragödien, und mit philosophischen Erwägungen hat sich dieser nette Leutnant, der vielleicht sogar ein College absolviert hatte, im Leben bestimmt nicht abgemüht. Sicherlich war er ein ausgezeichneter Kamerad und Rugbyspieler, während mein Kopf in seinen Händen ein Rugbyball war. Die Widrigkeiten des Schicksals kannte er natürlich nicht — da nämlich lag der Hund begraben. Anscheinend glaubte er hoch und heilig an die Verbündeten im Osten.

Aus der Schreibmaschine kroch ein ziemlich langes Protokoll.

‚Unterschreiben Sie das!'

‚Ich möchte gern wissen, was in dem Protokoll steht.'

‚Sprechen Sie englisch? '

‚Nicht genügend, um alles zu verstehen.'

Sehr rührig fing der Leutnant an, alles ins Deutsche zu übersetzen. Aus dem Text ergab sich, daß ich mich schuldig bekannte, ungesetzlich ein von der Amerikanischen Armee besetztes Territorium betreten zu haben.

‚Unterschreiben Sie!'

‚Ich werde nichts unterschreiben.'

‚Was soll das heißen? '

‚Unterschreiben werde ich nichts. Ich habe keine Urkundenfälschung begangen und bin völlig unschuldig. Für die Tschechen bin ich nicht verantwortlich.'

Der schweigsame Sergeant lief rot an, so daß sein Gesicht entfernt einem Boxerhund ähnelte. Fragend schaute er den Leutnant an.

‚In diesem Fall muß ich Sie sofort festnehmen.'

‚Das ist Ihre Sache, wenn Sie es für nötig halten, einen Menschen festzunehmen, weil man während der Gefangenschaft einen Buchstaben in seinem Namen geändert hat. Ich kenne eure Gesetze nicht.'

‚Wir müssen diesen Fall zu einem Ergebnis bringen. Ich kann Sie nur in Freiheit entlassen, wenn Sie mir ein Ehrenwort geben, nicht zu fliehen und sofort hier zu erscheinen, wenn wir Sie rufen!'

‚Wohin soll ich denn fortlaufen? Nach Ost-Berlin? '

In der folgenden Nacht schlief ich sehr schlecht. Ein Tag folgte dem anderen. Ich bekam Papiere, Kennkarte mit dem falschen Buchstaben. Man hat mich nicht noch einmal gerufen. Ich fand ein kleines Zimmer und geriet ins amerikanische Milieu. Ein fast märchenhaftes Leben begann, ein Götzendienst. Der Götze, der damals in Berlin auf dem Thron saß, war nichts anderes als eine Stange amerikanischer Zigaretten.

BERLIN

Herbst 1946. Berlin — das sind herausgeputzte Trümmerhaufen. Fünf verschiedene Lebensmittelkarten. Um Milchprodukte sieht man den Teufel tanzen. Fett, Zucker und Fleisch bestimmen die schwarze Börse. Bei all diesen Waren besteht ein Defizit. Der Hunger ist keine Tante, die man warten lassen kann!

Daher tauschen Deutsche und Nicht-Deutsche alles gegen Kalorien. Die Stadt ist ein einziger Schwarzmarkt, der die Grenzen der vier Besatzungszonen verwischt. Man witzelt, ein Kilo Fett könne Berlin schneller durchfahren als ein sowjetischer oder amerikanischer Panzer. Europa und Berlin sind von der faschistischen Hydra befreit worden — und die Befreiten müssen den Leibriemen enger ziehen.

Es gibt zwei nicht offizielle, aber sehr stabile Valuten, die Zigarettenvaluta im Westen und die Wodkavaluta im Osten. Durch einen Verwandten gerate ich unvermutet in das amerikanische Milieu, genauer, in zwei Abarten des amerikanischen Milieus: In dem einfachen amerikanischen Milieu fungierte ich als Lehrer für Russisch und Deutsch, im russisch-amerikanischen Milieu dagegen präsentierte ich die skurille Welt der russischen Emigration in Deutschland. Diese Welt erscheint den russischen Amerikanern unver-

ständlich, erstaunlich und verdächtig, anormal und in höchstem Maße bizarr.

Der Honigmonat der Verliebtheit der russischen Yankees in Sowjetrußland und speziell in den Genossen Stalin persönlich, begann gerade erst, sich zu verflüchtigen. Viele der russischen Yankees fuchtelten mit den Händen in der Luft, vermischten russische und englische Phrasen und ließen sich über den Heroismus der russischen Truppen bei Stalingrad aus. Es entstand ein wahres Leipziger Allerlei aus Alexander Newski, Feldmarschall Suworow und Marschall Schukow. Die Tschekisten wurden mit den Opritschniki Iwans des Vierten verglichen und sie erfüllten, so behaupteten die Amerikaner, ein großes nationales und staatspolitisches Werk. Dieses Werk bestünde darin, daß sie bestrafen, zahllose russische Menschen verschicken und erschießen. Eine ungemein widerliche Baronesse zitierte sogar, die Kommunisten und Tschekisten würden dem russischen Menschen ‚arbeiten' lehren! Aus irgendeinem Grund meinten diese hausbackenen Politiker, daß diejenigen, die andere erschiessen — Amerikaner ausgenommen — unbedingt positive Persönlichkeiten seien.

Im amerikanischen Kino wurde ein Hollywood-Film mit dem Thema ‚Das Kolchosleben' gezeigt. Eine Kolchosbäuerin superamerikanischen Typs ging in farbiger Nationaltracht und roten Saffianstiefeln über die Parkettfußböden eines Bauernhauses spazieren. Der Weizen wuchs höher als der Dachgiebel und in der Tiefe sah man die verlockenden Weiten der heimatlichen russischen Erde. Selbstverständlich fehlte auch ein Kolchosfest nicht, mit operettenmäßigen Balalaika-Kapellen und einem komischen Tanz, der russisch sein sollte und die Absätze stark beanspruchte. Die Amerikaner waren entzückt, das war die berühmte ‚russian soul'.

Nach der Kinovorführung wurden alle in die Villa eines Hauptmanns der amerikanischen Armee eingeladen. Als wir ankamen, wurde gerade durch die weit geöffnete Tür der Villa ein Bechstein-Klavier getragen. Verständnisvoll lächelten alle. Besorgt schielte der Hausherr in meine Richtung und die anderer Außenseiter. Einzelne Bemerkungen fielen.

‚Fünf Stangen sind zuviel!'

‚Ist es auch nicht verstimmt? '

‚Ja, ich bin kein Musiker.'

In einer anderen Ecke zog ein finsteres Subjekt, dessen Aussehen an einen Pinkerton-Detektiv erinnerte, einen bronzenen Kronleuchter aus einer abgeschabten Tasche.

‚Eine Stange Camel!'

‚Ist zuviel. Sechs Packungen Morris!'

‚Schauen Sie, welch eine Patina!'

‚Patina ist alter Dreck, sonst nichts.'

‚Sie ist aber die Hauptsache.'

‚Ist Ihnen bekannt', fragte einer, ‚daß es der deutschen Bevölkerung streng untersagt ist, sich mit Schiebereien zu beschäftigen? '

Dieses Argument verfehlte seine Wirkung bei dem finsteren Subjekt völlig.

‚Nicht nur der deutschen Bevölkerung.' pariert er ruhig. ‚Also, wollen Sie den Kronleuchter kaufen oder nicht? '

‚So ein Deutscher namens Franz kauft ein Pferd sich ohne Schwanz!' zitierte ein junger Amerikaner auf russisch.

‚Nun, dieser Teutone wird sich kein Pferd ohne Schwanz kaufen, sondern dir selbst eins andrehen!'

‚Ich verstehe nicht, warum diese Deutschen uns Juden so ausrotten wollten!' wunderte sich ein junger Jude in der Uniform eines Sergeanten. ‚Sie sagten, wir seien Händler und Gauner. Im Vergleich zu ihnen sind wir statt dessen reine Waisenknaben. Du brauchst nur über die Straße zu gehen — sie schneiden dir die Schuhsohlen ab, ohne daß du etwas merkst! Solch ein Teutone wird ganz Bronx bis aufs Hemd ausziehen!'

Kronleuchter, Broschüren und zwei Kupferstiche aus der Mitte des 18. Jahrhunderts blieben in der amerikanischen Villa. Ein älterer Russe in amerikanischer Uniform betrachtete aufmerksam die beiden Kupferstiche und erklärte plötzlich hämisch lächelnd:

‚Sehr erstaunlich. Der Meister muß ein Prophet gewesen sein, sogar bedeutender als die biblischen. Die Deutschen sind schon immer ein Volk von Denkern und Philosophen

gewesen. Auf dem Kupferstich sind Hinterladergeschütze abgebildet. Die sehen ein bißchen nach deutsch-französischem Krieg aus.'

Der Inhaber der Villa lief krebsrot an.

‚Schafft ihn mir zurück, diesen Deutschen! Was gibt es doch für Gauner auf der Welt, zur Schande und Erniedrigung der Menschheit!'

‚Ja, ja, zurückholen!' zwinkerte ruhig der ältere russische Amerikaner. ‚Du bist wie der Polizeimeister im ‚Revisor'. Bringt ihn zurück, bringt ihn zurück!'

‚Trinken wir Tee.' resignierte der bis dahin so stolze Besitzer der Kupferstiche.

Ich habe auch meinen Schwarzmarktpreis für Sprachunterricht: Eine Stunde zu fünfundvierzig Minuten kostet eine Zwanziger-Packung amerikanischer Zigaretten. Diese Packung wurde sofort auf dem schwarzen Markt gegen einen Laib Brot oder ein kleines Stück Fett umgetauscht. Die Zahl meiner Schüler wuchs. Die Grammatik kannte ich nicht allzu gut, meine Zunge dagegen ist zu Recht an ihrem Platz. Dies schätzten zu allen Zeiten die Sieger hoch ein. Es gab Stunden ohne Gespräche und solche mit nachfolgenden Gesprächen. Wenn der Schüler geruhte, auch Privatgespräche zu führen — mit Seelenmassage oder auch ohne — deutete ich delikat an, daß es nicht übel wäre, die Kehle ein bißchen durchzuspülen und dabei etwas Solideres zu sich zu nehmen, auf einen leeren Magen funktioniere das Zwerchfell nicht richtig und auch der leuchtende Gedanke würde sehr schnell erlöschen. Trotz allem muß man sagen, daß es unter den Amerikanern eine Menge ausgezeichneter gefühlvoller Menschen gab, die sehr wohl die Tragödie der Deutschen und Nicht-Deutschen in Berlin verstanden und versuchten, mit allen Mitteln zu helfen.

Die russischen Amerikaner halfen auch, aber sie litten dabei, denn der russische Mensch leidet immer, auch wenn er etwas Gutes tut oder eine Million geerbt hat. Die Wohltätigkeit geschah zwischen echt russischen Trinkgelagen. Manchmal, wenn man nachts eine amerikanische Villa in Dahlem passierte, hörte man frisch-fröhliche russische Lie-

der und sah schwankende Schatten und zahllose Flaschen hinter den Fensterscheiben. Und in rührender Einigkeit mit den ruhebedürftigen, halbverhungerten Deutschen zischten die in der Nachbarschaft lebenden amerikanischen Amerikaner vor Wut und schrieben irgendwohin irgendwelche Beschwerden. Doch niemand in der ganzen Welt kann etwas gegen die russische Zügellosigkeit machen.

Im allgemeinen lebte ich nicht schlecht. Langsam verflüchtigten sich das trostlose Leid und die Qual in den Augen meiner Mutter. Monate vergingen und ein grausamer Winter begann. Doch ich hatte andere Sorgen. Ich wurde beschattet. Ich fühlte, wie sich ein unsichtbares Knäuel von Gefahren um mich herum schlängelte. Ich wußte es auch so. Die sowjetischen Sicherheitsorgane hatten meine Existenz in West-Berlin festgestellt und der tausendfingrige Polyp begann im Dunkeln, sich sehr für mich zu interessieren. Merkwürdige Deutsche erschienen, die unbedingt meine Bekanntschaft machen wollten, ebenso dahergelaufene Russen — und Ende Januar geschah es.

Für meine seinerzeitige Situation hatte ich eine sehr gefährliche Angewohnheit: Ich träumte gern, wenn ich auf der Straße ging. Nach einem Besuch bei Amerikanern schritt ich die leere Iltisstraße entlang. Hinter mir rollte ein Auto, dann ein zweites. Plötzlich bremste das erste weich, etwa fünfzig Meter vor mir, das andere in der gleichen Entfernung hinter mir. Aus dem hinteren Wagen kamen drei, aus dem vorderen zwei. Alle fünf bewegten sich auf ein Zentrum zu — auf mich. Ich warf mich den drei hinteren entgegen. Ein Stämmiger versperrte mit sonderbar ausgebreiteten Armen den Weg. Ein anderer stürzte mit erhobenen Fäusten auf mich zu. Von dem Stoß flog ich fast drei Meter zurück und fiel auf die Knie. Das war meine Rettung. Sie hatten nicht erwartet, daß ich so schwach bin und stießen über mir zusammen. Weltberühmte russische Flüche ertönten. Ich sprang auf die Füße, stieß mich schmerzhaft an schweren Stiefeln und lief zurück.

‚Haltet ihn, der läuft fort!' schrie jemand hinter mir.

Es war wie in meiner Jugend, wenn man auf dem Mos-

kauer Markt hinter einem Dieb her war. Lediglich das Weibergekreisch fehlte.

‚Da ist das Luder!'

Hinter mir polterten Stiefel. Mit Gebrumm wendete der hintere Wagen. Plötzlich flammten in einem Haus an der Ecke Lichter auf. Die Tür öffnete sich. Kehlige englische Laute, Frauenlachen. Das Auto blieb stehen. Ganz außer Atem fragte ich:

‚Entschuldigen Sie bitte, wohnt hier Mr. O'Connor?'

Ein junger Amerikaner antwortete fröhlich:

‚Da kommt er gerade aus der Tür, aber Sie sind ein bißchen spät dran!' Und rief ins Haus hinein: ‚Pat, Pat!'

‚Hier!' ertönte es aus dem Vestibül.

Das war eine Sache! Was für einen O'Connor habe ich bloß aufgestöbert? Und warum habe ich Dummkopf nicht einen anderen Namen genannt?

‚Wer ist da?' fragte jemand von drinnen.

‚Irgendein Deutscher.'

‚Mit Paket oder ohne?'

‚Ohne Paket.'

Dann kam O'Connor selbst heraus, ein schwerer Mann von etwa sechzig Jahren stand vor mir.

‚Sie?' begann er auf deutsch und sah mich fragend an.

‚Ich bin Lehrer der russischen und der deutschen Sprache. Das Arbeitsamt hat mich zu Ihnen geschickt. Ich glaube, Sie wollen Unterricht nehmen.' antwortete ich auf englisch.

‚Ich? Keine Spur! Wieso sind Sie gerade in der Nacht gekommen? Aber bitte, treten Sie ein.'

Gleich wird er die Militärpolizei ankurbeln, und morgen das Arbeitsamt. Im hell erleuchteten Vestibül steht eine sympathische Amerikanerin in mittleren Jahren.

‚Wer ist das, Pat?'

‚Das deutsche Arbeitsamt hat aus irgendeinem Grund mitten in der Nacht einen Lehrer geschickt.'

‚Ach, diese Deutschen, sie machen immer des Guten zuviel!'

‚Ich habe niemanden angefordert.'

Theatralisch schlug die Amerikanerin die Hände zusammen. ‚Mein Gott, Pat, erinnerst du dich denn nicht an dein Gespräch mit diesem Hauptmann, der nachher fortgefahren ist. Du hast ihm doch in meiner Gegenwart gesagt, daß es gut wäre, ein bißchen deutsch zu lernen. Nun, und er hat das dem Arbeitsamt gemeldet. Wieder hast du alles durcheinandergebracht.'

Auf dem Gesicht Pats erschien ein schuldbewußter Ausdruck.

‚Sicher, so wird es gewesen sein. Ich habe alles vergessen. Wissen Sie was!' wandte er sich verlegen an mich. ‚Jetzt ist es schon spät. Außerdem habe ich Gäste gehabt. Wir werden etwas zusammen trinken und essen, und kommen Sie bitte morgen gegen achtzehn Uhr. Aber bitte, ohne alle diese deutschen Papiere! Ich kann sie nicht leiden. Wir werden uns ganz privat verständigen.'

Pat schüttete ein braunes Zeug in zwei Gläser. Die Frau sah ihn klagend und mich voller Mißtrauen an.

‚Bitte, begeistere dich nicht! Du hast schon genug getrunken, und vielleicht wird der Mister Lehrer gar nicht trinken...'

‚Ich trinke sehr wenig, Madam.'

‚Das ist ausgezeichnet. Mein Mann wird Sie für den Unterricht bezahlen und ich dafür, daß Sie ihm das Trinken abgewöhnen.'

Nach einer halben Stunde wanderte ich satt und mit größter Vorsicht nach Hause. Nach jedem Auto blickte ich mich um. Doch niemand schien mir zu folgen.

Am anderen Tag wurde der reizende Major Peter O'Connor, auch Pat genannt, mein Schüler. Wenn er gewußt hätte, daß unsere Bekanntschaft den Menschenräubern zu verdanken war! Eines war jedoch sicher: Die Jagd nach mir hatte begonnen. Der erste Versuch schlug fehl, wie aber wird der zweite ausfallen? Und meine Mutter? Es war bestimmt kein Problem, die alte Dame in einen Wagen zu stopfen und nach Ost-Berlin zu transportieren.

In meiner Freizeit schlenderte ich durch Dahlem. Das Haus, in dem ich vor sehr langer Zeit die Bekanntschaft

Ingeborgs gemacht hatte, stand unversehrt. Dem Äußeren nach wohnte niemand darin. Die Jalousien waren heruntergelassen. Daß Ingeborg und die Ihren irgendwo leben, weiß ich ganz genau. Die Gärtnerei, in der der graue Tempel stand, existierte nicht mehr. Und was ist, wenn ich nicht zufällig in Berlin war, sondern erwartet wurde? Ich mußte fliehen.

Ich erkundigte mich in den Kreisen der Alliierten. Für einen deutschen Staatsangehörigen war das Reisen sehr schwierig. Der offizielle Weg war für mich tabu. Der Passierschein mußte von allen vier Besatzungsmächten unterschrieben werden, und um eine sowjetische Unterschrift zu bekommen, mußte ich nach Ost-Berlin — direkt in den Rachen des Löwen! Illegal fliehen — aber wie? Allein fliehen durfte ich nicht, und mit meiner alten Mutter konnte ich nicht fort. Es gab nur eine Lösung: Einen Platz in einem Interzonenzug zu bekommen. Doch ein Deutscher mußte sehr gute Protektion haben oder sehr viel Geld. Außer den Alliierten fuhren in diesen Zügen nur große Schieber und deutsche Damen gewisser Gattung.

Es gelang mir, weitere Beziehungen zu Engländern und Amerikanern anzuknüpfen. Doch in dieser Gesellschaft herrschten ganz andere Interessen. Dort waren Geistliche aus wenig bekannten nordamerikanischen Sekten, Intellektuelle alliierter Edukation. Die Gespräche wurden auf sehr hohem Niveau geführt. Wie Lotterielose sprangen mal Brahms, mal Schumann hervor, dann wiederum Picasso und Hemingway. Salonmystizismus blühte: Zum Beispiel der Spiritismus. Ich wurde als Ersatzmedium zu einer spiritistischen Sitzung eingeladen. Das eigentliche Medium wurde beim Diamantenschmuggel erwischt und saß schon die dritte Woche. Die alliierten Damen liefen Sturm bei den alliierten Behörden, um es zu befreien. Doch das war nicht so einfach. Das durchgeistigte Medium hatte noch die Eigenschaft, junge Männer sehr zu lieben. Außerdem hatte es seine Wohnungswirtin bestohlen und verprügelt.

‚Ja!' seufzten die amerikanischen Damen. ‚Wenn er auch ein Lump ist, die Geister lieben ihn sehr. Wissen Sie, kurz

vor seiner Festnahme haben wir uns alle versammelt und beschlossen, den Geist von Buffalo Bill anzurufen — und tatsächlich, er ist erschienen. Allerdings sagt man, daß es sehr gefährlich sei, ihn anzurufen. Als ich noch ein Mädel war, hat mir ein alter Mann erzählt, daß er in seiner Jugend auch einmal Buffalo Bill angerufen hat. Als man Licht machte, entdeckte man, daß das Medium mit einem Lasso erwürgt worden war, nach allen Regeln des wilden Westens. Aber ich schweife ab. Also, der Geist von Buffalo Bill erschien uns und klopfte, daß wir mit dem Medium sehr schäbig umgehen. Es sei ganz mager geworden, klopfte der Tisch, und im wilden Westen sei man noch nicht einmal mit den Indianern so umgesprungen, wie wir mit dem Medium. Wir würden es überhaupt nicht mit Fett versorgen, hat er gesagt, Mister Kreiton. Welch eine große Seele muß dieser Buffalo Bill haben, ist vor sechzig Jahren gestorben und sorgt sich noch immer für andere! Und sogar für einen Deutschen! Dann hat er eine Liste geklopft, alles, was das Medium brauchte. Von selbst wären wir nie dahinter gekommen. Drei Tage später hat man ihn festgenommen und eingesperrt. Drei Tage ist eine mystische Zahl. Die Deutschen behaupten, er leide an Sexualpathologie und sei ein Schieber. Aber natürlich lügen diese Nazis. Der Geist von Buffalo Bill wird doch keinem Schieber erscheinen!'

Ich konnte nur staunen.

‚Sandra, du langweilst Mister Kreiton. Er weiß sicher gar nicht, wer Buffalo Bill war und erst recht nichts von seinem Geist!'

‚Im Gegenteil! Ich weiß schon seit Kindesalter, wer Buffalo Bill war.'

Dies steigerte sofort meinen Kredit und ich wurde eingeladen, Ende der nächsten Woche an einer spiritistischen Sitzung teilzunehmen. Zu dieser Zeit mußte sich, nach der Meinung der amerikanischen Damen, die mystische Persönlichkeit wieder in Freiheit befinden.

Der große Tag der Fühlungsnahme mit der jenseitigen Welt kam heran. Um neun Uhr abends versammelten wir uns, ungefähr zwölf Personen, in dem ersten Stock der Villa. Das Medium, vorgestern aus dem Gefängnis entlassen, war ein Mann von vierzig Jahren mit einem gelben Gesicht und nervösem Zucken. Verdächtig blickte er umher. Ein Gehilfe war bei ihm, ein junger Mann von achtzehn Jahren, der wie ein verkleidetes Mädchen aussah. Beide waren in finstere schwarze Anzüge gekleidet und beobachteten mich verstohlen.

‚Wer ist das und weshalb ist er hier?'

Die amerikanischen Gastgeber waren ebenfalls in schwarz und die Damen trugen schicke Abendroben. Gesamteindruck: Sehr feierlich und absolut nicht amerikanisch.

Zwei Leutnants nahmen mich zur Seite. Einen davon kannte ich noch nicht. Er stellte sich kurz vor:

‚Samuel Gerst.' Dann fragte er mich: ‚Glauben Sie eigentlich an Spiritismus?'

‚Bis jetzt habe ich mich sehr wenig damit befaßt. Wissen Sie, die Geister kommen nicht zu jedem Narren.'

‚Wir beide haben nämlich auch den Eindruck, daß diese deutschen Geister sich gerade mit den amerikanischen Narren befassen. Wir finden, die Geister kennen sich zu gut mit amerikanischen Zigaretten aus.'

‚Aber in diesen Zeiten...' mischte sich ein grauhaariger Amerikaner ein. ‚darf man sich nicht wundern. Schließlich waren die Geister auch einmal Menschen.'

‚Ist es nicht ein bißchen komisch, daß sich die Geister ausgerechnet für Butter interessieren?'

‚Heutzutage interessiert sich jedermann für Butter, selbst die Geister!'

‚Ehrlich gesagt — ich selbst glaube nicht allzu sehr daran. Aber meine Frau, sie kann ohne die Geister nicht mehr leben!'

‚Ich weiß nicht recht. Neulich haben wir Göring angerufen. Erst hat er uns etwas über den Kommunismus erzählt, anschließend über Margarine. Das geht noch! Wenn aber selbst Julius Cäsar über amerikanische Zigarettenstangen plappert, kann man ruhig zweifeln. Wir werden gleich selbst sehen. Bitte, zum Abendbrot.'

Das Medium und sein Gehilfe aßen mit offensichtlicher Gier. Der Pontifex maximus durchschnitt eine Bulette mit dem Messer und steckte dann die Gabel senkrecht in den Schinken. Ein großes und schlankes amerikanisches Mädchen, meine Tischnachbarin, wunderte sich leise.

‚Mister Medium hat einen guten Appetit. Er muß auch viel essen, wissen Sie, der Kontakt mit den Geistern verlangt eine ungeheure Nervenanspannung. Die Geister benötigen soviel Energie!'

‚Ja, ich weiß. Besonders, damit der Geist sich materialisieren kann, muß er viel essen. Woher soll er sonst die Aufbaustoffe für seine materielle Substanz nehmen? Ich kannte einmal ein Medium, das vor jeder Materialisation eine gebratene Gans, gefüllt mit Äpfeln, verzehrte und anschliessend noch zwei Hammelkoteletts.'

‚Pfui, schämen Sie sich! Ihr Deutschen seid solche Materialisten!'

Nach dem Abendbrot gingen wir hinüber in den Salon. Dort sollte auch die ‚heilige' Handlung stattfinden. Ganz genau untersuchten das Medium und sein Gehilfe den Tisch, ob auch keine Nägel in ihm sind. Wir setzten uns an den Tisch, das Medium und sein Gehilfe einander gegenüber. Der Hausherr erhob sich und hielt eine Rede auf englisch, langsam und deutlich, damit alle ihn verstehen.

‚Liebe Freunde! Wir leben in einer schweren und verantwortungsvollen Zeit. Noch vor kurzem haben wir Amerikaner geglaubt, daß sich nach unserem Sieg über Hitler-Deutschland auf unserer Erde Frieden und Ruhe ausbreiten werden, wie es in der heiligen Schrift prophezeit worden ist. Doch jetzt sehen wir, daß diese Hoffnungen ein gefährlicher Traum waren. Unser ehemaliger russischer Verbündeter begeht alle Nasen lang Quertreibereien und wir alle sind sehr verlegen und erschrocken.

Das Unglück besteht darin, daß niemand auf der ganzen Welt uns deuten kann, wohin die Wege der Weltpolitik führen, und — das ist mehr als logisch — wenn unser menschlicher Verstand uns keine Antwort geben kann, so müssen wir den jenseitigen Verstand befragen. Zu diesem Zweck, meine lieben Freunde, habe ich Sie hierher gebeten. Besonders darf ich Mister Kotzke, unser durchgeistigtes Medium, begrüßen, und auch Herrn Puschke, seinen frischjugendlichen Gehilfen, und auch Sie alle. Ich hoffe, daß ich eine richtige Entscheidung getroffen habe, wenn wir heute versuchen werden, den Geist unseres verstorbenen Präsidenten Lincoln anzurufen, desjenigen, der in unserem Lande mit der Sklaverei Schluß gemacht hat. Soll er uns an diesem Tisch Antwort geben, ob es uns gelingen wird, auch mit der sowjetischen Sklaverei Schluß zu machen.

Louis, ich bitte dich, das Licht auszudrehen, und wir, meine Freunde, bilden eine Kette, die unter keinen Umständen gerissen werden darf. Das ist gefährlich und beleidigt die jenseitigen Kräfte. Die Niederschrift dessen, was der Tisch uns sagen wird, übernehme ich selbst. Wir wollen hoffen, daß uns der ehrenwerte Geist unseres großen Präsidenten die Ehre eines unmittelbaren Gesprächs erweisen wird. Ich bitte Sie alle, Ruhe zu bewahren und sich auf die Gestalt unseres Präsidenten zu konzentrieren.'

Das Licht erlosch. Lediglich vor dem Hausherrn lag in einem leuchtenden Rahmen ein Schreibblock. Minuten verstrichen. Unbestechlich rückten die Leuchtzeiger auf meiner Uhr vor. Nichts geschah. Eine halbe Stunde verging, und dann bebte etwas unter meiner Hand. Der Tisch verlor seine stabile Unbeweglichkeit, er bebte. Unsichtbare Funken sprangen von Hand zu Hand. Der Tisch ruckte und schlug zweimal, dann wieder dreimal. Ich kenne die deutschen Morsezeichen. Sie sind den englischen sehr ähnlich. Tuck ... tuck ... tuck tuck tuck ... schlug der Tisch. Im Kopf reimten sich die Buchstaben.

,Hört, hört, warum ruft ihr mich?'

,Wer bist du, melde dich, melde dich!' sagte leise der Hausherr.

,Ich bin ... oln ... Abraham Lincoln. Warum, warum rufst du mich?'

,Geist, hab noch eine Minute Geduld. Wir möchten einige Fragen an dich richten.'

Plötzlich hopste der Tisch stürmisch nach oben. Eine

Dame machte erschrocken ‚Huch!' Ein Stuhl quietschte.

‚Die Kette! Zerreißt die Kette nicht!' zischte erschrocken der Hausherr. ‚Nur nicht zerreißen!'

‚Geist, Geist, bleib hier! Du bist unser ehemaliger Präsident. Wir selbst wissen nichts. Was wird mit Rußland passieren, was mit den USA? Womit wird alles enden? Wie wird der Kampf ausgehen? Was wird mit Berlin?'

‚Ihr müßt so fest sein, wie ich selbst gewesen bin. Stehet fest für die Freiheit ein und wir werden siegen. Gibt nicht... gibt Berlin nicht preis...'

‚Sir... Präsident... vergib uns unseren alten und schwachen Verstand. Doch wie können wir Berlin nicht preisgeben?'

Ein kalter Wind wehte durch das Zimmer.

‚Das ist eine Insel. Gib uns einen Ratschlag!'

‚Ohne die Deutschen könnt ihr nicht auskommen, die Amerikaner müssen die Deutschen unterstützen, so wie wir nach dem Krieg die Südstaaten unterstützt haben.'

‚Geist, was soll ich denn tun? Wie kann ich helfen?'

‚Jage nicht hinter großen Zielen her, helf den Deutschen, die du kennst. Helf mit dem, was sie am meisten benötigen. Lebensmittel und Fett.'

Stark hopste der Tisch nach oben.

‚Und Zigaretten... dein Medium, das ich so gut kenne und ohne das ich nicht hier wäre, hungert.'

Hinter dem Tisch kicherte jemand. Man hörte das hysterische Schluchzen einer Dame.

‚Da ist er! Das ist er!' flüsterte eine Frauenstimme. ‚Der Präsident, der Befreier hat uns besucht. Das ist er, da ist er!'

Im Dunkeln stieß mich jemand an. An der Wand erschien ein mageres Gesicht, den Hals auf Vatermördern gestützt.

‚Ich bitte um Ruhe, zerreißt die Kette nicht! Das ist ja phantastisch!' sprudelte der Hausherr hervor. ‚Geist von Präsident Lincoln, was müssen wir noch tun?'

Munter klopfte der Tisch etwas von Würstchen und Schinken.

Scharf schnitt das elektrische Licht in die Augen. Der ältere Leutnant stand am Schalter. An der fernen Wand mit erschrockenem Gesicht ein junges Dienstmädchen. An seinen nackten Füßen steckten weiche Pantoffeln. In der ausgestreckten Hand hielt es ein Portrait, grob mit Kohle auf weißem Kalk gemalt und entfernt dem verstorbenen Präsidenten Lincoln ähnlich. Dem Hausherrn quollen die Augen heraus. Er erhob sich halb vom Stuhl und stockte. Eine volle Dame mit einem Perlmuttmedaillon schluchzte und zwinkerte mit den Augen gegen das helle Licht.

‚Da ist er, euer Lincoln! Dieser Lump! Das eigene Dienstmädchen hat euch verraten!' sagte der Leutnant laut, und auf einmal geriet alles in Bewegung, als ob eine versteckte Feder zu arbeiten anfing. Mit den Händen fuchtelnd stürzte das gelbe Medium zur Tür, doch der Hausherr packte es am Kragen und schüttelte es wie eine Ratte.

‚Frieda, Frieda! Für all meine Güte haben Sie mir solch eine Schweinerei gemacht! Das habe ich von Ihnen nicht erwartet!' Die Hausherrin bebte vor Zorn. ‚Und da soll man den Deutschen auch noch Gutes tun!'

Die Männer betrachteten das Portrait Lincolns.

‚Nicht schlecht gezeichnet.' stellte ein Mann in mittleren Jahren fest. ‚Auf Kalk gezeichnet und mit Leuchtfarbe präpariert. In der Dunkelheit ist der Effekt vollständig!'

Der zweite Leutnant hielt das vermaledeite Medium am Handgelenk fest. Unter der Manchette lugte ein verräterischer schwarzer Hebel hervor.

‚Mit diesem Hebel hat er den Tisch zum Hüpfen gebracht!'

‚Sie dürfen mich nicht festhalten! Ich bin Doktor der magischen Wissenschaften!' echauffierte sich das Medium. ‚Sie haben verlangt, daß ich die Geister anrufe. Das war auch der Fall. Jetzt will ich, daß man mich bezahlt.'

‚Nur keine Aufregung.' erwiderte der Leutnant phlegmatisch. ‚Gleich kommt die Militärpolizei.'

‚Und was ist mit mir? ' fragte der feminine Gehilfe mit geziertem Lächeln. ‚Werden Sie mich auch der Militärpolizei übergeben? '

‚Sie sind ebenfalls an diesem Schwindel beteiligt.'
Dem Hausherrn zitterten die Hände. Er versuchte, niemanden anzusehen.
Drei Militärpolizisten betraten das Zimmer und begannen ziemlich energisch, den Hausherrn auszufragen. Dann verlangten sie seine Papiere. Auf ihren Gesichtern malte sich Erstaunen.
‚Erlauben Sie, Mister', sagte der Älteste der drei. ‚Geister anrufen ist doch kein Verbrechen. Über Geister steht in unseren Anweisungen nichts. Ich nehme an, die Geister haben Sie nicht bestohlen.'
‚Was für Geister haben Sie überhaupt angerufen, amerikanische oder deutsche?' erkundigte sich der zweite.
‚Ich habe Ihnen doch erklärt, Sergeant, es hat überhaupt keine Geister gegeben. Diese drei Deutschen versuchten, mich zu betrügen. Ich sollte eben an Geister glauben.'
‚Und die Geister selbst, sind sie deutsch oder amerikanisch?'
‚Schon wieder Geister! Diese beiden und die Frau wollten mich betrügen. Verstehen Sie: Betrügen!' fügte er mit Nachdruck hinzu.
‚Mit anderen Worten: Bestehlen!'
‚Nicht durch bestehlen, sondern durch Geister anrufen.'
‚Wer kann denn Geister anrufen?' zweifelte der Sergeant an.
‚Eben diese drei!'
‚Wieso sind Sie denn unzufrieden? Sie haben ihnen versprochen, Geister zu beschaffen und haben es auch getan.'
‚Ihr Soldaten versteht gar nichts!' regte sich eine Dame auf. ‚In unserer Zeit ist es zu wenig, Soldat zu sein. Um mich kurz zu fassen. Wissen Sie überhaupt, was eine spiritistische Sitzung ist?'
Verlegen schwieg der Sergeant.
‚Bei einer spiritistischen Sitzung', begann die Dame zu erklären. ‚setzen sich alle rund um einen Tisch und legen die Hände so, daß sie eine Kette bilden.'
‚Und dann?'
‚Unterbrechen Sie mich nicht! Auch das Medium nimmt

an dem Tisch Platz. Das ist derjenige, durch den die Geister reden werden.'

‚Und wenn sie nicht reden?'

‚Sergeant, Sie strapazieren meine Nerven sehr!' Der Hausherr lief rot an. ‚Von wo sind Sie?'

‚Aus Kentucky.'

‚Dann weiß ich Bescheid! Die aus Kentucky sind immer so schwer von Begriff! Also: Dieser Deutsche ist ein Medium. Doch, anstatt ehrlich die Geister anzurufen, hat er geschummelt und ließ den Tisch mit diesem Hebel springen.'

‚Ich kann doch keinen Menschen festnehmen, weil er, wie Sie sagen, ein Medium ist und sich an einen Tisch gesetzt hat.'

‚Natürlich nicht. Aber weil er ein Gauner ist! Anstelle von Präsident Lincoln hat er selbst gesprochen. Dadurch hat er den toten Präsidenten beleidigt.'

‚Aha, das klingt vernünftig! Beleidigung des Präsidenten, das ist etwas anderes. Also los!'

Die Polizisten packten das Medium, um es zu filzen. Finster trat der Sergeant an den Gehilfen und begann, ihn zu betasten.

‚Hi... hihi... hihi!' kicherte der Gehilfe des Mediums wollustig, zappelte wie ein Aal und schaukelte mit den Hüften. Der Sergeant bekam einen roten Kopf und senkte die Hände.

‚Los, marsch!' kommandierte er.

‚Ist das eure Dankbarkeit!' beschwerte sich das Medium aus dem Jeep. ‚Die Geister lassen mich nicht im Stich. Spucken möchte ich auf euren Schinken!'

Alle waren sehr verwirrt. Mit zitternder Hand schenkte sich der Hausherr einen Cocktail ein. Alle schwiegen.

‚Was für ein Schuft!' unterbrach der Hausherr die Stille. ‚Alles ist für ihn zu wenig. Was habe ich ihm nicht alles geschenkt! Aber nein, er mußte noch Präsident Lincoln mit Fett in Berührung bringen. Leutnant, wie sind Sie dahinter gekommen, daß er ein Gauner ist?'

‚Sehr einfach. Ich bin nämlich von Beruf Rechtsanwalt. Auch die vorigen Male erschien es mir schon sehr sonder-

bar, daß die Geister dauernd von Lebensmitteln redeten. Heute wurde er sogar so frech, daß Lincoln anfing, das deutsche Morsealphabet zu klopfen. Es ist dem englischen zwar sehr ähnlich, doch nicht dasselbe. Das war eine gute Lehre für uns alle.'

,Ich meine aber, daß wir trotz dieses Gauners keinen Grund haben, nicht mehr an Spiritismus zu glauben.'

,Ich bin den Deutschen keineswegs böse.' erklärte eine ältere Dame. ,Alles haben wir ihnen genommen und wollen noch, daß sie uns gegenüber ehrlich sind.'

,Ein Gentleman ist immer ein Gentleman.'

,Du kannst leicht reden, James, du bist Oberstleutnant der amerikanischen Armee, lebst in deiner eigenen Villa und leidest keinen Hunger.'

,Und Sie, junger Mann', wandte sich der Hausherr an mich. ,Was halten Sie von diesem Skandal? '

,Ich möchte bald sagen, daß wir großes Glück gehabt haben.'

,Glück? Wieso? '

,Spiritismus ist eine sehr gefährliche Sache und es ist besser, in die Hände eines Gauners zu geraten, als wirklichen Kontakt mit dem Jenseits zu haben. Nach der Bibel ist es doch streng verboten!'

,Das stimmt zwar, doch es ist sehr aufregend.'

,Sie können mir glauben, daß es Menschen gibt, die viel zu fest mit dem Jenseits verbunden sind und solche Menschen beneiden solche wie Sie, die diesen Kontakt nicht haben. Bei den spiritistischen Sitzungen erscheint aller möglicher Unrat unter der Oberherrschaft des Satans, und dieser Unrat hat heute mit Ihnen Schabernack gespielt.'

Schweigend und verlegen ging die mystische Gesellschaft auseinander..."

...immer weiter in die Ferne entschwand Berlin. Rauchschwaden umgeben mich. Niemand schläft, alle hören zu.

„Du bist ein Goldstück, Heimkehrer! Das hat dein Medium mit den Amerikanern aber fein gemacht! So muß man diese Dummköpfe auch traktieren! Alles wollen sie auf einem Silbertablett präsentiert bekommen: Den höchsten Lebensstandard, Demokratie. Die ganze Welt wollen sie kommandieren und die Geister obendrein. Und damit das Maß nun voll wurde, mußte noch der tote Präsident Lincoln erscheinen!"

Verdächtig kratzt die heruntergekommene Persönlichkeit hinter seinem Kragen.

„Was suchst du da eigentlich? " erkundigt sich der Vorsitzende. „Schon wieder hast du dir einen zoologischen Garten angelegt. Wir werden dich wohl auf Kosten der Krankenkasse in ein Bad führen müssen. Du, Bärtiger, paß das nächste Mal besser auf deinen Freund auf!"

„Ich bin doch nicht seine Amme!" Dem Bärtigen entquillt ein schallendes Lachen. „Ausgezeichnet! Präsident Lincoln mit seinen Koteletten verwendet deutsche Morsezeichen und verlangt Wurst, Fett und Schinken für das Medium!"

Die Müdigkeit am Tisch ist wie weggeblasen. Lärm bricht los.

„Fabelhaft, dieses Medium! Hätten wir nur mehr von solchen!"

„Heimkehrer, wo ist aber eigentlich dein Teufel? "

„Ich nehme an, das Medium und sein Gehilfe haben nicht schlecht gelebt." fügt der ehemalige SS-Mann hinzu.

„Ja, das sieht uns nicht unähnlich!" schaltet sich die Dame in schwarz ein.

„Du mußt natürlich alle möglichen pathologischen Subjekte verteidigen!"

„Das ist, weil sie selbst..."

„Hallo, Bier!" Das junge Mädchen von den Professionellen zwinkert mit entzündeten Augen und poltert mit dem Glas auf den Tisch. Alle bekommen plötzlich Durst.

„Was brüllt ihr denn so? " Die Wirtin steht in der Tür und zählt mit den Augen, wer was bekommen soll. „Ihr alle gehört ins Museum, aber nicht in eines für bildende Künste, sondern in ein Panoptikum, zusammen mit allen möglichen Jack the Rippers. Vor euch Teufeln wird man auch in einem Museum für Kriminalistik Angst bekommen. Wie die Paviane seid ihr!"

„Nicht etwa einfache Paviane, liebste Wirtin!" Der Elegante erhebt sich von seinem Platz. „Sondern voluptuous baboons und Paviandamen!"

„Heimkehrer, was willst du? "

„Bitte, ein Bier!"

„Unser Freund beginnt, seinen antialkoholischen Prinzipien untreu zu werden."

„Hier, in dieser Gesellschaft, wird man nicht nur den Prinzipien untreu, sondern sitzt im Handumdrehen im Untersuchungsgefängnis. Als ehrlicher Kaufmann bin ich zu euch gekommen, und was bin ich jetzt? " fragt lächelnd der Haus- und Realitätenbesitzer.

„Liebe Mitleider, Teufel, Satanisten, Diebe, Prostituierte und Betrüger an Unmündigen..."

„Bitte, keine Anspielungen!"

„Oh, pardon! Wieder haben wir unseren gemeinsamen Freund, den Heimkehrer, angehört und ich nehme an, daß wir nach Hause gehen sollten und schlafen. Morgen ist nämlich auch noch ein Tag."

„Sicher. Aber es sieht so aus, als ob wir unserem Thema vom Teufel gar nicht näher kommen."

„Wie kann der Heimkehrer über den Teufel reden, wenn er an Gott glaubt? "

„Ein Heiliger hat aber gesagt: Du glaubst an Gott, das tust du gut, auch die höllischen Geister glauben und beben vor Furcht!"

„Unser Heimkehrer bebt nur vor dem Wohnungsamt vor Furcht!"

Zusammen mit meinem abenteuerlustigen Arzt ging ich nach Hause.

„Sagen Sie, Kreiton, was gefällt Ihnen eigentlich so an diesem Publikum? Das ist doch der Abschaum der Menschheit? "

„Dieser Meinung bin ich nicht. Sie gehen doch selbst dorthin? "

„Für mich ist es ein seltener Nervenkitzel, aber Sie gehören schon ganz zu ihnen."

„Sie sind die Einzigen, die mich — abgesehen von meinen

politischen Freunden — in ihr Milieu aufgenommen haben. Dort kann ich wenigstens meine Seele ausschütten und wir Russen brauchen so etwas. Glauben Sie, ich könnte jemanden außer ihnen das erzählen, was Sie eben gehört haben? Jedermann wird an meinem Verstand zweifeln."

„Ehrlich gesagt, ich bin in großer Versuchung, Sie auf Kosten des Versorgungsamtes zu einem Nervenarzt zu schicken."

„Warten Sie noch ein paar Monate, Doktor, dann komme ich wohl selbst zu Ihnen."

Wir verabschieden uns. Bevor ich einschlafe, flimmert das gelbe Gesicht des Mediums vor meinen Augen. War es wirklich ein Gauner? Was ist das überhaupt, ein Gauner auf diesem Gebiet? Und ich selbst, bin ich kein Gauner? Nein, wohl nicht, ich habe einen zu hohen Preis gezahlt.

DIE SPINNE

Am anderen Abend herrschte eine finstere Stimmung im Hinterzimmer. Alle sehen mich schief an. Ich spüre, ich wurde durch den Kakao gezogen, bevor ich eintrat. Die Wirtin trägt die unverwüstliche Katze auf dem Arm. Das Tier sieht mich genau so mißbilligend an wie alle übrigen.

„Schau, schau, Heimkehrer! Wir haben dich zu uns aufgenommen und wie unseren eigenen Bruder behandelt, dabei bist du nichts weiter als ein dahergelaufener Affe und hast nicht einmal einen Entlassungsschein aus dem Gefängnis. Und was hast du angerichtet ? "

Ich verstehe nicht sofort.

„Wer hat dich gebeten, diesen Satansarzt hierher zu bringen? Weißt du überhaupt, wer er ist? Ärzte sind die ersten Denunzianten, und dieser da ist noch im städtischen Dienst. Jetzt sitzt er wohl hinter dem warmen Ofen und kritzelt etwas an das Polizeipräsidium."

„Worüber kann er denn berichten? "

„Das ist egal! Welches Recht hattest du, ihn hierher zu bringen? "

„Ich habe ihn ja gar nicht hierher gebracht! Auf einmal hat er zu mir Vertrauen gefaßt, hat mir Schlaftabletten verschrieben und gesagt, daß er mich in solch eine Gaststätte bringen wird, wo ich niemals zuvor gewesen bin und auch niemals hineingeraten werde. Ich konnte doch nicht wissen, daß es gerade hier ist. Er sagte, das sei die obskurste Kneipe in ganz Frankfurt!"

„Solch ein Lump!"

„Und du, Heimkehrer, bist so schwer von Begriff, daß du nicht kapieren konntest, wohin er gehen wollte?"

„Aber er ist doch schon mal hier gewesen!"

„Ja, ein paarmal. Bei mir gibt es genug alles mögliche Gesindel, aber er war nicht im Hinterzimmer."

„Der Heimkehrer ist im Recht!" schaltet sich die Dame in schwarz ein. „Du hast ihn doch selbst mit offenen Armen empfangen und nach hinten geschleppt."

„Das war ein anderer!"

„Mit anderen Worten: Unsere Konspiration ist kläglich. Daß du es nicht wieder wagst, jemanden hierher zu bringen. Komm mit unbekannten Leuten noch nicht einmal in unsere Nähe, sonst sind wir alle dran. Dir glauben wir, aber die anderen... Und nun ist dein Berlin dran."

„*Also, es ging immer tiefer in den Winter. Die Alliierten feierten. Ein Bal masqué folgte dem anderen, und die Deutschen froren und hungerten. Mit tausend liebevollen Armen umschlangen sich die Nachrichtendienste. Wie traurig, daß ich nicht wußte, wo der Fangarm steckte, der mich packen sollte. Mein Leben wurde mehr oder weniger erträglich, und ich erinnerte mich, daß ich immerhin noch Mitglied einer revolutionären Organisation war. Doch was konnte ich tun!*

In Berlin war eine neue Organisation zu schaffen. Die von der sowjetischen Sturmflut verschonten Greise und Greisinnen eigneten sich nicht dazu. Vielleicht mit Hilfe der russischen Amerikaner? Das wäre schön und gut, inwieweit aber sind sie Russen, wenn sie einen Schritt weiter gehen sollen, als sich für russischen Wodka, Pelmeni und Borschtsch zu begeistern und russische Lieder aus der kaiserlichen oder Bürgerkriegsepoche zu singen. Wie kann ich sie zwingen, zu glauben, daß ich kein Phantast, kein Spitzel und kein Verrückter bin?

Ich sprach mit einigen und sah, daß ich allein anfangen

mußte. Sehr vorsichtig, damit niemand etwas merkte, fuhr ich nach Ost-Berlin. Dort waren überall sowjetische Militärbedienstete. Doch es wimmelte auch von Spitzeln, wie übrigens auch in West-Berlin. Zufällig machte ich die Bekanntschaft eines gewissen Senja. Artillerist, Gefreiter, Jungkommunist. Über Politik sage ich anfangs kein Wort. Bei den ersten drei Begegnungen lobte er alles Sowjetische, später, als wir uns besser kannten, veränderte sich seine Tonart. Mich hielt er für einen Deutschen und wunderte sich nur über mein gutes Russisch. Er arbeitete als Chauffeur in einer sowjetischen Behörde. Ich brachte ihm einiges aus West-Berlin mit und er gab mir eine Flasche Wodka. Mich in West-Berlin besuchen, wollte er nicht. Das sei streng verboten. Aber ich bestand auch nicht darauf. Dann kam der Tag, an dem ich ihm ziemlich offenherzig sagte, wer ich bin. Er war nicht erstaunt, hatte so etwas wohl schon lange geahnt und lächelte.

‚Ich sehe auch von selbst, daß Sie kein Deutscher sind und auch kein Schieber. Solche Schieber wie Sie gibt es nicht. Ich habe nur lange nicht gewußt, für wen ich Sie halten sollte. Hier ist alles möglich. Vielleicht waren Sie vom MGB oder aus einer Spezialabteilung. Auch davon haben wir genug, und nicht wenige sind eingesperrt. Die Deutschen haben oftmals schmutzige Pfoten, genieren sich nicht, Schweinereien zu machen. Heute schiebt er mit dir und morgen verkauft er dich, besonders, wenn er dir Geld schuldet, damit er es nicht zurückgeben braucht.'

‚Erstens, Senja, siezen Sie mich nicht mehr. Ich bin solch ein Russe wie du, nur kein sowjetischer.'

‚Weißer Emigrant?'

‚Das ist auch nicht ganz richtig. In eurer offiziellen Sprache hätte man mich Sohn eines Weißemigranten genannt und eingesperrt.'

‚Ja, da kannst du Gift drauf nehmen! Deine Lage ist gefährlich. Du bist ein guter Bursche, verlaß dich aber nicht zu sehr auf West-Berlin und auf die Amerikaner. Auch dort gibt es genug von den Unsrigen. Schon manch einer wurde aus West-Berlin verschleppt. Die Amerikaner können nicht

auf jeden aufpassen. Du mußt also die Ohren steif halten.'

‚Dafür vielen herzlichen Dank, Senja!'

Wir verabredeten uns zu einer nächsten Begegnung. Jetzt wurde die Sache gefährlich. Senja wußte, wer ich bin. Wird er Meldung erstatten oder nicht? Ich brachte ihm eine NTS-Broschüre aus der Kriegszeit mit. Sorgfältig versteckte er sie.

‚Davon habe ich schon gehört. Bei uns hassen sie euch wohl am meisten, sagen, ihr seid Faschisten, amerikanische Spione.'

‚Glaubst du das, Senja?'

‚Kaum, aber andere glauben. Untersteh dich, mit anderen solche Gespräche wie mit mir zu führen. Nach drei Tagen wirst du im Keller sitzen. Kommt Zeit, kommt Rat. Ich werde dir noch ein paar zuverlässige Burschen beschaffen. Vielleicht werden wir etwas machen können. Wissen viele deiner Freunde von dir und mir?'

‚Niemand weiß etwas, Senja. Außer mir gibt es niemanden in Berlin.'

‚Das glaube ich dir allerdings nicht, sei aber nicht böse darüber, und erzähle niemandem von mir.'

Senja hat tatsächlich noch zwei gebracht, die wirklich zuverlässig waren. Das wurde mir erst klar, als ich selbst längst hinter Schloß und Riegel saß.

Der stürmische Frühling des Jahres 1947. Der Winter war kalt gewesen, und jetzt erneuerte sich alles in Berlin, mit Ausnahme des Besatzungsstatuts und des schwarzen Marktes. An einem Morgen erwachte ich in äußerst finsterer Stimmung. Der Grund dafür war: In der Mauer meines Zimmers entstand ein neuer, breiter Riß. Die Reparaturfrage mußte gelöst werden.

Statt dessen kam die längst bekannte Unruhe. Es gab keinen Zweifel, ich wurde wieder gerufen. Schnell ging ich die Straße entlang, zwischen gemütlich glucksenden, trüben Bächen. An den Häusern hingen echt russische Eiszapfen. Im Himmel sangen mir unbekannte deutsche Vögel. Das Auto war neu und mir fremd, doch der Fahrer der gleiche wie immer. Wie ein lieber Bekannter kam er mir vor, und ich machte sogar eine Bewegung, ihn zu umarmen. Doch nichts regte sich in seinem Äußeren.

Das Haus war wie früher, keine Bombe hatte es getroffen. Der Eingang, der gotische Saal, alles wie beim ersten Treffen, und sie stand auf genau demselben Platz und sah ebenso aus wie früher. Jetzt wußte ich, daß die Zeit, das Furchtbarste für den Menschen, keine Macht über sie hatte. Oder vielleicht war die Zeit gar nicht das Furchtbarste für den Menschen? Aber ich, ich war ein ganz anderer. Ich fühlte keine mystische Furcht mehr, kein inneres seelisches Beben. Viel zuviel irdische Angst hatte ich ausgestanden.

‚Grüß dich, Jewgenij!'

Ich verbeugte mich stumm.

‚Wie fühlst du dich als Spiritist?' begann sie plötzlich fröhlich zu lachen.

‚Entschuldigen Sie, mir ist aber nicht zum Lachen.'

‚Das glaube ich aufs Wort! Doch mein Lachen ist auch kein richtiges Lachen. Ich freue mich sehr, daß du bei jeder unserer Begegnungen immer männlicher erscheinst. Wie hat doch der Dichter gesagt:

Des Hammers Schlag zersplittert Glas
und gibt dem Schwert ein edles Maß.'

‚Ich ziehe es aber vor, mich nicht schmieden zu lassen.'

‚Das läßt sich nicht vermeiden, Jewgenij. Man tat es und man wird es noch tun. Ihre Sache ist es, auf dir herumzuhämmern und deine Sache, immer härter zu werden.'

‚Es gibt doch auch für mich eine Grenze.'

‚Für einen gläubigen Menschen gibt es keine Grenze.'

‚Und für meine Mutter?'

‚Du selbst bist am meisten daran schuld, daß sie leidet, doch sie hat ihr eigenes Schicksal.'

‚Kurzum, mir steht noch einiges bevor.'

‚Ja, Jewgenij, vieles und sehr schweres, doch ich bin immer bei dir. Denk an Mährisch-Ostrau!'

‚Aber die anderen sind auch hier?'

‚Natürlich, Jewgenij, genau so wie ich. Doch merke dir gut: Was auch geschehen mag, du wirst nicht untergehen. Dein Kreuz hast du natürlich verbummelt, da liegt es.'

Tatsächlich, mein verlorenes Kreuz lag dort.

,Nimm, trage und hüte es! Aber nicht so, wie du es zuvor getan hast. Noch etwas: Geh nicht mehr in den sowjetischen Sektor, sonst passiert ein Unglück. Ich weiß, du wirst doch hingehen und mußt es auch tun. Doch bevor du gehst, bring mir wieder eine Prosfora aus der Kirche, gemäß unserer Abmachung.'

,Die Abmachung wird eingehalten.'

,So ist es gut, Jewgenij. Geh jetzt. Ich freue mich, daß ich mich von einem Mann trenne. Du wirst noch viel Kraft brauchen.'

,Und meine Mutter? Was wird mit ihr?'

Sie schwieg. Ich verstand. Es gab keine Antwort mehr. Ich dachte an meine Mutter und an Senja.

,Vielen Dank für die Hilfe in der Tschechei.'

,Ich weiß, ich weiß.' Sie winkte ab. ,Der eigene Wille ist ein Himmelreich.'

Wir sahen uns noch einmal, als ich ihre Bitte erfüllte. Doch nichts Neues wurde gesprochen. Ich fühlte, die Gefahr stand dicht neben mir. Doch alles andere war wie in Finsternis versteckt, und vieles wurde mir erst klar, als ich bereits im Lubjanka-Gefängnis saß. Damals in Berlin fühlte ich nur eines: Ich war im Sumpf des Verrats, und dieser Sumpf blähte sich auf, schillerte mit verlogenen Regenbogenfarben und in ihm wälzten sich wie Reptilien die niedrigsten Leidenschaften: Der Kampf um ein Stück Brot, das Knistern verschiedener Geldscheine, das Glänzen der Zellophanhüllen der Zigarettenpackungen. Lächerlich kleine Leute wuchsen in ihren eigenen Augen empor, indem sie andere in den Abgrund stießen. Jeder rächte sich an jedem, als ob sie in ein unterirdisches Gewölbe geraten wären und widerliche Schatten im grünen Dämmerlicht herumschwirrten. Und in dem halbverhungerten Berlin spazierten die Alliierten, aufgeblasen wie die Truthähne, und brachten den Deutschen Demokratie bei.

Ich mußte fliehen, mich selbst und die Mutter retten. Ich mußte nach Ost-Berlin gehen, um zwei Plätze in einem Interzonenzug zu erlangen. Das war eine kleine, winzige

Chance. Alles wurde auf eine Karte gesetzt, aber die anderen hatten die Trümpfe.

Erst als alles entschieden war, begriff ich, daß ich gar nicht hätte in den Ostsektor zu gehen brauchen. Aber ich war gegangen. Was ich getan habe, sprach keineswegs für meinen Verstand, wohl aber für mein Herz. Der kalte Verstand gebot: ‚Geh nicht!' Das Gefühl empfahl: ‚Geh!'

Ich ging in ein kleines, mieses Theater an der Grenze der westlichen und östlichen Sektoren. Das Theater war so groß wie ein mittleres Kino, das Foyer winzig klein. Halbdunkle Garderobe, dahinter zwei Frauen mit unruhigen Augen. Man spielte: ‚Der Hauptmann von Köpenick'.

Mein Platz war in der ersten Reihe, der erste Sessel rechts. Die beiden Damen, die mich begleiteten, nahmen ganz links in der Reihe Platz. Das war sehr sonderbar und verdächtig. In der Mitte, wie herausgerissene Zähne, alles leere Plätze. Eine Minute später saßen zwei Offiziere neben mir, das Abzeichen der Panzerwaffe auf den goldenen Schulterstücken. Das war alarmierend, doch nicht erstaunlich. Der Ausgang? Ich blickte zurück. Einige komische Subjekte in Schiebermützen.

Es gab nur eine Möglichkeit: Das Ende abwarten und versuchen, mit allen ins Freie zu kommen. Das Schlimmste war, ich fühlte mich ganz krank. Die Haut brannte, als ob eine unbekannte Art von winzigkleinen Ameisen über sie liefe. Auf der Szene entwickelte sich die Tragödie eines ehrlichen Menschen, der in den bürokratischen Schraubstock geraten war. Gespielt wurde talentiert und mit Begeisterung. Ich schaute auf den bürokratischen Fleischwolf des kaiserlichen Deutschlands und dachte über den Fleischwolf nach, für den ich bestimmt war und dem gegenüber alles andere ein Spielzeug war.

Langsam wurde das Theater leer. Meine beiden Damen waren offensichtlich nervös. Eine von ihnen warf mir ihren Umhang zu und lief eilig vorwärts. Erst später habe ich verstanden, der Umhang sollte mir die Hände fesseln. Ich verließ das Theater. Vor mir liefen schnell und sich erschrocken umblickend die beiden Damen.

Von zwei Seiten kamen sowjetische Offiziere. In der Nähe lümmelten die gleichen Diebsgesichter unter ihren Schirmmützen wie im Theater herum. Wieviele waren es, sieben, zwölf? Wohl weniger, Angst hat große Augen. Eine fremde Hand packte mich am Kragen, doch ich hielt sie mit der linken Hand fest und riß sie zur Seite. Jemand schrie heiser auf. Dann stürzte ein Felsblock auf meinen Schädel. Das Gehirn dröhnte schmerzhaft. Die Tore des Theaterhofes mit ihren trüben Laternen standen Kopf.

Als die Sinne zurückkehrten, fühlte ich als erstes gierige, meinen Körper abtastende Hände. Auf einen Tisch packte man meine Papiere, Lebensmittelmarken, Kennkarte. Jemand fragte enttäuscht:

‚Wo ist denn sein Notizbuch? '

‚Ist nicht zu finden, Genosse Hauptmann.'

Der Kopf schmerzte, daß die Augen tränten. Am Hinterkopf schwoll eine nasse, fette Beule an. Man reichte mir ein Glas Wasser. Jemand sagte:

‚Ist zu sich gekommen. Gut, der Mann.'

‚Nun, Kreiton, wie sind die Gefühle? '

Ich erhob mich und setzte mich dann wieder. Ich lag auf zwei zusammengestellten Bänken. Die Hosen rutschten nach unten — der Gürtel und die Sockenhalter waren fort. Einige Offiziere standen herum und besahen mich mit Neugierde, aber ohne Haß, so, wie die Jäger ein zu Ende gehetztes Wild ansehen.

Ich war in dem grauen Inneren eines Bunkers, desselben, der sich wie ein grauer Klotz hundert Meter vom Theater entfernt erhob. Hier standen meine beiden Nachbarn vom Theater, der kleine, blonde und untersetzte Hauptmann und der große, dunkelblonde Major.

‚Nehmen wir ihn also zu uns.'

Eine kurze Beratung folgte.

Sie umringten mich, stützten mich unter den Armen und führten mich zu einem PKW. Vor ihm fuhr ein anderes Auto, und hinter ihm ein drittes. Vielleicht war es aber auch Einbildung. Ich begriff erst gar nicht, was solch eine Parade zu meinen Ehren bedeutete.

Es war heiß und schwül. Wir überquerten eine Brücke. Vor einem dreistöckigen, doch nicht allzu hohen Haus blieb das Auto stehen. Ein rot erleuchtetes Fenster, Wachtposten mit grünen Litzen, also eine Dienststelle der Grenzschutztruppen. Sie führten mich in den Hof. Dort polterte ein anderer Wachtposten mit dem Kolben herum.

‚Schließt das Fenster!' schrie er und meldete einem der Offiziere. ‚Dort hat dieser Schieber das Fenster aufgemacht.'

‚Los, zumachen!' folgte eine herrische Antwort. ‚Und vom Fenster fortjagen. Du bist verantwortlich!'

‚Und diesen, wohin? ' zweifelnd sah der Wachtposten mich an.

‚Der kommt nach unten. Das ist ein Sonderfall.'

Der Keller. Die erste Nacht hinter Schloß und Riegel. In der Wohnung gegenüber zeterte eine weibliche Stimme mit metallenem Klang. Ein Radio. Die Stimme sang etwas Heroisches von einem Bergadler, gemeint war wahrscheinlich Stalin. Immer dasselbe: ‚Mein kühner Bergadler, mein kühner Bergadler!' Dann folgte etwas Unverständliches. Ja, das ist ein schöner Bergadler! Die bebrillte Physiognomie eines fetten Mannes mit glattem Scheitel blickte phlegmatisch aus einem Fenster. Den bringt nichts aus der Ruhe, dachte ich mir.

In der Nacht wurde es kühl. Ich konnte nicht schlafen. Der scharfe Schmerz am Kopf wurde von stumpfem Bohren abgelöst. Ich dachte an die so fernen Gestalten meines Lebens. Ingeborg, die mich mit ihrer Drohung vor dem gewarnt hatte, was jetzt angefangen hat. Die andere, die mir so nebelhaft versichert hat, daß ich nicht untergehen werde. Ich war aber schon so gut wie tot. Schwer und dunkel wurde es in der Seele. Wie ein Narr hast du dein Leben gelebt und selbst alles verdorben. Die Gespenster der Vergangenheit werden dir nicht helfen, wenn es sie überhaupt je gegeben hat. Vielleicht bist du einfach ein kläglicher Verrückter, der an fixen Ideen leidet.

Doch selbst im Keller der Kommandantur der Grenzschutztruppen ging das Leben weiter. Während der ersten

Tage befaßte ich mich mit der Frage, wie ich mich benehmen sollte und wer ich in den Augen der sowjetischen Organe war. Schnell habe ich begriffen. Der Sturm kann jede Eiche entwurzeln, das Schilf aber biegt sich und steht dann wieder gerade. Ich mußte biegsam und weich sein, doch wie? Und ich wurde das, was in meinen Augen biegsam zu sein schien. Anstelle der alten Gespenster kamen neue — Tschekisten verschiedener Dienstgrade und Schattierungen. Manchmal flossen alle zusammen in ein einziges, hundertgesichtiges Ungeheuer. Solche Geschöpfe leben vermutlich auf fernen Welten. Sie sind furchtbar grausam, quälen sich selbst und andere.

Die dritte oder vierte Nacht im Keller. Aus der dritten Zelle von rechts ertönte furchtbares Geschrei. Ein Nachbar wurde verdroschen. Interessant, wie werden meine Schreie auf die Nachbarn wirken, wenn man mich schlägt. Fachleute behaupten, daß man seine eigenen Schreie niemals richtig hört. Der unter Exekution stehende deutsche Zahlmeister schrie wie ein Hase, begann dann virtuos mit unvorstellbarem Akzent auf russisch zu fluchen. Tschekisten und Henkersknechte brüllten vor Lachen. Voller Hochachtung wiederholte einer die Flüche und versuchte dabei, den Akzent nachzuahmen. Eine andere Stimme befahl:

‚Los, noch fester fluchen, sonst wird weitergedroschen!'

In seiner Angst vermengte der Unglückliche russische Flüche mit deutschen. Für eine Weile wurde die Exekution unterbrochen und verwandelte sich in eine nicht druckbare Lehrstunde der deutschen Sprache.

Auch in einer weiter entfernten Zelle ist Geheul. Eine Prügelei. Töpfe klirren. Jemand wird den Korridor entlang geschleift.

‚Ein Kohlblatt in der Suppe konnten sie nicht teilen.' meldete sachlich der Wachtposten. ‚Weißt du, der Alte, der sich Tscheche nennt, sah bei dem Deutschen ein Kohlblatt mehr im Topf und hinein mit der Pfote. Der andere ist aber auch kein Dummkopf. Hat ihm die Wassersuppe in die Visage... und die Schüssel auf den Kopf. Als ob sie Hasen und nicht Menschen sind!'

Anscheinend schleppte man den Tschechen fort, jedenfalls fluchte er tschechisch. Wie oft muß ich noch solche Kohlblatt-Tragödien anhören? Ich wußte nicht, daß ich noch nicht einmal in die Aussortierungsfabrik gekommen war, wie Fachleute die Voruntersuchungsabteilung nennen.

Im Gefängnis herrscht eine besondere Zeit. Wenn man ein empfindsamer und gefühlvoller Mensch ist, wird man sehr bald verstehen, wie recht diejenigen haben, die von der Relativität der Zeit sprechen. Ein neuer Faktor schaltet sich in den normalen Verlauf der Zeit ein — das krankhafte menschliche Denken. Man lebt nicht normal, denn man kann die eigene Lebensinitiative nur sehr gering entfalten und ersetzt sie durch verstärkte Gehirntätigkeit.

Die Vergangenheit wird unnatürlich lebendig, sie bekommt die Formen eines Reliefs, wird plastisch. Längst Verblichenes spielt in allen Farben des Lebensspektrums. Und die Zukunft? Hier beginnt der eigene schöpferische Akt. Vielleicht haben aber auch diejenigen recht, die behaupten, die Welt sei grau, geräuschlos und unbeweglich und erschiene uns nur voller Farben, Töne und Bewegung. Ein alter Freund hat mir einmal gesagt:

‚Wenn etwas Unangenehmes mit dir geschieht, führe dich so auf, als ob es um einen unangenehmen Film ginge.'

Das ist leicht zu sagen. Es ist ein großer Unterschied, ob auf der Leinwand die Banditen einen Polizisten verprügeln oder ob man selbst dieser Verprügelte ist.

Wenn es in Rußland nicht zu der Revolution gekommen wäre, hätte ich sicherlich eine andere Erziehung genossen; an Geld und Wissen hätte ich mehr besessen, aber weniger an Erfahrung und Willen. Doch der russische Kataklysmus hat mich aus dem Sattel geworfen, und von dem Alten blieb nur der traditionelle Glaube meines Volkes und meiner Familie. Längst hatte ich begriffen, daß dem kommunistischen Aberglauben nur Glaube, und kein neuer Aberglaube entgegengesetzt werden kann. Doch das sowjetische Gefängnis war eine Ausgeburt des kommunistischen Aberglaubens. Die böswillige Sekte gebar die ihr entsprechende menschenfeindliche Institution.

Später sagte mir ein Mithäftling:

‚Sie, Freundchen, klammern sich an den Glauben wie an einen Rettungsring.'

‚Was bedeuten denn sonst Glaube und Gebet? '

‚Selbsthypnose!' schnitt er mir das Wort ab.

‚Das ist sehr albern und nichts Neues. Meines Erachtens sind Sie um vierzig Jahre zurückgeblieben.'

‚Die Wahrheit ist immer albern und langweilig, oder glauben Sie etwa, sie würde in überirdischen Farben schillern? Die Lüge aber kleidet sich immer in Talmiglanz.'

Aber er störte mich nicht, die ‚Selbsthypnose' auch weiterhin zu betreiben. Ich betete morgens und abends. Manchmal fragte er giftig:

‚Nun, mein Lieber, wie wirkt denn die Selbsthypnose? '

Immer bestätigte ich fröhlich: ‚Und wie sie wirkt!' Und einmal fügte ich hinzu: ‚Sie Dummkopf!'

‚Da haben Sie Ihr Gebet aber merkwürdig beendet.' seufzte er. ‚Sicherlich bin ich ein Narr, noch immer kann ich nicht das Geheimnis Ihrer Selbsthypnose enträtseln.'

Doch er begriff vieles. Manchmal unterhielten wir uns, in der übrigen Zeit dachte jeder nach. Wir durchdachten unser vergangenes Leben. Das Quälende eines Gefängnisses besteht nicht in der Untersuchung, nicht in Hunger und Kälte. Das schmerzt wohl, doch das Schlimmste ist die Untätigkeit. Deutlich wie nie zuvor sieht man die Verfehlungen des früheren Lebens. In der Freiheit, gleichgültig, wie das Leben auch sei, kommen immer neue Möglichkeiten auf den Menschen zu und er kann schöpferisch sein, wenn auch schlecht oder gut. Im Gefängnis ist er selbst völlig passiv. Das Leben wird von den Sicherheitsorganen dirigiert. Selbst kann er nur warten und innerhalb der vier Wände über den eigenen Körper verfügen. Das heißt, auf der Pritsche sitzen, wenn sie da ist, langsam gehen, sich leise unterhalten, schweigen, schnell oder langsam essen.

Im sowjetischen Gefängnis haben Sie keine Rechte mit Ausnahme des Rechtes zu gehorchen. Sie untersuchen die Vergangenheit. Das Gewissen beschönigt alles, doch erbarmungslos trennt der Verstand Licht und Schatten, die

Unebenheiten werden deutlich, die Konturen besonders scharf umrissen, und Sie sehen, wie wenig Sie an Gutem und Weisem getan haben und wieviel an Schmutz und Versäumnissen...

Monde waren vergangen. Berlin war unsagbar weit. Über Moskau klirrende Frostnacht. Es war ungefähr elf Uhr. Dreimal flimmerte das Licht, das ewig in den Zellen brennt. Ich war in Einzelhaft. Die Lampe an der Decke ist von einem Drahtgeflecht umfaßt, dünne Drähte widerspiegeln sich auf dem glänzenden Parkett. Doch das ist keineswegs Draht! Wie konnte ich nur so dumm sein, es für Draht zu halten? Das sind die haarigen Pfoten einer Spinne. Sie bewegten sich leise, bereit, mich zu packen. Ich verdeckte die Augen mit einer Binde aus einem Lappen gegen das blendende Licht und um die Spinne nicht zu sehen. Doch wenn man sie nicht sieht, ist sie noch furchtbarer. Sie kitzelt mich und will mich zu Tode kitzeln. Bisher glaubte ich, daß nur eine Wassernixe einen Menschen zu Tode kitzeln kann. Diese Spinnenbeine sind denen Ingeborgs sehr ähnlich. Ich beginne zu beten. Die intelligente Spinne trifft gleich ihre Gegenmaßnahmen, mit einem Betenden will sie nicht allein bleiben. Die Tür öffnete sich.

‚Wessen Name beginnt hier mit K?' fragte der Aufseher und schwieg verlegen. Nur mein Name konnte mit K anfangen. Ich nahm die Binde ab und kleidete mich an. Schadenfroh bewegte die Spinne ihre Pfoten. Sie hat gesiegt.

‚Gehen wir!'

Ich ging und die Spinne blieb in der Zelle. Ich wußte, jetzt wird sie mich die ganze Nacht quälen.

Das eiserne Buch und die Uhr, wohlbekannt allen Häftlingen in der Lubjanka. Der große Zeiger der Uhr ist leicht verbogen. Er bewegt sich kalt und gemessen und bemerkt nicht die menschlichen Qualen, die wie die Träume eines Sadisten diesen Raum durchlaufen. Die Uhrzeiger bemerkten auch nicht die Spinne, die jetzt auf buschigen Pfoten hinter mir herläuft. Fahrstuhl. Das Kabinett des Untersuchungsrichters.

Er war allein und nannte seinen Namen nicht. Goldene Schulterstücke eines Hauptmanns, umfaßt von blauen Kanten. Schöne, mandelförmige Augen, Frauenaugen. Ich begriff sofort, es sind die Augen Ingeborgs. Lange, gepflegte Alabasterfinger. Acht Finger. Die Bewegungen sind weich und geschmeidig. Ich spürte, jetzt geschieht etwas Besonderes. Noch sah er mich nicht an. Solange es noch nicht angefangen hat, bete ich.

Plötzlich hört er auf zu schreiben, lauscht aufmerksam und andächtig. Dann dreht er mir sehr höflich und zuvorkommend sein Gesicht zu.

‚Sind Sie damit einverstanden, wenn ich Ihnen eine kleine Abmachung vorschlage, sozusagen ein Nichtangriffspakt.'

‚Es ist für mich etwas schwierig, Sie anzugreifen, Bürger Hauptmann.'

‚Sie mißverstehen mich entschieden. Natürlich weiß ich genau, daß Sie mir als intelligenter und wohlerzogener Mensch nicht mit den Fäusten ins Gesicht springen. Doch ich möchte Sie sehr bitten, das zu unterlassen, was Sie eben tun. Bitte, verstehen Sie, mein Lieber, es ist sehr unhöflich und mir liegt nicht im Entferntesten daran, Sie zu kränken. Ich rufe auch meine Freunde nicht zur Hilfe, und ich kann das sehr wohl tun. Doch auch Sie, Kreiton, verzichten Sie bitte auf die Hilfe der Ihrigen.'

‚Es ist für mich sehr schwer, Ihre Bitte zu erfüllen, Bürger Hauptmann. Sie vergessen, daß ich sonst nichts mehr habe.'

‚Sie sind selbst daran schuld. Oft genug hat man Sie gewarnt, daß Sie den falschen Weg ausgesucht haben. Sie ahnen selbst gar nicht, was für ein Glückspilz Sie sind. Für Sie interessiert sich brennend eine sehr hohe Persönlichkeit, doch Sie sind verstockt und wollen sich nicht anfreunden. Es gibt keinen Ausweg für Sie. Von hier werden Sie vielleicht noch entwischen, jedoch niemals von dieser Person.'

Plötzlich schwieg er und lauschte. Jemand, der hierher unterwegs war, schritt über die Korridore. Er sah und empfand alles in seinem Reich. Er ging und lauschte. Durch die verschlossenen Türen sah er die Gequälten. Die einen interessierten ihn mehr, andere weniger. Einige waren selbst in ihren Qualen langweilig.

Der Hauptmann wurde blaß. Seine Augen wurden wie Löcher. Es war, als ob er an seinem Stuhl angewachsen war. Wir lauschten beide, und der da draußen blieb stehen, als ob er überlegte, ob es sich lohnt oder nicht. Er entschied, daß es sich lohne.

Die Tür klickte. Feines, kitzelndes Parfüm vermengte sich mit dem Tabakrauch. Der Geruch war sehr zart, wie das Pianissimo des Sängers Schaljapin, genau so leise oder laut zu hören in der dritten Reihe des Parketts und auf der Galerie. Exakte, selbstsichere weibliche Schritte.

‚Guten Abend, Jewgenij!'

Am Tisch stand Ingeborg. Ein koketter Seehundmantel, eine ebensolche Zipfelmütze und pelzbesetzte Überschuhe. Das Gesicht vom Frost gerötet und ruhig lächelnd.

‚Störe ich, Hauptmann?'

‚Keinesfalls, Genosse.' Der Hauptmann hüpfte auf seinem Stuhl wie der Deckel auf einem Dampfkessel, wollte noch etwas hinzufügen und verschluckte sich.

‚Sie können uns beide allein lassen, Genosse.'

‚Ja, natürlich, aber wenn...'

‚Gehen Sie, ich werde Sie anrufen.'

Erst jetzt bemerkte ich, daß Ingeborg reines Russisch sprach. Sie setzte sich. Der Hauptmann verschwand wie Rauch im Zugwind.

Ich fühlte keine Angst. Hoffnung und Angst waren hinter mir. Ich verglich diese Ingeborg, wenn es überhaupt Ingeborg war, mit der von Berlin. Genau so, entschied ich. Sie war wie die Damen der hohen sowjetischen Oligarchie gekleidet.

‚So trifft man sich, Jewgenij, und du hast mir nicht geglaubt! Erinnerst du dich an die Etappen unserer Begegnungen? Damals in Dahlem, der graue Tempel, aus dem du fortgelaufen bist, dann in der Müllerstraße, wo du mich völlig betrunken aufgegabelt hast und dann haben wir zu-

sammen die Leder-Rose verdroschen. Erinnerst du dich?'

,Wie kann man so etwas vergessen?'

,Dann später in meiner Wohnung, im Jahre 1943, unser damaliges Gespräch, und anschließend in der Grube. Jetzt sind wir beide hier. Glaubst du mir jetzt wenigstens, daß ich dir alles Gute wünsche? Du schweigst, glaubst also nicht. Doch von hier fortkommen willst du doch, und sogar sehr.'

,Ja, sicher will ich das.'

,Das brauchst du mir nicht erst zu bestätigen. Menschen, die dieses Haus nicht verlassen wollen, sind selten. Aber es gibt auch solche.' Ingeborgs Stimme veränderte sich. ,Wir werden auch mit diesen fertig.'

,Ich kann mir solche Leute nicht vorstellen.'

,Bis dorthin hast du noch einen weiten Weg, Jewgenij, und diese Menschen sind vielleicht gefährlicher als alle Hitlers zusammen. Also, du willst raus von hier?'

,Das habe ich gesagt.'

,Man muß aber für alles bezahlen, Jewgenij.'

,Das ist mir bekannt.'

,Wie hoch ist deine Bezahlung?'

,Ich meine, sehr hoch. Doch heute habe ich nichts.'

,Würdest du alle Opfer bringen? Du bist so still... Ich verstehe, alle würdest du nicht bringen. Höre, ich wiederhole jetzt zum wievielten Male: Deine Zielstrebigkeit ist aller Anerkennung wert, und sogar jeder Bewunderung, denn du glaubst und liebst. Erinnerst du dich an diese Stelle aus dem ,Don Juan':

Laß, blinde Kraft, denjenigen,
der lieben tut und glauben!

Was kann schon über dem Glauben stehen. Doch der Haken liegt darin, daß du an etwas glaubst, was es nicht gibt und nicht geben kann. Du dienst einer Chimäre, das ist sehr gefährlich und dumm. Du glaubst an das Gute, an den Sieg des Guten über das Böse. Doch das, was du böse nennst, ist die gewöhnliche Freude am Leben. Kurzum, du glaubst an Gott. Doch Gott ist eine Chimäre, eine sehr gefährliche Chimäre, und diese Chimäre trägt Schuld daran, daß du hier bist. Bitte, bitte, schweig! Ich habe das schon oft gehört. Du bist geboren in der heiligen orthodoxen Kirche, du bist in ihr erzogen und willst auch in ihr sterben. Das ist sehr achtenswert, doch die Menschen achten bei anderen nur die Dummheit, das heißt, wenn er sich aufführt wie ein prinzipientreuer, edler Narr und die anderen nicht gestört werden, ihre schmierigen Affairen zu lancieren. Wenn es so ist, kennt ihre Dankbarkeit keine Grenzen!'

‚Das leuchtet mir ein.'

‚Die Menschheit, Jewgenij, teilt sich nach dem räuberischen Prinzip. Friß oder du wirst gefressen!'

‚Und wenn ich nicht fähig bin zu fressen? '

‚Solche Menschen gibt es nicht. Du hast es nur nicht gelernt. Ganz umwickelt bist du von deinem niederträchtigen Glauben. Ich glaube nämlich auch an Gott, Jewgenij!'

‚Daran tust du sehr wohl, Ingeborg. Die Höllengeister glauben auch und beben vor Furcht.'

Ingeborg lachte fröhlich und kindlich zugleich.

‚Sie beben keinesfalls. Ihr Gläubigen wollt das so haben, aber das Böse hat niemals vor dem Guten gebebt. Umgekehrt ist der Fall. Das siehst du selbst. Man kann nicht vor dem beben, was es nicht gibt, wenn der Mensch nicht völlig den Verstand verloren hat. Aber zu solch Verrückten gehörst du!'

‚Was soll ich denn? Aufs Böse setzen? '

‚Du mußt dir abgewöhnen, falsche Worte zu gebrauchen Das, was du böse nennst, ist gar nicht das Böse. Es ist das Leben selbst, blühendes, schillerndes, verlockendes Leben. Seine Farbenpracht ist endlos. Doch für denjenigen, der religiös farbenblind ist, erscheint das Leuchten dieser Farben wie grauer Sündennebel. Du sprichst vom Guten. Doch, wo ist das Gute? Schau, was die Menschen mit IHM getan haben.' Ingeborg schluckte. In der Tiefe ihrer grünen Augen war Angst. ‚Du verstehst, die zweite Person der heiligen Dreifaltigkeit. Selbstverständlich hat der historische Messias nie existiert, doch auch in der Legende haben ihn die Menschen gekreuzigt.'

‚Und die Auferstehung?'

‚Das kann man nicht einmal mehr Legende nennen, sondern das ist ein sehr bosartiger Mythos, von Pfaffen geschaffen, eine alberne Kopie des Kults des Dionys, der bekanntlich von den Bacchantinnen zerfetzt wurde. Das ist aber alles unwesentlich. Der Kern besteht darin, daß das Christentum mißlungen ist.'

‚Für einen Menschen, der wenigstens versucht, so zu leben, wie Christus befohlen hat, ist das Christentum durchaus nicht mißlungen.'

‚Solche Menschen gibt es nicht. Es gibt nur Heuchler, die ihre Rolle mehr oder minder gut spielen, manchmal sogar sehr talentvoll, fast genial. Weiter, besessene Irre — doch das ist schon eine klinische Frage, und hilflose Schwächlinge, die von den Starken beritten werden. So einer bist nämlich du, mein Lieber. Ich will aber nicht, daß du so einer bist.'

‚Ingeborg, sag, wie kommt es, daß du dich seit so vielen Jahren für mein Schicksal interessierst. Es ist doch nichts Interessantes daran.'

‚Du bist für das Andere geschaffen. Du hast die Zähne eines Raubtieres, aber dein Herz hat jemand ausgewechselt. Alle großen Menschen genossen ihr Leben in vollen Zügen, ihr Leben bewegte sich über den Wolken, über den Abgründen. Den Kleinen und Talentlosen, also denjenigen, die überhaupt nicht geboren werden brauchten, überließen sie Glauben, Demut, Güte und Moral.'

‚Das ist gut gesagt. Ich selbst gehöre zu den Kleinen.'

‚Ja, du gehörst zu ihnen, und das ist deine eigene Schuld. Ich und meine Freunde stoßen dich immer sanft auf den richtigen Weg, der gar nicht so schlimm ist. Dein jetziger ist viel furchtbarer. Doch anscheinend ist die stärkste Macht die der Gewohnheit. Wenn der Mensch sich daran gewöhnt hat, gequält zu werden, und dies ist zum Leitgedanken und zur Tradition seines Lebens geworden, so hat er Angst, daß die Qual plötzlich aufhört. Glaub mir, der Masochismus ist weiter verbreitet, als man annimmt. Schon Nietzsche hat die sich kasteienden Christen der Grausamkeit beschuldigt.'

‚Ich kenne schlecht die Philosophie, und hier ist auch

nicht der richtige Ort, darüber zu sprechen, meine ich.'

,Ich resümiere: Du selbst hast dich zu Kasteiungen verdammt und alles Schwere, was du bisher erlebt hast, bist du selbst. Aus dieser Situation herauszukommen, erscheint dir als Sünde.'

,Trotzdem, Ingeborg! Was ist mit Gott? '

,Mit dieser Chimäre mußt du Schluß machen? '

,Ich kann ohne sie nicht leben, hier erst recht nicht.'

,Versuch' es nur! Bedenke, alles in der Welt wird durch die menschliche Wissenschaft erreicht, das heißt, durch Versuche.'

,Das sagen auch die Tschekisten!'

,Sie sind auch im Recht! Zeige Mut, und wende dich von Gott ab. Wenn du ohne ihn zu leben nicht vermagst, dann kannst du ja immer zu ihm zurückkehren. Er ist ja so gütig.'

,Und dann wieder hierher? '

,Gerade Gott hält dich hier im Lubjanka-Gefängnis fest. Zugleich mit dem Verschwinden der Chimäre Gott wird auch alles andere hier verschwinden.'

,Daran zweifle ich ein bißchen. Hat mich nicht ein anderer hierher beordert? '

,Der, den du den Anderen nennst, hat noch nie jemanden im Leben gekränkt. Je näher du zu ihm stehst, umso besser wird es dir in dieser Welt ergehen.'

,Ingeborg, du wirst langsam langweilig.'

,Dazu bin ich auch gekommen.'

Ingeborg legte ihre alabasterweißen, langen, sehr schönen Finger auf den Tisch. Warum sind es acht und nicht zehn? Woran erinnern sie mich? Und ihre kalten grünen Augen?

,Entscheide dich, Jewgenij, die Zeit verrinnt. Wir haben nicht sehr viel davon. Nur einige Worte von dir, ein kleines unterschriebenes Dokument, und du kommst in solch ein Sanatorium, wie es auch die in Freiheit Lebenden niemals sehen werden.'

Hinter meinem Rücken blies ein eisiger Wind. Weit, hoffnungslos weit entfernt sah ich das Gesicht auf dem Hintergrund der schwarzen Eiche.

,Willige nicht ein!' sagte dieses Gesicht. ,Sie werden es

dir viel zu teuer berechnen. Du weißt, es gibt jemand, der viel verspricht, wenig gibt und alles nimmt.'

Verneinend schüttelte ich den Kopf. Das Zimmer drehte sich. Übelkeit. Alles verschwamm. Schließlich blieb das Karussell stehen.

An seinem alten Platz saß wieder der Hauptmann. Aufmerksam beobachtete er, wie ich zu mir kam.

‚Mit wem haben Sie sich eben unterhalten? '

‚Mit Ihnen, Bürger Hauptmann.'

‚Und mit wem noch? '

‚Mit niemandem sonst.'

‚Sind Sie sicher? '

‚Vollkommen. Noch bin ich bei klarem Verstand.' Lächelnd und mit zusammengekniffenen Augen betrachtete der Hauptmann mich.

‚So, das ist gut. Schreib dir das hinter die Ohren. Aber auch wir werden uns hinter die Ohren schreiben, was wir nicht vergessen dürfen. Und jetzt, du Feindespack, beginnt ein anderes Gespräch. Wer ist Lutschitzkij? '

‚Ich weiß es nicht.'

‚Wirklich nicht? '

‚Absolut unbekannt.'

‚Schämst du dich nicht, du Christusverkäufer, zu lügen? '

‚Glauben Sie denn an Christus? '

‚Hier stelle ich die Fragen.'

‚Nein, ich schäme mich nicht. Diese Person ist mir unbekannt.'

‚Und wer ist die Lutschitzkaja? '

‚Auch unbekannt. Ist das seine Frau? '

‚Ja, das ist seine Frau.'

‚Vielleicht helfen Sie meinem Gedächnis ein bißchen nach? '

‚Es ist so sonderbar, daß Sie Ihren eigenen konspirativen Decknamen so schnell vergessen haben.'

‚Ich habe keinen und hatte auch niemals einen konspirativen Decknamen, abgesehen von meinem Rufnamen, im NTS, den Sie ja kennen.'

‚Angenommen, das stimmt, doch du kennst eine Person,

für die wir uns hier brennend interessieren, und das nicht ohne Grund!'

‚Ich verstehe sehr wohl, daß Sie sich für Herrn Lutschitzkij oder Frau Lutschitzkaja interessieren können, doch ich kenne diese Herrschaften nicht.'

‚Dann gestatten Sie bitte, daß ich Ihnen diese Dame beschreibe. Die Lutschitzkaja, das ist die Person, der Sie so sonderbar und einseitig begegnen. Das heißt, sie holt Sie immer, und nicht umgekehrt.'

Mir wurde alles klar. Ich mußte alles abstreiten, oder wenigstens teilweise. Was hat sie für mich im Unglück getan!

‚Jetzt weiß ich, wovon Sie reden.'

‚Gut, daß Sie es wenigstens jetzt nicht leugnen.'

‚Ich habe nichts zu leugnen, ich begreife erst jetzt, was Sie von mir wollen. Doch mir ist schleierhaft, warum diese Person Sie interessiert. Ich nehme an, daß sie völlig apolitisch ist und kaum irgendein Interesse für sowjetische Sicherheitsorgane darstellt.'

‚Die sowjetischen Sicherheitsstellen als solche interessieren sich wirklich sehr wenig für diese Dame, doch es gibt unsagbar höhere Dienststellen, und die interessieren sich sehr für sie.'

‚Warum eigentlich?'

‚Du hast schon recht, diese Person hat nichts mit Politik zu tun. Sie ist eine ... mystische Persönlichkeit. Mystik ist auch eine Tatsache, wenn auch eine negative von unserem Standpunkt aus.'

‚Sie lehnen die Mystik doch ab und vertreten den Standpunkt, daß sie ins Reich des Aberglaubens gehört.'

‚Hier irren Sie sich ein bißchen. Wir sind schließlich nicht auf einer Komsomolversammlung. Die reale Mystik interessiert uns sehr, und in diesem Fall ist sie zweifellos vorhanden. Glauben Sie nicht, daß wir als Materialisten aus diesem Grund mit blinden Augen an unerklärlichen Ereignissen vorbeigehen. In diesem Fall sind sie doch da, oder...?'

‚Vielleicht.'

‚Nicht nur vielleicht. Schon seit langer Zeit sind uns

Ihre sonderbaren Beziehungen zu dieser Dame bekannt.'

‚Ihren Namen habe ich nicht gewußt.'

‚Ich bin sogar bereit, das zu glauben. Doch trotzdem sind Sie ihr Gatte.'

Ich erstarrte."

„Und alle anderen schlafen, Heimkehrer. Du hast Nerven! Morgen geht es wohl bei dir zu Ende? Was aus deiner Starre in der Lub... Lub... — das ist ja zum Zungeabbeißen! — geworden ist? Was weiß schon ein Deutscher davon!"

Die Frau in schwarz redete im Halbschlaf.

„Hol die Wirtin und sag, daß für heute Feierabend ist. Sonst gibt es Krach. Wir schlafen wegen dir nicht, und die Wirtin nicht wegen uns, und die Katze schläft nicht wegen der Wirtin, und wegen der Katze wacht auf dem Dach irgendein Kater. Heute begleitest du mich nach Hause. Du denkst, ich befasse mich nur mit Mädchen? Absolut nicht! Außerdem bist du ein sehr femininer Mann."

„In meiner fernen Jugend war ich ein sogenannter netter junger Mann."

„Gut, und heute wirst du ein netter Junge zu mir sein."

Im zweiten Zimmer war niemand. Auch im ersten Zimmer waren die Lichter bereits gelöscht. Friedlich schlief die Wirtin mit der Katze im Arm. Die Außentür war versperrt.

„Was jetzt? "

„Alle aufwecken. Wir können doch die Tür nicht erbrechen! Ich nehme mich der Wirtin an, und du der anderen. Hast sie schließlich auch mit deinen genialen Erzählungen eingeschläfert."

Der Vorsitzende öffnete die Augen.

„Sei nicht böse, Heimkehrer, ich habe alles gehört. Erst in diesem Moment bin ich eingepennt."

Die ehrenwerte Gesellschaft erhob sich reckend und mit schuldbewußten Blicken in meine Richtung. Hustend und gähnend machten sie sich auf den Weg.

„Also, was hat diese Ingeborg mit dir gemacht? "

„Jetzt muß ich wieder von vorn anfangen, weil du gepennt hast!"

„Ich bin im Bilde." erklärte das heruntergekommene Subjekt.

„Ich auch." fügte der Elegante hinzu. „Ingeborg verwandelte sich in eine Spinne und begann, ihn zu küssen."

„Sei doch still, das Bierchen kommt mir hoch!"

Der Herr Haus- und Realitätenbesitzer hielt sich den Bauch. „Na, weißt du, mir kommt das Bier eher wegen deinen Damen hoch."

„Das ist bloß Neid. Giselle, du bekommst von mir den Orden der schwarzen Schlange!"

Die Dame in schwarz und ich fahren im Taxi. Die Stadt Frankfurt hat mir einen Vorschuß von dreihundert Mark gezahlt und ich kann mir solch einen Luxus leisten.

„Heimkehrer, hast du noch nicht bemerkt, daß in unserer Korona eine Frau ist, die sich sehr für dich interessiert? "

„Jawohl, das sind Sie!"

„Ich auch. Aber jetzt ohne Spaß. Wir kennen sie nicht einmal mit Namen, haben aber alle Angst. Die ist schlechter als wir alle zusammen. Früher kam sie sehr selten. Aber seitdem du da bist, kommt sie wie zur Arbeit und verschwindet immer früher als die anderen."

„Ich habe nichts bemerkt."

„Sie ist schwer zu bemerken. Verrat mich aber nicht. Es scheint, als ob sie von dir unbemerkt bleiben will."

„Warum bloß? "

„Ich hätte an deiner Stelle solch eine Frage nicht gestellt. In deinem Leben ist so viel Sonderbares passiert, daß man sich nicht mehr wundern kann."

„Ja, die Gespenster lassen mich auch in Frankfurt nicht in Ruhe."

Das Taxi hielt.

„Du mußt dich zerstreuen. Ich bin hier zu Hause. Jetzt wirst du eine Weile mit einer durchaus real denkenden Frau verbringen, und dann essen wir zusammen eine Wassermelone."

„Vielen Dank, ich möchte lieber schlafen."

„Bimmle bei dir zu Hause an, damit sie nicht warten. Du

kannst dich auch hier ausschlafen, und dann wieder ins Hinterzimmer. Wir alle brennen darauf zu erfahren, wie du aus den Krallen der Spinne entwischt bist."

„Bist du sicher, daß ich schon entwischt bin? "

„Wenn du hier bist, dann bist du raus."

„Ich weiß nicht. Meine Spinne ist kein Revierpolizeibeamter. Sie ist auch irgendwo in Frankfurt."

„Momentan bist du mir in die Pfoten geraten. Ich bin schlimmer als jede Spinne, wenigstens in gewisser Beziehung."

S I E

Das gemeinsame Eintreten von Beatrice und mir am nächsten Abend wurde mit verständnisvollem Lächeln quittiert.

„So, so!" meinte der Bärtige. „Unser Regiment hat einen neuen Rekruten."

Damit war der Vorfall erledigt.

„Heimkehrer", die Wirtin hob den Zeigefinger. „daß dieser Saustall endlich aufhört. Erzähl soviel du willst, aber ihr müßt dabei essen und trinken. Erstens ist Mystik auf leeren Magen ungesund, und zweitens verdiene ich sonst nichts. Um zwei spätestens muß der Rummel zu Ende gehen."

Feierlich erhob sich der Vorsitzende, wobei er sich sorgfältig mit zwei Fingern die Hose zuhielt.

„Liebste Wirtin, wir alle wissen, was Sie für uns getan haben und versprechen hoch und heilig, uns zu bessern, das heißt, in verstärktem Maße zu essen und zu trinken..."

„Und sich nicht wie die Schweine zu besaufen!"

„Und sich nicht zu besaufen — ich möchte mich höflicher ausdrücken — wie die Ferkel. Und Sie. unser hochverehrter Heimkehrer, erhalten das Wort."

„Also, ich war starr, das hatte ich nicht erwartet. ‚Was haben Sie eben gesagt?'

‚Ich wiederhole es. Als Untersuchungshäftling hast du auch ein gewisses Recht, Fragen zu stellen. Der Fall ist mehr als konfus, zum Unglück begreife ich selbst nichts und weiß nichts, und manch einer, der weit über mir steht, begreift ebenfalls nichts — vergeht aber vor Neugierde. Wir würden es sehr begrüßen, wenn Sie uns in chronologischer Reihenfolge alles über Ihre sonderbaren Beziehungen zu dieser Dame erzählen.'

‚Bürger Hauptmann, Sie werden mir doch kein Wort glauben!'

‚Doch, ich werde alles glauben, selbst wenn Sie phantasieren und lügen, und ich verrate Ihnen noch mehr. Es existiert eine strenge Verordnung von Vorgesetzten, Sie in alles einzuweihen, was wir selbst über diese Person wissen. Alle deine anderen Sächelchen, ich meine NTS und Wlassowarmee, interessieren uns herzlich wenig. Ich sage dir ganz offen, in unseren Händen befinden sich Hunderte von NTS-Leuten und Zehntausende Wlassowleute, aber nur ein Einziger wie du.'

‚Es ist schrecklich und gefährlich, ein Unikum im Sicherheitsministerium zu sein.'

‚Gar nicht so gefährlich, solche werden wie ein Augapfel gehütet. Dein Leben und deine Qualen brauchen wir nicht. Aber dennoch bist du der Mann dieser Frau.'

‚Bürger Hauptmann, das müßte ich doch eigentlich wissen. Ich habe mich niemals mit dieser Lutschitzkaja vermählt, weder bürgerlich, noch kirchlich. Ich war überhaupt niemals verheiratet, weder vom juristischen Standpunkt aus gesehen, noch de facto, ich meine, in wilder Ehe, und diese Lutschitzkaja ist mir so fremd wie sonst niemand.'

‚Das glaube ich dir, doch du bist ein gläubiger Mensch, wie mir scheint.'

Ich spitzte die Ohren.

‚Hast du vergessen, was die orthodoxe Kirche lehrt und was ihr wunderbarer Trauritus bedeutet, die goldenen Kronen über den Häuptern? Haben Sie niemals gelesen, daß nach der Lehre der Kirche die ewige Seligkeit niemals von einem Mann oder einer Frau, die allein sind, erreicht wer-

den kann, sondern immer nur von beiden zusammen.'

,Ich bin kein Theologe, aber ich glaube, daß es so ist.'

,Genau. Nur beide zusammen können den Lebensweg richtig durchschreiten, um eine geistige Wiedererweckung zu erlangen. Vergiß nicht, das gilt für jedermann. Die goldenen Kronen sind ein Symbol der geistigen Auferstehung.'

,Ich hätte mir niemals vorstellen können, Bürger Hauptmann, derartiges von Ihnen zu vernehmen. Bin ich hier im MGB oder beim Religionsunterricht?'

,Warum ist das so sonderbar? Ich sage nicht, daß ich selbst daran glaube, ich lege Ihnen nur den Glauben der anderen dar. Im allgemeinen klingt das natürlich sehr sonderbar. Doch eine Ehe wird durchaus noch nicht dadurch zu einer Ehe, wenn der juristische Akt stattgefunden hat oder nach dem kirchlichen dreimaligen Rundgang oder dem gemeinsamen Aufenthalt im Ehebett. Die Ehe ist in erster Linie eine Seelenverwandtschaft.'

,Wie?'

,Das werde ich Ihnen gleich erklären. Die Ehe beginnt dann, wenn zwei Menschen in Übereinstimmung meinen, daß sie für einander geschaffen sind, und jeder für sich die Unvollständigkeit seiner Existenz fühlt. Im Endeffekt können sie ohne einander nicht leben. Das, meine ich, ist die Ehe auf der Ebene unseres jetzigen Gesprächs.'

,Haben Sie viele solche Ehen in der Sowjetunion, Bürger Hauptmann?'

,Nicht viele, doch ich glaube, auch bei uns gibt es solche Ehen. Sie sind überall selten. Doch das ist nicht das Wesentliche. Sie haben völlig recht, dies ist kein Gespräch für den MGB, und schon gar nicht für einen Hauptmann des Staatssicherheitsdienstes mit einem Untersuchungshäftling. Doch ich habe einen Befehl. Um es kurz zu machen: Diese Lutschitzkaja könnte ohne Sie nicht existieren und Sie wären ohne ihre Hilfe längst untergegangen, und ihr liebt euch beide. Folglich sind alle Voraussetzungen für eine richtige, wirkliche Ehe gegeben...'

,Ja, wenn man das so auslegt...'

,Juristisch kannst du gar nicht der Gatte dieser Dame

sein, denn sie ist im Jahre 1774 auf dem Rittergutsbesitz ihrer Eltern in Romki, im damaligen kaiserlich-russischen Gouvernement Wilna gestorben, also genau hundertneunddreißig Jahre vor deiner Geburt.'

‚Bürger Hauptmann, dementsprechend werde ich eingesperrt und gequält wegen der Verbindung mit einem Menschen, der hundertneununddreißig Jahre vor meiner Geburt gestorben ist? Solch eine Humanität habe ich, offen gesagt, niemals von der Sowjetregierung erwartet.'

‚Werde hier nicht giftig! Das nützt weder dir noch mir. Lies lieber dieses Protokoll mit der ganzen Aufmerksamkeit, zu der du fähig bist. Das enthält nämlich alles, was wir bis jetzt über deine Frau wissen. So lautet der Befehl der Vorgesetzten — und was für Vorgesetzte das sind!'

‚Vielleicht wollen Sie mir weismachen, daß Abakumow selbst...? '

‚Nein, viel höher. Wenn er will, wird er nicht nur Sie, sondern auch mich zu Salat verarbeiten — so wie es bei Tschechow steht.'

Aus seiner Aktentasche holte er ein Schriftstück hervor. Zögernd streckte ich meine Hand danach aus.

‚Lesen Sie, lesen Sie ruhig ganz ungeniert!'

Niemals zuvor habe ich ein derart sonderbares Dokument in der Hand gehalten. Ein Stoß sehr guten Papiers, mit einer ausgezeichneten Schreibmaschine tadellos sauber beschrieben und am oberen Rand mit mir unverständlichen Stempeln versehen. Das Dokument begann mitten im Satz.

‚...leider habe ich den Namen dieser gelben Blumen vergessen, die man so oft in der westlichen Ukraine antrifft, doch ihre Eigenschaften waren dem Professor Pisarewskij sehr wohl bekannt. Lange und ausdauernd experimentierte er mit ihnen. Als Labor diente ihm ein Flügel des Hauses des ehemaligen Gutsbesitzers Bistozkij. Er arbeitete nächtelang. Er sublimierte und destillierte verschiedene Flüssigkeiten, deren Namen ich nicht kenne, doch mir schien, als ob es Säuren wären. Einmal rief er mich. Vor meinen Augen zerkleinerte er einen Stoß gelber Blumen, dann presste er ein halbes Glas trüber Flüssigkeit aus ihnen her-

aus. Er reinigte die Flüssigkeit, trieb sie durch Kolben und vermengte sie mit irgendetwas.

Ein sehr angenehmer, doch zugleich ätzender und betörender Geruch, der irgendwie an Weihrauch erinnerte, verbreitete sich im Zimmer. Schnell öffnete der Professor alle Fenster. Mir schien, als ob um mich herum alles in eine violette Ferne fortschwimmt. Ich glaube, noch eine Sekunde, und wir hätten beide die Besinnung verloren. Der Professor verschloß die Flasche mit einem merkwürdig geformten Glaskorken mit einem Tropfröhrchen, stellte alles auf den Tisch und drehte sich zu mir um:

‚Fedorow, weißt du, was das ist? '

‚Nein, Genosse Professor.'

‚Das ist die größte Entdeckung des zwanzigsten Jahrhunderts. Diese gelben Blumen besitzen geheimnisvolle und furchtbare Eigenschaften. Das ist die geheimnisvolle Farnblüte, von der der Volksglaube behauptet, daß sie nur einmal im Jahr blühe, und zwar in der Nacht des Iwan Kupala. In Wirklichkeit aber wächst sie vor unserer Nase und blüht den ganzen Sommer. Doch dumme Menschen wissen nicht, was sie damit anfangen sollen. Doch, glaube mir, derjenige, und ich wiederhole, nur derjenige, der ihre Qualitäten richtig auszunutzen versteht, wird zum Dank eine überirdische Macht ernten. Die Essenz aus diesen Blüten, hier in der Flasche,hat furchtbare zerstörerische Qualitäten. Sie kann aber auch unter bestimmten Voraussetzungen, aber durchaus nicht immer, den Menschen vor Alter, Untergang und Tod bewahren. Und nun, Fedorow, beginnen wir der Reihe nach erst mit den zerstörerischen Eigenschaften.'

Komisch schnaufend zerrte der Professor unter dem Tisch einen großen, quadratischen Kasten mit einem Vorhang aus Mullbinde hervor, den er zurückwarf. Der Kasten entpuppte sich als Käfig. Darin saß ein alter und mir seit langem bekannter Kater. Vorsichtig hob der Professor diesen greisen Kater hervor. Der Kater erwartete anscheinend nichts Übles und leistete keinen Widerstand. Dieser Veteran aus dem Katzengeschlecht wurde auf ein Stück dickes und trübes Glas gelegt. Er schnurrte, kniff kokett die

Augen zusammen und wollte auf seinem neuen Platz anscheinend ein gemütliches Nickerchen machen.

‚Tritt zur Wand, Fedorow, und paß gut auf!'

Der Professor setzte sich eine Maske auf, zog Gummihandschuhe an und tropfte vorsichtig aus der Flasche einige Tropfen auf den Kater. Das Tier zuckte wild, doch kam es nicht dazu, hochzuschnellen, etwas zischte, übler Rauch umhüllte den Tisch. Der Kater schrumpfte zusammen und an seiner Stelle lag ein kleiner Haufen zitternder, geleeartiger Masse, so groß wie eine Faust. Ich wollte den Haufen berühren, der Professor riß mich aber zurück.

‚Willst dich wohl selbst in Gelee verwandeln!'

Dann berührte er selbst unter großen Vorsichtsmaßnahmen das Gelee mit einem Glasstäbchen. Mich erstaunte das ununterbrochene Zittern des geleeartigen Klumpens.

‚Es gibt noch mehr', sagte der Professor. ‚Es gab Menschen, die es lernten, daraus eine Mixtur zu machen, die sie tranken. Warum bist du so erschrocken, Fedorow, sicher ist es gefährlich und furchtbar, doch was macht der Mensch nicht alles, um sein Ziel zu erreichen. Das kann ich noch nicht. Doch über diejenigen, die es geschafft haben, hat die Zeit keine Macht. Allerdings, Fedorow, bei solch einem Tun und Treiben muß man noch die Hilfe von jemand Anderem in Anspruch nehmen.' Vielsagend zeigte der Professor nach unten. ‚Und das führt nicht zum Guten, Awerkij, ist aber rasend verlockend...' '

Es folgten mehrere Punkte. Fedorows Bericht riß mitten im Satz ab, so, wie er auch angefangen hatte. Wer er selbst war, konnte man dem Rapport nicht entnehmen, vermutlich ein technischer Mitarbeiter des Professors Pisarewskij mit Vornamen Awerkij.

Weiter folgten Kopien verschiedener altertümlicher Dokumente aus der Familie des im Gouvernement Wilna ansässigen Rittergutsbesitzers Lutschitzkij. Zuerst ein Auszug aus dem Geburtsregister des Paisij Jakowlewitsch Lutschitzkij, geboren 1711, getauft an dem und dem Tage im Januar in der Kirche des Heiligen Panteleimon des Heilkundigen zum Dorfe Stolbowki. Seines Zeichens gehörend zum russischen Erbadel. Dragonerhauptmann. Weiter stand, daß er später in Deutschland studiert hat, sehr geschickt war in der Zahlenkunde und in der Erforschung der physischen Eigenschaften irdischer Körper. Dann wurden in dem altertümlichen Russisch der petrinischen und elisabethanischen Epoche Experimente beschrieben und eine gelbe Blume erwähnt. Ein Satz besagte:

„...und dabei half mir meine Tochter Helene, geboren im Jahre 1741, getauft dort und dort...'

Das Dokument endete ziemlich unordentlich mit lateinischen Auszügen und Formeln. Es folgte die Kopie eines verzweifelten Briefes des Vaters.

„...Helene zwang mich, ihr alles zu erklären. Sie selbst will teilnehmen. Das Gefühl der Angst, das ich sündiger Mensch so gut kenne, ist ihr fremd. Sie begreift sehr wohl, wie man den Balsam macht und auch die große und die kleine Kunst. Sie verfügt auch über einen Willen, stark und gradlinig, um mit ihnen in Kontakt zu treten...

Ich habe nicht genug auf meine Tochter aufgepaßt. Doch damit denjenigen, die dieses Dokument finden werden, alles klar wird, will ich beschreiben, was sie beging und wie sie unter die Macht derjenigen geriet... Mir bleibt nur übrig, zu weinen und zu Gott zu beten, denn sonst kann ich nichts mehr tun. Bald werde ich vor das Gericht treten, vor dem es für mich keine Gnade geben wird, denn es steht geschrieben, das Böse muß in die Welt kommen, doch wehe dem, durch den es kommt...

Die Technik kennt jede leibeigene Sklavin, doch Erfolg hat nur derjenige, der die Kraft der gelben Blumen kennt. Helene hat acht Tropfen getrunken und ging ins Badehäuschen. Ich konnte sie nicht festhalten. Das hätte sie auch nicht gerettet. Dort machte sie alles, was sein sollte.

Sie stellte einen Spiegel auf den Tisch, zündete zwei Wachskerzen an und stellte einen anderen, kleineren Spiegel vor den ersten und in die Mitte, zwischen den zwei Spiegeln, einen schmiedesilbernen Becher mit reinem Brunnenwasser. Ich weiß alles so gut, als ob ich mit ihr zusammen da gewesen wäre. Sie setzte sich vor den Spiegel und schaute hinein, in den endlosen kristallenen Korridor, flankiert von zahllosen Kerzen, die in der Ferne der Ewigkeit verschwanden. Wenn sie das Geheimnis der gelben Blume nicht gekannt hätte, so hätte sich nichts ereignet, doch sie hatte acht Tropfen zu sich genommen.

Dann geschah das, was geschehen mußte. Wenn sie nicht meine Tochter gewesen wäre, so hätte sie es nicht ertragen können, Auge in Auge mit der Ewigkeit und mit ‚ihm' zu sein. Doch sie ist meine Tochter. Unser Geschlecht hat niemals Furcht gekannt, und wir haben sogar einen Becher von König Stefan Batorius für die Tapferkeit der Vorfahren erhalten, damals...

Es gibt nichts Furchtbareres, als allein in den feurigen Korridor hineinzuschauen. Nicht viele sind dazu fähig. Viel zu groß ist die Versuchung, die Spiegel umzuwerfen, und dann verschwindet alles. Doch wenn das Herz fest ist, so kommt ein Augenblick, in dem man fühlt, wie ein eisiger Luftstrom in den Nacken bläst. Das ist ‚er'. Immer stärker und stärker wird der Strom, man wird zu Stein und von diesem Strom nicht irdischer Kälte in den Korridor gestoßen.

Es geschah. Sie war in dem kristallen blitzenden Korridor. Majestätisch brannten mannshohe Herzen an den Seiten, und in der Ferne verlor sich alles in schwarzem Nebel. Sie ging weiter und weiter. Sanft stieß der eisige Wind sie vorwärts.

Je weiter sie ging, umso klarer erschienen ihr die Bilder des kommenden Lebens. Jedes Kerzenpaar entspricht einem Tag. Dreihundertfünfundsechzig Paare bedeuten ein Jahr Zukunft. Doch sie ging ohne Furcht weiter und sah immer mehr. Doch wehe, wenn man nicht zurück ist, bis Gottes Sonne über dem Horizont steht, oder wenn jemand unbefugt den Körper vor dem Spiegel berührt oder wenn auch nur eine Kerze erlischt oder gar beide. Dann tauchen Sie in die Nacht des Wahnsinns ein, und ein kläglich lallender Irrer wird sich vom Tisch erheben.

Hier ist die Grenze. Sie sehen einen Grabhügel, das ist der eigene. Doch weiter geht der leuchtende Korridor.

Wehe Ihnen, wenn Sie sich über den eigenen Tod hinausbewegen. Gottes Hand, die auch den schlechtesten der Menschen beschützt, verläßt Sie und eine andere, grausame Macht wird von diesem Augenblick an zu Ihrem Beherrscher. Jetzt müssen Sie immer weiter gehen, bis der Kreis sich schließt, und Sie wie zu Beginn vor den beiden Spiegeln sitzen, nur von der verkehrten Seite.

Helene hat diesen Weg gemacht, den Weg, für den mir die Kraft fehlte... Meine Tochter, mein heißgeliebtes Kind, was wird mit ihr weiter geschehen? Sie, der einzige Trost unseres alten Geschlechtes. Ich habe eine Furcht, die über das Irdische hinausgeht. Was wird weiter mit ihr?'

Die Schrift endete mit Gebeten, Psalmen, altrussischen Kirchengesängen. Dann folgte noch ein Dokument, geschrieben von einer ganz anderen, offensichtlich schwachen und unsicheren Schrift.

‚Helene ist tot. Doch ich weiß, die Erde wird sie nicht festhalten können. Wer wird sie sein? Welch ein Ungeheuer macht die Hölle aus ihr? ...Ich bin schon fast blind von Tränen und Kummer. Ich habe nur noch die Kraft zu weinen und zu beten. Ich bin schuld an ihrem Untergang. Doch bis jetzt hat sich nichts ereignet. Einmal sah ich sie in der Kirche. Ich war allein. Der alte Küster hatte mich hereingelassen und war wieder gegangen. Sie war genau wie im Leben, nur sehr blaß.

‚Hab keine Angst, Vater', sprach sie. ‚wenn du auch vor mir schuldig bist, so kannst du mir auch helfen. Besorge für mich eine Prosfora für das Wohlleben, hast du verstanden, für das Wohlleben und nicht für den Frieden einer Toten.'

‚Aber du bist doch...' begann ich voller Entsetzen.

‚Sprich nicht ein Wort aus, dessen Bedeutung du nicht kennst, Vater. Frevelnd hast du es gewagt, dir das Gottesgeheimnis über Leben und Tod zu eigen zu machen, und jetzt mußt du meine Bitte erfüllen. Erfülle meine Bitte und bring mir die Prosfora, wenn ich selbst dich rufen werde, hierher, in die Kirche. Ich selbst kann es nicht. Solange es jemanden gibt, der dies für mich tut, liegt es noch in mei-

ner Macht, nicht das zu sein, was ich eigentlich sein sollte.'

Sie bekreuzigte sich und ging. Sie ging aus der Kirche, ganz wie eine Lebendige.

Doch das Leben ging weiter. Jetzt, wo ich gar nichts mehr brauchte, floß mir alles von selbst in die Hände. Ich erbte ein großes Vermögen, und selbst habe ich keine Erben. Doch die Kräfte verlassen mich. Ich muß einen Menschen finden, der bereit ist, Helene weiter zu dienen...

Heute ist ein sehr glücklicher Tag, der letzte glückliche Tag in diesem Leben. Ich habe denjenigen gefunden, auf den ich mich verlassen kann. Das ist der junge Diakon Zacharij, und er wird auch meine Totenmesse lesen, nachdem Vater Fedor, dem wir so viel Gutes getan haben und den Helene so geliebt hat, von uns nichts mehr wissen will, wie er sich ausgedrückt hat, weil wir uns der schwarzen Kunst und der Gottlosigkeit verschrieben hätten. Natürlich ist er im Recht, wie auch die heilige orthodoxe Kirche im Recht ist, doch sein Herz ist nicht am rechten Fleck. Ob mir Gott vergeben wird, weiß ich nicht. Ich weiß nur, daß schon sehr bald...'

Die Schrift endete mit einem halben Wort. Darunter war eine Anmerkung angebracht, geschrieben von einer ungeübten Hand:

‚Durch Gottes Willen in die Ewigkeit eingegangen am 9. Januar des Jahres 1776 seit der Geburt unseres Gottes und Heilands, Jesus Christus.

Der demütige Diakon
Zacharij Posochoff'

Es folgten noch weitere altertümliche Dokumente. Dies also war das Geheimnis! Der Genosse Hauptmann legte mir seine Hand auf die Schulter.

‚Nun, haben Sie es durchgelesen, Kreiton? Übrigens, warum haben Sie einen englischen Namen?'

‚Die Vorfahren stammten aus England. Ja, ich habe alles gelesen.'

‚Haben Sie alles verstanden?'

‚Den Text habe ich wohl verstanden, den Sinn aber nicht. Sehr interessant. Liest sich wie eine alte Phantasie-

erzählung. Das wäre ein wahrer Fund für Gogol gewesen!'

‚Das ist kein Phantasieroman, das sind Kopien der offiziellen Dokumente, deren Echtheit einwandfrei erwiesen ist. Natürlich sind die Originaldokumente hinter sieben Schlössern. Doch das, was hier geschildert wird, ist Tatsache, und diese Helene Lutschitzkaja lebt. Der letzte Zeuge, der uns etwas über sie erzählen kann, sind Sie!'

‚Was kann ich denn erzählen? Das ist doch ein Alptraum! Ja, ich kenne eine Person, von der Sie behaupten, daß sie identisch sei mit einer gewissen Helene Lutschitzkaja, die im Jahre 1774 gestorben sein soll. Ich bin es zwar gewöhnt, hier in der Lubjanka alle möglichen Phantasiebehauptungen zu hören, doch das hier schlägt dem Faß den Boden aus. Sie wollen, daß ich meine Beziehungen zu einer Frau beschreibe, die ich mein ganzes Leben lang kenne, seit Kindesalter, und von der ich praktisch nichts weiß außer einigen sonderbaren Ereignissen, die vielleicht nur die Frucht einer seelischen Krankheit oder einer fixen Idee sind...'

‚Das brauchten Sie nicht zu sagen. Sie sind völlig normal. Das ärztliche Attest steht fest. Sie wurden genau beobachtet.'

‚Davon habe ich aber nichts bemerkt.'

‚Man bemerkt vieles nicht in der Lubjanka.'

‚Was soll ich jetzt tun?'

‚Retten!'

‚Wen, Bürger Hauptmann?'

‚Sich selbst und mich.'

‚Sie vergessen anscheinend, wer ich bin und wo ich mich befinde.'

‚Auch ich bin hier eingesperrt. Du bist auf der einen Seite der Gitter und ich auf der anderen. Doch gefangen sind wir beide. Begreifen Sie endlich, daß diese Frau uns sehr interessiert!'

‚Verzeihung, wer ist ‚uns'? Sie persönlich?'

‚Nein, natürlich nicht ich persönlich. Ich bin das letzte Glied in der Kette. Sagen wir einfach, die Sowjetmacht.'

‚Das heißt, Ihre Führer?'

‚Ja, gerade sie. Alle Führer sind sterblich und alle Führer wollen durchaus nicht sterben. Der dich hier eingesperrt hat, ist natürlich ein Henker, doch zugleich ist er auch ein Opfer. Er stirbt, so wie wir beide sterben werden, doch das will er nicht. Dafür will er aber unbedingt wissen, wie diese Lutschitzkaja es fertiggebracht hat, dem furchtbaren Naturgesetz zu entrinnen. Um das in Erfahrung zu bringen, müssen Sie uns helfen.'

‚Sind Sie so naiv, anzunehmen, daß ich mich danach sehne, der Sowjetregierung zu helfen, die mich hier eingesperrt hat und höchstwahrscheinlich bald töten wird?'

‚Nein, du sollst nicht der Sowjetregierung helfen, sondern mir und dir.'

‚Das verstehe ich nicht.'

‚Sehr einfach. Wenn wir beide es fertigbringen zu beweisen, daß das, was wir über diese Dame wissen, kein Alptraum ist, so bedeutet dies die völlige Widerlegung des herkömmlichen Materialismus, das heißt, alle die Fundamente, auf denen die Sowjetmacht beruht, sind keinen Pfifferling wert und wir moderne Kommunisten müssen Hegel wieder auf den Kopf stellen, oder besser, auf die Füße, denn der dumme Karl Marx hat ihn bereits auf den Kopf gestellt. Wir müssen wieder das Primat des nicht-materiellen Faktors über den materiellen einführen. Wenn diese Helene Lutschitzkaja noch lebt, dann muß man auch die Existenz Gottes und...' der Hauptmann schluckte. ‚desjenigen, der eben bei dir war, anerkennen. Für Sie übrigens existieren sowohl der Eine, als auch der Andere, und, sagen wir mal, auch für mich, nicht aber für die Sowjetmacht.'

‚Glauben Sie, daß die Sowjetmacht wirklich davon überzeugt ist, daß es keinen Gott gibt?'

‚Nein, sie ist nicht überzeugt, doch sie glaubt nicht an ihn, weil es keine Beweise für die Existenz Gottes gibt.'

‚Und Sie wollen diese Beweise haben?'

‚Ja, das will ich.'

‚Warum?'

‚Damit wir nicht zugrunde gehen. Wenn ein Mensch nicht an die Existenz der Haifische glaubt, weil er nichts von der

Südsee weiß, und ins Wasser springt, so hängt sein Leben davon ab, daß sein Wissen falsch ist. Er wird zugrunde gehen, unabhängig davon, ob er an die Haifische glaubt oder nicht. Sie sind eben da.'

‚Das ist sehr logisch, und Sie sind davon überzeugt, daß ich Ihnen helfe, wenn ich Ihnen alles über meine Bekanntschaft mit der Frau erzähle, die Sie Helene Lutschitzkaja nennen? '

‚Nicht nur mir, sondern auch vielen anderen.'

‚Das heißt, den Kommunisten? '

Lächelnd sah mich der Hauptmann an.

‚Seien Sie ohne Furcht, was Sie auch niederschreiben, Sie werden nicht ins Serbskij Hospital kommen.'

‚Und wenn ich es ablehne? '

‚Wir werden Sie zwingen, so oder so. Du wirst im zweiten Grad verhört, vielleicht sogar im ersten. Weißt du, was das bedeutet? Aber warum sind Sie so verstockt, Sie verraten doch niemanden an uns.'

‚Und sie selbst? '

‚Uns interessiert nicht ‚sie selbst', sondern das Phänomen. Denken Sie nach.'

Ich schwieg. Ja, da war wirklich etwas zum Nachdenken. Warum bin ich so verstockt? Kann ich ihr überhaupt schaden, auch wenn ich es will?

‚Ich brauche Papier.'

Ich begann, gewissenhaft alles zu beschreiben: Unsere Bekanntschaft auf der Potsdamer Brücke, der erste und letzte Selbstmordversuch, ihre Bitte, den dicken Chauffeur, den feierlichen und so kläglich zu Ende gegangenen Heiratsantrag. Glied für Glied reihten sich die Ereignisse aneinander, unverständlich und ohne Logik. Dann war ich fertig, gab das Geschriebene dem Hauptmann. Er las lange. Ich döste ein. Der Hauptmann stieß mich an und forderte mich auf, alle Ereignisse vom Tag des mißglückten Heiratsantrages noch einmal zu erzählen. Dann verfaßten wir zusammen ein Protokoll. Es war längst Morgen, als wir fertig wurden. Die Kräfte verließen ihn und mich. In der Seele war es zum Erbrechen widerlich und kalt.

Das Schlimmste ist, wenn man nicht weiß, ob man richtig oder falsch gehandelt hat.

Die Telefonscheibe drehte sich. Ein Begleitposten mit abstehenden Ohren erschien. Der Hauptmann übergab mich gegen Quittung, wie einen Einschreibebrief. Ich wurde durch die Korridore des neuen Gebäudes geführt. Der süßliche, unnachahmliche Geruch. Rochen etwa so die gelben Blumen? In diesen Ausdunstungen zogen reihenweise geschmacklose Leuchtkörper vorbei, die Nummern einzelner Arbeitszimmer. Fahrstuhl, eine Biegung, eine zweite, das Eiserne Buch. An der Wand die wie das Leben eilende Uhr mit dem verbogenen Zeiger. Wenn sie plötzlich zu reden anfinge! Die Treppe ins Gefängnis, die schmutziggrüne Tür zu meiner Etage mit dem Kontrollfenster. Der Etagenoffizier, schlank und sehr elegant, die Zelle, der Schlüssel.

Mein erster Blick galt ihm, meinem achtfüßigen Quälgeist. Er war zur Stelle und kicherte leise. Er konnte mit sich zufrieden sein. Ich setzte mich auf die Pritsche. Das Schloß klirrte.

‚Zum Austreten fertigmachen!'

Der Gefängnistag begann. Es war bald sieben Uhr. Normalerweise begann der Tag um sechs, manchmal früher, manchmal später. Alles hing davon ab, in welcher Zelle man sich befand und was die Marotte des zuständigen Aufsehers verlangte.

Wenn Sie schlafen, werden Sie durch ein Klopfen an der Tür geweckt, und wenn Sie nicht schlafen, erwarten Sie diesen Augenblick trotzdem mit Schrecken. An Schlaflosigkeit zu leiden, ist auch in der Freiheit eine große Qual, wenn man sich in der Nachtstille jede Minute anormal fühlt. In den Gefängnissen ist die Schlaflosigkeit die beste Verbündete des Untersuchungsrichters.

Ich lag, auf den Augen die klägliche, selbstgemachte Binde. Ich wollte nicht, daß die Lampe mich blendet, und ich wollte auch die Spinne nicht sehen. Ich versuchte, die Zeit festzustellen. Vielleicht habe ich noch einige Minuten für den Schlaf. Doch es klappt nicht. Etwas klirrte in der Ferne des Korridors, einmal, zweimal. Vielleicht hatte ich mich verhört, und alles war nur ein falscher Alarm oder jemand wurde vom Verhör zurückgeführt. Doch das Klirren ertönte näher und näher, so klangen wohl früher die Ketten an den Füßen. Doch im Lubjanka-Gefängnis trägt man keine Ketten.

Demnach schleppt man das Nachtgeschirr. Eine Tür schlug zu. Ich kannte die Lage der Toiletten. In jeder Etage gab es drei, je eine in den Seitenkorridoren und im Hauptkorridor die sogenannte ‚Adelige'. Über die Schwelle zur Toilette treten Sie in den Gefängnistag hinein. Der Zelleneimer zum Austreten ist ein Tyrann. Er ist ein bevorzugter Gegenstand der Gefängnisleitung. Es gibt Dinge, die man mit dem Eimer machen kann und solche, die man nicht machen kann. Es gibt Eimer aus Zink und Aluminium, alte und neue, sympathische und unsympathische, große und kleine, und solche, die Sie im wesentlichen an Frauen erinnern. In Anbetracht dessen, daß ich allein war, hatte ich nur einen kleinen Topf in meiner Zelle. Das große Geschäft in den Eimer zu machen, ist verboten und wird manchmal mit Karzer bestraft, doch passieren auch solche Fälle. In der Nacht muß man diesen Gegenstand geräuschlos anwenden, um die anderen nicht aufzuwecken. Das ist eine große und hochgeschätzte Kunst. Ich kannte einen Häftling, der sich völlig geräuschlos betätigte und dadurch eine unüberbietbare Kunst demonstrierte. Für seine einzigartige Leistung wurde er ‚Raffael' genannt, denn so etwas wird in der Zelle sehr hoch geschätzt, da das klangvolle Plätschern den empfindsamen Schlaf störte."

„Heimkehrer, was erzählst du da? Hier sind doch schließlich Damen!"

„Ich bitte um Entschuldigung und werde es nicht wieder tun. Ich habe mich eben in die Rolle eingelebt."

„Weißt du, über alle möglichen Gefängnisbäche zu reden, ist nicht gerade salonfähig."

„Bitte, keine Störungen! *Im Korridor hört man das Trampeln vieler Füße. Man führt die letzte und größte Zelle, gleich hinter der Biegung links. Eine Tür schlägt zu. Die Leidensgenossen sind in der Toilette eingeschlossen.*

Wenn man Unannehmlichkeiten in Kauf nehmen will, kann man das Ohr an die Tür pressen und die Minuten zählen, bis die Tür wieder aufgeht. So können Sie feststellen, wieviel Mann in der fernen Zelle sind. Dann wieder ein Getrampel, aber leiser. Es sind zwei. Diese Zelle liegt schon näher, es ist die erste hinter den kleinen Boxen. Meine Zelle hatte die Nummer 72. Zellen 73 und 74 waren schon durch. Jetzt war ich dran.

Das Schloß. An der Schwelle stand der Wachthabende. Graue Schulterstücke mit blauen Kanten. Das Lubjanka-Gefängnis, wie alle Gefängnisse in der Sowjetunion, untersteht dem Innenministerium. Der Eimer wird aufgegriffen und ich trete in den Korridor.

Ein knappes ‚Gehen Sie voran!' des Aufsehers.

Unter dem Arm ist ein kleines, geriffeltes Gefängnishandtuch eingeklemmt und ein Stückchen Seife. Die Seife im Gefängnis ist ein Symbol. Man bekommt im Bad eine Norm von schlechtester Qualität. Was nicht verbraucht wird, kann man mit in die Zelle nehmen. Vor dem Gefängnis habe ich niemals ahnen können, daß Seife ein so wunderbares Modellierprodukt ist. Was kann man nicht alles daraus machen? Man kann eine wunderbare, graugelbe Kugel kneten und jede Woche wird eine Schicht draufgeklebt, und die Kugel wächst wie die Zeit der Haft.

Ein deutscher Flieger machte Flugzeugmodelle daraus, manchmal verwendete er auch Brot dazu. Einmal entschloß er sich schweren Herzens, damit man es nicht beschlagnahmt, vor der Leibesvisitation das Modell zu verzehren, stopfte aber aus Versehen ein Seifenmodell in den Mund.

Einige Schritte durch den Korridor. Die Tür knallt zu. Man ist in der Toilette. An der hinteren Wand eine Erhöhung aus Beton. Man steigt eine Stufe hoch. Es gibt vier Öffnungen. Unter ihnen ergießt sich alle zwei Minuten ein Strom Wasser. Wie der Untersuchungsrichter einmal sagte:

‚Entsprechend dem Verbrauchsprogramm werden für euch konterrevolutionäre Lumpen alle zwei Minuten vier Liter Wasser verwendet, und ihr Reptilien seid nicht mal einen Liter wert!'

An den Wänden sind künstlerische Inschriften in brauner Farbe. Dieselben Inschriften, von denen ein Engländer, der Rußland besuchte, mit Erstaunen erzählte, daß die Russen ein mathematisch hochgebildetes Volk seien. Selbst kleine Gassenjungen befassen sich an den Zäunen mit komplizierten mathematischen Formeln. Zuerst kommen die Buchstaben ‚x' und ‚y', dann folgt ein unverständliches Zeichen mit einem Dach oben. Ich warne die Kenner der russischen Sprache, nachzuforschen, was das bedeutet. Die Tätigkeit eines Chronikschreibers in der Toilette wird streng bestraft. In dem Falle eines bewußten oder unbewußten Fehlschusses in die Zelle kommt der Aufseher, betrachtet alle mit Basiliskenblick und fragt:

‚Wer saß auf dem dritten Platz?'

Der entlarvte Schuldige wird in die Toilette zurückgeführt, wo er selbst die Folgen seiner geringen Zielstrebigkeit und des fehlenden Augenmaßes beseitigen muß."

„Hör mal, Heimkehrer, was ist das für eine Art und Weise!" empört sich meine neue engere Bekannte in schwarz. „Das ist entschieden zuviel!"

„Ganz Ihrer Meinung, gnädige Frau!" stimmt der Vorsitzende zu. „Das nennt sich Heimkehrer! Hat versprochen, die Frage nach dem Teufel zu lösen und tappt jetzt in irgendwelchen Toiletten herum."

„Bei mir juckt es sogar schon im Bart."

„Liebe Freunde und Genossen, der Heimkehrer offenbarte uns soeben das edelste, was in ihm selbst steckt. Wie man sagt, aus dem Lied kann man kein Wort rausschmeißen. Wollen wir zu Ende hören?"

„Von wegen, was zuviel ist, ist zuviel! Wir werden im ersten Zimmer Bier trinken, und wenn ihr euch über die hochinteressanten Toilettentechniken einig seid, könnt ihr uns wieder zurückrufen."

Ich sehe ganz deutlich, daß im Halbdunkel zwei Damen sich erheben, aber in der Tür sind es drei Gestalten.

„Das ist ein Kraftakt, Heimkehrer", murmelt der angetrunkene Haus- und Realitätenbesitzer. „Ein Kraftakt, so etwas vor den Damen! Den Witz mit dem Engländer habe ich überhaupt nicht begriffen. Ich bin auch immer schwach in Mathematik gewesen."

„Die Ladies sind fort, also weiter!" lächelnd zeigt der ehemalige SS-Mann auf die Tür.

„Wo war ich stehen geblieben? *Also, nach dem Stuhlgang wäscht man sich. Das Hemd auszuziehen und den Oberkörper zu waschen, ist streng verboten, doch ist es eine sehr große Freude, den Oberkörper mit Wasser zu begießen. Dieses Mal beobachtete der Aufseher durch den Spion lange meine Plantschereien, unternahm aber nichts. Vielleicht fühlte er, was für eine Nacht ich verbracht hatte. Vor dem Waschen muß man den Eimer auskippen und mit Chlorwasser ausspülen. Man gießt erst frisches Wasser hinein und dann Chlor.*

Manchmal trägt ein Häftling den Eimer vor sich her wie eine kostbare Gabe. Wenn er schwach ist, kann er stolpern. Chlorwasser oder etwas Schlimmeres fließt über das blitzende Linoleum des Korridors. Das gilt als Skandal im Maßstab des gesamten Gefängnisses. Der Etagenoffizier kommt angelaufen und sagt nachdenklich:

‚Putz jetzt den Korridor, in einer halben Stunde muß er so blank sein wie die Genitalien eines Katers.'

Nach dem Toilettengang muß man die Zelle aufräumen. Das ist eine Arbeit, also auch eine Freude. Man bekommt einen zerzausten Schrubber, der mit einem Wollappen umwickelt wird. Der Fußboden wird eingewichst und dann gebohnert. Krach machen darf man nicht. Im Lubjanka-Gefängnis herrscht eine Ruhe wie im Grab. Die Arbeit packte mich und ich sah, daß die Spinne meine Zerstreuungen mißbilligend beobachtete. Der Fußboden muß so lange gebohnert werden, bis er entsprechend dem Ausdruck des Aufsehers blitzt und man selbst vor Anstrengung schwarz sieht. Durch den Spion guckte wieder ein wachsames Auge, widerlich und kalt. Der Aufseher paßte auf, wie ich bohnere. An die Wand bumsen ist verboten, man könnte es so auffassen, als ob man Klopfzeichen übermitteln würde. Die Wände in der Lubjanka sind isoliert. Selbst wenn man ein Ohr an die Wand legt, hört man fast nichts.

Die Stunde der Brotverteilung kommt. Im Spion ist das Auge jetzt ziemlich selten zu sehen. Das Risiko, das Ohr an die Wand zu pressen, ist nicht allzu groß. Hinter der Mauer hörte ich gedämpfte deutsche Worte. Nichts zu verstehen. Ich begann, Morsezeichen zu klopfen.

‚Wer seid ihr? Wieviel Mann sind in der Zelle? Welche Paragraphen habt ihr?'

Wenn man mich erwischen sollte, ist mir der Karzer sicher.

Keine Antwort. Entweder hören sie mich nicht, oder sie kennen nicht das Morsealphabet oder sie wollen nicht antworten. Das Schloß klickte. An der Schwelle standen zwei. Ein Aufseher, den das ganze Gefängnis kennt, ein kleiner Mann mit Hasenscharte, zweifellos ein degenerierter Typ. Er wird von allen Embryo genannt. Neben ihm ein Sergeant.

‚Nehmen Sie Brot und Zucker in Empfang.'

Man bekommt täglich sechshundert Gramm Brot. Das ist sehr wenig. Das Brot ist naß. Man sagt, das Brot der Lubjanka sei mit Blut getränkt. Sieben Gramm Zucker, das sind zwei kleine Stückchen. Es folgt die sogenannte glückliche Minute im Gefängnis. Nach einigen Augenblicken bringt man Tee, das heißt, schmutzigbraunes, kochendes Wasser, das ein Franzose ‚pipi du chat' nennen würde.

Ich hatte einen kleinen und neuen Teekessel, den einzigen Gegenstand in der Zelle, der etwas Elegantes an sich hatte. Manchmal ärgerte ich die Spinne an der Decke, indem ich mit Hilfe des Teekessels an ihrem Bauch Spiegelungen erzeugte. Das liebte sie offensichtlich nicht, wurde runzlig, zog sich zusammen und bewegte die Pfoten. Ich lächelte schadenfroh. Doch für heute hatte ich ein anderes Programm, für heute war ein Blaskonzert eingeplant. Vorsichtig nahm ich die Tülle des Teekessels in den Mund und blies hinein. Der Tee gluckste und der Deckel sprang hoch. Erst wurde die Staatshymne der Sowjetunion geblasen, dann folgten die ‚Internationale' und ‚Gott, schütze den Zaren'. Den Abschluß bildeten verschiedene preußische

Märsche. Ich weiß nicht, ob die preußischen Soldaten besser sind als die russischen, doch die preußische Militärmusik ist bestimmt die beste.

Wieder schlugen Türen. Der Rundgang hat angefangen. Die Tür öffnete sich. Das Embryo in seiner ganzen Schönheit, der Sergeant und ein mir unbekannter vierschrötiger Hauptmann. Plötzlich platzt das Embryo los:

‚Die Nationalen? '

Erstaunt trat ich in die Tiefe der Zelle zurück, fragte höflich:

‚Sie meinen wohl die Initialen? Bitte, Kreiton, Jewgenij Borisowitsch.'

Die Mundwinkel des Sergeanten zuckten verdächtig. Das Gesicht des Hauptmanns wurde steif und böse.

‚Haben Sie Fragen? ' Der Hauptmann schielte auf das Embryo.

‚Ich bitte um Papier und Tinte. Ich will eine Erklärung abgeben.'

‚Sie werden alles erhalten. Noch irgendwelche Fragen? '

‚Vielen Dank, das ist alles.'

Die Zellentür schlug zu. Anscheinend werde ich jetzt bis zur Mittagszeit Ruhe haben. Also muß die fröhliche Minute so lange wie möglich ausgedehnt werden. Unter dem Kissen fische ich mein Messer hervor: Zwei Streichhölzer, die mit Zwirn zusammengebunden sind. Solch ein Messer darf man haben.

Unter voller Anspannung meiner geistigen und physischen Kräfte zerteile ich die Brotration wie ein Anatom in kleine, dünne Scheiben. Das ist eine richtige Folter. Der Geruch des feuchten, schlecht durchbackenen Brotes kitzelt in den Nüstern, dringt ins Gehirn. Der Speichel im Mund sammelt sich in solch einer Menge, daß ich ihn verschlucken muß. Die sakrale Handlung ist beendet, und die erste Scheibe, fast so dünn wie Papier, befindet sich zwischen den Zähnen. Die Erfahrung lehrt, daß die fröhliche Minute so lange ausgedehnt werden muß wie möglich, auch bis zu zwei Stunden. Die Hälfte der Ration, die ich mir gestattet habe, am Morgen zu essen, wird umso länger gegessen, je länger ich die erste Scheibe durchkauen werde. Die Scheibe jedoch springt wie ein lebendiges Wesen von selbst in die Tiefe des Mundes. Die Kiefern öffnen und schließen sich krampfartig. Die Zunge wird zu einem richtigen Separatisten. Die schluckenden Bewegungen entgleiten meiner Kontrolle. Die Scheibe Brot ist nicht mehr im Mund, sondern bereits im Magen.

Um mich selbst zu bestrafen, verstecke ich die Hände hinter dem Rücken, um nicht sofort die nächste Scheibe Brot in den Mund hineinzustopfen. Dann noch eine Scheibe, und die ganze Handlung ist in fünf Minuten abgeschlossen. Aber meine Hände verfügen anscheinend wie die Pfoten einer Spinne über einen eigenen Willen und eigene Bewegung. O Tantalus, wie grausam haben dich die Götter bestraft! Ich habe keine Macht mehr über mich. Das Brot ist bereits im Mund und im Magen. Laut schimpfe ich mich selbst aus:

‚Charakterloser Waschlappen, Neurastheniker, Frauenzimmer!'

Wahrscheinlich benimmt sich so ein Morphinist, der aus eigener Kraft sein Laster loswerden will. Ein Drittel der Brotration ist verzehrt. Es beginnt eine neue Qual. Von selbst bewegen sich die Hände zu dem Rest. Zum Glück öffnet sich die Tür, und das Embryo bringt Feder und Papier.

Wem soll ich was schreiben?

Ich weiß sehr wohl, das, was ich schreibe, wird niemals über den Untersuchungsrichter hinausgehen, wenn es mit meinem Fall zu tun hat, und nirgends weiter als bis zum Chef des Gefängnisses, dem Oberst Mironoff, wenn es um die Zustände im Gefängnis geht. Trotzdem schreibe ich. Es ist eine große Zerstreuung, eine Art Selbsthypnose. Ich werde an den Genossen Stalin persönlich schreiben, und zwar genau so, wie ein sich selbst achtender Ausländer schreiben würde.

Der Generalissimus Stalin wird sich natürlich hochgeehrt fühlen, wenn er meinen kultivierten und literarisch einwandfreien Brief in die Hände bekommt.

An seine Hochexzellenz,
den Vorsitzenden des Ministerrats der UdSSR
Herrn Stalin I. W.
von Häftling Kreiton, J. B., Moskau.

Erklärung

Eure Hochexzellenz,

schon mehr als drei Monate bin ich Ausländer im Inneren Gefängnis des Ministeriums für die Staatssicherheit der UdSSR, Dserschinskij-Platz 2, inhaftiert. Ich befinde mich in Untersuchungshaft und bin zur völligen Verzweiflung gebracht durch die Unwissenheit, das Analphabetentum und den Zynismus der meisten Untersuchungsrichter, welche wie durch Feuerzangen aus mir die nicht vorhandenen Verbrechen herausziehen. Ich bitte um Ihre Unterstützung und Hilfe.

Ich bin genau wie Sie überzeugt, daß die sowjetischen Untersuchungsbehörden auf Wahrheit, Gerechtigkeit, Menschenliebe und größtem Humanismus beruhen. Doch in der Realität sieht es anders aus.

Besonders lästig erweist sich mir gegenüber der Untersuchungsrichter Anziferoff, welcher symbolische Prügel durchführt und den man durch nichts zufriedenstellen kann. Er verlangt Geständnisse wie der berühmte Polizeimeister bei Gogol die Liebesgaben zum Namenstag des heiligen Antonius und des heiligen Onufrius, und benimmt sich so, wie der Priester in einem Kindergedicht:

Der Priester zankt sich und schlägt Krach.
„He, Vater, Essen wird gebracht!"
„Was kümmert denn das Essen mich?"
„Aber die Suppe ist für dich!"
„Was kümmert's denn, du Drecksack, dich?"

Ebenso benimmt er sich auch. Alles, was man sagt, verdreht er sofort. In den letzten Tagen hat er mich durch unflätige Worte beschimpft.

‚Bald fährst du in die Tundra und wirst mit deinem H... auf den Moosbeeren sitzen!'

Dort, wo die Punkte sind, hat er den vulgären russischen Namen für einen gewissen weichen Körperteil gebraucht.

Dann zitierte er den ganzen kleinen Seeausspruch, der, wie jeder gebildete Mann weiß, fünfundsiebzig der allerschmutzigsten Flüche enthält. Zum Glück kennt der Untersuchungsrichter nicht den großen Seeausspruch, der bekanntlich hundertfünfzig derartige Ausdrücke enthält. Doch ihn kennt, Gott sei Dank, niemand, was mich auch vor weiteren rethorischen Erniedrigungen gerettet hat. Ich bitte Sie, Ihre Aufmerksamkeit auf die plebejischen Zustände in den sowjetischen Untersuchungsbehörden zu richten und mir zu helfen.

Häftling Kreiton, J. B.

Nachdem ich diesen Quatsch zusammengeschrieben hatte, überlegte ich, welche Folgen daraus entstehen könnten. Höchstwahrscheinlich gar keine, wenn man dem Hauptmann Glauben schenken kann, daß ich und die Frau Lutschitzkaja von solch einem großen Interesse für irgendwelche höheren Sphären sind. Vielleicht ist aber auch alles ganz anders.

Durch den Spion bemerkte der Diensthabende, daß ich nicht mehr schrieb, kam herein, nahm das Dokument, Feder und Tinte. Sofort wurde es langweilig. Was tun? Qualvolles Begehren zu schlafen. In den Schläfen hämmerte ein Gong, vor Müdigkeit sank der Kopf auf die Brust.

Ich entschloß mich, noch eine Symphonie auf dem Teekessel zu spielen. Die Symphonie wurde glücklich beendet, doch bei dem Versuch, die Rhapsodie von Liszt aufzuführen, hüpfte der Deckel wie gebissen nach oben und fiel mit Gepolter auf den Fußboden. Das Schloß klickte. Auf der Schwelle stand der Wachthabende, nicht das Embryo, sondern ein anderer. Er hat eine Warze auf dem Ohr und eine Schramme an der Stirn.

‚Na, habt zu Ende gespielt? Was soll ich jetzt mit Ihnen machen? '

‚Hier ist es sehr langweilig, Bürger Wachthabender.'

‚Ist es beim Untersuchungsrichter lustiger? Sie haben jetzt einen halben Zentner Spucke in den Teekessel getan und werden noch selbst daraus trinken! Daß mir das nicht wieder passiert!'

Das Schlafbegehren wurde immer stärker. Der Kopf brannte. Über den Körper liefen Ameisen. Das war viel qualvoller als seinerzeit in der Tschechoslowakei in Lasy, als reale Wanzen mich beinah verspeist haben. Ein komischer Schüttelfrost befiel mich, bei dem ich nicht wußte, ob es in der Zelle warm oder kalt war. Was sollte ich noch tun, um nicht hinzufallen und einzuschlafen? Einen Skandal konnte ich nicht gebrauchen.

Ich erinnerte mich, daß es an der Zeit war, das weitere Programm zu absolvieren, mir ein Referat mit dem Thema ‚Das Kiewsche Rußland' zu halten. Die furchtbare Übermüdung nach dem nächtlichen Verhör machte sich auch hier bemerkbar. Der Kopf schien zwischen zwei Reifen zu platzen, einem inneren und einem äußeren. Der innere Reifen versuchte, den Schädel zu sprengen, der äußere wirkte umgekehrt wie ein Schraubstock. Schweißperlen traten auf der Stirn hervor. Die Augen füllten sich mit Tränen. Über die grüne Farbe des unteren Teils der Zelle flitzten schwarze Kommas. Die Halluzinationen begannen. Nur ein Gedanke war im Kopf, der wie ein Blitz zwischen Wolken das chaotische Knäuel des normalen menschlichen Denkens auseinanderjagte. Die angesammelten Kenntnisse, Gedanken, Erinnerungen, Zukunftspläne, selbst Liebe und Haß, alles verschwand in der grauen Finsternis unwichtiger Dinge, und über alles herrschte nur ein Schrei: Schlafen, schlafen, schlafen... schlafen ohne Ende... einschlafen und niemals mehr aufwachen. Was für eine Glückseligkeit!

Einmal hatte ich gelesen, daß es Menschen gibt, die mit offenen Augen schlafen können, wenn auch ein mir bekannter Arzt das abstritt und behauptete, Schlaf bewirke immer das Herabsinken der Augenlider. Doch irgendeine Wahrheit wird daran sein. Der das kann, ist im Gefängnis ein großer Glückspilz. Ich will es selbst versuchen.

Stendhals ‚Rot und Schwarz'. Wie kam dieser Band in die Lubjanka? Das Buch war schwer, die Hand zitterte. Ich hing mir den Mantel um und setzte mich auf die Pritsche. Das Buch hielt ich vor mir, öffnete ganz groß die Augen, doch in ihnen herrschte grauer Nebel. In der Ferne schlagen hellklingende Hämmer. Ein Krachen. Ich komme zu mir. Stendhal fällt mit Gepolter auf den Fußboden. Der Krach erzeugt im Kopf den stärksten Schmerz. Ich beuge mich, um den Band aufzuheben. Die Knie zittern. Wenn ich mich fallen lasse und einschlafe? Es nützt nichts, sie werden mich wecken. Im Wiederholungsfalle bin ich im Karzer. Auf einmal dreht sich der Boden und bildet einen Winkel von 45 Grad. Die Pritsche schwimmt fort, eine neckende Stimme raunt:

‚Sei kein Narr, sei kein Narr!'

Neben mir steht ein Mensch mit dickem, aufgedunsenem Gesicht. Ich erkenne ihn sofort. Das ist ihr Chauffeur. Ich will ihn fragen, warum er hier ist und wie er in die Lubjanka kam. Womöglich haben sie auch über ihn Macht. Ich hatte gar nicht bemerkt, wie die Tür aufgeschlossen wurde. Doch er begann zu sprechen, zum ersten Mal in all unseren Begegnungen. Seine Stimme war durchaus menschlich, etwas lispelnd.

‚Nun, Kamerad im Unglück, wenn du des Sitzens überdrüssig bist, können wir ja fortgehen.'

‚Wohin, wohin kann man von hier fortgehen? Gibt es einen Ausweg aus der Lubjanka? '

‚Das ist eine dumme menschliche Frage. Ich habe Anweisung erhalten, dich zu bringen.'

‚Zu ihr? '

‚Ja, zu ihr.'

‚Warum gerade jetzt, wenn sie mir früher nicht helfen konnte oder wollte? Ich erinnere mich noch an unseren Vertrag, fast Wort für Wort. Hören Sie:

Der Verfasser dieses Dokuments verpflichtet sich seinerseits, den Unterzeichner zu protegieren und zu beschützen und zwar in den Grenzen, die er für nötig befinden wird.

Es heißt zwar, in den Grenzen, die er für nötig befinden wird, aber meines Erachtens nach sind diese Grenzen längst überschritten.'

‚Deshalb bin ich ja hier. Paß auf, wir haben wenig Zeit, und sie entschwindet. Wenn wir von hier fortkommen wollen, müssen wir handeln.'

Die aufgedunsene Hand des Chauffeurs zog etwas Schwarzes aus der Tasche.

‚Was ist das?'

‚Gewöhnliche Holzkohle. Paß auf, aber stör mich nicht.'

Der Chauffeur begann zu zeichnen: Einen Horizont, etwas höher als die grüne Farbe, im Himmel über dem Horizont eine kindlich-naiv gezeichnete Sonne, in der Mitte ein Weg. Wie wunderbar wäre es, diesen Weg entlangzuschlendern, zwischen unübersehbaren Feldern.

‚Gleich ziehen wir los!' Er hörte auf zu zeichnen.

‚Wie, durch die Gefängnismauer?'

‚Für uns gibt es keine Gefängnismauern.'

Die kindliche Kritzelei an der Wand wurde auf einmal lebendig, sie bebte, froh und hell schien die Sonne an einem blauen Himmel. Der Wind schlug Wellen auf dem üppigen Rasen.

Er nahm mich bei der Hand.

‚Ich kann nicht, ich habe Angst, durch die Wand...'

‚Ja, Sie können es. Man muß nur glauben. Gleich führe ich Sie von hier fort. Nur, Sie dürfen sich nicht umblicken, sonst gibt es ein Unglück.'

Wir gingen die von der Sonne überflutete Straße entlang. Wunderbare sommerliche Düfte umfingen mich. Ich wußte, in meinem Rücken stand das Lubjanka-Gefängnis. Es zog mich, zurückzuschauen, zum letzten Mal auf den Ort meiner Leiden, und ich blickte mich um...

‚Ist es Ihnen besonders erlaubt, am Tage zu schlafen?'

Vor mir standen das Embryo, ein Sergeant und ein Offizier.

‚Ich habe nicht geschlafen.'

‚Und wieso haben Sie die Mauer verdreckt?'

Tatsächlich, eine kindlich gemachte Zeichnung an der Wand.

‚Womit hat er das gemacht?' Vorsichtig berührte der Offizier die Wand mit dem polierten Nagel eines seiner gepflegten Finger. Er kratzte sogar.

‚Ist das Kohle, Genosse Oberleutnant?' fragte der Sergeant.

‚Natürlich ist es Kohle, woher haben Sie die Kohle?'
‚Ich habe keine und habe auch nie welche gehabt.'
‚Sie wollen wohl in den Karzer?'
‚Ihr könnt mich einsperren, wo ihr wollt!'
‚Was heißt hier einsperren? Wir haben kein Interesse, Sie einzusperren. Woher haben Sie die Kohle, und wo haben Sie sie versteckt? Genosse...'

Der Sergeant verstand und verließ die Zelle. Ich möchte mich hinsetzen.

‚Nein, bleiben Sie stehen.'

Der Sergeant kam mit noch zwei anderen zurück.

‚Machen Sie eine Leibesvisitation, und daß die Kohle gefunden wird! Wenn er sie nicht an sich hat, die Zelle bis zum letzten Staubkorn durchsuchen. Sie muß gefunden werden.'

Die Leibesvisitation begann. Ich bin nackt ausgezogen worden, zitterte vor Schüttelfrost und Kälte. Sie suchen lange, gründlich, überlegt und methodisch, betasten jede Naht. Jeder Gegenstand wird zwei- oder dreimal untersucht. Ich war ebenso interessiert wie sie. Was werden sie finden? Sie blickten in den Mund, in den Achselhöhlen, in die Ohren und auch dorthin, wohin niemand zu schauen hat. Nichts. Zuletzt demonstrierten sie die letzte Perle der sowjetischen Gefängnistechnik. Mit einem Glasstäbchen, das sehr laboratoriumsmäßig aussah, stocherten sie tief in mich hinein. Nichts war da. Alles wurde wiederholt.

‚Zum letzten Mal frage ich Sie', sagte der Genosse Oberleutnant mit böser Stimme. ‚Wo haben Sie die Kohle versteckt? Wir werden die ganze Zelle auseinandernehmen und sie doch finden.'

‚Meinethalben.'

Der Offizier und der Sergeant sahen sich an.

‚Kommen Sie!'

Man brachte mich in eine Box, einen Quadratmeter groß. Schon längst war in den Korridoren der Lärm mit dem Geschirr zu Ende gegangen. Doch ich bekam kein Mittagessen. Wieder erschien der Offizier, der die Durchsuchung geleitet hatte.

‚Wohin haben Sie die Kohle getan? Etwa aufgegessen?'
‚Ich hatte keine Kohle.'
‚Wir werden Sie röntgen lassen.'
‚Bittesehr.'
‚Also, wer hat die Wand beschmutzt? Etwa Puschkin oder Lermontow?'
In mir stieg Wut hoch.
‚Fragen Sie Stalin!'
Wie hypnotisiert sah mich der Offizier an und knallte schweigend die Tür zu. Man brachte mir kaltes Essen, die berühmte runde Lubjanka-Aluminiumschüssel. Zweihundert Gramm Fischabsud, völlig zergangene Fischfasern, viele Gräten. Zweihundert Gramm hirseähnliche Grütze, mit Wasser gekocht, völlig geschmacklos und ohne Fett. Das einzig Positive ist, daß ich noch Brot habe. Nicht oft habe ich den Charakter, mit dem Brot bis zum Mittagessen auszukommen. Nach einer Stunde nahm man mich aus der Box heraus und führte mich in eine andere Etage, Zelle Nr. 37. Als ich die Zelle betrat, wurde es schon grau hinter den schmutzigen Fenstern. Zwei waren in der Zelle, ein junger und ein alter Mann. Zwei Trinkbecher, einer davon ganz neu. Ist das eine Freude! Hoffentlich ist die Einzelhaft beendet.
‚Woher bist du?' fragte der Alte.
‚Aus Deutschland.'
‚Ein Deutscher?'
‚Russe, nur der Name ist deutsch.'
‚Aus der Wlassow-Armee?'
‚Nein. Mitglied des NTS.'
‚Was ist das denn?'
‚Ist doch klar!' mischte sich der Junge ein. ‚Die weißen Knochen, Fürsten und Grafen.'
‚Ich kenne keine Fürsten. Wir sind nur gegen den Kommunismus.'
‚Im Gefängnis sind alle gegen den Kommunismus.' Der Junge hüstelte. ‚Deswegen sitzt du auch.'
‚Ist es etwa schlecht, dafür zu sitzen, daß man gegen den Kommunismus ist?'

‚Ob es schlecht oder gut ist, weiß ich nicht. Ich weiß nur, daß es völlig sinnlos ist.'

‚Und ich finde, sinnvoll und nötig', stellte sich der Alte plötzlich auf meine Seite.

‚O je, du Dummkopf, du Narr!' ließ sich gallig der Junge vernehmen. ‚Dabei hast du dein Leben schon zu Ende gelebt. Wir waren beide Kolchosvorsitzende, er in einer reichen und ich in einer ärmeren Kolchose.'

‚Und weshalb seid ihr beide jetzt hier?'

‚Wir sitzen beide wegen des gleichen Befehls. Ich habe ihn befolgt und er hat ihn nicht befolgt. Der Schnurrbärtige liebt es, so ein bißchen zu spaßen.'

‚Das verstehe ich nicht.'

‚Meine Kolchose war nicht weit von Schitomir, trägt den Namen Molotows. Begann der Krieg. Die Deutschen rücken an und die Unsrigen ziehen sich sozusagen auf die vorbereiteten Positionen zurück, auf russisch, laufen einfach wie die Schafe. Und die Kolchose voller Vorräte. Aber es gibt einen Befehl, daß man ohne Verordnung niemandem etwas geben darf. Die Deutschen rückten vor, als ob sie Flügel hätten, und unsere laufen fort, als ob sie zwei Paar Flügel hätten. Da entschloß ich mich mit meinem blöden Kopf, die Rotarmisten und die Flüchtigen mit den Vorräten ein bißchen hochzupäppeln, damit der Feind sie nicht kriegt.'

‚Und haben Sie sie auch verteilt?' unterbrach ich den Alten.

‚Jawohl, ich Esel. Da waren wir bereits abgeschnitten und ich mußte — immerhin war ich doch Parteimitglied — mich an die Partisanen ranhalten. Drei Jahre war ich blöder Kopf Partisan. Vor dem Tode habe ich mich sozusagen über die Hintertreppe gerettet. Im Jahre 44 hat uns dann die Armee übernommen. Orden sind mir verliehen worden, die Medaille für Kühnheit bei der Einnahme von Berlin. Der Krieg ging zu Ende. Ich kehrte in meine Kolchose zurück. Am Dorfeingang hat man mich mit einem Akkordeon und mit Blumen empfangen. Verschiedene Reden haben sie gehalten. Die Dorfjungen baten, meine Orden berühren zu dürfen. Selbstverständlich wurde ich wieder zum Vor-

sitzenden gewählt. ‚Du bist', sagte man in der Kolchose, ‚Held des Vaterländischen Krieges, Partisan und Kommunist, der ganze Rayon ist stolz auf dich...' '

‚Hat man dich also wie Hitler in der Westukraine empfangen!'

‚Sah so aus, und dann bekam ich, genau wie Hitler, eins auf den Hinterkopf. Ein halbes Jahr verging. Man bat mich, in den Rayon zu kommen, zu einer gewissen Behörde. In der Nacht soll der verfluchte Name nicht ausgesprochen werden. Wenn ich auch ein Held war, der Magen zog sich doch zusammen. Habe alle Orden auf ein neues Hemd geheftet und fuhr los. Bin angekommen.

‚Bitte, nehmen Sie Platz, Genosse', und von weitem beginnen sie, wie der Fuchs um ein Huhn, um mich herumzugehen. ‚Also, lieber Genosse, wie war das damals im Jahre 41 mit den Kolchosvorräten...'

Ich habe natürlich alles erzählt.

‚Und wer hat', fragten sie weiter. ‚Ihnen, Genosse Obrutscheff, das Recht gegeben, ohne staatlichen Befehl staatliches Eigentum zu verschleudern? '

Ich denke, ich habe mich verhört. Wie ein Mitternachtsspuk. Eiskalt lief es mir über den Rücken, ich fing an zu röcheln, an der Nasenspitze bildete sich ein durchsichtiger Körper...'

‚In der russischen Sprache, die alle Heiligen gesprochen haben, nennt man das Angstpopel.' ergänzte der Junge.

‚Sei du nur ruhig, du kommst auch noch dran. Kannst auch deine Geschichte erzählen, sogar mit faulen Witzen...

‚Was sagt ihr da, Genossen? ' fing ich an. ‚Wieso Befehle? Wenn alles rennt? Es war meine vaterländische Pflicht, alles zu verteilen. Die Vorräte waren ja nicht gering.'

‚Soso, und der Befehl? War er da oder nicht? '

Ich wurde ganz aufgeregt.

‚Schaut doch auf meine Orden, schließlich ist das keine Spucke an meiner Brust, sondern Verdienste!'

Die aber wieder: ‚Hattest du einen Befehl? '

Und so weiter und so weiter. Kam erst in der Zelle zu mir. Ohne Orden, ohne alles. Begann hier zu zetern, an die

Obrigkeit zu schreiben, an den Staatsanwalt, an den Untersuchungsrichter, an Molotow, — immerhin war er der Chef unserer Kolchose — zuletzt an Stalin. Ich schrieb und schrieb und habe wohl mein Leben zu Ende geschrieben. Bekam zehn Jahre, wegen vaterländischer Vorräte. Das wäre das Ende und die Krönung des Ganzen.'

Der Alte schwieg und schaute auf den Jungen.

‚Nun leg du los, Stanzow!'

‚Ich, Genosse Deutschrusse, sitze auch wegen der vaterländischen Pflichterfüllung, aber genau umgekehrt. Ich war auch in der Kolchosleitung. Die Kolchose war bei Putivl, hieß: Der rote Strahl. Ich war nicht Vorsitzender, sondern Buchhalter. Der Vorsitzende verschwand unter dem Vorwand einer Dienstreise, in Wirklichkeit ist er geflitzt und hat mir noch vor der Abreise dauernd mit dem Finger vor der Nase herumgefuchtelt:

‚Paß besonders auf die Schweine auf, und überhaupt, du bist mir für Ordnung verantwortlich!'

Es wurde aber immer schlimmer. Die Deutschen haben uns in die Zange genommen, und die Vorräte waren auch nicht gerade klein. Nun, ich bin ein bißchen jünger, sitze und warte auf den Befehl. Kann mir nicht vorstellen, daß der Kolchosvorsitzende und die Sowjetmacht mich ohne Befehl sitzen lassen. Weiß nicht, was ich tun soll: Evakuieren oder verteilen? Im Rayon steht alles Kopf. Habe ich auch gehandelt wie befohlen. Wenn es keinen Befehl gibt, darfst du nichts anrühren. Im letzten Augenblick verschwand ich im Wald. Bald war ich bei unseren Leuten und habe den Krieg bis nach Prag mitgemacht. Zweimal verletzt, dem Tod in die Augen geschaut, den halben Magen haben sie mir rausgeschnitten, wie bei einem Kaninchen im Versuchssaal. Kehrte in die Kolchose zurück. Mir zu Ehren hat man ein Kolchosfest veranstaltet. Aus dem Rayon kam ein Genosse mit Gratulationen.

‚Für dich ist nur der Posten des Vorsitzenden gut genug.'

Die Frau hat mich mit Liebe empfangen, auch die Kinder waren heil und gesund. Die Kolchose hat mir zweiundzwanzig Lenin-Bände geschenkt. Nun, dachte ich, das Le-

ben beginnt. Dann schickten sie mich nach der Krim, zur Kur, Urlaub. Kehrte von der Krim zurück und wurde zu den bewußten Organen gerufen...'

‚Jetzt wirst du bald nach Narim kommen, weißt du das? Krim — Narim!' fügte der Alte giftig hinzu.

‚Du alter Giftpilz! Betrat also das Kabinett. Ganze vier saßen dort. Kaum war ich drin, rissen sie mir den Roten Stern samt Futter aus dem Kittel. Einer sah aus wie eine richtige Kröte. Brust voller Orden, Kopf roch nach Pomade, polierte Nägel. Die Brust sah aus wie ein Stück ukrainischen Specks. Und er brüllte los:

‚Erzähle, du Straßenhure, wieso hast du die Vorräte den Deutschen abgeliefert und bist selbst geflohen? Hast die Ernährungsbasis Hitlers ergänzt! Wie war das?'

Mir wurde pflaumenweich. Vor Schreck wäre mir bald die Zunge aus dem Mund gefallen, und ich selbst bin in die Zelle gefallen. Auch zehn Jahre, das macht zwanzig Jahre für uns beide. Was ist das für eine Gerechtigkeit? Wem soll man da glauben? Wen soll man bitten? Kannst du mir das nicht sagen, Genosse Deutscher?'

‚Das weiß ich wirklich nicht. Wie kann denn das Gesetz sich selbst widersprechen? Meine Geschichte ist ein bißchen länger.'

Ich nannte meinen Namen und Vornamen.

‚Du hast wirklich einen deutschen Namen.' bestätigte der Junge.

Ich begann zu erzählen.

Das Schloß.

‚Wer fängt hier mit K an?'

Ich nannte meinen Namen.

‚Sammle deine Sachen, komm mit!'

‚Das geht aber schnell mit dir!'

‚Schade, daß du nicht zu Ende erzählt hast.' bedauerte der Junge. ‚Also, auf Wiedersehen, Genosse Deutscher. Vielleicht sehen wir uns im Lager...'

EXODUS

Wieder bin ich in Einzelhaft. Ich sehe, daß alles durchwühlt worden ist. Man suchte in allen Ritzen, im Bett, hinter dem Fenster. Die Teekanne ist leer, also hat man auch da nachgesehen. Anscheinend haben sie die ganze Zeit gesucht, die ich fort war. In der Box und in der Zelle Nr. 37 bin ich ungefähr fünf Stunden gewesen. Merkwürdig, die Zeichnung an der Wand ist nicht fort. Wie traurig. Wozu habe ich mich nur umgeblickt? Ich verzehre die restlichen Brote und schaue unverwandt die Mauer an.

Das Band des Weges verschwindet hinter dem Horizont. Auf dem Weg bewegt sich ein Punkt. Vielleicht kommt er auf ihren Befehl zurück, um mich abzuholen...

Das Abendbrot wird gebracht. Schnell verschlinge ich alles, auch die Brotreste. Jetzt beginnt die schwerste Zeit bis zum Schlafengehen. Hinter dem Fenster, dort wo das die Sicht versperrende, schmutziggrüne Schild oben aufhört, wird der Himmel bleiern schwarz. Das Schild ist am unteren Ende durchgerostet. Jemand hat es sogar fertiggebracht, drei Buchstaben einzukratzen. Die Fenster dürfen im Sommer geöffnet werden, wenn die Vorgesetzten gnädig gestimmt sind, und die Zelleninsassen sich nichts zuschulden kommen ließen.

Doch die Zelle besteht aus mir allein, und ich habe die

Obrigkeit stark erbost durch die Zeichnung, die ich nicht gemacht habe. Sommer ist es auch noch nicht, dementsprechend wird das Fenster zu bleiben. Durch das Glas sehe ich die drei Buchstaben: B, K und D. Ist das ein Name oder bedeuten sie etwas anderes? Im Hof flammen die Lampen auf, und in der Zelle wird Licht angemacht. Der Himmel ist schwarz wie Kohlepapier. Entsprechend seiner Schwärze kann man die Zeit bestimmen, wenn man die Finsternis mit dem elektrischen Licht kombiniert. So kann man feststellen, wie lange man noch bis zum Schlafengehen leiden muß.

Ein weißer Lichtfleck kriecht über die Mauer. Längst habe ich diese Mauer genau studiert. Bei einer oberflächlichen Betrachtung scheint sie scharf zweifarbig zu sein, der untere Teil, etwa 150 cm vom Fußboden, in dunkelgrüner Ölfarbe, und dann weiter bis zur Decke eine weiße Wand, von dem unteren Teil durch einen braunen Strich getrennt. Der obere, weiße Teil der Mauer ist in Wirklichkeit nicht eintönig. Er hat dunklere und hellere Flecken, und daran, wie sich der weiße Lichtfleck bewegt und die hellen Halbschatten passiert, kann ich ungefähr die Zeit feststellen.

Durch die Fensterscheibe tönt bravouröse Radiomusik. Das Radio spielt in der Küche, und wenn das Fenster offen ist, hört man, wie unten das Geschirr klirrt, kreischende weibliche Stimmen und einen männlichen Vorgesetztenbaß. manchmal auch befehlsgewohnte Stimmen, offensichtlich Militärs. Einige Male, wenn ich zum Spaziergang geführt wurde, begegnete ich diesen Küchenweibern, roten, fetten Kadavern in schmutzigen, weißen Kitteln.

Jetzt ist es neun Uhr, schlafen darf man erst um elf. Ich erinnere mich, daß ich die blutsaugende Spinne völlig vergessen habe, dabei sitzt sie schon lange unter der Decke und streckt ihre Pfoten nach meinem Herzen aus. Wie konnte ich sie bloß vergessen? Die Tür öffnet sich und die bekannte Dreieinigkeit tritt ein. Wütend verzieht der Offizier seine Lippen.

‚Haben Sie sich entschlossen, uns zu sagen, wo Sie die

Kohle versteckt haben, und wer sie Ihnen gegeben hat?'

‚Vielleicht haben Sie sie zerkaut und verschluckt. Haben Sie keine Angst, sagen Sie uns das. Wir müssen nur wissen, woher Sie die Kohle haben.' fügt der Sergeant hinzu.

‚Bürger Vorgesetzter, als ich nicht in der Zelle war, haben Sie viele Stunden danach gesucht und nichts gefunden. Sie konnten auch nichts finden. Ich kann Ihnen beim besten Willen nicht helfen. Ich habe keine Kohle, und ich habe auch nie Kohle gehabt. Wie die Zeichnung an der Wand erschienen ist, weiß ich nicht. Ich weiß nur, daß meine Nerven in einem sehr schlechten Zustand sind, so, daß bei mir oftmals die Grenze verwischt zwischen dem, was es gibt, und dem, was es nicht gibt. Doch das ist nicht meine Schuld, darüber reden Sie bitte mit meinem Untersuchungsrichter, dem Hauptmann. Ich bin zu dem geworden, was er aus mir gemacht hat. Ich würde selbst sehr viel geben, um zu wissen, wie diese Zeichnung an der Wand entstanden ist, doch ich kann Ihnen nicht helfen. Das ist alles, Bürger Vorgesetzter. Ich kann kein Wort mehr hinzufügen, auch wenn ich es wollte. Ich weiß nichts, und ich kann nichts erklären, doch Sie glauben wohl nicht an solche Sachen.'

Der Offizier schweigt und sieht mich lange an.

‚Wischen Sie den Dreck von der Wand ab, und daß mir so etwas nicht noch einmal passiert!'

Alle gehen fort, und nach ein paar Minuten bringt man mir einen Lappen. Mit diesem klebrigen und widerlichen Lappen beginne ich, alles wegzuwischen, den Horizont, den Weg, die Sonne. Ich will nicht daran denken, wer das gezeichnet hat und womit. Ich wußte, ich selbst bin schuld daran, daß ich noch hier sitze. Man wollte mir helfen, doch ich habe mich dieser Hilfe unwürdig erwiesen.

Die Arbeit ist beendet. Nichts ist mehr an der Mauer. Während der ganzen Zeit des Wegwischens war der Spion offen. Bevor ich die Sonne fortwischte, zauderte ich eine Sekunde. Sofort ertönte Klopfen. Du sollst wegwischen, du Hundesohn! Die Mauer gehört dem Staat, der Lubjanka. Dann habe ich den Lappen abgeliefert und war allein.

Jetzt begreife ich die furchtbare Bedeutung des Sonnen-

unterganges für diejenigen, die von bösen Kräften besessen sind. In der Nacht erlangen die Wesen des Bösen und der Finsternis neue Kräfte. Henker wirken immer in der Nacht. In dieser Beziehung sind auch die Henkersknechte des Genossen Stalin ganz konsequent. Was werden sie heute nacht mit mir machen, sie und ihre Verbündete, die Spinne?

Der Kopfschmerz wird stärker. Ich versuche, Herr der beginnenden Halluzinationen zu werden. Aus Erfahrung weiß ich, daß Halluzinationen stets mit einer scharfen Veränderung der Stimmung beginnen. Finstere Depression wird von Jubel abgelöst, es scheint, als ob man irgendwohin fortfliegen würde. Dieses Gefühl nennt man auf russisch: Der See reicht bis zum Knie. Es ist, als ob man nicht in der Lubjanka sei und als Perspektive Erschießung oder fünfundzwanzig Jahre habe. Um sich zu retten, muß man an etwas Lichtes und Gutes denken oder beten.

Ich schließe die Augen und denke an meine Mutter. Durch Willensanstrengung male ich mir ihre Wohnung aus, jede Kleinigkeit, versuche, kein Detail auszulassen. Ich sehe, wie sie auf dem abgeschabten Diwan sitzt. Wieviel glückliche Stunden habe ich in diesem Zimmer verbracht! Ja, sie sitzt und denkt an mich. Sie denkt so, wie nur eine Mutter denken kann, die ihren einzigen Sohn verloren hat.

Das Schloß. An der Schwelle der Aufseher, nicht das Embryo. Wegen seines komischen, hüpfenden Ganges nannte ich ihn einfach Pinguin.

‚Werden Sie spazierengehen?'

Sonderbar, vor dem Schlafengehen zum Spaziergang.

‚Ja, danke.'

‚Machen Sie sich bitte fertig!'

Die Zellentür schlägt zu. Pinguine sind sehr höfliche Tiere, und dieser Pinguin ist keine Ausnahme. Abgesehen davon ist er sehr klug. Sein Blick ist forschend und tief. Ich fühle, er beobachtet mich folgerichtig und systematisch, so, wie ich ihn. Warum guckt er so sonderbar, vielleicht bedauert er mich. Ich würde gern mit ihm sprechen, doch das kann ich nicht hoffen. Ihm kann eine Unterredung mit mir teuer zu stehen kommen, und mir übrigens auch. Zwischen

Häftlingen und Gefängnispersonal darf es keine menschlichen Beziehungen geben.

In der Lubjanka gibt es eine fehlerfreie Methode, einen unangenehmen Aufseher loszuwerden. Einer der Häftlinge bestellt aus irgendeinem Anlaß den wachhabenden Offizier und singt mit der unschuldigsten Miene der Welt Loblieder auf irgendeinen niederträchtigen Korridor-Aufseher.

‚Hören Sie mal, der ist so sympathisch, so gut, so nett, ein wahrer Humanist. Er hat einen so wohlwollenden Blick mit soviel Güte in den Pupillen, und alle Häftlinge lieben ihn sehr.'

Der wachhabende Offizier sperrt die Augen auf, wie ein Uhu, der am Tage aufgewacht ist. Höflichkeit und Lob seitens derer, die man betreut, erscheinen den Tschekisten aller Arten und Dienstgrade als Zeichen vom baldigen Ende der Welt und Erscheinen des Antichristen, oder, was noch schlimmer ist, als Zeichen vom Sturz der Sowjetmacht. Und unter Garantie verschwindet der widerliche Aufseher, dem man das Madrigal gesungen hat, vom Korridor.

Der Pinguin führt mich über die Treppe nach oben, auf das Dach. Das nenne ich Glück! Auf dem Dach bringt er mich in den kleinen Spazierhof, auf dem größeren spazieren andere. Auf dem Beobachtungsturm der Aufseher. Eine kristallklare Frostnacht liegt über Moskau. Zahllose Sterne, die aus unzähligen Punkten bestehende Spirale der Milchstraße. Zu mir in den Hof kommt ein mir unbekannter Aufseher und geht mit mir. Der Hof ist von einer Mauer umringt. Stacheldraht. Es gibt auch eine Tür, die durch ein großes Hängeschloß gesichert ist. Durch diese Tür wirft man den Schnee nach unten.

Etwas treibt mich, eine kleine Provokation zu veranstalten. Ich gehe ganz nah an der Tür vorbei und bewege das Hängeschloß mit dem Fuß. Ein ziemlicher Krach. Ich ziehe ein unschuldiges Gesicht und bleibe stehen, als ob ich erst jetzt bemerkt habe, daß es hier ein Schloß gibt, das es gewagt hat, sich an mir zu vergreifen. Berühre es mit der Hand. Die Miene des Aufsehers wird sauer wie Essig, kalt und abweisend.

‚Sofort loslassen! Wenn Sie es noch einmal berühren, werden Sie einen Monat nicht spazierengehen.'

Das ist konkret. Ich entgegne trotzdem:

‚Bürger Aufseher, ich habe das Schloß nicht berührt, es hat sich an mir festgehakt!'

‚Schweigen Sie, Sie sind mir viel zu klug geworden!'

Ich habe nur noch einige Minuten zu gehen. Die frische Luft hat mich sehr belebt. Immer heller und heller leuchten die Sternbilder, aber der große Wagen ist nicht zu sehen. Ich versuche, festzustellen, wo er sich versteckt hat.

‚Spaziergang ist beendet. Kommen Sie!'

Wieder bin ich in der Zelle, wo unter der Decke die Spinne hängt. Auch wenn man vom Dach aus die rote Lohe Moskaus sieht, hinter den Fenstern der Zellen ist tiefschwarze Nacht. In der Zelle eine angenehme Überraschung. Auf dem Tisch eine Schüssel mit Fischsuppe, der gleichen, wie beim Abendbrot. Auch dieser halbe Liter ist ohne Fett, dafür liegt auf dem Boden der Schüssel kokett verdreht die Wirbelsäule eines anscheinend völlig fettfreien Fisches, der außerdem in seinem heimatlichen Ozean ein asketisches Leben geführt haben mußte. Von diesem Fisch wird selbst Brehm nichts wissen. Seine Fische enthalten immer demonstrativ viel Fett. Wenn die Wirbelsäule stark ausgekocht ist, kann man daran lutschen und sie sogar zerbeißen. Warum geben sie mir ein doppeltes Abendbrot? Anscheinend hat sich die Spinne davon überzeugt, daß ihr Opfer viel zu mager ist.

Jetzt kommt die schwerste Zeit bis zum Schlafengehen! Vielleicht lassen sie mich wenigstens diese Nacht schlafen! Die Spinne weiß natürlich, ob es ein Verhör geben wird oder nicht, aber sie schweigt und kichert lautlos. Ich höre sie flüstern:

‚Wer viel weiß, wird früh alt!'

Jetzt ist es Zeit für das abendliche Turnen. Ich lehne mich an die Wand und stoße mich mit dem Ellenbogen ab. So werden die letzten, von den Nachtverhören und der Hungerei noch nicht verschlungenen Muskeln trainiert.

Ich besehe mir die Pfoten der Spinne, sie scheinen etwas

voller zu sein. Das ist logisch. Je magerer ich werde, umso fetter wird sie und lebt in Wohlstand. Ich verliere die Kontrolle über die Zeit. Der Schüttelfrost verstärkt sich. Es ist, als ob ich schon eine Ewigkeit warte. Jetzt beginnt das Licht zu flimmern — nein, doch nicht. Vielleicht ist das eine neue Teufelei der Gefängnisleitung, und es wird überhaupt nicht flimmern. Die Zelle schaukelt. Kurze Finsternis in den Augen, zweimal, dreimal. Feierabend. Keine Minute ist vergangen, und ich bin entkleidet und liege. Auf den Augen die Binde. Noch eine Sekunde, und alles verschluckt der Schlaf. Doch wieder das Schloß.

‚Zum Verhör fertigmachen!'

Von Neuem beginnt der Zyklus. Lautlos lacht die Spinne, die Siegerin, unter der Decke. Als man mich wegführt, schlafe ich beinah im Stehen. Was wird es heute geben? Als wir das Kabinett betreten, sitzt der Hauptmann bereits hinter seinem Tisch. Sein Gesicht strahlt. Er betrachtet mich mit Neugierde, vermischt mit Achtung.

‚Nun, Sie verdächtige Persönlichkeit, solch einen Dreh haben wir selbst von Ihnen nicht erwartet. Wir dachten, Sie würden uns einfach ein klein wenig über diese Lutschitzkaja erzählen, und dann...'

‚Dann knallt ihr mich nieder oder fünfundzwanzig Jahre.'

‚Nun, das ist noch lange nicht gesagt. Außerdem, womit rechnen Sie als Mitglied des NTS?'

‚Ich rechne mit gar nichts. Ich möchte einfach schlafen, und Sie lassen mich nicht und quälen mich obendrein.'

‚Das stimmt natürlich. Aber wozu solch ein Pathos: Sie quälen mich! Vergessen Sie bitte nicht, daß Menschen mit ungewöhnlichem Schicksal sich immer quälen. Sie haben sich in Freiheit doch auch gequält?'

‚Ja, so ziemlich.'

‚Ich bin doch nicht daran schuld, daß Sie an dem interessantesten wissenschaftlichen Ereignis beteiligt sind, bei dem es zum ersten Male in der menschlichen Geschichte gelang, festzustellen, daß ein Mensch viel, viel länger leben kann als gewöhnlich angenommen wird.'

‚Das gebe ich zu. Aber erstens weiß ich nichts über diese

Erscheinung, und über meine, allerdings sehr sonderbaren Beziehungen zu dieser Dame, die Sie als Rittergutsbesitzerin im ehemaligen Gouvernement Wilna, Frau Lutschitzkaja, bezeichnen, habe ich Ihnen bereits alles erzählt. Und...'

Etwas stürzte auf mich herab. Aus der Ferne höre ich zwei Stimmen.

‚Sie sind also der Meinung, Hauptmann, daß Ihre vielgerühmte Methode richtig sei? Schauen Sie sich ihn einmal an! Wie sieht er nur aus? Er wird es nicht mehr lange aushalten, wenn Sie ihn nicht schlafen lassen.'

‚Ich bitte um Entschuldigung, Genosse Oberst, aber ich sehe keine andere Möglichkeit. Sie und ich, wir beide haben diese mehr als sonderbare Aufgabe zu lösen. Ich glaube, daß es mir erlaubt sein wird, zu sagen, daß kein einziger Untersuchungsrichter und kein einziger Leiter einer Untersuchungsabteilung vor uns beiden jemals — selbst in relativer Hinsicht — solch eine verantwortungsvolle und undurchsichtige Aufgabe erhalten hat.'

‚Das stimmt, aber was folgt daraus? '

‚Sie sind Oberst und ich bin Hauptmann, keine allzu hohen Dienstgrade, doch haben wir Vollmachten über ein Dutzend vorgesetzter Instanzen hinweg erhalten. Allerdings haben wir auch zuvor zu einer Dienststelle gehört, über die es auf einer gewissen Ebene nichts Höheres gibt und auch nichts Höheres geben kann. Wir, wie Sie wissen, befassen uns mit Dingen, die in keine staatliche oder parteipolitische Rubrik hineinpassen. Trotzdem haben wir solch einen Fall in unserer Praxis noch nicht gehabt und konnten ihn auch nicht haben.

Die erste Hälfte ist völlig klar. Es ist ein Phänomen, das im 20. Jahrhundert niemand kennt, doch das man rational lösen kann. Warum soll man nicht glauben, daß es für Menschen die Möglichkeit gibt, Jahrhunderte zu leben. Doch die zweite Hälfte kann niemals rational erklärt werden. Sie führt uns in das Gebiet des reinen, klassischen Mystizismus, und, offen gesagt, ich habe Angst. Sie wissen, wie manche Genossen bei uns zu diesen Dingen stehen. Wir beide haben allerdings viel erlebt, doch so etwas noch nicht...'

‚Moment, Hauptmann, das ist natürlich alles sehr interessant, doch wäre es nicht besser, einen Arzt zu holen? Dieser Kreiton ist weiß wie Käse. Ich meine natürlich nicht den hiesigen Arzt, sondern Professor P., Sie wissen ja. Sonst wird unser Patient noch dorthin entfliehen, von wo man ihn niemals zurückholen kann. Er ist mir ein bißchen zu blaß...'

‚Das ist nicht so gefährlich. Sein Puls ist zwar schwach, aber normal. Er befindet sich einfach in schockartigem Tiefschlaf. Soll er! Wir werden ruhig unser Gespräch beenden, und dann fangen wir an... Klar ist eins, wir sind auf eine Welt gestoßen, für die es in einem materialistischen Weltbild keinen Platz gibt. Das erschreckt mich am meisten. Wir haben den Auftrag erhalten, alles zu klären, was mit dem Phänomen Lutschitzkaja zusammenhängt. Eine sehr hoch stehende Persönlichkeit ist daran interessiert, die Dauer ihrer Anwesenheit in dieser Welt etwas zu verlängern. Doch wir beide haben bestimmt nicht den Auftrag erhalten, das wissenschaftliche Fundament des Materialismus zu unterminieren.'

‚Hm, ich bebe am ganzen Körper, daß dieses Fundament bereits unterminiert ist, doch bisher glücklicherweise nur in unseren Augen. Wie aber sind die Folgen, wenn wir unseren Bericht einreichen. Ich will sagen, was geschieht dann mit uns beiden? Er nimmt doch auf niemanden Rücksicht...'

‚Ja, das kann man wohl sagen.'

‚Was also sollen wir tun?'

‚Alles erfahren, ja, alles, was dieser hier weiß, ihn wie eine Zitrone bis zum letzten Tropfen seines Wissens auspressen, alles ins Protokoll aufnehmen, bis zum letzten Komma, und ich denke...' Der Sprechende machte eine effektvolle Pause. ‚wir beide zusammen eignen uns keineswegs schlechter als die anderen, um das furchtbare Geheimnis auch zu bewahren.'

‚Dieses Geheimnis ist sehr gefährlich.'

‚Unser ganzes Leben ist gefährlich, doch dies Geheimnis ist das Geheimnis aller Geheimnisse, und dem, der es voll besitzt, ist kein Gewitter gefährlich.'

‚Also, geb's Gott!'

‚Sie haben Gott erwähnt? '

‚Ja, ich habe ihn erwähnt. Und jetzt nehmen Sie ihn sich wieder vor. Ich werde in der Nähe bleiben. Quälen Sie ihn nicht allzu früh. Sie kennen doch unser Sprichwort: Nimm siebenmal Maß und schneide einmal ab! Oder noch besser, gehen Sie jetzt zum Büffet, und ich werde mit ihm ein, zwei Stunden zusammen sein. Soll er ruhig schlafen — wie Sie sich ausdrückten — in schockartigem Tiefschlaf, und überstürzen Sie nicht die Ereignisse...'

‚Noch eine Sekunde, Genosse Oberst. Unser Mündel ist viel enger mit dieser Dame verbunden, als wir angenommen haben. Ich hätte es niemals geglaubt, wenn ich nicht selbst gestern Augenzeuge eines Fluchtversuches gewesen wäre, der wohl einzigartig unter allen solchen Versuchen ist. Man kann sich manchmal nur über die Phantasie der Häftlinge wundern. Doch was ich gestern gesehen habe, sprengt jeden Rahmen. Das ist kein Phänomena, sondern ein Noumena.'

‚Aber Hauptmann, noch nie habe ich Sie in solch einem rethorischen Pathos gesehen! Das ist ja sonderbar!'

‚Hören Sie mich bitte erst an, dann können Sie ironisieren. Entsprechend dem Ihnen bekannten Schema habe ich den Befehl gegeben, mir sofort über alle, auch kleinste Ereignisse, in seiner Zelle zu berichten. In der Etage, wo er sitzt, gibt es einen speziellen Mann dafür. Und gestern gegen zwölf, auf einmal ein Anruf.

‚Genosse Hauptmann, entsprechend Ihrem Befehl melde ich, daß sich in der Zelle des inhaftierten Kreiton zwei befinden...'

Es war ein Wunder, daß ich nicht vom Stuhl fiel.

‚Was heißt das, zwei? Wer hat gewagt, die verordnete Einzelhaft zu unterbrechen? Sie kennen den Befehl und auch der Oberst kennt ihn. Verbinden Sie mich sofort mit dem Leiter des Gefängnisses.'

Ich werde verbunden. Und der:

‚Genosse Hauptmann, niemand hat den Befehl gegeben, die Einzelhaft zu unterbrechen, und niemand hat einen zweiten Häftling in die Zelle gebracht. Wir haben das auch

nicht getan. Noch vor ein paar Minuten war er allein, und jetzt sind es zwei.'

,Woher kam der Zweite?'

,Bemühen Sie sich, selbst zu kommen, und schauen Sie selbst nach dem Rechten. Wir haben die Tür zur Zelle nach dem Morgenrundgang nicht mehr aufgemacht, und es sind trotzdem zwei.'

Ich rase natürlich nach unten. Doch man braucht für alles seine Zeit. Komme angelaufen. Unser Leutnant, der extra zu dieser Zelle abkommandiert war, ist viel blasser als dieser da. Der Etagen-Sergeant ist grün vor Angst. Die Korridor-Aufseher, alle drei, stehen in einem Haufen. Ich zur Tür. Mache den Spion auf und sehe, nun halten Sie sich fest, Genosse Oberst, die eine Wand ist nicht da. Ein freies Sommerfeld, Sonne, ein Weg und entlang des Weges in der Ferne gehen zwei...'

,Ja, das nenne ich eine Situation! Und was haben Sie gemacht, Genosse Hauptmann?'

,Das einzig Logische. Wenn ein lebendiger Mensch, und daß Kreiton lebendig ist, wissen wir ja, mit einem zweiten, von dem wir nicht wissen, wie er in die Zelle gekommen ist, eine Straße entlangwandert, so muß ich ihm folgen.

,Mach die Zelle auf!' zum Korridor-Aufseher.

Sein Schlüssel hopst hin und her, und ich kam nicht dazu. Plötzlich verschwand alles, und auf der Pritsche sitzt er, zusammengekrümmt. Ich warte ab. Nichts geschieht. Dann habe ich unserem Leutnant und dem Sergeanten eingeschärft, niemandem eine Silbe, sonst werdet ihr alle jenseits der Türen sein! Nicht mit zwei, sondern mit vier Augen aufpassen! Wenn etwas passiert, sofort mich oder Sie, Oberst, benachrichtigen. Wartet zehn Minuten, dann weckt ihr ihn. Doch kein Wort, über nichts, sonst... Alle haben mich verstanden. Was halten Sie von dieser Flucht, Oberst? Aber bitte, ohne gelehrte Worte wie Halluzination, Massenhypnose. Wissenschaft bedeutet nichts weiter, als die kausalen Ursachen der Ereignisse zu erforschen. Sie erkennt unerklärliche Tatsachen nicht an...'

,Ja, die Lage ist schlechter als die eines zaristischen

Gouverneurs, und Sie glauben, daß unser Kreiton in dem folgenden Verhör etwas erläutern wird?'

‚Ich weiß nichts, Oberst, ich ahne nur, daß irgendwo ganz nah für uns solch eine Chance liegt, wie sie vor uns noch kein Mensch gehabt hat, und wenn uns diese Chance durch die Lappen geht... Jetzt ist es sonnenklar, daß die Welt, die wir — das heißt natürlich nicht, wir beide persönlich, aber Sie wissen, wer — verneinen, existiert, und zwar völlig real existiert und keineswegs nur als eine imaginäre Größe. Diese Welt kann real in das menschliche Leben eingreifen. Es ist klar, daß es Menschen gibt, vielleicht nicht immer und nicht unter allen Umständen, die in die nichtmaterielle Welt hinüberwechseln.'

‚Wie ist Ihre Schlußfolgerung, Hauptmann?'

‚Sie ist sehr einfach. Alles bisherige, dem wir gedient haben, basiert auf Sand, und ist ein einziger riesiger Irrtum. Wir gehen den falschen Weg, und um bestehen zu können, müssen Partei und Regierung das Steuer herumreißen, so um hundertachtzig Grad. Anscheinend hat doch Hegel recht und nicht Karl Marx.'

‚Das ist sehr kühn, lieber Freund!'

‚Natürlich. Für so etwas wird man mir bestimmt nicht den Kopf streicheln, doch wir beide sind in einer besonderen Lage...'

‚Werden Sie es wagen, mir über alles einen Bericht einzureichen, den ich weiterleiten muß?'

Beide schwiegen.

Das Bewußtsein entschwand endgültig.

‚Hallo, Metaphysiker, wach auf! Ich habe dir ein Geschenk gebracht!'

Jemand zerrt an mir. Ich habe kaum die Kraft, die Lider zu heben. Mein Kopf gleicht einem Holzklotz, auf dem man soeben Brennholz zerhackt hat. Jedoch die Gedanken sind viel frischer und klarer. Lächelnd schaut mich der Hauptmann an. Ich fühle Heiterkeit in mir aufkommen — immerhin habe ich etwas belauscht.

‚Entschuldigung, ich bin eingeschlafen. Sie piesacken mich zu sehr.'

‚Du brauchst dich nicht zu rechtfertigen. Wenn man den Kopf verliert, braucht man den Haaren nicht nachzutrauern. Wir werden uns jetzt nicht über deinen Schlaf unterhalten, sondern über deinen Fluchtversuch. Du weißt, was darauf steht!'

‚Ich wollte nicht fliehen. Außerdem wäre es auch lächerlich, was diesen Ort anbelangt.'

‚Genau, wenn es nur darum ginge, die Gitter durchzusägen und die Aufseher einzusperren, und so weiter, und so weiter. Doch Sie haben versucht, einen ganz besonderen Fluchtversuch zu starten.'

‚Das verstehe ich nicht.'

‚Sie verstehen schon. Fangen wir von vorne an. Punkt eins: Wer kam auf eine so sonderbare Weise in Ihre Zelle?'

‚Der Chauffeur derjenigen, die Sie Frau Lutschitzkaja nennen.'

‚Wie kam er zu Ihnen hinein?'

‚Das weiß ich nicht. Er stand plötzlich vor mir und sagte, daß er mich fortführen wird.'

‚Können Sie es wörtlich wiederholen?'

‚Das geht nicht. Mein Zustand war zum Gotterbarmen.'

‚Das sehe ich ein.'

‚Dann habe ich Zweifel ausgesprochen über die Möglichkeit, dieses Gefängnis zu verlassen, und er begann, mit der Kohle auf der Mauer herumzukritzeln.'

‚Woher nahm er die Kohle?'

‚Alles, was ich Ihnen erzähle, hat nur eine sehr relative Bedeutung. Sie wissen selbst, in welchem Zustand ich mich befand, und in welchem Zustand ich mich jetzt befinde. Das ist Ihr Werk, nicht das meinige... Doch er hat sich ganz wie ein lebendiger Mensch benommen.'

‚Was heißt das?'

‚Ich nehme an, daß ein lebendiger Mensch das Gefängnis auf solch eine Art nicht betreten kann.'

‚Sind Sie ihm schon früher begegnet?'

‚Mehrmals. Er war immer Chauffeur in dem Auto, das mich zu ihr gebracht hat, beim ersten und auch beim letzten Mal.'

,Und dann? '

,Dann wurde das, was er an die Wand gemalt hatte, auf einmal lebendig, eine wundervolle Sommerlandschaft, und wir gingen den Weg entlang.'

,Was fühlten Sie dabei? '

,Nichts, außer einer großen Freude. Ich war noch nicht einmal besonders erstaunt. In meinem Zustand hört und sieht man sehr vieles. Ich folgte ihm einfach und fühlte mich sehr glücklich und frei. Dann war ich wieder in der Zelle auf dem Bett. Der Sergeant weckte mich und drohte mit irgendwelchen Strafen.'

,Moment, wie kamen Sie wieder in die Zelle, wenn Sie den Weg entlanggingen, und wie ist das geschehen. Überdenken Sie Ihre Antwort gut. Das ist sehr wichtig.'

Das Verhör näherte sich einer gefährlichen Grenze.

,Ich weiß es nicht. Ich befand mich wieder dort, wo ich sein sollte.'

,Wissen Sie, Kreiton, von Ihnen ist es sehr schwer zu sagen, nicht nur, wo Sie sein sollen, sondern auch, wer Sie in Wirklichkeit sind.'

Der Hauptmann sieht mich scharf an. Ist er vielleicht so feinfühlig, daß er bereits gemerkt hat, daß ich nicht die ganze Wahrheit sage. Ich spüre, daß es besser ist, nicht zu sagen, daß ,er' mich bat, nicht zurückzublicken, und ich mich doch umgeblickt habe. So mußte sich wohl auch Lot's Frau umblicken, und erstarrte zu einer Salzsäule.

,Überlegen Sie bitte, ob Sie mir auch alles gesagt haben? Hier ist jede Einzelheit wichtig. Wie gingen Sie den Weg, und wie erschien Ihnen das Gefängnis? Verkleinerte es sich nach den Gesetzen der Perspektive? '

Das war deutlich genug. Der Hauptmann ahnte etwas und bereitete mir eine Falle.

,Ich habe kein Gefängnis gesehen und konnte es auch nicht. Ich habe auch nicht daran gedacht. Ich ging nur den wunderbaren Weg entlang. Es war Sommer, wunderbare Ruhe, Blumen. Ich erinnerte mich an die sommerliche Gegend rund um Moskau. Damals war ich noch ein Kind.'

,Und weiter? '

‚Dann war ich wieder in der Zelle.'

Das Gesicht des Hauptmanns wird auf einmal kantig und alt.

‚Sie wollen vielleicht den zweiten Grad? '

‚Ich will einfach schlafen, und wenn Sie mich nicht ausschlafen lassen, werde ich morgen wahrscheinlich nicht einmal das sagen, was ich heute gesagt habe. Ich bin übrigens auch heute nicht ganz überzeugt. Sie zweifeln an der Wahrheit meiner Worte. Sie haben vollkommen recht, ich bezweifle sie selbst...'

Der Hauptmann wird grau im Gesicht und beginnt mit unheilverkündendem Ausdruck, ein Protokoll zu schreiben. Ich bin bereit, mir die Zunge abzubeißen, doch ich kann mir nicht helfen und frage mit unschuldiger Miene:

‚Werden Sie mit diesem Protokoll auch keine Unannehmlichkeiten haben? Es ist doch ein bißchen sonderbar.'

Der Hauptmann blickt auf.

‚Sicher, kein einziger Untersuchungsrichter, auch ich nicht, würde es wagen, dieses Protokoll auf dem gewöhnlichen Wege weiterzuleiten. Das hieße, nicht Sie, sondern ich würde in die Irrenanstalt geraten. Doch Ihr Fall durchläuft einen besonderen Weg und wird von ganz besonderen Leuten bearbeitet.'

‚Bürger Hauptmann, darf ich Sie bitten, für zehn Minuten zu vergessen, wer Sie sind und wer ich bin. Warum wenden Sie sich nicht einfach an diese Frau, die Sie so interessiert, und die jetzt irgendwo existiert. Ich will nicht sagen, daß sie lebt, da Sie mir so sonderbare Dinge erzählt haben. Warum tun Sie das nicht? '

‚Eine gute Frage. Wir haben es schon längst versucht, es kommt aber nichts dabei heraus. Die ganze Macht der Sowjetregierung reicht nicht aus, um sie in unsere Hände zu bekommen. Wir können einfach nicht, das ist alles. Sie können mir ruhig glauben, die Fangarme unserer Behörden sind sehr lang, fast für jeden lang genug, natürlich, wenn es sich nicht gerade um den Präsidenten der Vereinigten Staaten handelt. Doch jeder durchschnittliche Mensch wird, wenn wir es unbedingt wollen, eines Morgens bestimmt in

Moskau aufwachen. Aber das bezieht sich auf gewöhnliche Sterbliche, mit dieser Frau Lutschitzkaja sieht es anders aus. Kurzum, trotz aller verzweifelten Anstrengungen ist es uns noch nicht einmal gelungen, festzustellen, wo sie sich befindet. Als völlig hilflos erwiesen sich unsere besten Spürhunde. Wir fanden Menschen in den Dschungeln Brasiliens, in den Wäldern Kanadas, und hier, als ob die Sonde auf einen Stein geraten ist. Das ist der Grund dafür, warum uns nur übrig bleibt, diejenigen zu bearbeiten, die etwas über sie wissen, und wenn wir es können, auch denjenigen an der Strippe zu halten, bis er sich ausspricht.'

,So wie mich!'

,Ja, so wie Sie. Unter all den Personen, die zum Komplex Lutschitzkaja gehören, sind Sie die Nummer eins.'

,Und wie lautet die Fortsetzung? Ich habe Ihnen alles erzählt, was ich wußte, jetzt kann man mich also endgültig zu Tode quälen.'

,Sie haben viel zuviel Angst um Ihre hochgeschätzte Persönlichkeit. Nein, niemand wird Sie mehr quälen. Meines Wissens ist dies unser letztes Gespräch, vorausgesetzt, daß das, was Sie uns erzählt haben, die Wahrheit ist. Wie es in unserer Fachsprache heißt: Sie haben den Schatz bereits abgeliefert.'

,Ich kann mich nicht erinnern, daß ich bewußt etwas verheimlicht habe.'

,Umso besser für Sie! Ich wünschte nicht, in Ihrer Haut zu stecken, wenn die Dinge anders stünden. Selbst über diesen alptraumähnlichen Fall kommen Informationen zu uns nicht nur aus Ihrem Munde.'

,Und was geschieht jetzt? '

,Jetzt werden Sie der Untersuchungsbehörde übermittelt, die das zweifelhafte Vergnügen haben wird, das Knäuel Ihrer Verbrechen zu entwirren.'

,Haben Sie denn nicht schon alles entwirrt? '

,Das habe ich gar nicht versucht. Ich bin kein Untersuchungsrichter, und an und für sich interessieren Sie mich gar nicht. Doch auch in der veränderten Lage werden wir Sie keine Minute ohne Beobachtung lassen, da wir genau

wissen, daß über kurz oder lang Ihre Gönnerin doch wieder ihre Hand nach Ihnen ausstrecken wird. Sie hat Sie in der Not nie allein gelassen, und wird das auch jetzt nicht tun. Das gibt uns eine neue Chance.'

,Mit anderen Worten, ich bin eine Art Wurm auf einem Angelhaken und die Dame ähnelt einem Hecht.'

,Ihre Formulierungen waren immer sehr treffend, Kreiton. So ist es. Wir wollen nur hoffen, daß dieses Mal der größte Hecht seit Beginn der Sowjetregierung sich nicht vom Haken losreißen wird. Ich rate Ihnen sehr, dieser Tatsache dienlich zu sein.'

,Damit noch ein Mensch zugrunde geht, der mir nur Gutes getan hat...'

,Darum geht es nicht. Zahllose Menschen mußten ihr Leben geben. Doch wenn das, was wir bisher nur dunkel erraten, durch Tatsachen bewiesen wird, so werden wir nolens volens gezwungen sein, unsere ideologische Basis umzuwerfen. Ich habe Ihnen das am Anfang ganz offiziell gesagt und wiederhole es jetzt. Sie selbst sind am meisten an einem Erdrutsch des klassischen Materialismus interessiert, und wir werden nicht weniger daran interessiert sein, sobald das Geheimnis dieser Frau gelöst ist.'

,Wird das nicht der Tag des Zusammenbruchs der Sowjetregierung sein?'

,Sie können es nennen, wie Sie wollen. Ich werde als erster verlangen, daß man jeden erdenklichen Materialismus auf den Müllhaufen wirft, wenn er sich als unzulänglich erweisen sollte, und ich werde dabei nicht allein stehen. Jede menschliche Gesellschaft muß ihre fundamentale Idee — wenn sie sich davon überzeugt, daß diese Idee falsch ist — durch eine andere ersetzen, oder untergehen. Untergehen wollen wir bestimmt nicht. Niemand will das bei uns, weder die Großen, noch die Kleinen...'

Die gepflegten Finger drehten die Telefonscheibe. Der Aufseher in einem neuen Uniformhemd führt mich zurück in die Zelle und hält mich dabei vorsichtig am Ellenbogen.

Die Spinne in der Zelle scheint zusammengeschrumpft und konfus zu sein. Etwas schien ihr nicht ins Konzept zu passen. Ich ziehe mich aus und lege mich schlafen. Dann erwache ich, glaube, nur wenige Minuten geschlafen zu haben, fühle mich jedoch wunderbar frisch. Die Tür ist auf. Auf dem Tisch stehen die Schüssel mit dem Mittagessen, eine unberührte Brotration, Zucker. Hinter dem Fenster leuchtet frischer Schnee. Zum ersten Mal seit vielen Tagen fühle ich mich ausgeschlafen.

‚Essen Sie jetzt zu Mittag und legen Sie sich dann wieder hin.' Der Sergeant beugt sich über die Pritsche. ‚Es ist Ihnen erlaubt, auch am Tage zu liegen. Gehen Sie zum Spaziergang?'

‚Sicher.'

‚Machen Sie sich nach dem Essen fertig.'

Eine Woche bin ich wie im siebten Himmel. Schlafen darf ich Tag und Nacht. Keine Verhöre. Anscheinend hat mein mysteriöser Hauptmann doch etwas Menschliches an sich, oder umgekehrt, etwas Unmenschliches, auf jeden Fall etwas Außergewöhnliches für einen Tschekisten. Ich vermute, daß der Hauptmann auch kein Tschekist im engen Sinn dieses Wortes ist, sondern etwas viel Schlimmeres.

Und die Spinne? Durch die unerwartete Entwicklung ist sie konfus geworden, doch sie lebt! Auch in der Zukunft wird sie nicht abgeneigt sein, an meinem Blut zu schlecken. Ich denke dauernd, wann werde ich wieder in die schönen, mandelförmigen, weiblichen Augen des Hauptmanns blicken, seine gepflegten, weißen Finger sehen, von denen er, glaube ich, doch acht hat. Vielleicht sind er und Ingeborg ein und dieselbe Person? Nein, wohl doch nicht. Auf jeden Fall muß man sehr viel beten. Oft denke ich nach über all das Sonderbare, das mir der Hauptmann erzählt hatte. Was ist Lüge und wo liegt die Wahrheit? Eine innere Stimme sagt mir, daß der Hauptmann wohl doch die Wahrheit gesagt hat.

Wenn es so ist, welch fürchterliche Welt repräsentiert er? Ich habe ihn nur noch einmal gesehen, als er mich an jemand anderen übergab. Er hat mich nicht einmal angeblickt.

Die Zeit ging dahin. Tage, Wochen, Monate. Die Ge-

fängnisleiden wurden zu einer apodiktischen Wirklichkeit. Nichts Außergewöhnliches geschah. Einzelhaft, der gepflegte Hauptmann mit mandelförmigen Augen, Ingeborg, der dicke Chauffeur, alles erschien mir nach und nach wie ein Lubjanka-Traum.

Dann kam das Urteil, genau so banal und schablonenmäßig. Die nicht ernst zu nehmende Todesstrafe, ersetzt durch fünfundzwanzig Jahre Zwangsarbeit. Der Transport. Polarkreis. Das Lager. Alles, wie bei Millionen anderen, die niemals die Spinne und den Hauptmann mit den mandelförmigen Augen gekannt haben. Mir war zuweilen, daß ich bis zu Ende faulen müsse, alle fünfundzwanzig Jahre. Doch wie kann man sie überstehen?

Winter im Lager. Der Bauer jubelt überhaupt nicht, wie es in einem russischen Gedicht so schön steht. Nachts glitzert der Schnee wie Platin. Am Tage scheint die Sonne schon heiß. Ich war nicht mehr im hohen Norden, sondern in Mittelostrußland. Die Sümpfe der Mordwinen-ASSR dampften an der Sonne. Weißer Dunst zog über die Felder. Man stand an der Schwelle des stürmischen russischen Frühlings. Es roch nach Torf. Um die Mittagsstunde schrumpften die im Rahmen der Bekämpfung der Schneeplage von den Lagerinsassen zusammengetragenen Schneehaufen. Tauwetter stellte sich ein, das offensichtlich konterrevolutionäre Frühlingserwachen. Stalin starb. In der Nacht ging ich ins Lagerhospital. Es fror stark. Man erwartete das klassische Glatteis. Bis zur Erschöpfung schuftete die Nachtschicht in der Wäscherei. Über den mit wunderbaren russischen Eiszapfen futuristisch dekorierten Baracken rollte ein melonengelber Mond in den Wolken.

Auf dem einsamen Weg kam mir jemand entgegen. Er sah aus wie immer, vom ersten Tage an, als ich vierzehn Jahre alt war und mich in ihren Wagen gesetzt habe. So sah er aus in der Lubjankazelle, als er es beinah geschafft hatte, mich zu ihr zu bringen. Drei Schritte vor mir blieb er stehen und zeigte stumm auf den Stacheldraht. Mehr hat er nicht gesagt und nicht getan. Ich verstand, der Stacheldraht ging für mich zu Ende.

Ich wollte noch etwas sagen, etwas fragen, doch die Allee war leer.

Bald pfiffen die Spatzen von den Dächern, daß die Ausländer, einschließlich Deutsche, nach Hause kommen. Diese Gerüchte, die wie lästige Silberfliegen in den Lagern umherschwirrten, ließen einem keine Ruhe. Jeder Tag wurde zu einer qualvollen Erwartung. Man überführte mich in ein anderes Lager. Gerüchte über Entlassungslisten. Listen und Gerüchte. Die Liste war da, ich aber stand nicht drin. Dann kam ein zappeliger Tschekist und fotografierte mich. Wieder begannen unbekannte Fäden, ein Spinnennetz um mich zu weben. Die Spinne reckte sich wieder.

Nichts ist mühseliger, als eine Nachtschicht in der Wäscherei. Ich fiel auf meine Pritsche. Bis zum nächsten Abend war ich frei. Ein Gewicht drückte auf meine Brust, die Atmung wurde schwer. Irgendwo im Inneren saß die Angst. Ich wollte mich befreien, doch die Kraft fehlte. Und aus dem dunklen Druck der Finsternis begann ein goldener Kronleuchter zu strahlen. Dunkle Schatten der eichernen Täfelung, der Teppich, alles wie beim ersten Mal. Sie saß auf dem gleichen Platz wie am Tage meines feierlich-kläglichen Heiratsantrages. Nur, es war dunkler um sie herum...

,Bald wirst du hier sein, die Zeit der Läger ist vorbei.'

,Das glaube ich nicht.'

,Ich habe auch nicht gesagt, daß deine Leiden beendet sind. Ich habe dich niemals hineingelegt, und es war nicht meine Schuld, daß du unfähig warst, die Lubjanka zu verlassen. Du glaubst immer noch nicht, bald wirst du es müssen...'

Der Druck verstärkte sich. Die Schatten der schwarzen Eiche schwammen in die Dunkelheit hinaus.

,Eugen, steh auf...!'

Ich knurrte etwas.

,Ja, du mit deinem Knurren! Blökst wie eine schwangere Ziege! Steh auf, du oller Wäscher, du fährst nach Hause. Die Zusatzliste ist eingetroffen!'

Ein kleiner Taschendieb namens Chlebnikoff zerrte

mich an den Haaren, schlug mir dann leicht mit der flachen Hand auf die Wange.

‚Paß auf, mit so etwas scherzt man nicht!'

‚Ich mache auch keine Witze, du Deutscher, habe es selbst in der Kleiderausgabe gelesen. Morgen wird es veröffentlicht.'

Ich sprang auf, fiel wieder hin. Die Füße waren steif. Mein Schicksal war wieder in Bewegung geraten und lief mir davon."

„Wir werden auch gleich fortlaufen, Heimkehrer, du mit deinem Redekollaps. Du und Demosthenes, zwei Quatschköppe! Wenn du dich wenigstens richtig angesoffen hättest!"

Vor meiner Nase klirrt der Vorsitzende mit dem Glas.

„Du erzählst gut, doch viel zuviel! Wenn ich dich ansehe, bedaure ich, daß man heute keine Zungen mehr rausschneidet!"

Franz, der bärtige Streiter für das dritte Geschlecht, wischt sich den Schweiß von der Stirn und fragt:

„Und wo ist eigentlich der Teufel? "

„Ich weiß nicht, vermutlich kann man ihn nur umschreiben. Für mich sind all die bösen Schatten, die mich da drüben quälten, und die mich wahrscheinlich noch mehr quälen werden, Teufel."

„Es ist doch eine Tatsache, daß es in der Malerei nicht eine einzige zufriedenstellende Darstellung des Satans gibt", meldet sich der ehemalige SS-Mann. „Genau so wie es keine zufriedenstellende Darstellung von Jesus Christus gibt. Der menschliche Pinsel ist viel zu schwach, und die menschliche Phantasie ist ebenso hilflos, die vollendete Verkörperung des Bösen darzustellen, wie die des Guten."

„Du meinst, Friedel? "

„Ich meine, daß man sich soviel Mühe geben kann, wie man will, wir werden uns niemals eine richtige Vorstellung von ‚ihm' selbst machen — wenn auch nur in Worten. In diesem Fall ist der Heimkehrer genau so hilflos, uns zu helfen, wie jeder andere. Er ist ein Mensch — und damit ist alles gesagt."

„Richtig, nicht umsonst warst du früher bei der SS. Aber der Heimkehrer ist noch lange nicht fertig."

„Er wird auch niemals zu einem Ende kommen, Steffen, bei diesem Thema gibt es kein Ende. Der Teufel ist ein unerschöpfliches Thema."

„Und ich meine, dem Teufel am nächsten steht der selbstverliebte Spießer. Er ist so eingebildet. Er macht nicht einmal viel Böses, doch ist er so davon überzeugt, daß er gut ist, daß er für immer verloren ist."

„Stimmt, stimmt, Giselle! Du grast die Straßen ab, bist natürlich keine Spießbürgerin. Doch der Staat, in dem wir leben, wird gerade von Spießbürgern regiert, und von diesen Spießbürgern hängt auch die Polizei ab, die die Sittlichkeit unter sich hat, und ich rate dir sehr, diese Tatsache niemals zu vergessen."

„Heimkehrer, heute nichts wie in die Mausefalle, und morgen kommst du zum Schlußgespräch."

„Morgen kann ich nicht. Ich muß mich vorbereiten für einen Flug nach Berlin."

„Weshalb, zum Teufel!"

„Das hat nichts mit Teufeln zu tun. Ich muß Mutters Grab besuchen, auch meine Tante und Bekannte. Berlin ist immerhin meine Heimatstadt."

„Paß nur auf, daß du aus deiner Heimatstadt nicht in dein heimatliches Lubjanka zurückkehrst. Dann ist der Jammer groß. Wann kommst du zurück? "

„Ungefähr in zwei Wochen."

„Vorausgesetzt, daß du nicht weiter östlich fährst. Das wird eine Pilgerfahrt werden, und dann werden dir auch deine mystischen Schutzpatrone nicht helfen können."

„Auch so helfen sie ziemlich schlecht."

„Sicher, Heimkehrer, du bist so eine Art Versuchskaninchen für alle möglichen übergeordneten Teufel. Also, fahr los! Wenn du nicht zurückkehrst, werden wir deiner immer in Dankbarkeit gedenken, und natürlich auch auf dein Wohlergehen trinken."

DIE PENATEN

Zum zweiten Mal in meinem Leben sitze ich in einem Flugzeug, und wieder geht es gen Osten, von Frankfurt nach Berlin. Der eigentliche Grund: Ich muß das Grab meiner Mutter besuchen.

Das Flugzeug befindet sich über Mitteldeutschland. Nichts ist zu sehen. Abend. Nebel. Die wattigen Flocken rasen zurück. Die Stewardessen, hübsche und elegante Mädchen, reichen etwas zu Essen. Die Maschine schaukelt ziemlich stark. Doch mich interessiert herzlich wenig, was im Flugzeug vor sich geht. Wieder lauert irgendwo Gefahr. Nebel ist immer ein Verbündeter der bösen Macht. Und was wird geschehen, wenn das Flugzeug plötzlich in der Sowjetzone notlandet?

Doch es landet genau dort, wo es landen muß. Flughafen Tempelhof. Ein riesiges Dach, Geruch nach Maschinenöl, feuchtem Gummi. Klangvolle Schläge, das bohrende Geheul der Flugschrauben. Diese Symphonie wirkt beruhigend auf mich. Nun muß ich ein billiges Hotel finden. Eine Treppe nach oben. Berlin nach achteinhalb Jahren.

Sanft atmen die Bremsen. Ein grüner Sportwagen gleitet zum Bürgersteig, ein Jaguar. Am Steuer eine elegante Dame. Merke mir flüchtig die Kennummer, sie ist amerikanisch.

Ich darf nicht mehr zögern. Je später es wird, desto schwieriger ist es, ein Hotel zu finden.

„Mister Kreiton?" Die Dame klettert aus dem Jaguar und kommt mit großen, männlichen Schritten auf mich zu.

„Pardon, meinen Sie mich?"

„Ja, genau Sie! Zuerst die Legitimation. Mary Bloom, ein intelligentes Tier mit spitzen Ohren."

Zweifelnd betrachte ich das hübsche, intelligente Tier.

„Entschuldigen Sie bitte, ich kann mich nicht erinnern, jemals mit Ihnen bekannt gewesen zu sein, und außerdem weiß ich wirklich nicht, womit man ein intelligentes Tier füttert."

„Gut gesagt. Doch wie die Dinge stehen, werden nicht Sie mich, sondern ich Sie füttern. Kurz, ich muß Sie in das Haus Ihres Verwandten, des Fürsten Alexander D. bringen, eines Cousins dritten Grades, wenn ich nicht irre."

„Ist er denn in Berlin? Das ist ziemlich zweifelhaft. Meines Wissens ist er irgendwo in Washington."

„Da sind Sie falsch informiert. Er ist hier und erwartet Sie. Hier ist ein Zettel von ihm."

Die Schrift stimmt. Zweifelnd betrachte ich den raubtierhaft aussehenden Jaguar.

„Wissen Sie, Miß Bloom, der Jaguar ist ein sehr schneller Wagen."

„Gott sei Dank, sieht danach aus!"

„Und ich bin etwas besorgt, daß meine Autofahrt zu dem Verwandten nicht blitzschnell im sowjetischen Sektor endet. Auch bei Verwandten sozusagen, nur vom falschen Ende."

„Sehr witzig. Sie haben sich also an der Milch verbrüht, und pusten jetzt aufs Wasser!"

„Dazu habe ich allen Grund. Ich komme gerade aus Moskau und weiß nicht, auf was ich puste, auf Wasser oder auf Whisky. Wo wohnt er denn?"

„Natürlich in Lichterfelde-West, Straße ..."

Ich kenne Berlin. Das ist sehr weit vom sowjetischen Sektor entfernt.

„Gut, fahren wir. Doch bedenken Sie, ich kenne Berlin,

und wenn Ihr fabelhafter Jaguar sich falsch benehmen sollte, so werde ich einfach in das Lenkrad greifen."

„Und in mich werden Sie sich nicht verkrallen? Doch seien Sie unbesorgt, in zwanzig Minuten sind Sie zu Hause. Ein Held sind Sie aber nicht gerade!"

„Das war ich niemals, und werde es auch nie sein."

„Ich will Ihnen insgeheim verraten, daß Ihnen zu Ehren eine umwerfende Party stattfindet, mit sehr interessanten Menschen."

Der Jaguar fährt richtig. Ich komme gar nicht dazu, zu fragen, woher man weiß, daß ich nach Berlin gekommen bin. Mary schwatzt ohne Unterbrechung.

„Hören Sie, Mary, werden auf Ihrer Party nicht auch interessante Spitzel sein? "

„Das entzieht sich meiner Kenntnis. Es wird Ihre Aufgabe sein, sie an Gottes Licht zu zerren."

Ich will sie gerade fragen, woher sie so gut russisch kann, als zwischen herbstlichen Bäumen, flammendroten Ahornblättern und zitronengelben Sträuchern eine luxuriöse Villa erscheint. Sie ist rauchfarben, der hintere Teil verschwindet in der Tiefe des Gartens. Ich betrachte die abgefallenen Blätter. Sie sind wie Gänsepfoten mit hübschen Blutadern. Die Erinnerung an diese Pfoten ist mir sehr unangenehm. Vielleicht ist ‚sie' auch dort? Die Fenster sind mit schweren, roten Gardinen verhangen, die mit einer drachenähnlichen Stickerei versehen sind. Durch die Drachen scheinen die Kronleuchter hindurch. Sie zwinkern merkwürdig. Sind es womöglich richtige Kerzen? Das kann es doch im 20. Jahrhundert nicht geben! In die schwarze Ebenholztür ist eine stilisierte Sonne geschnitzt. Merkwürdig, ich habe nie gewußt, daß es in Lichterfelde so sonderbare Gebäude gibt. Wer mag nur dieses Haus errichtet haben?

Der Cousin empfängt mich am Eingang. Er sieht aus wie vor acht Jahren. Er trägt einen bordeauxfarbenen Smoking und hält ein kleines Löwenbaby im Arm.

„Das ist mein Sohn!" erklärt der Cousin. „Ich gratuliere dir zu der Rückkehr!"

Er umarmt mich theatralisch. Der kleine Löwe knurrt

und fletscht gastfreundlich die Zähne. Hinter der Tür lugen Damen in großen Abendtoiletten hervor, zwei oder drei blaue Paradeuniformen von Engländern und Amerikanern, khakifarbene Uniformen, ein dicker Mann im Frack mit Fez, ein gelbes, zappelndes Subjekt, das in seinem Leben höchstwahrscheinlich sehr viel mit Haschisch zu tun gehabt hat. Bei jeder Bewegung klappern seine Knochen wie Knallbonbons.

Man führt mich hinein. Neben einer Nische erhebt sich die imposante Figur eines anscheinend orthodoxen Bischofs. Jetzt sehe ich, daß die Kronleuchter elektrische Birnen tragen. Wie dreizackige Sternlein beleuchten sie im Tabaksrauch die Kulissen der chinesischen Gardinen. Alles ist von einem blutigroten Dunst durchzogen.

Neben dem Bischof, schlank wie eine Palme, eine Dame in einem schwarzen Seidenkleid. Ein griechisches Profil, griechische Frisur, alles so vollendet, daß man sie unentwegt betrachten könnte. Das Gesicht wie ein Titelbild aus einer guten Modezeitschrift. Die Augen betrachten mich überheblich und kalt und sehen mich anscheinend gar nicht. Doch so leicht bin ich nicht zu täuschen. Die Lubjanka schärft den Blick. Hinter der Kälte der mandelförmigen Augen — Angst und Enttäuschung und eine winzige Hoffnung auf Glück. Die Ärmste weiß nicht, daß es für eine Frau, je schöner sie ist, umso schwieriger wird, Glück zu finden, sich durch tausend verräterische Hände durchzuwinden, die alle nach ihr greifen.

„Mit ihr fangen wir auch an." Der Cousin hatte meinen Blick bemerkt. „Das ist unsere Schönheitskönigin von 1951, Marlisa Swenson. Eine schönere gibt es in Berlin nicht und kann es auch gar nicht geben. Außerdem ist sie die Schöpferin unserer Teenager-Mode. Hast du solch ein Wort schon einmal gehört: Teenager? Und sie zieht sie so an, daß die Polizeistatistik über Vergewaltigungen an Jugendlichen so stark nach oben gehopst ist, wie das Thermometer, das ich als Kind in den Kakao gesteckt habe, um die Schule zu schwänzen. Außerdem hat sie eine Mannequinschule, in der sie nicht nur graziöses Posieren lehrt. Fabelhaft reiten kann sie auch, so wie nur wenige es können."

„Sehr erfreut." sagt die Schönheitskönigin. „Sie waren in Lagern? Ich war auch dort."

Der kleine Löwe lutscht an ihrem Alabasterfinger. Ich begriff, daß die Audienz beendet war.

Vor mir rauscht ein seidenes Ornat, wunderbar zurückgeschlagene Ärmel, die Panagia, ein synodales Kreuz, anscheinend aus reinem Gold, ein aristokratisch-stolzes, dunkles Profil, matt schimmernde Augen, eine etwas schief sitzende, kess wirkende Kopfbedeckung. Wie heißt sie bloß...? Das Schimmern der Augen wirkt bodenlos und sündig durchgeistigt. Der Cousin wird ganz runzelig vor Ehrfurcht und schiebt mich wie zum Schutz vor.

„Eure Eminenz, erlauben Sie bitte, Ihnen meinen Cousin vorzustellen. Er kommt gerade aus Rußland. Jewgenij, seine Eminenz, der Bischof von Berlin und Deutschland."

Ein huldvolles Nicken. Der mattölige Blick sagt:

„Ach, laß mich in Ruhe! Meine Seele ist der irdischen Schlechtigkeit entglitten, und ihr drängt euch auf mit eurem Cousin. Himmel, wie widerlich!"

Ich möchte gern um den Segen bitten, doch etwas hält mich zurück. Viel zu prächtig und gottgefällig sieht er aus.

„Darf ich fragen, zelebrieren Sie den Gottesdienst in der Kathedrale auf dem Hohenzollerndamm? "

Meine Frage klingt schüchtern und ängstlich.

„O nein, ich bin jetzt im Westen."

Aus der Stimme seiner Eminenz klingt leichter Odessa-Jargon durch.

Der Cousin zupft mich ziemlich stark am Ärmel. Eine Verbeugung, und wir schreiten zurück.

„Bist du denn verrückt geworden, um den Segen zu bitten! Gut, daß du es nicht getan hast, du hast nämlich danach ausgesehen — ein völlig idiotischer Anblick. Er gehört doch zum Club des 17. Mai."

„Was? "

„Du heilige Einfalt, anscheinend hat man dich in der Lubjanka zu wenig poliert. Club des 17. Mai ist Paragraph 175, kapiert? Siebzehn, Punkt, fünf! Sein Name ist

Vadim Roermund. Sein Anblick allein ist Millionen wert! Für eine deutsche Frau langt ein Blick, und schon ist sie kopflos."

„Wie kam er denn in dein Haus, und warum machst du mich mit ihm bekannt? "

„In meinem Dienst kommt alles Mögliche zu mir, wie in die Arche Noah. Politik, Brüderchen, Politik! Ein bildhübscher Mann, die Amerikanerinnen sind auch alle rasend geworden."

Von der Seite nähert sich ein weiblich aussehender Jüngling. Wie die beiden dem Medium und seinem Assistenten von damals ähneln!

„Darf ich mich vorstellen? " fragt der Jüngling. „Protodiakon Pelikanow, Protodiakon bei seiner Eminenz, dem Bischof von Berlin und Deutschland."

Huldvoll winkt der Bischof von Berlin und Deutschland den Protodiakon mit dem Finger heran. In der Nähe erscheint Mary Bloom.

„Kommen Sie mit, auf einen Drink. Ich sehe, Sie brauchen Unterstützung. Ja, ein schlechter Orthodoxer sind Sie. Sie sehen aus, als ob die eigene Braut Sie erst mit Kaltwasser begossen und dann mit dem Müllkutscher betrogen hat."

„Wenn man so etwas hört, Mary, zieht jeder Mann den Schwanz ein."

„Das ist erst der Anfang. Hier fehlt es nicht an interessanten Subjekten."

Der amerikanische Whisky beruhigt mich etwas.

„Und das hier", setzt mit echt angelsächsischer Methodik der Cousin fort. „Das ist unser Ägypter, Mister Iskander. Export von Schwämmen und Skarabäen, und Import..."

Der Ägypter schnalzt mit den Fingern und ergänzt verbindlich lächelnd:

„Perlon, Nylon und Dessous."

„Und was noch? " erkundigt sich streng eine hochgewachsene Amerikanerin, etwa fünfunddreißig Jahre alt.

Wieder schnalzt Iskander mit den Fingern, als ob er sagen wollte:

„Sie stellen schon ganz unbescheidene Fragen."

Der Cousin wird nicht müde, mich weiter vorzustellen und führt mich schließlich an eine kleine Pforte.

„Hier kann man sich ausruhen und... und... einiges zu sich nehmen."

„Nein, ich bitte dich!"

„Keine Widerrede! Puritanertum ist hier nicht modern."

Ein reizendes kleines Kabinett, oder besser gesagt, ein Zimmerchen, in der Größe ähnlich meiner letzten Gefängniszelle, als ich in Einzelhaft war, doch unsagbar luxuriöser und phantastischer. Ohrensessel aus rotem Leder. Unter der Decke eine wie ein Paradiesvogel schimmernde, vielfarbige Laterne. Eine Stehlampe. Der Lampenschirm dreht sich mit einem zarten, traurigen Klang, und farbige Bilder wechseln auf ihm. Am anderen Ende des Raumes eine weitere Tür. Der Cousin bittet mich, leise einzutreten. Ein sehr großes Zimmer. Kahle Wände. An nackten Leitungen hängen prosaische elektrische Birnen. Erinnern diese Leitungen nicht ein bißchen an ein Spinnennetz?

Rechts von mir bis zur Wand eine große Ebene, einen halben Meter über dem Fußboden, bunt und unverständlich. Links, hart an der Wand, eine andere Ebene, viel kleiner, aber noch bunter als die erste. Es riecht nach Klebstoff, Farbe, Staub. Zwei junge Mädchen in weißen Kitteln bewegen sich in Strümpfen komisch balancierend über die große Ebene. Sie tun etwas.

„Annegret, Rosie!" ruft der Cousin. „Seid ihr mit der SS-Division fertig geworden? Habt ihr auch nichts durcheinandergebracht? Dann macht Feierabend. Steht alles auf seinem Platz? "

Kokett schlägt Rosie die Augen auf.

„Gut, vielen Dank! Eßt aber erst etwas, bevor ihr verschwindet, schließlich wart ihr gute zwölf Stunden hier. Hier sind für Sie, Annegret, Toast und Ham with eggs, oder auf russisch einfach ‚Strolch mit Ei'. Kommt morgen wieder, pünktlich um neun. Und niemandem ein Wort!"

Annegret und Rosie verwandeln sich ohne die Kittel in zwei liebliche Mädchen in blauen und rosa Kleidern. Umständlich ziehen sie sich billige Mäntel an und verlassen das

Zimmer durch eine Seitentür, die direkt in den Garten führt.

„Was sagst du nun? Prächtig, wie!"

„Was ist das, ein Modelltisch? Ich wußte gar nicht, daß du hier ein richtiges Atelier hast. Wozu brauchst du es?"

„Das ist kein Modelltisch, sondern ein Modell. Tritt näher heran!"

Die Ebene stellte das Modell einer Stadt dar. Rechts ein blauer Fluß. Entlang des Flusses zog sich eine lange Stadt, Straßen, Fabriken, Schornsteine, sogar die trauten, lieben Kuppeln der Kirchen. Und überall kleine Gestalten, Hunderte, Tausende.

„Das sind ja Bleisoldaten!"

„Endlich kapiert!"

„Weißt du, Alexander, mich hat man ja oft genug geneckt, weil ich mit fünfzehn noch mit Bleisoldaten gespielt habe, aber bei euch Amerikanern spielt man, wie ich sehe, noch etwas länger. Ihr seid ja auch eine Heldennation, müßt für den nächsten Krieg trainieren. Du hast selbst mich übertroffen. Ein echter amerikanischer Offizier. Im Krieg ist er im Mutterland, Bleisoldaten auf dem Tisch zur Hand! Siehst du, an mir ist bestimmt ein Lyriker verloren gegangen."

„Fast wie der Warlaam bei Puschkin: Wär auf dem Tisch doch bloß der Wein, da kommt er schon zur Tür herein! Paß jetzt genau auf!"

Der Cousin nahm ein kleines Figürchen in die Hand, das sich als bleierner Rotarmist erwies, genau fünf Zentimeter hoch und sogar mit einem winzigen, fünfeckigen Stern an der Mütze.

„Wirklich toll!"

„Siehst du, sogar stupsnasig ist er und hat solch eine echt russische Kartoffelvisage, mit Kolchosnase und einem russischen Amokausdruck."

„Du hast aber sehr gute Augen."

„Idealisten haben immer gute Augen und sehen trotzdem nicht das, was sie sehen sollen. Hier ist ein deutscher Offizier. Auf dem Gesicht ist so etwas Nordisches gezeichnet, Raubtierähnliches, ein Übermensch nach Nietzsche."

„Das ist zuviel! Ich kann nichts sehen. Du hast keine schlechte Phantasie, im Hinterzimmer eine Privatschlacht der Russen mit den Kabardinern zu organisieren, das heißt, in diesem Fall vertreten durch die Deutschen."

„Das ist doch ein genaues Modell der Schlacht um Stalingrad! Das Ganze ist sieben mal fünf Meter groß. Was für eine Sensation wird es geben, wenn alles fertig ist."

„Wieso? Willst du das hier dem Publikum für Geld zeigen? "

„Warum hier? Erst kommt es zum Amerikahaus und dann nach New York. Die Amerikaner werden hochgehen."

„Und der Transport? Wie kannst du das von hier fortbringen, die Türen sind doch viel zu klein."

„Das ist alles vorausgesehen. Du glaubst, der Russe ist immer erst hinterher stark an Verstand? Durchaus nicht! Das Modell läßt sich in vier Teile zerlegen, diese Mauer hier wird eingerissen, und dann geht es erst in den Garten und dann direkt ab nach New York."

„Wie man sagt, vom Schiff auf den Ball. Du bist wie Sagorezkij in Gribojedows Komödie."

„Was ist das für ein Sagorezkij? Ist das etwa ein Jude? "

„Keineswegs, ein echt russischer, urwüchsiger Typ, ein Russe fürs Panoptikum, übertreibt nur alles ein bißchen. Ein Schwindler, Aufschneider und eine Klatschtante. Du sagst ihm ein Wort, er dir gleich zehn."

„Soso, vielen Dank! Hier an der Wand hängt der Plan. Was für eine Mühe es mir gekostet hat, ihn durch unsere Kontaktmänner von den Sowjets zu bekommen! Ich habe angefragt. Die von drüben sagten, ist geheim. Was heißt hier geheim? Die Schlacht bei Stalingrad ist längst beendet. Trotzdem geht es nicht, sagen sie. Auf diesem Modell ist der Augenblick der größten deutschen Erfolge festgelegt, sozusagen die Wende der Schlacht. Jeder Bleisoldat entspricht dreihundert wirklichen Kämpfern. Allein die Modelle der Panzer und Geschütze haben ein Heidengeld gekostet. Dann noch Minenwerfer, Autos, und so weiter."

„Wann wird alles fertig sein? "

„Das dauert noch eine Weile, aber du kannst die Schlacht schon richtig erkennen."

„Was ist das andere Modell? "

„Das ist nur ein Spielzeug, daran habe ich gelernt. Es ist schon fertig. Die Schlacht bei Waterloo. Auch eine schicksalschwangere Schlacht, so wie Stalingrad. Später zeige ich sie dir. Komm jetzt mit. Ich will dich allen Gästen zugleich vorstellen, die Amerikaner lieben solche Sensationen. Alle wollen sich mit dir unterhalten."

Der kleine Salon. Mir schien es, als ob sich die farbigen Lampenschirme schneller drehten und die Gestalten sich fixer bewegten.

Im großen Saal eine farbenprächtige Schau großer Toiletten, blauer und grauer Uniformen, extravaganter Frisuren. An der Hausbar die großartige Figur des orthodoxen Bischofs von Berlin und Deutschland in Begleitung des Protodiakons. Beide sind von gewagten Dékolletés eingerahmt, direkt neben ihnen eine angetrunkene Dame, etwa fünfzig Jahre alt, deren nackte Arme in jedem sowjetischen Lager Fressgelüste ausgelöst hätten. Neben mir der Cousin in seinem rubinroten, wie ein Blutstropfen aussehenden Smoking. Er hebt den Arm. Die fünf Mann starke Kapelle, in blauen Smokings und mit grünen Schärpen versehen, schweigt.

„Liebe Freunde, erlaubt mir für eine Minute, eure mich so freuende heitere Geselligkeit zu unterbrechen, aber ich möchte Ihnen allen zugleich meinen lieben Verwandten, einen heldenhaften Leidensträger und Märtyrer, der soeben aus den sowjetischen Lagern zurückgekehrt ist, vorstellen. Jetzt ist er glücklich in unsere freie, demokratische Familie aufgenommen worden, nachdem er sich da drüben ganze zehn Jahre und vier Mo..."

„Bist du verrückt geworden! Acht Jahre und zwei Monate!"

„Ruhe! Das weiß doch niemand. Zehn Jahre wirken besser. Amerikaner lieben runde Zahlen, überhaupt, alles Runde, Lange und Dicke. Unterbrech mich bitte nicht... Zehn Jahre hat er sich gequält, für uns, für die Freiheit, für die Demokratie, für die heilige Kirche, für das russische Volk und für die Vereinigten Staaten... Jewgenij, halt die Klappe, du brauchst Publicity..."

„Für das liebe Kubangebiet! sagte der Chinese, als man ihn zur Erschießung abführte!" unterbrach aus dem Hintergrund eine leise, aber unangenehm bekannte, weibliche Stimme.

„Und ich hoffe und begehre, daß Sie heute diesen echten russischen Märtyrer und Leidträger für die Demokratie in Ihre Mitte aufnehmen, diesen..."

„Jawohl, dem muß man Kirchenchorale singen!" ertönte wieder die gleiche, unangenehme Frauenstimme.

In den Händen des Cousins ist auf einmal eine Gitarre.

„Jetzt wollen wir singen und spielen, so wie wir das früher getan haben:

Genossen, schießt, klaut und randaliert!
Pogrom! Laut die Fensterscheibe klirrt
für unsere Clique und für die Demokratie!
Der liebe Fusel ist auch mit von der Partie!

Kapelle, Tusch!"

„Immer einfühlen, immer einfühlen!" ertönte ein Baß aus dem Hintergrund.

„Amen!" sagte feierlich der Bischof von Berlin und Deutschland und macht mit der Hand eine segnende Bewegung.

„Jewgenij, komm für einen Augenblick in den bunten Salon. Dort habe ich ein feines Likörchen, und dann beginnen die Aufführungen."

„Ich passe, ich kann nicht trinken."

„Das ist ein ganz besonderer Likör, mit Zauberei. Wenn du ihn schluckst, siehst du nachher Wunder."

„Dann gib her, aber auf deine Verantwortung!"

Noch schneller rotierten die farbigen Lampenschirme. In den Händen des Cousins erschien eine schwarze Flasche mit einem Etikett, auf dem ein Skarabäus abgebildet war.

„Das ist ein altägyptischer Likör, nach alten verlorengegangenen Rezepten angefertigt. So etwas haben die Priester der Göttin Isis produziert."

„Wie kann man einen Likör herstellen, dessen Rezept verlorengegangen ist? Muß unbedingt die Göttin Isis ins Spiel gebracht werden? Arme Isis! Heutzutage wird dieser Likör wohl von irgendeiner Whiskyfabrik in Washington hergestellt."

„Ach nein, da hast du aber wirklich daneben getroffen."

Die ölige, grüne Flüssigkeit fließt in ein geschliffenes Glas. Ich trinke und bemerke erst zu spät, daß der Cousin sich selbst nichts eingeschenkt hat.

„Und du? "

„Ich habe schon. Komm!"

Ich muß offen zugeben, daß ich jeden Alkohol hasse, ich fühle eine angeborene Antipathie gegen Alkohol. Doch diese grüne Tinktur war ungemein angenehm für den Geschmack und mit nichts vergleichbar, was ich bisher getrunken hatte. Merkwürdig, die Flüssigkeit war keineswegs dick, doch schien sie ölig und herb auf den Geschmack zu wirken.

„Wie gefallen dir meine drehbaren Lampions? "

„Ich habe sie mir noch nicht genau angeschaut."

„Sieh genau her! Wir haben Zeit genug."

Die große Stehlampe in der Ecke schien lebendig zu werden. Aufdringlich und penetrant ertönte die Melodie. Die primitiven Abbildungen auf dem drehbaren Lampenschirm liefen an mir vorbei. Der Park, der stürzende Wasserfall, der Schaum über den spitzen Steinen im Strom und drei majestätisch segelnde Schwäne belebten sich. Immerfort rotierte der Lampenschirm. Artig und kokett schwammen die Schwäne am Grunde des Wasserfalls. Das Ufer mit einem Sommerhäuschen, einem Herrn mit Zylinder, der neben einem Strauch stand, verschwand nach hinten. Dann wiederholte sich alles, doch die Schwäne und der Herr haben einen ganz anderen Gesichtsausdruck, und immer stärker und stärker schimmert die Lampe unter der Decke.

„Wie gefällt dir mein Wasserfall? "

Spöttisch sieht mich der Cousin an.

In der Tat, der Wasserfall gefällt mir sehr. Doch je genauer ich ihn betrachte, umso mehr Dinge entdecke ich, die ich zuvor nicht bemerkt hatte. Rund um die Steine spritzt nicht nur Gischt, sondern spielen auch große, silbrige Fische, die vorher mit Bestimmtheit nicht da waren. Die Schwäne strecken ihre bis dahin hölzernen Hälse, öffnen die Schnäbel, schlagen mit den Flügeln und — wie mir scheint — zwinkern sich und dem Cousin spöttisch zu. Am Ufer rauschen und biegen sich die Äste im Wind. Das Gras schlägt Wellen, zärtlich beugen sich die Blumen zu einander, als ob sie die merkwürdigen Ereignisse am Wasserfall diskutieren würden. Doch am Sonderbarsten führt sich der Herr im Zylinder neben dem Sommerhäuschen auf. Er macht steife Bewegungen, als ob er sich für die lange Unbeweglichkeit entschädigen wolle, nimmt den Zylinder ab und beginnt, seine Glatze gründlich mit einem Taschentuch abzuwischen. Dann streicht er seinen Frack glatt.

„Cousin, warum benehmen sie sich so komisch?"

„Das scheint ihnen so zu gefallen. Fühlst du dich nicht auch lustig?"

„Und wie!"

Der Blick in den Hintergrund wurde offen. Am Horizont erschien ein gotischer Kirchturm mit einem Hahn auf der Spitze. Der Hahn schlägt mit den Flügeln und schreit plötzlich laut und klangvoll:

„Kikeriki!"

Erweitert sich nicht der bunte Salon?

„Komm, man wartet auf uns. Hast dir ja den Wasserfall genau angeschaut, kannst ihn dir später weiter ansehen. Der läuft dir nicht davon!"

Im Saal waren jetzt noch mehr Menschen. Der Teppich wurde üppiger, die Füße versanken in Blumen. Doch einige amerikanische Offiziere, die mit ihren Damen neben mir stehen, bemerken nichts Absonderliches. Merkwürdig, der imposante Herr mit dem idealen Scheitel schien ein verfallenes Gesicht zu haben, und der andere, der zuvor mager und blaß gewesen war, bekam rote Wangen und wirkte wie eine gut aufgegangene Plinse.

„Ja, Jewgenij, dieser grüne Likör zeigt dir das Leben und die Menschen, wie sie wirklich sind."

NACHTPARTY

Ich bemühe mich, nur auf die griechische Frisur der Schönheitskönigin zu sehen. Der Cousin ist im Gewühl verschwunden. Die Schönheitskönigin sitzt in einer so attraktiven Pose auf einem runden, ledernen Kissen, wie es eine wirkliche Königin nie geschafft hätte.

„Kommen Sie näher zu mir! Sie sind vorhin mit solch komischen Schritten in meine Richtung marschiert, und ein Gesicht hatten Sie dabei! Ihre Füße schlugen Serpentinen. Anscheinend haben Sie Angst vor mir. Warum haben Sie auch mit diesem Amerikaner Bier getrunken? "

„Ich habe nichts getrunken."

„Ich habe es selbst gesehen, und nicht ich allein. Hier, das ist Marianne. Sie ist ein Mannequin und für ein Mannequin sehr wahrheitsliebend."

Sie nahm eine rothaarige Dame bei der Hand.

„Marie, hat dieser Gentleman Bier getrunken oder nicht? Du bist doch Zeugin gewesen, wie unser Held geschlürft hat, und anscheinend ist es ihm sehr gut bekommen."

Neben Marianne stand ein mageres Subjekt mit Turban, das ich zuvor nicht bemerkt hatte.

„Verzeihung, mit wem habe ich die Ehre, mich zu unterhalten? "

„Marianne ist einfach Marianne!" Die Schönheitskönigin

nahm mich bei der Hand. „Wir beide litten im Lager und müssen Freunde sein. Und Sie, mein Herr aus Pandschab, waren niemals in einem Lager und werden es auch nie sein."

Das magere Subjekt im Turban verbeugt sich.

„Haben Sie, Jewgenij, Distrophie gehabt und geschwollene Beine? "

„Ja, aber in einer sehr schwachen Form."

„Können Sie sich vorstellen, daß meine Beine wie Kissen waren? Sie sind doch sehr hübsch. Fühlen Sie mal, ich habe stählerne Muskeln, das spüren auch die Pferde."

Marlisa Swenson streckt ihre schlanken Beine aus. Unter dem schlüpfrigen Luxusstrumpf sehe ich zahllose blaue Adern. Ihre Beine sind kalt. Ich wollte gerade danach fragen, kam aber nicht dazu. Ein Ballett-Divertissement wurde vorbereitet. Im Saal dreht sich ein Strudel aus prächtigen Roben und Uniformen. Der Kreis öffnet sich. Der hintere Teil des Saales war völlig finster, und vorn, im Zwielicht, das kleine Zelt eines Puppentheaters.

„Amazing!" piepste eine Amerikanerin mit großem Dékolleté.

In das allgemeine Schweigen ertönt Musik. Leise und virtuos spielt eine unsichtbare Kapelle ein Potpourri aus traurigen, russischen Melodien.

„Die âme slave, unser herzallerliebstes Sauerkohlrußland!" bemerkt jemand hinter meinem Rücken.

„Euer Rußland ist aber recht brooklynmäßig geworden. Ame slave à la cowboys..."

„Ruhe, ihr Skeptiker!" ertönt aus dem Dunklen die Stimme des Cousins. „Liebe Freunde, liebe Gäste, Kameraden der amerikanischen Armee und Kameraden der Alliierten Truppen der Berliner Garnison. Jetzt werden wir einen lieben und seltenen Gast in unserer Mitte ehren, unseren Heimkehrer aus den sowjetischen Lagern. Wir werden ihn ehren durch eine künstlerische Theateraufführung des berühmten Hamburger Puppentheaters, von dem wohlbekannten Maestro, Werner Ither, geleitet. Wir werden unsere Aufmerksamkeit dem Stück „Die Ausscheidung der Fluiden in Workuta" zuwenden. Das ist ein sehr tragisches Stück."

Im Saal brandete Beifall auf.

„Jewgenij, komm nach vorn, du bist die Hauptattraktion!"

Laut spielte die Musik ein Potpourri sowjetischer Blatnoj-Lieder: „Murka", „Zwei Ganoven aus dem Odessa-Knast", „Die Wölfin" und andere. Ich bemühte mich, herauszufinden, woher sie bloß die Texte und die Melodien haben, als die Szene von fliegenden Schneeflocken weiß wurde.

Grabesstille im Saal. Eine Kolonne Lagerinsassen ging über eine Schneefläche. Merkwürdig, die Bewegungen waren keineswegs eckig wie bei Puppen. In der Tiefe waren die Gesichter rosig und unbeweglich, doch im Proszenium waren es lebendige, menschliche Gesichter. Der Brigadier sprang hoch, ging nach vorn und steckte jedem Kumpel ein Werkzeug unter den ausgestreckten Arm. Dabei vermerkte er etwas auf einem Holzbrettchen, genau wie seinerzeit der Brigadier Pegow. Von der Bühne wehte Kälte. Geflüster. Dort waren lebendige Menschen. Sie redeten, fuchtelten mit den Händen. Die Musik verwandelte sich in den unter den Füßen pfeifenden Schnee.

„Halt, du Hundsfott, du Aas, den Arm höher!" zetert der Brigadier.

„Ihr seid mir viel zu faul, viel zu faul seid ihr, um den Arm hochzuheben..."

„Von eurem Fressen wird man bald nicht mehr den Hintern hochheben können, geschweige den Arm!"

„Du Dreckskunker, da kommen die Wachen!"

Vor den Wachen ging eine markante, bärtige Figur in einer neuen Lagerjoppe, hinter ihr ein würdevoll aussehender Köter an einem Riemen und zwei Wächter.

„Los, los, du Heiliger!" schubst einer der Wächter die imposante Figur.

„Sie, junger Mann, schreien Sie einen Bischof nicht so an! Wissen Sie überhaupt, was ein Episkopus ist!"

„Ich weiß nicht, was ein Episkopus ist, aber was ein Mikroskopus oder ein Teleskopus ist, ist mir bekannt, aber Episkopus... Außerdem sind im Gefängnis alle gleich. Hier gibt es weder Popen noch Adelige, nur Lagerinsassen."

„Sie meinen wohl, nur Tschekisten? "

„Los, marsch! Schritt nach rechts, Schritt nach links wird als Fluchtversuch gewertet. Die Wachen wenden ohne Vorwarnung ihre Waffen an."

Die Kolonne zog los.

„Sind Sie wirklich Priester? " wandte sich ein pockennarbiger Häftling an den Bärtigen.

„Da mußt du schon ein bißchen höher steigen, Söhnchen. Ein Bischof bin ich, Bischof der lebendigen, heiligen orthodoxen Kirche."

„Was ist denn das? "

„Es gab einmal einen Bischof Antonin, und er entschloß sich, die Kirche zu erneuern, aus einer toten eine lebendige zu machen. Man hat ihn aber nicht begriffen, nicht zu Herzen genommen haben ihn die orthodoxen Kinder. Sie haben es nicht verstanden, vom Satan angehaucht, daß man auch die Sowjetmacht ehren muß, denn es steht geschrieben, es gibt keine Macht, die nicht von Gott wäre, und wir haben alle mit der Sowjetmacht den gleichen Weg zu gehen."

Der Pockennarbige schürzte die Lippen.

„Ach, so sieht das bei Ihnen aus, Vater!"

„Nicht ‚Vater', sondern ‚Eure Eminenz', und wenn ich Priester gewesen wäre, hättest du mich ‚Euer Segen' zu nennen."

„Und weshalb sind Sie eingesperrt, Euer Se... Eure Eminenz? "

„Damals habe ich ein kriminelles Mädchen zu erretten versucht und habe selbst gesündigt. Das war im Jahre vierundzwanzig."

„Das ist lange her, Vater!"

„Wenn du mich schon zum Priester degradiert hast, so bin ich wiederum kein Vater, sondern ‚Euer Segen'. Und mit der Jungfrau geschah folgendes:

Ich war damals noch jung und natürlich noch kein Bischof, aber mit ‚Seiner Eminenz', dem Bischof Antonin eng befreundet. Es kam zu mir einmal eine Jungfrau, solch ein kokettes Kind, direkt zum Anbeißen. Die Augen flitzen von ihr in die Ecke und von der Ecke wieder zurück. Sie sagt, ihr Mann prügele und verfolge sie, und ob sie nicht bei mir in der Wohnung zwei Truhen unterstellen könne. Ich sage natürlich: ‚Jawohl, die Truhen können abgestellt werden.' Doch umsonst geschieht nichts in der Welt. Und mein Mütterchen, das muß ich betonen, war schon damals auf dem Friedhof. Jetzt begreifst du wohl, worum es ging. Die Jungfrau beginnt zu weinen und sagt: ‚Vater, das kann ich nicht. Ich bin aus der Unterwelt und habe auch einen Decknamen, Ninka, der Bandwurm. Und mein Freier ist sehr eifersüchtig, und hinter dem Freier jagt die Polente.' Nun, ich bin kein Narr, habe einigen Leutchen einige Worte zugeflüstert, und nach kurzer Zeit stand Ninka, der Bandwurm, allein auf der Welt. Nur die Truhen sind da. Die hat sie bei mir untergestellt, und wir lebten zusammen wie ein Herz und eine Seele..."

„Wie ist das möglich, mit einer Kriminellen? Das ist nicht ganz sauber."

„Das hat der Geist der Finsternis veranstaltet. Sie war viel zu hübsch. Fabelhaft sah sie aus. Aber nicht über diese Sache bin ich gestolpert. Die beiden Truhen waren bis oben voll mit Diebesgut. Erschienen die Polizeierzengel in meiner Wohnung. ‚Aha!' sagen sie. ‚Jetzt bist du dran, du gesalbter Hundesohn! Unter deinem Priesterornat hast du das Diebesgut versteckt!' Außerdem haben sie zwei Naganrevolver gefunden. Damals hat man gerade den Film gezeigt: ‚Kreuz und Mauser'. In der Prawda stand ein Artikel. Und ich landete im Keller. Gerade vor dieser Katastrophe hatte ich die bischöflichen Weihen empfangen. Die gottlosen Kommunisten lachten. ‚Da haben wir gleich ein Drama: Die wunderbare Verwandlung eines Bischofs in einen Hehler.' Das hat mir aber nicht geholfen. Meine Seele ist voller Wollust. Auch nach dieser Geschichte bin ich nicht demütig geworden..."

„Sehr pikant."

„Pikant oder nicht pikant, mein Sohn, heutzutage will jeder leben und die Freuden genießen, und ich habe solch ein Fluidum, das auf die Damen wirkt."

„Sogar hier in Workuta? "

„Gerade hier wirkt es am stärksten. Ein richtig sündevoller Rundtanz entsteht dabei, und der Teufel steht in der Mitte..."

Die Szene wird dunkel. Der Vorhang senkt sich.

Ein Barackenzimmer, zwei Schränke mit blitzenden Instrumenten, ein weißer Brettertisch. Hinter dem Tisch eine Frau in der Uniform eines Arztes der MWD-Truppen. Der Bischof.

„Ist Ihnen bekannt, daß ich Chefärztin dieses Lagers bin? So, das ist Ihnen bekannt. Warum verweigern Sie dann die Arbeit? Gibt es für Sie etwa nicht die Pflicht zu arbeiten? "

„Wenn ich auch eine geistliche Persönlichkeit bin, ein Bischof, so sage ich nicht nein. Aber ich kann einfach nicht."

„Der Arzt hat doch bei der Untersuchung vermerkt, daß Sie völlig gesund sind. Hier ist Ihre Karteikarte."

„Ich bin viel zu alt, Chefin. Sehen Sie denn meinen Bart nicht? "

„Sie scheinen mir nicht allzu alt zu sein. Dem Formular nach sind Sie vierundfünfzig Jahre alt. Es gibt viel Ältere, die trotzdem arbeiten. Sie tragen wohl den Gott in Ihrem Bart? "

„Na, wissen Sie, Bürgerin, Sie können mich natürlich jederzeit verhöhnen, aber ich bin, unter uns gesagt, völlig unschuldig hierher gekommen. Es gibt ganz verschiedene Bischöfe. Hätten Sie zum Beispiel einen Bischof der toten Kirche eingesperrt, so hätte ich kein Wort gesagt. Doch ich bin ein Bischof der lebendigen Kirche, und unsere heilige Kirche ist ein Freund der Sowjetregierung."

„Was ist das für eine lebendige und für eine tote Kirche. Wie ich weiß, sind sie alle tot. Dementsprechend muß ich annehmen, daß Sie für Ihre Freundschaft mit der Sowjetregierung hier eingesperrt sind."

„Ich leide unschuldig, Bürgerin Vorgesetzte, das habe ich sehr oft vor Gott und den Oberen beteuert. Aber arbeiten kann ich nicht, bin alt, krank, grauhaarig, verbraucht und bejammernswert, von gottlosen Dissidenten gesteinigt..."

„Das nennt man bei euch Pfaffen, den Lazarus singen. Fangen Sie mir lieber an wie die Kriminellen: Klein, dumm, stumpfsinnig, unterentwickelt, krummbeinig, schiefseitig, rotznäsig und dem Gott im Himmel zuwider."

„Also, liebe Chefin, das überlasse ich schon Ihrem Gewissen. Ein Bischof kann natürlich krummbeinig sein, aber niemals dem Gott zuwider!"

„Es sieht so aus, als ob Sie auf zwei Fronten arbeiten, dem Gott sind Sie wohlgefällig und der Sowjetmacht auch? "

„Und die Hauptsache, ich bin Ihnen angenehm, Bürgerin Vorgesetzte."

„Solch ein unverschämter Pfaffe!"

„Abgesehen davon habe ich auch einiges für den operativen Bevollmächtigten. — Sie sind doch auch aus dem Fach und selbst im Geheimsektor, so daß Sie mich schon um Christi Willen nicht zur Arbeit schicken brauchen. Der operative Bevollmächtigte wird mich doch zurückholen! Wenn Sie den operativen Bevollmächtigten sehen sollten, so bestellen Sie ihm von mir, hier gibt es solch einen Häftling Iwaschoff, der an Gott nicht glaubt und über die Sowjetregierung flucht. Der ist in der 71. Brigade und anscheinend bereitet er auch die Flucht vor..."

„Gut, Väterchen, vielen Dank. Ich werde dich von der Arbeitsliste streichen und zum operativen Bevollmächtigten bringen. Das kannst du ihm alles unterbreiten. Ein Rabe hackt einer Krähe nicht das Auge aus. Jetzt wollen wir ein bißchen Wodka zusammen trinken..."

„Sehen Sie, Bürgerin Vorgesetzte, da hat mein Fluidum doch gewirkt!"

Wie kalt es auf einmal in dem warmen Saal geworden ist. Häftling Iwaschoff, 71. Brigade. Ich muß dahin, ihn warnen, retten. Von der Seite betrachte ich die Schönheitskönigin. In ihrer vollendeten Schönheit steht sie völlig unbeweglich. Die Augen sind mir bekannt, und wenn ich nicht herausfinde, wem sie gehören, gibt es ein Unglück.

Die Szene wird wieder hell.

Eine Arbeitskolonne marschiert. Weit vorn kommandiert der Brigadier:

„71. Brigade, schließt die Reihen! Hakt euch unter!"

Bei ihnen ist auch irgendwo dieser Iwaschoff. *Ich springe auf und laufe auf die Brigade zu.*

„Halt, halt!"

Unter den Füßen glattes Eis. Schneeflocken wirbeln. Klirrender Frost beißt in die Wangen. Vor Angst friert das Herz ein. Ich bin wieder dort. Rechts eine Baracke. Die Brigade kommt mir entgegen.

„Halt, halt!"

„Was willst du? Entschuldigen Sie, Bürger... Vorgesetzter...!"

Liebdienerisch betrachtet der Brigadier meinen dunklen Anzug mit Weste und den Schlips.

„Vielmals um Entschuldigung. Ich dachte, einer von unseren ruft. Wird es nicht zu kalt für Sie sein, so leicht gekleidet?"

Nach dem Ausdruck der Augen, deren Wimpern mit Rauhreif bedeckt sind, errate ich, daß der Brigadier krampfhaft zu begreifen versucht, von wo auf einmal dieser Vorgesetzte in gutem Zivilanzug aufgetaucht ist und welche Unannehmlichkeiten in welchem Maßstab von mir zu erwarten seien.

„Ich brauche den Arbeiter Iwaschoff. Ist er hier? Los, schnell!"

Ein junger Bursche mit energischem Gesicht und halb eingerissener Ohrenklappe tritt vor. Im Gesicht gut versteckte Wachsamkeit. Was ist das für ein Typ in einem guten Zivilanzug, steht darin geschrieben.

Ich nehme ihn zur Seite.

„Iwaschoff, mit wem haben Sie über die Flucht gesprochen?"

In den Augen Iwaschoffs wahnsinnige Angst.

„Wie?"

„Nicht wie, sondern hören Sie mir genau zu. Dieser Pope oder Bischof mit Bart weiß alles und will den operativen Bevollmächtigten unterrichten, vielmehr, er hat schon

geplaudert, mit der Chefärztin. Glauben Sie mir! Treffen Sie Maßnahmen, und niemandem eine Silbe! So, das wär's."

Ich reibe die erstarrenden Hände und laufe zurück. Die Angst wird stärker. Wie zurück? Wie kam ich aus der Villa meines Cousins in West-Berlin ins Lager nach Workuta, und wo geht es zurück? Dort ist die Baracke, die ich zur rechten Hand sah, als unter meinen Füßen plötzlich Schnee war. Doch hinter dieser Baracke sind andere Baracken. Ich habe mich in diesem Satanslabyrinth verlaufen. In der Kälte wird der Körper starr und hölzern. Die Sterne flimmern und sind so hell, als ob man sie mit Schnee geputzt hätte.

„Sie gehen falsch!" sagt eine bekannte Stimme. Vor mir das dicke Gesicht des Chauffeurs. Er zeigt zur Seite.

„Hier sind Sie hereingekommen, hier ist auch der Ausgang. Sie sind wahnsinnig!"

Ich laufe durch den Schnee, sacke in ihn ein, endlich die glatte Eisfläche unter den Füßen.

Ein warmer Strom bläst mir ins Gesicht.

Die Sterne sind verschwunden. Leuchtende Farben von Uniformen, Smokings, Kleidern. Schwer atmend und die Schläge des klopfenden Herzens zählend, gehe ich an meinen Platz zurück. Über die Szene marschiert die Brigade. Voran der Brigadier, mit dem ich soeben gesprochen hatte.

Doch warum zittern die Hände der Schönheitskönigin so sehr? Sie erhebt sich.

„Kommen Sie, Jewgenij!"

Warum muß ich ihr folgen? Um mich herum klatschen alle. Stimmengewirr in vier Sprachen. Mit glücklichem Gesicht verbeugt sich der Besitzer des Puppentheaters, Werner Ither, und baut die Kulissen ab. Wenn man so auch die Läger in alle Ewigkeit abbauen könnte!

Marlisa und ich sind in dem kleinen bunten Salon. Die Lampe dreht sich wie zuvor. Die Farben eilen wie Wahnsinnige über die Wände des Raumes. In der zweiten Tür steht verbindlich lächelnd der Cousin, ohne das Löwenbaby, und betrachtet uns prüfend.

„Marlisa, warum hast du ihn hierher gebracht? Er war doch schon hier! Aber wenn du schon da bist, können wir gleich das zweite Modell einer Schlacht begutachten. Es ist ganz fertig. Da, zur Linken, steht Napoleon mit seinem Gefolge. Der Ärmste weiß noch nicht, was ihn nach dieser Schlacht erwartet."

Wie sich das Modell ausgedehnt hat? Unsagbar weit ist die Perspektive. Ich will alles genauer begutachten und gehe immer näher und näher heran...

Ganz nah neben mir plumpst etwas schwer. Feuchter Juniwind weht über das Feld. Weit, zur Linken, brennen Dorfhütten. Drohende, langgezogene Salven. Der Himmel selbst scheint von den Geschützen zu brüllen. Ein furchtbarer Schlag seitwärts. Keine fünf Schritt zurück rollt ein Geschütz. Ein bartloser Kanonier mit schief sitzendem Tschako reißt den Ladestock zurück. Niemand beachtet mich. Zwischen niedergetrampelten Sumpfpflanzen fließt ein trüber, lehmiger Bach. Über dem Wasser sich schlängelnder Rauch. Ein Toter in einer merkwürdigen, verschmierten Uniform. Neben ihm steht ein Lebender und wühlt fluchend in den Taschen des Toten. Die dicken Sohlen seiner Stiefeletten strotzten von Lehm. Wieder ein Donner, rechts hinter mir, dann wieder halblinks. Etwas fliegt über meinen Kopf, fauchend wie ein wütender Eber. Aus dem Rauch erscheint ein Reiter in grüner Uniform. Um mich herum ist alles voller Schatten. Nebelschwaden, Rauchschwaden, Schatten, wieder Nebel, ringsum Menschen. Sie sind überall, sie tun etwas furchtbar Wichtiges und sehr Schlimmes.

„Ah!" rollt ein tausendstimmiger Schrei.

Eine schwarze Kugel, so groß wie der Kopf eines Kindes, klatscht zischend in den Dreck, dann hopst sie weiter. Ich stehe vor einem krummen Strauch neben zerzausten Toten. Eine tiefe Wasserrinne, vielleicht drei Fuß breit. Die Rinne ist nicht schwer zu überspringen. Die Trommeln vor mir dröhnen merkwürdig aufgeschreckt. Etwas spritzt mir entgegen und verbrennt mein Gesicht. Sechs prächtige Füchse tragen ein Geschütz nach vorn und drehen sich um. Von sehr weit her ertönten die Kapriolen vieler Hörner. Wieder platzt mit Krachen ein Rudel schwarzer Kugeln. Feuer. Kreischende Splitter. Ich gehe immer weiter vorwärts und vorwärts, und hinter meinem Rücken lebt und atmet ein fauchendes Ungeheuer und rückt immer näher heran.

Plötzlich stehe ich unter ihnen. Kleine Leute, mit hohen Tschakos und farbigen, karierten Röcken, die Beine in merkwürdigen Gamaschen, nackte Knie. Es sind viele um mich herum. Wie reife Ähren im Sturm wanken die Bajonette. Die Pferde rasen fort. Immer mehr Geschütze pflanzen sich auf und feuern in die Ferne, von wo — ich weiß es ganz genau — sich ein todbringendes Ungeheuer heranwälzt.

Ich habe Angst, ich will zurück.

Doch die Menschen in Röcken drängen sich um mich, und hinter mir sind es noch mehr. Dort, ein blasser Mann, in einer Rauchlücke, in einer gestickten Uniform mit einem Stern auf der Brust. Mit einer Reitgerte zeigt er einem Haufen junger Männer in verschiedenfarbenen Uniformen und mit Orden versehen, etwas anscheinend sehr Wichtiges in der weiten Ferne. Neben ihm ein blasser Greis, der etwas Rotes an seine Wange preßt.

Ich will einen der Männer in einem silberbestickten Dreimaster fragen, was los ist. Er hat ein junges, intelligentes Gesicht. Der blasse Mann mit der langen Nase ist wieder vom Dunst verschlungen, zusammen mit ihm die gestickten Leute. Aber der im Dreimaster sieht mich wild an, so wie einige andere Männer in Röcken und mit Gewehren, und ein ganz junger Offizier, mit einem Degen in der Hand, sperrt vor Erstaunen sogar den Mund auf wie ein Kind.

Doch dort, von wo ich gekommen bin, tut sich etwas viel Interessanteres. Dort wälzt sich fauchend und grollend etwas heran. Die Erde bebt. Rauch wird aufgewirbelt. Gutturale Laute und Kommandos, die den Schreien der Habichte ähneln und entfernt an die englische Sprache erinnern, schwirren um mich herum. Blasse Männer in bunten Röcken stellen sich auf die Knie und richten die Bajonette nach vorn. Der Wall von Bajonetten hinter mir wird dichter und dichter. Es riecht nach verbranntem Stoff, Wasser und Schweiß. Nacheinander platzen schwarze Kugeln. Eine rote Flamme entspringt ihnen. Röchelnd sinken ein paar Männer in der Nähe um. Dort, wo der Mann mit dem Stern im

Rauch verschwunden ist, spielt piepsend und sich überschlagend ein Dudelsack. Die muntere Melodie scheint die wankenden Bajonette zu stützen.

Wie ein Theatervorhang rollt der blaugraue Rauch zusammen, und aus der flimmernden Tiefe des Raumes in der ganzen Breite des Horizonts rückt wie die Flut ein unübersehbarer Strom von etwas Gelbem, Grauen, Bunten heran. Der Soldat neben mir schluckt und verdeckt die Augen mit vor Schreck verzerrtem Gesicht. Alles war wie auf einer Handfläche zu sehen. Heran rückte eine unendliche Lawine von Pferden. Trüb leuchteten gelbe Kürassen, zwischen ihnen etwas Rotes; zahllose Lanzen und Palaschen bohrten sich in den Himmel, bunte Fetzen von Reiterstandarten.

„Aaaa... Oooo..." tönt es frenetisch von dort.

Um mich herum bebt alles von ewigem Krachen. Menschen in blauen Uniformen, ohne Gewehre, mit bürstenbewehrten Helmen und verzerrten Gesichtern, laufen auf uns zu. Ein Pferd steht steil über mir, gelber Schaum im Mundstück. Ein gelber Kürassier mit schuppigen Riemen.

Gebückt laufe ich zwischen den Pferdehufen. Sie reiten vorbei, immer mehr und mehr. Mit den Leuten in bunten, karierten Röcken und komischen pelzigen Säcken geschieht etwas Furchtbares. Pferde und Menschen schreien und stöhnen. Die Luft zerplatzt von immer neuen Salven. Man muß fliehen, fliehen... Viele der Vorbeireitenden sehen mich an, doch niemand tut mir etwas zuleide. Einer dreht sich sogar im Sattel um und ruft mir etwas zu.

Dann verschlingt ihn der Rauch.

Da ist der Graben. Man kann ihn jetzt schwer erkennen, so viele Menschen, Pferde und Gegenstände liegen in ihm. Ich laufe nach rechts. Der Graben mündet in einen anderen Graben, der etwas breiter ist. In der Ferne Bäume und eine dichte Masse von Menschen in blau. Also zurück. Die Füße gleiten aus, doch ich muß laufen. Der halbgebrochene Strauch, drei Tote. Einer davon — mein alter Bekannter. Jemand stößt mich von hinten, wild fluchend, und ich falle auf die andere Seite des Baches. Durch Wolken und Rauch bricht sich eine helle, jubelnde Sonne Bahn. Das infernalische Getöse wird zum dünnen Singen einer Mücke.

Ich stehe allein vor dem Modell.

Ich will weiterschauen, doch ich weiß, ein Schritt vorwärts, und ich werde wieder dort sein. Das Modell vergrößert sich unheilverkündend. Ich drehe mich um und verlasse das Zimmer.

Im kleinen, bunten Salon drehen sich noch immer die Lampen. Es ist besser, sie nicht anzusehen. Hinter der Wand russische und englische Laute. Jemand sagt sehr hastig:

„Wo ist er denn, Ihr netter, aber etwas sonderbarer Verwandter aus dem Lager? "

„Ich weiß es selbst nicht."

„Mit anderen Worten, wie Kain sind Sie nicht der Wächter Ihres Bruders, auch wenn er nur Ihr Cousin ist. An Ihrer Stelle würde ich mich doch ein bißchen dafür interessieren, was er so treibt."

Ich höre dieser ironischen und kalten Stimme aufmerksam zu. Hinter mir bebt etwas, doch das Modell ist unbeweglich und tot. Diese Stimme habe ich schon oft gehört...

„Wofür soll ich mich denn interessieren? " widerspricht eine männliche Stimme, die zweifellos dem Cousin gehört. „Er hat viel gelitten, und ist natürlich ein guter Mensch. Sicher, er ist ein Sonderling, aber das ist kein Laster und kein Verbrechen."

„Zugegeben. Sie sagen, er sei ein Sonderling. Damit sind wir dem Kern der Sache schon etwas näher gerückt. Ich möchte eine Frage an Sie richten. Gehört es etwa auch zu harmlosen Absonderlichkeiten, wenn ein Mensch plötzlich unerwartet und spurlos verschwindet? "

„Was ist daran verwunderlich, wenn er vor neun Jahren vom MGB verschleppt wurde? Sie vermuten doch nichts Schlechtes in dieser Beziehung? "

„Selbstverständlich kann man auch in dieser Beziehung Zweifel hegen, wie Sie sich so schön ausdrücken. Es ist doch ein bißchen komisch. Hereingefallen ist ein erfahrener Mann, erfahren in politischer und auch in konspirativer Hinsicht, und wie ist er reingefallen? Doch lassen wir das.

Merkwürdig ist etwas anderes, daß man ihn, einen reinen Russen, zusammen mit den Deutschen befreit hat. Doch angenommen, daß auch hier alles stimmt, hat man sozusagen im Eifer des Gefechts nicht genügend Deutsche zusammenkratzen können, oder auch aus Versehen. Ich hatte eine Freundin, der man so aus Versehen die Unschuld geraubt hat. Das sind alles Nebensächlichkeiten. Ihr Verwandter hat jedoch die fatale Eigenschaft, mitten im Zimmer vor den Augen aller zu verschwinden, wie Rauch in der Luft..."

„Marlisa, so etwas hat doch niemand gesehen!"

„Zufällig habe ich es gesehen."

„Schaffen Sie mir noch einen Menschen herbei, der das beobachtet hat, und ich werde Ihnen glauben... Er ist einfach unerwartet rausgegangen und das ist alles."

„Nein. Er ist vor meinen Augen an dieses lächerliche Puppentheater getreten, und plötzlich war er nicht mehr da."

„Nun, hat er sich eben in der Menge der Leute verloren. Ein Gedränge, Schubserei, Tabaksrauch — und weg war er. Ich kann doch nicht an solche Teufeleien glauben!"

„Liebster Alexander, trotzdem würde ich an Ihrer Stelle diesen Verwandten sehr genau beobachten, und das nicht nur in seinem eigenen Interesse. Mit ihm passieren nicht ganz alltägliche Dinge. Ich rate Ihnen sehr, sich mit der Analyse seiner geistigen Fähigkeiten zu befassen, kurzum, ihn zu einem Arzt zu bringen."

„Glauben Sie denn, daß er verrückt ist? "

„Das kann niemand behaupten, außer dem Arzt. Die Psychiatrie ist heutzutage sehr weit vorangeschritten. Bei Ihrem Verwandten gibt es viele Gründe, nicht ganz normal zu sein. Er hat doch sehr viel, vielleicht viel zuviel erlebt."

Die Stimmen schwiegen. Anscheinend überlegte jeder, was er noch hinzufügen könnte. In mir wurde es kalt und leer. Vorsichtig öffnete ich die Tür zum bunten Salon. Gerade verließ ihn der Cousin und voran schritt, wie ein drohendes Menetekel, die sich graziös in den Hüften wiegende Marlisa Swenson.

Aber es war nicht ihre Stimme gewesen.

Als ich wieder ins große Zimmer kam, stand der Cousin gerade mit drei Leuten zusammen und schien ihnen eifrig etwas zu beweisen. Bei meinem Eintreten blickten alle in meine Richtung, doch machten dann eine Miene, als ob ich sie überhaupt nicht interessieren würde.

„Aber liebster Jewgenij, da bist du ja. Wohin warst du denn verschwunden?"

„Ich war im Modellzimmer."

„Die ganze Zeit? Vor einer halben Stunde hat man dort nach dir gesucht, und du warst nicht da."

„Ich war ein bißchen draußen spazieren."

„Das sieht man auch!" bemerkte die Schönheitskönigin. „Als ob Sie direkt aus Workuta kämen. Wie sieht Ihr Anzug bloß aus?"

„Tatsächlich, Jewgenij, schau dich an! Wo hast du dich bloß so beschmutzt?"

Ich wollte antworten, doch was sollte ich sagen? Mein schwarzer Paradeanzug sah aus, als ob ich mich über eine lehmige Straße gerollt hätte. Klunker hingen an den Hosen. Das Jackett war mit romantischen Lehmstrichen bedeckt. An manchen Stellen wurden die Flecke schon trocken.

„Unsere Schönheit hat recht! Das Aussehen ist rein sibirisch und keineswegs berlinerisch. Nur der Anzug paßt nicht nach Workuta."

Von hinten ertönte eine Lachsalve. Ein etwas angetrunkener Yankee mit tuberkulösen, rosa Flecken auf den Wangen, ging unsicher auf uns zu.

„Das ist prächtig, das nenne ich russische Seele! Eine Meile gegen den Wind riecht es nach Tolstojewskij... Dostoltowskij... wie dieser Tolstagorskij... der Teufel soll sie holen! Wir Amerikaner können sie doch nicht aussprechen. Wir trinken nur, und dieser Heimkehrer aus der Unterwelt hat uns alle um den Finger gewickelt. Hat sich angetrunken und nicht nur das, hat es sogar fertiggebracht, sich im Lehm zu wälzen. Ich nehme an, zu Ehren Generals Clay. Hat sich selbst erhoben, kehrt zurück und sieht aus wie ein Unschuldsengel." Der starke Schlag der freundlichen amerikanischen Pranke auf meinen Rücken wirft mich bald um.

„So etwas muß begossen werden, und zwar mit richtigem Scotch!"

„Bravo!" klatscht eine junge Amerikanerin in die Hände. Sie hat solch ein vollendetes Puppengesicht, daß man annehmen kann, sie habe soeben die Werkstatt von Frau Käte Kruse verlassen.

„So soll man sich auch benehmen! Ich habe einen greisen Onkel, Cowboy in Arkansas, für ihn ist ein Fest kein Fest, wenn er nicht betrunken auf einem Blumenbeet liegt, und einen besseren Menschen kann man sich gar nicht vorstellen. Nicht so wie diese New Yorker Geizhälse! Beginnen ihre Karriere mit Schnürsenkelhandel, und auch später, wenn sie reich werden, sind ihre Seelen wie Schnürsenkel."

„Sag mal, Jeanne, was plapperst du für einen Quatsch! Wo gibt es in Arkansas bei den Cowboys Blumenbeete? Seit wann eigentlich? "

„Du warst nicht in Arkansas, also rede nicht! Oh, diese New Yorker Dummköpfe! In Arkansas haben wir nicht nur Blumenbeete, sondern auch Blumenköniginnen."

„Lassen denn eure heroischen demokratischen Cowboy-Traditionen solch einen monarchistischen Unsinn zu? "

„Warum nicht, wir lieben die Könige sehr, solange sie nicht bei uns sind. Etwa so, wie König Georg den Vierten."

„Ich war nicht betrunken, liebe Freunde."

„Dann sind Sie auch kein Russe! Rechtfertigen können Sie sich auf dem Polizeirevier!"

„Jewgenij, du bist mir noch eine Antwort schuldig. Wo hast du dich mit Lehm beschmiert, doch sicher nicht in meinem Salon! Hier muß man streng logisch denken. Wenn du dreckig bist, dann lagst du auf der Seite, und wenn du auf der Seite lagst, dann warst du betrunken."

Ich fühle mich immer mieser und mieser.

„Geh schlafen, Jewgenij, du Held unserer Zeit, du liebes Bruderherz. Wenn man dich ansieht, kann man glauben, du seiest Fachmann für Bodenkunde."

„Und ihr werdet euch hier weiter austoben? "

„Selbstverständlich, dazu sind wir ja auf einer Party.

Bis morgen früh! Im Zimmer ist alles Nötige, sogar ein Bademantel."

Ich mußte weiterhin gute Miene machen zum bösen Spiel. Eine allgemeine Verbeugung, die niemand bemerkte, und ich ging in mein Zimmer.

Mit Achtung berührte ich die Flecken. Diesen Lehm haben die Hufe napoleonischer berittener Jäger durchgestampft. In diesem Lehm blieb auch für immer der napoleonische Ruhm stecken.

Wer kennt nicht solch einen besonderen, bleischweren Schlaf. Er schenkt keine Erholung, keine Beruhigung, keinen Frieden. Er befreit von nichts. In solch einem Traum füllt sich die Welt mit Blei und ganz gleich, was man träumt, auf dem Grunde der Seele fühlt man, daß ein Unglück auf einen zukommt. Das Unglück steht neben Ihnen und Sie brauchen nur aufzuwachen, um zu wissen, wie es sein wird, keineswegs so, wie es war, als Sie eingeschlafen sind, sondern viel, viel schlimmer.

Wiederum war ich auf einem Schlachtfeld zwischen Kriegern, Gespenstern. Bin ich selbst nicht auch solch ein Gespenst? Woher nehmen wir Menschen diese felsenfeste Überzeugung, daß wir wirklich da sind? Etwas berührte mich. Im Zimmer ist es dunkel und still. Der Lärm der Party war nicht mehr zu hören. Wie lange habe ich geschlafen? Ich ziehe den Bademantel an und gehe nach unten.

Die Räume sind riesig und leer. Durch die chinesischen Drachen schimmert der Morgen. Die großen Kronleuchter brennen nicht, aber im Korridor leuchten zwei, drei Lämpchen. Ihr Licht erinnert mich an das Ewige Feuer in der Kirche. Alles andere im Haus ist unheilverkündend und still. Die Party mußte wohl eben erst beendet worden sein. Rauchschwaden. Nicht ein Fenster ist geöffnet. Mir kommt die ironische Bemerkung eines Ausländers in den Sinn:

„Die Russen lieben es nicht, ihre Wohnungen zu lüften, dafür offenbaren sie ihre Seelen umso öfter."

Es gibt sogar ein besonderes Sprichwort dafür:

„Dampf bricht keine Knochen."

Der große Saal wirkt riesig und tot, doch in dem bunten Salon hört man noch Stimmen.

Die Tür ist halb offen. Ich bin barfuß, man hört mich nicht. Durch den Spalt der Tür sehe ich den Cousin und seine Frau, beide in Morgenröcken. Die dritte Stimme gehört einer Frau, der unverwüstlichen Marlisa. Man spricht ziemlich laut. Marlisa ist angezogen. Ich sehe nur ihren Rücken. Wie niederträchtig ist es, an der Tür zu lauschen. Ich will mich umdrehen und fortgehen, doch es ist zu spät.

„Das stimmt ja alles." sagt mit heiser-müder Stimme der Cousin. „Aber er hat doch niemals getrunken. Früher war es schwer, ihn zu zwingen, ein Gläschen Wodka zu schlucken."

„Jawohl, und jetzt hat er sich so angetrunken, daß er in deinem Garten lag. Das ist das sicherste Zeichen dafür, daß er nicht alle Tassen im Schrank hat, und das ist sehr gefährlich. Es ist sehr einfach, einen Menschen, der in solch einem Zustand ist, wieder nach Rußland zu verschleppen."

„Ich verstehe nicht, Marlisa, warum du dir das Schicksal meines Verwandten so zu Herzen nimmst. Aber sonst bin ich mit dir einverstanden."

„Wenn Sie, liebster Alexander, einverstanden sind, so müssen Sie auch Maßnahmen treffen, und bilden Sie sich nicht ein, daß das Schicksal Ihres Verwandten niemanden interessiert. Eine Ihnen sehr wohl bekannte amerikanische Dienststelle interessiert sich sehr dafür. Ich fasse mich kurz, lieber Sandro. Davon, wie Sie sich im Fall Ihres Verwandten aufführen, hängt Ihre ganze Karriere ab. Mir ist befohlen worden, Ihnen dies ganz offiziell mitzuteilen. Entschließen Sie sich. Ich nehme an, daß Ihre Gattin ganz meiner Meinung ist."

„Theoretisch bin ich Ihrer Meinung, Marlisa, aber..."

„Kein Aber! Wenn Sie einverstanden sind, dann handeln Sie auch. Es ist ganz einfach. Sie müssen dafür sorgen, daß er sich einer medizinischen Untersuchung unterzieht. Das ist Ihre menschliche Pflicht. Die Kranken sind dazu da, daß man sie pflegt."

„Was werden aber seine Freunde in Frankfurt sagen,

und, abgesehen davon, wenn alles mit einem Skandal endet? "

„Einen Skandal wird es nicht geben. Dein Cousin ist krank, und einen Kranken können die Ärzte nicht für gesund halten."

„Agnessa, was meinst du? "

„Ich weiß nicht, ich denke, gar nichts. Ich bin kein Arzt. Sicher, er benimmt sich sehr sonderbar. Manchmal hat er einen ganz erstaunlichen Gesichtsausdruck..."

„Ich weiß nicht, ich muß noch überlegen."

„Ja, ja, denk du nur nach! Für deine sowieso schon ziemlich angeknackste Karriere wird es schwerlich von Vorteil sein, wenn in dem amerikanischen Berlin das Gerücht schwirrt, Hauptmann Alexander Dastiani beherbergt bei sich zu Hause einen komischen Irren, der unter äußerst verdächtigen Umständen aus der Sowjetunion gekommen ist."

„Marlisa, bitte keine Verleumdungen!" unterbricht Agnessa unwillig.

„Es ist Zeit zu schlafen." lenkt der Cousin unentschlossen ein. „Wir haben wohl alles durchgesprochen."

Das also war es! Alle haben bereits bemerkt, daß ich wahnsinnig bin. Das Geheimnis war ganz einfach. Ich muß fliehen, gleich, sofort, zurück nach Frankfurt. Doch nachts fliegen keine Flugzeuge. Morgen früh werde ich mir einen Platz bestellen, aber so, daß niemand etwas merkt. Dann sage ich „Auf Wiedersehen", bedanke mich und zurück. Jetzt muß ich aber wenigstens ein paar Stunden schlafen. Es ist deutlich erwiesen und außer jedem Zweifel, daß die Schönheitskönigin Marlisa meine Feindin ist in diesem Haus. Doch warum, und wer ist sie eigentlich? Vielleicht ist sie nicht sie?

DER PROFESSOR

Es war längst Tag, als ich erwachte. Ich hörte Stimmen, Berliner Dialekt, komische Zischlaute. Anscheinend die Dienerschaft. Die Uhr zeigte bald zwölf. Es war Zeit zum Aufstehen. In dem chromblitzenden Badezimmer niemand. Als ich es betrat, sah ich an der Treppe unten die Gestalt des Cousins. Er tat so, als ob er mich nicht bemerkt hätte, obwohl er mich gehört haben mußte. Die Tür schlug laut zu. Noch sonderbarer war es, daß der Cousin seine Uniform trug, mit allen Orden. Im großen Saal schlug die Wanduhr. Ich ziehe mich schnell an und zähle die unheilverkündenden Schläge. Der zwölfte Schlag. Im Hof brummt ein Auto.

„Komm her, Jewgenij!" fordert der Cousin mich auf. Er spricht durch die Nase.

Vom Fenster aus sehe ich einen Rettungswagen. Wer ist krank geworden? Vielleicht die nette Frau von Alexander, oder jemand hat auf der Party zuviel getrunken.

Die Ereignisse überstürzen sich. Alexander in Uniform und sogar mit Mütze steht am Eingang und erklärt besorgt etwas zwei stämmigen Männern in weißen Kitteln. Einer hält eine Tragbahre. Beide lauschen gespannt.

Auf der anderen Straßenseite heulen Kompressoren auf, der dunkelgrüne Jaguar. Mit einer kessen Sportmütze bekleidet sitzt Mary Bloom am Steuer.

Das Motorengeräusch schreckt mich auf.

Sie kommen, um mich abzuholen. Ich werde in eine Irrenanstalt gesteckt, und dort muß ich beweisen, wie man in Rußland sagt, daß ich kein Dromedar bin. Im normalen Leben ist es schon sehr schwer zu unterscheiden, wer verrückt ist und wer nicht, und wie schwierig wird dies erst in der Irrenanstalt sein? Wer kann mir jetzt helfen? Nur meine Kneipenfreunde aus Frankfurt, die zähen und geschickten Vertreter der Unterwelt. Dort gibt es Haß und Verbrechen, aber auch Liebe und Freundschaft. Es ist kaum anzunehmen, daß aus meinem eigenen politischen Milieu Hilfe kommen kann oder wird. Außerdem ist längst bekannt, daß alle russischen Politiker selbst unter Verdacht stehen oder zumindest Halbverrückte sind, und niemand wird darüber staunen, daß man eine politische Persönlichkeit in die Irrenanstalt gesteckt hat. Schlimm ist nur, daß man zu wenig Politiker dorthin befördert, deshalb sieht es in unserer Welt auch so paradiesisch aus. Wie schade aber, daß man gerade mich einsperren wird. Da ist ein Blatt Papier. Hastig schreibe ich:

„Liebe Freunde aus dem Hinterzimmer des Restaurants... Ihr habt recht gehabt, ich sollte nicht nach Berlin fliegen. Jetzt wird man mich in die Irrenanstalt schleppen. Liebe, liebe Wirtin, ich sitze bald hinter Gittern, wo, weiß ich nicht, vermutlich in einer privaten Heilanstalt. Helft mir!"

Notiere schnell die Adresse meines Cousins und falte den Zettel zusammen. Ich höre das schnelle Geschnatter von Mary Bloom. Durch den Haupteingang marschieren wie die Erzengel des Jüngsten Gerichts die beiden Sanitäter, der eine breitschultrig, mittelgroß, mit langem Körper und kurzen Beinen. Er erinnert entfernt an Kaiser Napoleon den Dritten. Der zweite ist ein Hoher mit einer gewölbten Brust, fuchsrotem Spitzbart und wie Schaufeln aussehenden Händen. Aus seiner Tasche lugt ein Kneifer an einer schwarzen Schnur.

„Diese Herren wollen sich mit dir unterhalten, Jewgenij", näselt der Cousin und sieht mich nicht an.

„Sehr wohl, doch vorher möchte ich noch mit Miss Bloom sprechen."

Mary hat große und erschrockene Augen, nach meinen Worten werden sie noch größer. In ihnen ist etwas Angst und sehr viel Mitleid und Unglauben. Sie schwankt nur eine Sekunde.

„Natürlich, lieber Jewgenij, natürlich. Regen Sie sich nur nicht auf. Man will Ihnen helfen... und ich..."

„Daran zweifle ich nicht, doch möchte ich mit Ihnen unter vier Augen sprechen, ungefähr zwei, drei Minuten."

Napoleon der Dritte wechselt einen Blick mit meinem Cousin. Mary steigt die Treppe herauf. Der mit den schaufelartigen Händen und Kneifer macht eine fangende Bewegung. Verneinend schüttelt der Cousin den Kopf.

Mary und ich sind allein in meinem Zimmer.

„Mary, bitte keine unnützen Fragen und unnützen Worte. Man sperrt mich in eine Irrenanstalt ein. Wem ich diese Schweinerei verdanke, weiß ich nicht. Sie scheinen mir zumindest ein ehrlicher Mensch zu sein und ich bitte Sie, mir einen kleinen Dienst zu erweisen, einen ganz unbedeutenden. Schicken Sie diesen Zettel mit der Post nach Frankfurt. Die Adresse steht drauf. Kann ich mich auf Sie verlassen? "

„Ich weiß nicht, natürlich. Doch das ist alles so sonderbar."

„Nichts ist sonderbar, Mary. Ja oder nein? "

„Ja, natürlich, Jewgenij, doch ich verstehe nicht..."

„Ich verstehe noch viel weniger als Sie, Mary, doch ich weiß, mir droht eine große Gefahr."

Auf der Treppe hört man schwere Schritte.

„Weg mit dem Zettel, Mary, und leben Sie wohl. Ich weiß nicht, wann wir uns wiedersehen. Ich hoffe, bald."

Ich gehe nach draußen, und eine starke Hand packt mich am Handgelenk. Aber ich denke nicht daran, Widerstand zu leisten.

„Was wollen Sie? "

„Herr Kreiton? "

„Ja, das bin ich."

„Wir haben Anweisung, Sie zu einer Untersuchung in ein Krankenhaus zu bringen."

„Von wem geht diese Anweisung aus, und in welches Hospital werden Sie mich bringen? "

„Bitte, lesen Sie. Hier steht alles."

Tatsächlich, ein imposantes Dokument, in englischer Sprache. Dem offiziellen Briefkopf kann ich entnehmen, daß dieses Dokument aus der medizinischen Hauptverwaltung der amerikanischen Truppen in Berlin stammt. Im Text folgt weiter, daß die betreffenden Personen angewiesen sind, im Einklang mit den medizinischen Behörden von West-Berlin ,den staatenlosen Mr. Eugen Kreiton für zwei Wochen in eine Heil- und Pflegeanstalt zum Zwecke einer medizinischen Untersuchung einzuliefern. Der Name der Heil- und Pflegeanstalt ist undeutlich mit der Hand hineingekritzelt. Drei Unterschriften. Kein Zweifel, es strotzt von Paragraphen, Ziffern, Erläuterungen, Absätzen und Berufungen auf Gesetze und Verordnungen, kurzum, all dem, was in Deutschland seit Arminius' Zeiten praktiziert wird, um einen Menschen ganz sicher zugrunde zu richten. Nicht schlecht ausgeklügelt!

„Sind Sie Herr Eugen Kreiton, mit ‚ei'? " fragt Napoleon der Dritte.

„Ja, ich bin Eugen Kreiton, mit ‚ei', wie Sie sagen. Doch hier ist ein Fehler unterlaufen. Ich bin nicht staatenlos, ich bin deutscher Staatsangehöriger, und keineswegs krank."

Der Druck der Hand wurde stärker.

„Gerade, um das festzustellen, sind wir hier." erklärt der mit dem Kneifer.

Es hat keinen Zweck, Widerstand zu leisten. Es ist die Lieblingsmethode dieser Sorte Mensch, jemanden bis zur Weißglut zu bringen, dann haben sie immer als Rückendeckung, daß er tobsüchtig ist.

Sie führen mich hinaus. Napoleon der Dritte watschelt wie ein weißer Enterich. Feuchte Herbstluft. Der weiße Ambulanzwagen. Ich weiß nicht, ob Sie jemals darin gesessen haben und in eine Irrenanstalt abtransportiert wurden. Das ist ein bißchen schlimmer als der Moskauer

„schwarze Rabe" oder — wie sie wegen des orangeroten Streifens jetzt genannt werden — „Krebshälschen". Das „Krebshälschen" entführt Sie in die Welt der Qual und des Todes, doch Sie sind Jemand. Hier aber sind Sie ein kläglicher Halbidiot, nicht einmal eine verbrecherische juristische Persönlichkeit, sondern einfach ein Karnickel, bestimmt für die Experimente der wirklich Verrückten. Der letzte Sanitäter blickt wie von einer Wolke auf Sie herab, denn er ist normal und Sie nicht.

Ich versuche, festzustellen, wohin wir fahren. Der Wagen hat Mattglasscheiben, nichts ist zu sehen. Doch in der linken Seitenscheibe ist ein breiter Kratzer, dort flitzt etwas vorbei. Ich erhasche Fetzen gelbgrüner Bäume, Häuser. Oft bleibt der Wagen stehen, bremst, wendet. Mühselig schaltet der Fahrer, die Kupplung kreischt. Ich muß die Richtung feststellen. Ich bemerke ein bekanntes Gebäude, das ist die Argentinische Allee. Wir fahren nach Norden. Unzweideutig stößt mich Napoleon der Dritte vom Fenster. Die Fahrt dauert gut eine halbe Stunde. Dann halten wir, fahren langsam weiter. Unter den Rädern anscheinend nicht mehr Asphalt, sondern Kies. Sind wir schon da? Eins ist mir klar, ich bin noch in West-Berlin. Die Tür knackt. Wieder packen mich die beiden.

Ein Park, übersät mit Laub, halbnackte, feuchte Bäume. Weit hinter uns ein Tor, vor mir alles wie ein Spielzeug. Hohe, blendendweiße Mauern, seitwärts eine massive Eingangstür, ein Schild aus schwarzem Glas, gut einen halben Meter hoch, goldene Buchstaben:

Private Heil- und Pflegeanstalt
für Nervenkranke
Professor Dr. Dr. Kunzer

Nicht übel, gleich drei Titel. Im Empfangsraum, sofern es ein Empfangsraum ist, blitzt alles vor Sauberkeit. Überall Chrom. Der Raum ist eng, aber in ihm herrscht unvorstellbare Sauberkeit.

Mir gegenüber steht ein sehr großer, imponierend aussehender Mann in einem weißen Kittel, mit goldener Brille und langen, sehr würdevoll aussehenden Haaren. Er erinnert entfernt an den Operettentyp des guten Professors, Freund der Kranken und Armen. Der Kopf mit der goldenen Brille jedoch erinnert an einen Talmi-Anarchisten aus der Zarenzeit.

Er sieht mich an, belustigt und etwas kühl, und wechselt Blicke mit Napoleon und der Schaufelpfote hinter meinem Rücken. Ich verstehe den Sinn der stummen Sprache so, wie sie ihn verstehen.

„Nein, es hat unterwegs keine Schwierigkeiten mit ihm gegeben."

„Wollen wir Bekanntschaft schließen." sagt der Grauhaarige. „Sie müssen entschuldigen, ich bin zerstreut wie alle gutmütigen Menschen. Meinen Namen haben Sie natürlich schon am Eingang gelesen. Ich weiß, Sie haben eine seltene Beobachtungsgabe. Doch ich stelle mich trotzdem vor. Gestatten Sie, Doktor Kunzer."

„Ich bitte um Verzeihung, ich habe gelesen: Professor Doktor Doktor Kunzer."

„Wenn Sie unbedingt diese komische deutsche Sitte der mehrfachen Betitelung weiterpflegen wollen, können Sie mich auch so nennen. Sie haben natürlich eine ganze Menge Fragen an mich, zum Beispiel, wo und warum Sie hier sind, und Sie wären kein russischer Intellektueller, wenn Sie nicht fragen würden, wer das Recht hatte, Sie hierher zu bringen. Ist es nicht so? "

„Entschuldigen Sie, Doktor, ich erkenne die strenge Logik dessen, was Sie eben gesagt haben, an, doch mich interessiert in erster Linie das Grundlegende. Bin ich krank oder gesund? Wenn ich seelisch krank bin, so ist es völlig gleichgültig, wo ich mich befinde. Sollte dies aber nicht der Fall sein, so sage ich Ihnen ganz offen, daß mir absolut nicht damit gedient ist, wenn ich hier sitzen muß. Ich möchte so schnell wie möglich von hier wieder hinaus in die Freiheit."

„So etwas habe ich gern! Kaum angekommen, und schon in die Freiheit! Ich sage Ihnen ehrlich, es ist sehr schwer, hier hereinzukommen, und noch viel schwieriger, diesen Ort zu verlassen."

„Das ist wenig befriedigend."

„Sie brauche ich aber nicht zu trösten, Sie verfügen über seltene seelische Kräfte. Doch zu Ihrer Grundfrage, ob Sie krank sind oder nicht. Ich sage Ihnen offen, vom Standpunkt der Schulmedizin — nein. Doch es gibt noch etwas Anderes. Wir wissen genau, vom Tage Ihrer Rückkehr aus Rußland an haben Sie eine ganze Reihe unglaublicher Phänomene erlebt, die ein außerordentliches Interesse für die Wissenschaft darstellen. Im Besonderen — ich werde mich genauer ausdrücken — für solche Gebiete der Wissenschaft, die sich bis zur jüngsten Zeit hinter dem Horizont der modernen Wissenschaft befanden und erst beginnen, unter dem Namen der sogenannten Grenzfälle der Wissenschaft bemerkbar zu werden."

„Sie müssen entschuldigen, Doktor, doch ich begreife Sie nicht ganz."

„Wissenschaftliche Grenzdisziplinen sind solche Disziplinen, von denen eine gehörige Portion Wissenschaftler behauptet, daß sie mit der Wissenschaft überhaupt nichts zu tun haben. Ich fasse mich kurz: Die Wissenschaft verlangt Opfer von uns allen, von ihren Adepten und auch von den Objekten der Untersuchungen, selbst wenn es Menschen sind."

„Mit anderen Worten: Von den Kaninchen!"

„Wenn Sie wollen — auch so. Ich werde Ihnen nicht verheimlichen, daß Sie sich in großer Gefahr befinden... Frage: Wer ist daran schuld? Antwort: Nur Ihr Schicksal allein. Auf keinen Fall ich oder Sie und auch nicht diejenigen hohen Interessenten, die Sie hierher dirigiert haben."

„Worin besteht diese Gefahr? "

„Das ist sehr einfach, lieber Herr Kreiton. Zu jedem Menschen, dessen Schicksal etwas Außergewöhnliches darstellt, ziehen sich eine Menge verschiedener Hände, gute und schlechte. Diese Parabel bezieht sich natürlich auch auf jede schöne Frau, wie zum Beispiel auf die Ihnen nicht ganz unbekannte Schönheitskönigin, die Sie gestern bei Ihrem sympathischen Cousin angetroffen haben. Ich war übrigens auch dort und habe Sie sehr genau beobachtet. Das aber nur nebenbei. Also, wenn Ihr Schicksal überdurchschnittlich ist, und sich Ihre geistige und seelische Welt stark unterscheidet von der — sagen wir mal, ohne Anspielungen — Welt der normalen Leute..."

Dr. Kunzer machte eine elegante Bewegung in meine Richtung.

„So interessieren sich natürlich sehr viele für solch ein Subjekt. Es gibt saubere und schmutzige Hände, starke und schwache — und sie alle strecken sich nach Ihnen aus, und durchaus nicht immer mit den besten Absichten."

„Ja, das erscheint mir zeitweilig auch so."

„Ich freue mich sehr, mit Ihrer vielgerühmten Ironie Bekanntschaft zu machen. Doch trotzdem haben Sie sehr großes Glück, daß Sie sich hier bei uns befinden. Hier droht Ihnen gar keine Gefahr. Wir werden uns nur eine gewisse Zeit mit Ihnen unterhalten und einige für die Wissenschaft ungewöhnlich interessante Versuche durchführen, die Ihnen selbstverständlich nicht schaden werden, aber die Wissenschaft wird dadurch sehr bereichert... Sie zweifeln? Ich werde nicht müde, Ihnen zu wiederholen, daß gar keine Gefahr besteht und Sie noch nicht einmal große Unannehmlichkeiten erleben werden."

„Das klingt schon besser, Doktor. Doch man hat mich gegen meinen Willen hierher gebracht, und ich möchte gern wissen, wie lange sie dauern wird, wie Sie so schön sagen, ‚die gewisse Zeit'? "

„Das kann ich Ihnen noch nicht genau sagen."

„Also, wie man bei der Post sagt: Bis zur Anforderung. Dann die zweite Frage: Wem gehören diese Hände, die sich in meine Richtung bewegen und die mich hier festhalten? "

„Die Antwort ist sehr einfach: Einer hohen Sonderbehörde der Freien Welt."

„Ziemlich neblig. Ich nehme an, daß diese Behörde irgendeine simple Abwehr- oder Nachrichtenstelle ist."

„Nein, keine Abwehr- oder Nachrichtenstelle, sondern viel höher."

„Der Kongreß der Vereinigten Staaten interessiert sich gewiß nicht für mich."

„Liebster, beim besten Willen kann ich Ihnen keine passende Antwort geben. Auch wenn ich diese sich für Sie interessierende Größe nenne, werden Sie mich überhaupt nicht begreifen. Dementsprechend muß ich für eine Weile Ihre Neugierde unbefriedigt lassen und Sie zu einem vollberechtigten Bewohner dieses Hauses machen."

„Ohne Umschweife: Zu einem Verrückten!"

Kunzers Hand drückt auf einen Knopf. Auf der Schwelle erscheint ein nett aussehendes Mädchen.

„Darf ich Sie bekannt machen? Das ist unsere liebe Schwester Christine. Vom heutigen Tage an wird sie Ihr guter Schutzengel sein. Sie zeigt Ihnen alles."

Plötzlich legte Kunzer seine großen Hände auf meine Schultern.

„Ich hoffe, Ihnen nicht extra sagen zu müssen, daß man in diesem Haus absolute Ruhe bewahren muß, und daß es noch niemandem gegen meinen Willen gelungen ist, diesen Ort zu verlassen, im Gegenteil, jeder gewaltsame Versuch dieser Art führt nur zu einer Verschlechterung der Lage des Patienten. Sie werden das selbstverständlich von allein verstehen."

Etwas kühl blickende Augen betrachten mich fragend.

„Wie, wie? Ja, das ist mir vollkommen klar. Doch vor allem möchte ich gern ein Bad nehmen und frische Wäsche anziehen. Danach ein gutes Frühstück, und dann möchte ich mich gut ausschlafen."

Dr. Kunzer strahlt über das ganze Gesicht, als ob er vor Freude gleich an die Decke springen möchte.

„Mein Lieber, Sie sind fabelhaft, das nenne ich einen Mann! Gleich kriegen Sie alles und noch viel mehr, und bis morgen guten Schlaf. Das nenne ich Charakter! Ich sehe, daß ich mich in Ihnen nicht getäuscht habe."

Dr. Kunzer verschwand.

„Ich heiße Schwester Christine, der Professor hat mich ja schon vorgestellt. Ihr Bad ist fertig. Was für ein Badelaken möchten Sie haben, ein Frottiertuch oder ein einfaches Laken?"

„Vielen Dank, das ist mir egal."

Ein kleines Badezimmer, völlig bedeckt mit weißen Kacheln. Spiegelnde Wasserhähne. In jedem mein verzerrtes Ebenbild. Das Bad ist viel reicher ausgestattet als bei meinem Cousin. Keine Fenster. An der Decke faucht ein versteckter Ventilator. Das Wasser perlt und fluoresziert in allen Regenbogenfarben. Flaschen mit Badesalz. Wohlgerüche. Ein Chromhocker, fest an den Kachelboden angeschraubt. Darauf ein Häufchen verschiedenartigster Wäsche, alles von bester Qualität. Ein vielfarbiger Bademantel, unglaublich weich und dick, bedeckt mit irgendwelchen kabalistischen Zeichen. Etwas mißfällt mir in dem Badezimmer, nach einigem Überlegen stelle ich fest, was das ist. Es gibt nicht einen einzigen größeren freistehenden Gegenstand. Die breiten Sitze sind an der Wand festgeschraubt, der Hocker am Fußboden. Das, was nicht angeschraubt ist, ist ungefährlich. Die Bürste für den Rücken zum Beispiel ist ganz aus Gummi, die Flaschen mit Badesalz aus Plastik. Der Ventilator und die helle Lampe sind mit buckligen Chromgittern bedeckt.

Ob es solche Badezimmer auch in den sowjetischen Gefängnissen gibt? Sicherlich, aber nicht für solche wie mich. An der Tür ein vorsichtiges Klopfen.

„Sind Sie schon fertig?" fragt Schwester Christine.

„Noch lange nicht!" antworte ich lachend.

„Ist auch nicht nötig." Christine öffnet die Tür einen Spalt breit. Man sieht ihre hübsche Nase. „Der Professor hat befohlen, daß Ihr kleinster Wunsch sofort erfüllt wird."

„Das ist sehr angenehm. In zehn Minuten bin ich fertig."

„Ziehen Sie bitte alles Saubere an und drücken Sie auf diesen Knopf. Das ist die Klingel."

Ich kleide mich an, lege sorgfältig meinen schwarzen Paradeanzug zusammen, den mit den Lehmflecken, die mich zugrunde gerichtet haben, so wie bei Waterloo dieser Lehm Napoleon und seine Kürassiere zugrunde gerichtet hat. Ich entleere die Taschen und klingle. Die schnellen Schritte Christines.

„Haben Sie sich schön gewaschen, war es nicht zu heiß?"

„Ich habe mich kalt geduscht."

„So ist es recht."

„Wohin muß ich jetzt entsprechend den Dispositionen und Ihren Befehlen die Schritte lenken? "

„Was heißt hier Befehle? Wenn hier jemand etwas zu befehlen hat, so höchstens Sie selbst, und zwar mir, und keineswegs ich Ihnen. Der Professor ist von Ihnen begeistert... Bitte hierher, folgen Sie mir."

Ein weißer Korridor, etwa dreißig Meter lang. Das Linoleum blitzt so, daß es an ein Spiegelei erinnert. Einige Türen sind mit Spionen versehen.

„Ihren Anzug hängen Sie bitte in den Schrank." Christine öffnet die Tür mit einem Schlüssel. „Und alle Ihre Sachen bitte hierher, in das Nachttischchen."

Der Raum ist ziemlich groß, etwa 4 x 5 m. Ein Fenster, ziemlich hoch, ohne Gitter. Ich kenne diesen Dreh. Der stählerne Rahmen des Fensters selbst entspricht dem Gitter. Das Licht brennt. Am Kopfende des Bettes zwei Lämpchen, blau und matt. Das Nachttischchen ist hermetisch an die Wand angeschlossen und gänzlich mit Gummi bedeckt. Ein großer Radioapparat, ebenso fest eingebaut. Das Bett hängt an der Wand, es hat keine Beine. Man sieht, alles ist durchdacht worden. Es gibt nichts, was man von der Stelle bewegen könnte. Die Tür ist mit dickem, weichem, gelbem Stoff beschlagen. Ich muß noch feststellen, was für ein Stoff das ist. In der Ecke eine andere Tür, genauso ausstaffiert. Christine öffnet sie.

„Das ist Ihr privates Bad mit Dusche und Toilette."

Bad und Dusche sind durch einen Perlonvorhang abgetrennt. Keine Fenster. Wiederum nichts Tragbares.

„Eine andere Toilette ist im Korridor. Die Tür ist natürlich nicht verschlossen. Gleich bringe ich Ihnen das Frühstück. Möchten Sie die Eier lieber hart oder weich gekocht? "

„Bitte, nicht zu hart."

„Hier ist die Klingel. Bitte läuten Sie, wenn Sie etwas wünschen, und genieren Sie sich nicht."

Christine geht hinaus.

Auf dem Bett liegt die Aktentasche, die bei meinem

Cousin geblieben war. Das heißt, alles ist mit seinem Wissen gemacht worden und er wäscht jetzt seine Hände in Unschuld. In der Aktentasche fehlt nichts mit Ausnahme des Finnenmessers und des Rasierapparates. Schadet nicht, das geht nicht verloren.

Christine bringt ein Frühstück, das jedem Welthotel Ehre gemacht hätte. Mir ist klar, daß meine Lage sehr schlecht ist, sicher viel schlechter als im Lubjanka-Gefängnis. Ohne Grund wird man nicht so gefüttert. Ich strecke mich aus.

„Herr Kreiton, Herr Kreiton, hören Sie mich? "

Christines Stimme ertönte aus einem Mikrofon, das ich bisher nicht bemerkt hatte. Sehr interessant.

„Ja, ich höre."

„Bitte, in zehn Minuten erwartet Sie der Professor zu einer medizinischen Untersuchung. Ich werde Sie abholen."

Kaum kann ich die zehn Minuten abwarten.

Ein anderer Korridor. Er schlägt erst einen Haken, dann einen Halbkreis. Eine große Doppeltür, wiederum mit Chromgriffen. Professor Kunzer sitzt in einem Sessel. Heute klebt auf seiner Nase ein zierlicher goldener Kneifer.

„Da ist das corpus delicti!"

„Bin ich das? "

„Sie wissen doch, seit dem gestrigen Tage sind Sie kein Subjekt mehr, sondern nur noch ein Objekt."

„Was bedeutet das? "

„Das bedeutet, mein Freund, daß die stolzen Berggipfel, je höher sie stehen, umso öfter vom Blitz getroffen werden."

„Demnach sind Sie selbst dieser Blitz."

„Nein, ich bin eher ein Blitzableiter."

„Mein lieber Professor, mit Ihrer Erlaubnis möchte ich gern unsere weltmännische Konversation unterbrechen und mir einige Fragen erlauben."

„Ich bitte sogar darum."

„Die Frage ist alt: Warum befinde ich mich hier, die Adresse dieser Einrichtung und mein weiteres Schicksal."

„Das sind, Schätzchen, schon ein Dutzend Fragen. Ich werde versuchen, sie zu beantworten. Das erste: Es gibt

Menschen, die die Ansicht vertreten — wie soll ich mich höflicher ausdrücken — daß sich Ihre seelische Welt in einem angeknacksten Zustand befindet, und das allein genügt schon voll und ganz, Sie hinter Schloß und Riegel zu bringen."

„Wie ich sehe, braucht man sich dazu nicht allzu sehr anzustrengen."

„Sie haben es erfaßt, zumal es aufgrund einer Verordnung der Besatzungsmächte der drei Sektoren West-Berlins geschehen ist."

„Was habe ich mit ihnen zu schaffen? "

„Sie mit ihnen nichts — wohl aber sie mit Ihnen!"

„Das ist dasselbe."

„Keinesfalls. Der Mörder, zum Beispiel, der Sie umbringen will, hat bestimmt etwas mit Ihnen zu tun, während Sie selbst noch nicht einmal etwas von ihm zu wissen brauchen und auch keine Beziehungen zu ihm haben."

„Das ist ein sehr beruhigendes Beispiel."

„Jawohl, in Ihrem Leben gibt es einzelne absonderliche Momente, für die sich einige machtvolle Menschen sehr interessieren. Ich nehme an, daß Sie dies bereits in der Lubjanka bemerkt haben."

„Gewiß."

„Denn auch dort hat man Sie nicht ganz wie einen ordinären Sträfling behandelt."

„Vielleicht haben Sie recht."

„Nicht nur vielleicht, sondern bestimmt. Wir haben unumstößliche Informationen von drüben."

„Vielleicht arbeiten Sie mit den Genossen zusammen? "

„O nein, das sind unsere Feinde."

„Dann zum wievielten Male: Warum bin ich hier? "

„Ich antworte höchst offiziell. Sie sind hier, weil die verantwortlichen medizinischen Autoritäten des amerikanischen Sektors von Berlin Sie nicht für normal befunden haben. Nicht normale Subjekte werden in geschlossene Heilanstalten überwiesen. Die nicht offizielle Version ist noch einfacher: Sie sind hier, um die Fragen zu beantworten, die man an Sie richten wird."

„Auf welche Fragen kann ein Geistesgestörter antworten? Haben seine Antworten überhaupt eine Bedeutung? "

„Zweifellos. Man kann jeden fragen, selbst einen Verrückten. Es ist Sache der Fragenden, zu entscheiden, was glaubwürdig ist und was nicht."

„Das ist konkret. Dies ist also de facto ein Gefängnis. Mich in ein offizielles Gefängnis einzusperren, ist schwer und unbequem. Was kann man da schon mit mir machen? Deshalb hat man mich in eine Heil- und Pflegeanstalt eingewiesen, in eine nicht-offizielle, die zugleich ein Gefängnis ist. Genau so entscheidet man in Moskau auf salomonische Weise bei den seelisch kranken politischen Häftlingen: ‚Krank, aber voll verantwortlich für seine Taten!' "

„Liebster Jewgenij Borisowitsch — bitte, zucken Sie nicht zusammen, wenn ich Sie ‚liebster' nenne — persönlich habe ich absolut nichts gegen Sie, doch ich bin ein kleiner Mann und muß die Arbeit erfüllen, die mir übertragen worden ist, auch wenn sie unangenehm ist. Deshalb muß ich anfangen und ich hoffe, daß Sie nicht zu viele Schwierigkeiten aufbauen werden."

Professor Kunzer schwieg. Was sollte ich antworten. Mir kam es auf einmal vor, daß jetzt wieder solch ein Augenblick gekommen war, in dem man beten muß. Professor Kunzer unterbrach das Schweigen.

„Ich werde sehr bedrückt sein, wenn Sie mich zwingen, dritte Personen herbeizuziehen, zum Beispiel die beiden, die Sie hergebracht haben. Beginnen wir ‚ab ovo', wie sich der große Russe Puschkin ausdrückte. Schreiben Sie bitte Ihren genauen Lebenslauf, so vollständig wie Sie sich erinnern können, ohne unwesentliche Details natürlich."

„Ich werde meinen Lebenslauf schreiben, doch möchte ich gern wissen, was Sie für den Mittelpunkt meines Lebens halten, für den Pol, um den sich alles dreht, um, wie es in dem Igor-Lied, diesem alten russischen Volksepos, steht, ‚sich nicht mit den Gedanken wie ein Baum zu verästeln.' Haben Sie von diesem Epos gehört, Professor? "

„O ja, es soll keineswegs schlechter sein als unser Nibelungenlied."

„Ich freue mich sehr, in Ihnen einen so hoch gebildeten Mann angetroffen zu haben. Sie zitieren Puschkin, Sie kennen das Igor-Lied..."

„Ihnen zu Diensten... Übrigens, der Gedanke, sich zu verästeln, geht noch. Doch den grauen Wolf zu spielen, werde ich Ihnen keineswegs raten, sonst werden wir sehr aneinander geraten. Konkret, uns interessieren diese Madame Lutschitzkaja und Ihre Beziehungen zu ihr. Über diese Person wissen wir viel zu wenig, wissen aber genau, daß Sie die Spur sind, die uns zu ihr führen wird."

„Ich habe die leise Befürchtung, Professor, daß diese Spur Sie nirgendwo hinführen wird. Ich möchte Sie nicht enttäuschen und werde natürlich alles darlegen, was es für eine Bewandtnis mit meinen Beziehungen zu dieser Dame hat."

„Liebster Jewgenij Borisowitsch", das Gesicht Kunzers verzerrt sich in honigsüßer Begeisterung. „Ich habe immer gewußt, ich ahnte es, daß Sie mich, einen alten und schwachen Geist, nicht enttäuschen werden. Sie wissen, ich habe die russische Intelligenz immer sehr hoch geschätzt, und zwar wegen ihres unübertrefflichen Idealismus. Nun, zum Beispiel Ihre einzigartigen Philosophen Berdjajew oder Losskij, wissen Sie, mit seinem Werk ‚Die Begründung der Intuition', oder nicht zuletzt der Emigrantenmaler Rörich und Sergej Lifar, und Sie, mein Liebster, sind ihnen ähnlich. Gleich bringt man Ihnen Papier. Und um aller Heiligen willen, wenn Sie etwas brauchen — ich glaube, Sie lieben Süßigkeiten — so ist für Sie eine Torte bereit, Eclairs. Gleich wird alles hereingebracht."

Professor Kunzer schwitzt, lächelt verlegen, scharrt mit dem Fuß und verschwindet aus dem Zimmer. Wie der unreine Geist, denke ich. Man bringt einen Stoß guten Papiers, Bleistifte und ein Tablett mit Kuchen. Alles wird von Christine persönlich gebracht. Die Kuchen sind durchaus nicht allein. Apfelsinen und saftige Weintrauben, als ob sie direkt aus dem Lande Kanaan kommen, liegen auf einem Holzteller. Christine verschwindet.

Stille. Etwas in dieser Stille ist nicht in Ordnung, etwas

Heimtückisches, Niederträchtiges lauert irgendwo. Ich erinnere mich unwillkürlich der Worte meiner längst verstorbenen Amme:

„Die Stille, die ist ganz verschieden, die eine ist von Gott, die andere vom Teufel!"

Ich laufe im Zimmer umher und fuchtele mit den Händen in der Luft. Dann begreife ich. Jede meiner Bewegungen wird registriert, jeder Laut abgehört. Wo werden Späh-Auge und Mikrophon sein? Sichtbar wohl nicht. Das Späh-Auge ist im Ventilator, und das Mikrophon kann überall sein. Ich gebe mir Mühe, mich genau an das zu erinnern, was ich in der Lubjanka geschrieben habe, und schreibe dasselbe auch hier. Tschekisten sind überall Tschekisten, auch bei den Amerikanern.

14. November 1955.

Der zweite Tag meiner Inhaftierung in dieser — mit Verlaub gesagt — Anstalt ist zu Ende gegangen. Ich schrieb und schrieb. Professor Kunzer ist honigsüß und voller Eloquenz, er windet sich wie ein etwas auf sich haltender Aal und — wie einmal ein zweitrangiger russischer Literat sagte — kombiniert in sich die Eloquenz Ciceros mit der Denkschärfe des Odysseus. Doch seine Begeisterung kommt nicht ganz von Herzen. Ich sehe, er erwartet und sucht in meinen Schreibereien nach etwas Anderem. Ungefähr kann ich erraten, was, denke jedoch nicht daran, an diesen Haken anzubeißen.

15. November 1955.

Meine Behandlung ist mehr als korrekt. Ich kann mich nicht entsinnen, daß zuvor jemand mich so zuvorkommend behandelt hat. Ich brauchte nur ein Wort zu verlieren, daß ich ernste Musik liebe, und in meinem Zimmer erschien ein Monstrum von einem Musikschrank. Feierlich ertönte „Der Vampir" von Marschner. Am Abend gibt es „Fidelio". Interessant, wie man sich damals im Gefängnis fühlte. Zu mir wird bestimmt kein Fidelio kommen.

16. November 1955.

Für 10.00 Uhr morgens ist eine Visite von Professor Kunzer angesagt. Wenn mich nicht alles täuscht, wird dies ein kritisches Gespräch. Das Radio hat soeben gemeldet, daß es 10.00 Uhr ist, und wie ein Geist aus der Unterwelt erscheint Professor Kunzer. Ich überzeuge mich immer mehr und mehr davon, daß dieses Gebäude nicht allzu groß ist, und ich einer der wenigen Häftlinge bin. Kunzer wirkt, als ob er mich abknutschen wolle. Doch ich sehe gleich, daß man einen Löffel Schmieröl in das Honigfaß getan hat. Ihn hindert wohl nur der eben ausgetrunkene Essig daran, mich abzuküssen.

„Mein Liebster!" Professor Kunzer schüttelt mein Geschreibsel wie eine siegreiche Fahne in der Luft. „Bitte, schauen Sie nicht so traurig drein. Wenn hier jemand traurig sein muß, so bin ich das. Ich lese und lese und komme aus der Verwunderung nicht heraus. Alles haben Sie, mein Liebster, hingeschrieben, nur das Wichtigste fehlt."

„Wie soll ich das verstehen? "

„Sie verstehen nicht? Dann werde ich mich genauer äußern. Bevor wir anfangen, möchte ich Ihre Aufmerksamkeit auf einen sehr verhängnisvollen Fehler von Ihnen lenken. Ich und diejenigen, die hinter mir stehen, schätzen es keineswegs, wenn man sie für dumm verkaufen will. Das ist sozusagen ein kleines Präludium. Jetzt die Tatsachen. Wir müssen wissen, wie Sie Ihren Kontakt mit Frau Lutschitzkaja herstellen."

„Ist das alles, was Sie wissen wollen? "

„Bis jetzt, ja."

„Und wozu? "

„Ich könnte zumindest antworten, daß Sie das nichts angeht. Das werde ich aber nicht tun, sondern sage Ihnen direkt, daß sich für die Lutschitzkaja und die ihrem Leben eigenen Phänomene ganz besonders hohe Leute interessieren und Sie vielleicht der einzige normale Mensch sind, der einen ständigen Kontakt mit ihr unterhält. Wie ich schon einmal sagte, Sie sind die Spur."

„Aha, plötzlich ist derjenige normal, den man in einer Irrenanstalt festhält! Doch dieser Normale sagt Ihnen ganz offen, daß er keine Spur darstellen will."

„Ich glaube, wir können Sie zwingen."

„Nun, um konkret zu sein, was wollen Sie in dieser veränderten Situation von mir? "

„Wir wissen genau, daß Sie jeden Augenblick mit dieser Dame in Kontakt treten oder sie einfach herbeiholen können."

„Und Sie werden sie hier in diese Anstalt einsperren, genau so wie mich? "

„Das geht Sie nun wirklich absolut nichts an."

„Gut, das geht mich nichts an. Doch ich glaube, daß es Sie angeht, wenn ich Ihnen sage, daß ich schon seit bald neun Jahren keinen Kontakt mehr mit dieser Dame hatte. Ich weiß nicht einmal, wo sie ist und ob sie überhaupt lebt. Sie wissen doch, wo ich all diese Zeit gewesen bin. Ich nehme an, am unangenehmsten Ort der Welt, mit Ausnahme dieses ehrenwerten Krankenhauses natürlich. Und Sie glauben, ich hätte sie mir nicht zur Hilfe gerufen, wenn ich es gekonnt hätte, als ich in der Lubjanka war? Doch ich kann gar nichts, und Sie vergeuden Ihre Zeit für mich ganz unnütz."

„Ich muß leider hinzufügen, daß wir noch sehr viel Zeit für Sie vergeuden werden, und daß Sie sich von hier nicht so leicht herauswinden werden wie aus Moskau."

„Irgendjemand wird sich doch dafür interessieren, wohin ich verschwunden bin."

„Zweifellos, doch zu gegebener Zeit werden alle Ihre Freunde und diejenigen, die es wünschen, beweiskräftige Unterlagen erhalten, daß Sie wieder nach dem Osten entführt worden sind. Sie können Gift darauf nehmen, daß dies ebenso niemanden interessieren wird wie beim ersten Mal, wahrscheinlich noch viel weniger."

„Professor, es erscheint mir unnütz, über mein Schicksal mit Ihnen zu reden, denn jetzt, wo ich genau weiß, was Sie von mir wollen, ist mir klar, daß ich Ihnen durch nichts helfen kann."

„Das heißt: Sie wollen nicht."

„Etwas nicht können, heißt noch lange nicht, es nicht zu wollen. Ich habe Ihnen die reine Wahrheit gesagt."

„Die wir sehr genau überprüfen werden."

„Heißt das, daß Sie mich foltern werden? "

„Nun, direkt foltern natürlich nicht, aber unter den Lügendetektor werden wir Sie schon setzen müssen."

„Verzeihung, ich bin nicht im Bilde. Ist das dieser amerikanische Apparat, der klärt, ob der Mensch lügt oder nicht?"

„Genau."

„Das ist ungesetzlich."

„Sie sind hier sehr weit von allen Gesetzen entfernt. Hier gilt nur ein Gesetz: Den Willen derjenigen zu erfüllen, denen hier alles gehört. Aber nun genug des Quasselns."

Anscheinend hat für mich unbemerkt der Professor geklingelt. Meine beiden lieben Bekannten kommen herein, diese Schießbudenfiguren, Napoleon der Dritte und die Schaufelpfote, und noch ein Dritter, mir unbekannt, groß und breitschultrig.

„Also, lieber Professor, Sie sind hier also der Herr Oberscharfrichter und das sind Ihre Gehilfen? "

Sie halten mich an meinen zitternden Armen, führen mich in das Kabinett. Professor Kunzer öffnet ein kristallenes Schränkchen. Wie luxuriös die modernen Folterkammern aussehen? In den Händen hält der Professor eine blitzende Spritze von merkwürdiger Form. Ein abgehackter Befehl.

„Haltet ihn fest!"

Nach ihren Griffen fühle ich, daß es keinen Zweck hat, Widerstand zu leisten. Hier wirkten Fachleute. Wie hypnotisiert fixiere ich die Spritze. Die Flüssigkeit ist durchsichtig, aber immer sind alle Schweinereien durchsichtig. Meine Hände liegen auf dem Tisch und sind so stark an ihn gepreßt, daß ich keinen Finger rühren kann. Es piekt ziemlich stark. Ein dünner Stachel geht in die Vene. Trotzdem ist der Stich artistisch ausgeführt. Professor Kunzer ist wirklich ein hervorragender Arzt. Die Vene wird blau von meinen Anstrengungen.

Nichts Furchtbares ist passiert. Der Griff wird locker. Man hält mich unter den Armen. Der bekannte Korridor. Ich werde auf die meinem Zimmer entgegengesetzte Seite eskortiert.

Ein sehr großer Raum, wie alle anderen in strahlendem Weiß.

Mit mir geschieht etwas Merkwürdiges. Professor Kunzer lächelt mir nett zu, ebenso diese drei. Ich glaube, Napoleon der Dritte hat seinerzeit bestimmt nicht so nett gelächelt, als er 1852 den Staatsstreich arrangierte und Kaiser wurde. Wie frei, lustig und wundervoll ist es auf dieser Erde! Selbst der große Sessel, der fest an den Boden geschraubt ist, erschreckt mich nicht. Auch der Sessel lächelt gutmütig. Er ist weich gepolstert. Elektrische Apparate, einige leuchtende Lämpchen. An Scharnieren steigt etwas von der Decke herab, eine metallene Kappe.

Das ist doch keine Kappe, das ist meine alte Freundin, die Spinne! Wie nett sie ist, diese Spinne! Ob jemand wohl schon einmal solch eine Riesenspinne geküßt hat? Fenster sind in diesem Raum nicht zu bemerken. Ich überlege, daß es gar nicht übel wäre, einen Kosakentanz aufzuführen. Sollen diese westlichen Krähen endlich die russische Seele begreifen. Sie alle, auch der Professor, werden die Augen aufsperren wie die Nachteulen.

Die komische Halbkugel steigt herab. Jetzt sind Leitungen zu bemerken. Der Fußboden ist mit etwas Weichem und Federndem ausgelegt. Tänzelnd gehe ich zum Sessel, wie Marschall Budjonnij auf einen Empfang im Kreml.

„Setzt ihn hinein!" kommandiert in der Ferne Professor Kunzer.

„Die Hände fester halten!"

Was für eine Dummheit ist es, meine Hände mit Riemen unbeweglich zu machen.

„Die Kontakte!" Wieder die ferne Stimme des Professors.

Etwas knackst und blitzt. Mein Gehör wird auf einmal ungeheuer scharf. Irgendwo schlägt eine Uhr. Wie ähnlich ist sie dem berühmten „Kuranten" im Kremlturm. In der Nähe tropft Wasser.

„Kapp... kapp... kapp!"

Ein Mann in einer altertümlichen Perücke destilliert etwas durch ungeschlachte Kolbengläser.

„Wo sind Sie geboren? " fragt jemand.

Irgendjemand antwortet irgendetwas.

„Vatersname? Name der Mutter? Geburtsjahre der Eltern?"

Wie schnell folgen diese Fragen einander. Sie tauchen ohne meinen Willen auf, und auf jede Frage gibt meine Zunge gänzlich ohne meine Beteiligung eine Antwort, als ob die Fragen irgendwo herausspringen, sie springen auf mich zu, und brechen zusammen mit der Antwort in einen schwarzen Schacht ein.

„Kapp... kapp... kapp..." tropft das Wasser. Mit ihm nähert sich Gefahr. Wieder der alte Mann mit der Perücke. Helene ist bei ihm. Sie sieht aus wie damals, das erste Mal in Berlin, doch anders gekleidet. Sie dreht sich um und kommt zu mir.

Wieder eine Frage.

„Wann haben Sie die Bekanntschaft der Helene Lutschitzkaja gemacht, und wo? Eine Antwort, schnell !"

Doch an meiner Stelle antwortet Helene.

„Hören Sie, Kunzer, erstens sind Sie dumm, zweitens ein Lump und drittens ein Abenteurer und Scharlatan. Sie sind kein Arzt, niemals haben Sie eine Dissertation geschrieben, und wenn Deutschland auch das klassische Land der doktoralen Taugenichtse ist, so sind Sie nicht einmal ein Doktor. Aber unschuldige Menschen quälen, auf Anweisung vermaledeiter Gernegroße, die sich das aneignen wollen, was ihnen nicht zusteht, das verstehen Sie glänzend."

„Wie wagen Sie es, so mit mir zu reden! Ich werde Sie, ich... ich...!"

„Schreien Sie diesen Menschen nicht an, Kunzer! Er ist ein Mensch, doch sein Leben trägt das Siegel des Schicksals selbst, und nicht das Siegel lumpiger Gerichte — wie das Ihre. Mein Gott, wie dumm und talentlos Sie sind, Kunzer! Sie hoffen, mit miesen Henkersmethoden die Wahrheit zu erpressen und dadurch das Spiel Ihres Lebens zu spielen. In Ihrer Talentlosigkeit können Sie nicht begreifen, daß Sie höchstens ein furchtbares Gesetz verstehen, wenn Sie aus ihm, der da gefesselt im Sessel liegt, auch alles herausquetschen, was er weiß, und sogar mich in Ihre schmuddeli-

gen Pfoten bekommen würden — und wozu? Damit es ein paar amerikanischen Großabenteurern zugute kommt, so, wie das vor Ihnen die von tierischer Todesangst gepeinigten sowjetischen Parteimagnaten versuchten. Weder der einen Seite, noch der anderen, wird jemals das offenbart, was vielleicht einmal allen edlen und wertvollen Menschen zugute kommt.

Sie dummer Esel haben bereits erraten, wer zu Ihnen spricht. Und nun, sofort das Verhör abbrechen! Sonst werde ich mich selbst mit denen in Verbindung setzen, die über Ihnen stehen und denen die Stiefel zu putzen Sie bereit sind. Ich werde sie in Kenntnis setzen, was für ein dummes und talentloses Stück Vieh Sie sind..."

„Kapp... kapp... kapp!" tropft das Wasser.

Stille. Irgendwo knackt etwas. Vor mir steht Professor Kunzer. Sein Gesicht ist weiß, eine widerliche Maske aus Wut und Angst.

„Bindet ihn los!"

Meine Hände sind frei. Ich fühle mich sehr aufgeräumt.

„Für diesen Auftritt werden Sie teuer bezahlen müssen. Das ist die Quittung für all das Gute, das ich Ihnen getan habe. Wie man in Ihrer Heimat sagt: Sie haben mir eine krepierte Ratte in die Suppe geworfen. Das wird Ihnen nicht viel nützen!"

„Eine Ratte... haha... haha... haha!" Vor Lachen ersticke ich förmlich. „Sie haben mich mit so schönem Kuchen gefüttert, und dafür haben Sie eine tote Ratte..."

Schwankend und lachend verlasse ich das Zimmer, wende mich in die verkehrte Richtung.

„Da lang, da lang!" Napoleon der Dritte zieht mich am Ärmel.

Professor Kunzer folgt mir nicht. Neben der Tür sehe ich das Gesicht Christines. Auch sie ist blaß. Die Tür schließt sich. Erst auf dem Bett kann ich mich auslachen, dann schlafe ich totmüde ein.

Ein türkisfarbenes Meer plätschert, und darüber segelt ein Schifflein, oder genauer, eine Galeere. Ich sehe, wie die Ruder blinken, wie unter ihnen Fischleiber spielen, viele

Fische. Am Bug, im Ornat, steht der Priester Vater Pjotr. Gut kann ich mich seiner erinnern. Er lehrte uns Kindern Gottes Wort und Religion in der Kirche des heiligen Nikolaus des Erschienenen in Moskau. Artig sitzen wir alle in einer Reihe, Mädchen und Jungen. Oftmals geriet Vater Pjotr in Aufregung und sprach schwierige und unverständliche Worte. Doch seine Augen leuchteten voller Güte und Pfiffigkeit. Es hagelte nur so von Katechismen, dreiarmigen Leuchtern, Priesterornaten und ständig fiel das Wort ‚paki'. Besonders unverständlich erschien uns damals dieses Wort ‚paki'. Und eines Tages nahm sich die winzigkleine Tanjuscha, die kleinste von uns allen, den Mut und fragte:

„Vater, was heißt das eigentlich: paki?" und verschluckte sich sofort an dem eigenen Schrecken.

Vater Pjotr blieb stehen, als ob er sich in eine Salzsäule verwandelt hätte. Was eine Salzsäule war, wußten wir schon. Dann begann er, schallend zu lachen:

„Hast du das Gedicht von dem Popen nicht gehört?"

„Welches?"

„Sicherlich kennt es dein Vater. Paß auf:

Paki und paki haben die Hunde den Priester gebissen,
und wenn nicht die Kirchendiener —
hätten sie ihn gänzlich in Stücke gerissen!"

Die kleine Tanjuscha schwieg. Anscheinend hatte sie doch etwas begriffen, doch sozusagen, vom anderen Ende. Fünf Jahre später wäre uns der merkwürdige Humor von Vater Pjotr verständlich gewesen.

In seinen Predigten kannte er keine Furcht. Bald wurde er festgenommen und irgendwohin transportiert. Besonders liebte und verstand er es, über das heilige Abendmahl zu reden.

„Niemals, liebe Kinder, dürft ihr das heilige Abendmahl vergessen."

Er wurde nicht müde, uns das zu wiederholen.

„Ob Gott euch eine Prüfung oder eine Freude beschert, im Abendmahl ist eine Kraft, die es nirgends sonst auf der Erde gibt."

Dann hat man ihm den Unterricht verboten. Nach

einiger Zeit kam die Mutter weinend zu uns und bat, für den Vater Pjotr zu beten. Niemand hat ihn mehr gesehen.

Und jetzt steht er im Ornat am Bug der Galeere. Das Rot leuchtet wie die Sonne, und er lacht genau so fröhlich wie damals. Ich weiß, was er mir sagen will:

„Hast du denn schon das heilige Abendmahl zu dir genommen, nachdem du die Läger verlassen hast? Du bist mir einer! Für alles hattest du Zeit, nicht aber dafür. Aber Gott wird dir schon vergeben."

Vater Pjotr ist nicht allein. Hinter ihm drängen sich Menschen. Ich erkenne sie alle. Da ist er, der elegante Mann, der Dieb und Zuhälter, der zerlumpte Hehler, der Kollektor für die Kinder mit karminroter Nase und tadellosem militärischem Schliff, der Herr Haus- und Realitätenbesitzer, die heruntergekommene Persönlichkeit zerrt an ihrem Gürtel. Als Hintergrund für das blitzende Ornat stehen die Dame in schwarz, die bisexuelle Persönlichkeit mit Bart. Sie alle sind hier, meine Freunde aus der Frankfurter Kneipe.

Der Schlaf wird schwer, bleiern und drückend. Ich weiß, ich muß mich bewegen, doch ich kann nicht. Viel Zeit ist vergangen. Von ferne ein dumpfer Schlag. Etwas Weiches fällt hin. Dann wieder dasselbe. Etwas liegt ganz nahe. Ist es möglich, daß Professor Kunzer eine neue Teufelei ausheckt? Ich muß unbedingt aufwachen und sie wach empfangen. Sie kommen, um mich zu holen. Die Tür steht auf, doch ich kann nicht einmal die Lider heben.

DIE BEFREIUNG

„Heimkehrer! Steh auf, aber leise! Hier also hast du dich verkrochen!" sagt eine wohlbekannte, etwas lispelnde Stimme.

Der eiserne Reifen um meinen Kopf platzt. Am Bett steht Heinrich in einem eleganten, seidenglänzenden Regenmantel und zerrt gnadenlos an mir. An der Tür rollt der Haus- und Realitätenbesitzer schnell irgendein Bündel auseinander.

„Zieh dich an, wie im Lager! Trab, trab! Hier ist das Hemd, Hosen. Deine Sachen sind nicht da."

„Ist alles im Schrank."

„Schau her, alles ist leer."

Im Schrank ist tatsächlich nichts.

„Freunde, ihr seid doch gekommen!"

„Denkst du etwa, wir sind keine Ehrenmänner? Wir verlassen unsere Freunde nicht in der Not... Aber fix, klüngle nicht! Die Lage ist brenzlig. Hinten wachen der SS-Mann und der Vorsitzende. Friedel hat zwar Mumm in den Knochen, aber niemand weiß, welchem Teufel das alles hier gehört. Im Empfangsraum wartet unsere Mädchenliebhaberin. Alles mögliche kann passieren. Schnell, zieh die Handschuhe an und fort von diesem Teufelsnest."

Der Korridor.

An der Ecke ein eleganter US-Hauptmann, schlank wie eine Pappel. Er zwinkert mir lustig zu.

„Bist wohl ganz verdattert, Heimkehrer. Uniform ist Uniform! Unsere SS-Montur war viel besser, aber auch in dieser ist jedes Mädchen geliefert. Schnell, hier entlang. Hier sind die Folterkammer und das technische Labor, und hier geht es zum Herrn Professor. Da ist er selbst!"

Die Tür ist offen. Der ehrenwerte Gelehrte liegt auf dem wohlbekannten Lederkanapee. Die imposanten grauen Haare sind mit Blut verschmiert. Der goldene Kneifer liegt zerschlagen auf dem Fußboden. Neben ihm, weißer als sein Kittel, mit etwas Schwarzem im Mund, liegt Napoleon der Dritte.

„Was ist mit ihnen? "

„Leben tun sie, diese Mistviecher! Beide haben nur ein bißchen vom Schlagring abbekommen. Gesunde Lümmel! Der Professor wird eine Woche in seinem eigenen Hospital das Bett hüten und zwei Wochen mit einer Beule herumlaufen. Ein überdimensionaler Lump! Alles mögliche Gesindel habe ich schon erlebt, aber solch ein Mistvieh sieht man in hundert Jahren nur einmal. Hundertmal schlimmer als ich, wenn er auch nichts für die Kinder sammelt."

„Worauf warten wir? "

„Verlier nicht die Nerven, Heimkehrer. Es ist noch nicht alles getan. Wir haben Zeit."

Der seidige Regenmantel erscheint.

„Wer ist am Telefon? "

„Der Vorsitzende. Er kann sich nicht beherrschen, ist in des Professors Kleidung geschlüpft. Das ist seine zweite Natur."

„Sitzt er unten? "

„Da kommt er gerade."

Am Treppenabsatz erscheint unser Hehler, alias Vorsitzender. Er trägt einen hellen Kamelhaarmantel. Der Mantel ist zu groß.

„Hallo, Heimkehrer!"

„Halt die Klappe, laß ihn! Was ist mit den anderen? "

„Beide in der Gummizelle. Das ist ein Ding! Ganz weich

ausgepolstert. Da kann man brüllen oder schweigen — wie man will. Warst du noch nicht drin, Heimkehrer? "

„Nein."

„Kamen sie also nicht dazu. Wenn wir nicht gekommen wären, wärst du bestimmt noch da gelandet."

„Hat jemand angerufen? "

„Ja, einmal. Fragte einer, ob im Restaurant noch ein Tischchen frei sei. Hat nicht viel gefehlt, und er wollte auch noch das Menu wissen!"

„Daß die Teufel dem Kunzer das Menu in den Rachen stopfen. Schau, schau! Hast dich schon in die Uniform des Professors geworfen!"

„Nicht schlecht, wenn er nur die Anzüge des Professors gemaust hätte! Er schleppt aber einen ganzen Koffer mit Medikamenten."

Friedel hob den Finger.

„Er sagt, er sei Idealist und will viele Menschen damit heilen!"

„Das werde ich auch!"

„Tatsächlich — ein Idealist! In Frankfurt wirst du sämtliche Medikamente gegen Marihuana austauschen... Alle Achtung! Was ist mit der Telefonzentrale? Sofort zerstören. Alle Türen zu. Schlüssel mit sich nehmen! Verstanden? "

„Jawohl, Chef!"

„Alle marsch nach unten!"

Im kleinen Empfangsraum krümmt sich auf dem Fußboden die an Händen und Füßen verschnürte Christine. Über ihr ein weißer Kittel. Sie tut mir leid.

„Jungs, sie ist unschuldig... sie ist nur eine Pflegerin."

„Bist du doof, Heimkehrer? Später erzähle ich dir, was für eine Pflegerin das ist!"

Auf einem Hocker neben Christine sitzt das bekannte schlanke Wesen in schwarz und betrachtet wie hypnotisiert die schlanken, zuckenden Beine Christines.

„Na, na, Beatrice, laß die Zügel nicht fahren!" kommandiert der Regenmantel. „Dieses Miststück ist die Freundin Kunzers und nach ihm Dreck Nr. 2 im Haus. Alle unsere

Damen vom Allerheiligentor sind im Vergleich mit ihr weiß wie die Lämmer. Mach Schluß mit deinen Kalbszärtlichkeiten, Beatrice! Hast du sie gut verpackt? "

„Ich glaube schon, nach allen Regeln der Kunst. Sie ist nicht die erste."

„Was stimmt — stimmt! Alle Achtung! Das Objekt wird geräumt. Sind keine Fingerabdrücke geblieben? Kinder und Frauen, Kriegsgefangene und Verrückte voran! Das letztere bezieht sich auf dich, Heimkehrer!"

Die Ausgangstür fällt zu. Zum zweiten Male sehe ich das schwarze Schild:

Private Heil- und Pflegeanstalt
für Nervenkranke
Professor Dr. Dr. Kunzer

„Zuschließen und ins Auto!"

Feuchter, trüber Nebel. Die Bäume wie Fragezeichen. Die Szene wie im Totenreich des „Blauen Vogels" in der Inszenierung von Stanislawskij. Fette Tropfen auf den goldenen Buchstaben. Der Park. Das Tor.

Der Vorsitzende schleppt zwei große Koffer.

„Eine Schande!" schimpft der elegante Mann. „Elender Krämer! Ich selbst habe nur die Geldbörse des Professors geschnappt, aus echt belgischem Nappa und vollgestopft wie eine Leberwurst. Das sind sozusagen meine Tagesgelder und die Marschverpflegung. Außerdem, im Tischchen bei dieser überirdischen Christine hat sich auch viel Glitzerndes angefunden."

Das Auto. Am Steuer ein elegantes, stark geschminktes Mädchen.

„Alles klar, Giselle? "

„Jawohl!"

„Los, an die Pferde!"

Dumpf grollend springt der Motor an. Lichtkegel bohren sich in den Nebel.

„Was ist mit den anderen Patienten? "

„Es gab keine Patienten außer dir."

„Das kann doch nicht sein!"

„Das Haus ist klein. Wir haben alles abgesucht."

„Wohin soll ich fahren? "

„Direkt nach Tegel, zum Flughafen. Von dort gibt es ein Flugzeug nach Frankfurt. Bestellt sind sieben Plätze. Hoffentlich klappt es."

Die Straßen sind leer. Der Wagen läuft schnell und schneller.

„Wie spät? "

„Vier Uhr sechsundzwanzig, siebzehnter November."

„Außer dir war keine Seele beim Kunzer. Wir haben den Panzerschrank aufgemacht und von dort alle Papiere gemaust, das heißt, wir haben ihn natürlich nicht geknackt. Der Professor selbst hatte ihn geöffnet. Der Panzerschrank ist erstklassig, etwas moderneres gibt es gar nicht. Wenn er geschlossen ist, kommt niemand ran. Doch die Belege werden uns schon nutzen."

Der Wagen passiert die großen, leeren Räume Nord-Berlins. Dunkle Häusermassen und Bäume bleiben zurück. Flughafen Tegel. Unser Flugzeug ist das erste. Wir müssen noch über eine Stunde warten. Für diese Uhrzeit ist viel Publikum da. Auf dem Flughafen wird es immer lebendiger. Flugzeuge und Scheinwerfer. Man trägt elegante Koffer vorbei. Eine Bar mit kristallenem Geschirr.

„Beatrice, kauf Stullen! Je Visage zwei Stück!"

Merkwürdig, daß ein amerikanischer Hauptmann das deutsche Wort „Stullen" gebraucht. Doch niemand beachtet ihn.

„Was ist mit dem Zoll? " fragt leise der Vorsitzende.

„Gleich gehen wir. Was haben wir schon! Du hast die geklauten Medikamente und Textilien. Bei mir sind Dokumente und einige Wertsachen. Heimkehrer, hier ist dein Paß. Du heißt Friedrich Heim, merk dir das. Die Hälfte von Heimkehrer."

Der Lautsprecher zitiert etwas in mehreren Sprachen. Durch das Regennetz landet eine Turbo-Prop-Maschine. Der Nebel verzieht sich. Nach zehn Minuten kommt wieder etwas durch den Lautsprecher.

„Das sind wir. Lange haben wir uns in der Wolle gehabt, welchen Namen du bekommen sollst. Heim ist doch nicht schlecht? Klingt ein bißchen jüdisch. Das hilft immer heutzutage."

„Herr Heim, bitte hierher, links."

Andere folgen. Bis zum Flugzeug ist es ziemlich weit. Blaue Stewardessen der Air France. Die Inschrift flammt auf. Die Schnallen der Sicherheitsgurte klicken. Berlins trübe Lichter versinken.

Wie wird es wohl jetzt beim Professor aussehen?

Es schaukelt ziemlich stark. Über der Finsternis rollen Nebelwolken. Im Osten sieht man bereits einen grauen Streifen. Werde ich in Frankfurt sicher sein? Wieder flammt die gelbe Inschrift auf. Die Buchstaben haben dieselbe rötlichgoldene Farbe wie das Ornat Vater Pjotrs. Ich weiß, was ich als erstes machen werde, wenn ich in Frankfurt bin.

Wir steigen aus. Ich bin genau sechs Tage in Berlin gewesen.

„Giselle, wo hast du das Auto abgestellt? "

„Ziemlich weit, hier war alles besetzt."

Wir fahren hinter den Omnibussen der PAN-American her. Das graue, morgendliche Frankfurt, so wohl bekannt, abgezehrt wie eine magere Katze. Die Kneipe.

„Es hat geklappt! Ich gratuliere!"

Die Wirtin streichelt mich mit ihren gelben Tabaksfingern und schiebt den Kater zur Seite. „Zur Feier des Tages spendiere ich vier Flaschen Champagner, natürlich keinen französischen."

Sie hat Tränen in den Augen. Ich küsse ihr die Hand.

„Die Haft ist dir gut bekommen, du bist so galant."

„Wir haben aber nicht nur den Heimkehrer hergebracht." zwinkert der arbiter elegantiarum. „Noch etwas anderes ist mit uns gekommen. Wir werden alles bezahlen. Bist du sehr müde, Heimkehrer? "

„Überhaupt nicht!"

„Na, na, nicht aufs hohe Roß steigen. Wir werden gleich ein privates Oktoberfest veranstalten. Hier bist du in Sicherheit. Es wird getrunken und dabei allerlei erzählt."

„Sofort muß man auch die Olle ankurbeln, ihr verdankst

du nämlich alles. Wir hätten sonst bis zum jüngsten Gericht auf dich gewartet."

„Schon erledigt", erklärt die Wirtin. „Immer seid ihr Spätzünder. Die hat sich aber gefreut. Kommt gleich mit der Taxe."

„Wer ist diese ‚sie'? "

„Bist du aber stupide, Heimkehrer! Wie ein Interneller — so ein Trottel! Deine Mary Bloom!"

„Wieso? Ist sie denn hier? "

„Wei o wei, Heimkehrer, ich weiß nicht, was mich zugrunde richten wird, dich aber bestimmt deine Fragerei. Vielleicht hat man dich zuviel verdroschen oder zu heiß gebadet! Ohne diese Mary wärst du noch immer bei dem hochwohlgeborenen Kunzer, und unsere ganze Korona hätte nichts auszurichten vermocht. Erstens, hätten wir niemals erfahren, daß du überhaupt in Berlin brummst. Alle hätten geglaubt, daß du bei diesem Ziegenbart Ulbricht bist, oder vielleicht sogar noch weiter, und zweitens hätten wir dieses Teufelshospital niemals gefunden. Es wird nirgends geführt und ist an solch einem Ort im amerikanischen Sektor versteckt, daß man es auch mit Hunden nicht finden kann. Hinter zwei Zäunen, auf einem verlassenen Gelände. Auf dem ersten Tor steht nur, daß das Grundstück der amerikanischen Besatzungsmacht von West-Berlin gehört. Selbst das Gesundheitsamt beim Berliner Senat hat keine Ahnung, es gibt auch keine Klinik, dafür aber ein nichtoffizielles Gefängnis, als Klinik getarnt, mit Lügendetektor und anderen netten Kunststücken der modernen demokratischen und humanen Verhörstechnik. Dorthin bringt man solche Pechvögel wie dich, Heimkehrer. Die Wichtigen natürlich nur, die sind aber an den Fingern abzuzählen. Die sogenannte Klinik ist nicht groß."

„Wie kann sie denn nicht offiziell existieren? Jemand hat sie doch geschaffen! Billig ist sie auch nicht."

„Sie kostet sogar sehr viel Geld." Der arbiter elegantiarum streicht ruhig über seinen Scheitel. „In meinem ganzen Leben werde ich nicht einmal die Hälfte von dem mausen können, was sie kostet. Es wird sich auch kaum ein Dieb in Frankfurt finden, der das schafft. Trotzdem, über die Klinik von Professor Kunzer ist offiziell in Berlin nichts bekannt. Selbst die Amis wissen nichts."

„Wem wird sie gehören? "

„Das weiß niemand. Vielleicht wirst du allein es herausbekommen. Jemand war sehr daran interessiert, von dir etwas sehr Wichtiges zu erfahren, zumindest glaubte er das. Was das ist, geht sogar uns nichts an. Du bist nicht der erste, der hineingekommen ist, auch nicht der letzte. Doch bestimmt bist du der erste, der auf solch eine Weise von dort herausgekommen ist. Sicherlich wirst du fragen, warum wir dir geholfen haben. Du bist der erste Internelle, der uns wie seinesgleichen behandelt hat. Dafür lieben wir dich. Das ist alles. Trotzdem, niemals hätten wir dich ohne Mary Bloom gefunden."

Draußen hält ein Taxi. Schnelle Schritte.

„Fang sie auf!"

Beatrice ist der Tür am nächsten. Gerade noch schafft sie es, Mary aufzufangen, die an der abgeschabten Schwelle stolpert und nach vorn fällt. Einer ihrer überdimensionalen Absätze steckt im Ritz.

„Bitte sehr, gnädige Frau!" Der elegante Heinrich bringt vorsichtig den Absatz ans Tageslicht. Mary Bloom beachtet ihn gar nicht. Auf einem Bein hopst sie auf mich zu. Sie ist so rosig und vergnügt wie vor einigen Tagen am Flugplatz Tempelhof. Ihre starken und weichen Hände liegen auf meinen Schultern.

„Okay, Jewgenij, sind Sie also hier! Ich hatte solch eine Angst!"

„Ich freue mich auch, Mary. Das hatte ich nicht erwartet!"

„Ich auch nicht, daß alles so klappen wird! Das ist ja phantastisch!"

„Miss Bloom, bitte ins Hinterzimmer. Dort könnt ihr euch aussprechen." Zu meinem Erstaunen spricht die Wirtin ein sehr anständiges Englisch. „Hierher, hierher! Vorsicht an der Schwelle, sonst knallen Sie mit Ihrer amerikanischen Birne ins Allerheiligste. Da vorn spricht es sich nicht gut."

Vorsichtig steigt Mary seitwärts die drei heiligen Stufen nach unten. Entgegen allen Erwartungen ist das „Allerheiligste" sauber gefegt, aufgeräumt und gelüftet. Verschiedenfarbige Papierlampions. Über dem Tisch eine Laterne, rosig wie ein Ferkel und dickbäuchig wie ein Kürbis.

„Bitte, nehmen Sie Platz. Erst werden wir essen, Sektfrühstück sozusagen. Heimkehrer, du ans obere Ende des Tisches. Ich bin der Vorsitzende und du der Held des Tages."

„Und ich? " Gekränkt springt der Hehler auf, vormals zerlumpt und jetzt im Anzug des Professors.

„Du Trottel bist nur während der Diskussionen und Podiumsgespräche Vorsitzender, dazu bist du gerade gut genug. Jetzt wollen wir feiern!"

„Lumperei! Willst mir da was erzählen! Und gibst an wie der Bauer, der auf dem Markt Kuhmist verkauft hat!"

Beleidigt schweigt der Hehler.

„Heimkehrer, du zu meiner Rechten. Und du, Bärtiger, platz nicht auf deine vier Buchstaben, dich hat noch niemand gebeten, dich zu setzen, und schon knallst du hin wie ein Sack. Wie Napoleon dem Talleyrand gesagt hat: ‚Sie sind Kuhmist im goldenen Sack!' Da bist du baff, mein Lieber. Schwach an Leib bist du geworden, Paragraph 175."

„Chefin, was redest du da für Schweinereien, noch dazu in Gegenwart von Gästen!"

„Mary versteht nicht deutsch."

„Natürlich verstehe ich deutsch — und der Paragraph ist mir durchaus bekannt. Das ist auch in den USA verboten."

„Ich bin sehr schockiert und enttäuscht über Ihre Kenntnisse, mein Kind," lächelt die Wirtin breit. „Hierher erst diejenigen, die an der Befreiung teilgenommen haben. Heinrich, als Leiter, links von mir. Mary neben den Heimkehrer. Und du, Heinz, auch dahin. Neben dir der ehemalige Teutone, und nicht zuletzt die Griechin von Lesbos."

„Bitte, keine Anspielungen!"

„Herr Haus- und Realitätenbesitzer auch hierher. Alle anderen ans andere Tischende."

„Sofort, sofort!"

Mary drückt allen Umstehenden strahlend die Hände.

„Sie, Madame, wissen gar nicht, wem Sie die Hände schütteln," beginnt finster die heruntergekommene Persönlichkeit und zerrt an ihrem Blechgürtel. „Zum Beispiel dieser abscheuliche Typ hier..."

„Paß auf, von wegen abscheulicher Typ! Gleich reiße ich dir deine ganzen Blechfirlefanzen ab!"

„Sieh zu, daß ich dir nicht etwas anderes abreiße!"

„Ernst!" kommandiert die Wirtin. „Her mit dem Gabelfrühstück und dem Burgunder!"

„Frühmorgens Wein? "

„Jetzt ist Nacht und nicht Morgen."

Erst jetzt bemerke ich, daß die Wirtin ein schwarzseidenes Kleid mit weißem Kragen trägt, das ich vorher nie bei ihr gesehen habe.

„Liebe Freunde!" beginnt die Wirtin. „Niemand von uns kennt all die interessanten Ereignisse, die im Laufe der letzten Tage mit unserem Freund, dem Heimkehrer, geschehen sind. Er selbst weiß auch nicht über alles Bescheid. Deshalb sollten alle Teilnehmer, von Anfang an, alles so erzählen, wie sie es selbst erlebt haben. Du fängst an, Heimkehrer, und bitte genau, wenn es beliebt."

Der zarte Schinken zerfließt im Mund, obwohl er viel schlechter ist als der beim Professor Kunzer.

Ich rede und rede.

„Und als ich den Zettel der Mary Bloom in die Hand gedrückt habe, muß ich offen sagen, habe ich wenig Hoffnung gehabt. Sie... ist..."

„Sie haben eine merkwürdige Vorstellung von amerikanischen Frauen, Jewgenij!"

„Halt!" unterbricht die Wirtin. „Später könnt ihr euch über die Amerikanerinnen zanken. Jetzt ist die Reihe an Ihnen, Mary. Sie sind doch nicht böse, wenn ich Sie so nenne."

„Aber nein! Ich habe nicht viel zu erzählen. Ich werde ganz langsam auf englisch reden. Jemand soll übersetzen."

„Die verstehen auch so, die Gauner!"

„Ich weiß nicht, Jewgenij, woher Ihr Cousin von Ihrer Ankunft in Berlin erfahren hat. Jedenfalls wußte er es. Jemand hatte ihn informiert und ihm etwas befohlen. Er bat mich, Sie zu ihm zu bringen, nannte das Flugzeug. Ich habe nichts Böses erwartet und verging natürlich vor Neugierde. Haarsträubende Dinge hat er mir über Sie erzählt. Seine Theorie war, daß Sie eher einen Wagen mit einer Dame besteigen werden. Ich habe Sie während der Party abgeliefert, und damit war meine Rolle beendet.

Ich bin aber Journalistin und habe sofort bemerkt, daß Sie der inoffizielle Mittelpunkt und das Zentrum aller Ereignisse waren. Sie wurden beobachtet, Sie wurden bespitzelt. Besonders hat mir diese Schönheitskönigin mißfallen. Vielleicht, weil sie viel zu hübsch ist. Ich habe sie sogar gefragt, ob sie Sie kennt. Nie zuvor habe ich gesehen, daß eine Frau einen unbekannten Mann mit solch einem kalten Haß beobachtet. Merkwürdig, und Sie, Jewgenij, verschwanden dauernd. Da war noch ein anderer Typ, der Sie beschattete. Ein großer, voller Mann mit grauen Haaren, dem Aussehen nach ein Gelehrter, mit einem goldenen Kneifer. Aber er hielt sich irgendwie im Schatten..."

„Heiliger Leopardenschwanz!" Heinz springt vom Stuhl hoch. Alle an der Befreiung Beteiligten sehen mich an.

„Stimmt etwas nicht? "

„Doch, Mary, bitte weiter."

„Ihr Cousin, Jewgenij, war sehr nervös. Sie sind ganz mit Lehm verschmiert aus dem Garten gekommen, und ich dumme Gans denke gleich logisch: Wenn er sich angetrunken hat, ist alles in Ordnung. Und bin nach Hause gefahren. Ich war selbst so ein bißchen angeheizt. Frühmorgens bin ich erwacht. Etwas hat mich beunruhigt. Ich hatte einen so merkwürdigen Traum..."

„Was für einen, Mary? "

„Das erzähle ich später. Morgens, gegen zehn, fahre ich zu dem Palazzo Ihres Cousins. Anscheinend schliefen dort noch alle. Ich wartete über eine Stunde, wissen Sie, manchmal hat man so ein Gefühl, und plötzlich erscheint ein Rettungswagen. Zwei steigen aus, richtige Schlägervisagen.

Ich mit meinem Jaguar gleich um die Ecke und ins Haus. Ihr Cousin macht eine Fratze, als ob er alles Rizinusöl der Vereinigten Staaten geschluckt hätte. Wollte mich erst gar nicht reinlassen, und sagt auf einmal pathetisch:

‚Ein furchtbares Unglück ist passiert. Mein Verwandter ist plötzlich verrückt geworden!'

Und da kommen Sie und wollen artig mit mir reden. Ich denke, warum soll er auf einmal verrückt geworden sein. Noch gestern hat er gar nicht krank ausgesehen. Gleich habe ich ein mieses Gefühl bekommen, und Sie drückten mir den Zettel in die Hand. Ihr Cousin wollte unbedingt wissen, worüber wir gesprochen haben. Da kam er aber bei mir an die richtige Adresse! Die Hände zitterten bei ihm, als ob er gerade einen Heiratsantrag gemacht hätte.

Dann fuhren Sie los, ich hinterher, hinter dem Rettungswagen. Aber nicht sofort. Erst machte ich eine Runde um den Häuserblock. Mein Jaguar ist fixer. Ich wußte, Sie können mir nicht entkommen. Sie mußten erst über die Brücke. Da habe ich Ihnen aufgelauert und gesehen, daß Sie in den tiefsten Dschungel von Steglitz fahren. Dort gibt es ein verlassenes Grundstück mit einer alten Inschrift in vier Sprachen, die besagte, daß es den Alliierten gehört. Das habe ich mir genau gemerkt.

Dann las ich die Adresse, ich meine, auf dem Zettel und entschloß mich, der Post nicht zu trauen, und sofort mit dem nächsten Flugzeug nach Frankfurt, zu Ihren Freunden. Hier hat man mich erst mit dem Hund empfangen, bis ich Ihren Zettel zeigte und alles erzählte. So, das wär's! Das Weitere haben Sie hier in die Hand genommen. Fabelhafte Jungens!"

„Vielen Dank, Mary!" anerkennend nickt die Wirtin mit dem Kopf.

„Jetzt, glaube ich, sind Sie dran, Sie heißen doch Heinrich? Ihren deutschen Namen habe ich nicht ganz mitbekommen."

„Bitte, bitte, genieren Sie sich nicht! Entschuldigen Sie, wenn ich alles auf deutsch erzähle. Fremde Sprak — schwere Sprak!"

„Und ich muß alles ins Englische übersetzen, während ihr säuft! So wird es sein. Was du, Heinrich, erzählst, kennen fast alle, bis auf Mary und den Heimkehrer."

„Ich war nicht da, als Miss Bloom angeflogen kam, überhaupt, niemand war da. Es war ja früh am Morgen."

„Entschuldige, ich als Wirtin war natürlich da. Es war so gegen neun. Kam dieser verdammte Glaser, sonst wäre ich auch nicht da gewesen. Der Haupteingang war zu..."

„Ein schöner Haupteingang!"

„Ruhe, du Lümmel, du mit deinem Bart am falschen Ende! Plötzlich ein Gepoltere. Mary kann nämlich klopfen. Ich sehe eine elegante, nicht deutsch aussehende Dame. Kalkuliere gleich im Köpfchen, sucht wohl ihren Mann oder Freund in den Kneipen. Vielleicht will sie hier Krach schlagen. Ich rufe den Hund, mache die Tür auf, und sie nennt so ohne Weiteres den Namen des Heimkehrers. Au, denke ich, wai mir, wai mir, hat doch dieser Dummkopf etwas angerichtet! Trotzdem, alle Achtung, hat er da was gefunden! Und sie streckt ihre Hand mit dem Zettel aus. Ich lese und sehe die Katastrophe. Gleich ans Telefon und Großalarm bei allen, und Mary ins Kreuzverhör. Wieso und warum, weshalb und wozu. Das Bild klärt sich. Ich sehe, die Frau hat solch einen Gesichtsausdruck, daß sie nicht spinnen kann. Also sitzt mein Heimkehrer in der Irrenanstalt wie ein Kanarienvogel im Käfig. Du warst schon den zweiten Tag eingebuchtet. Nun du weiter, Heinrich!"

„Ja, erstens habe ich den genausten Plan Berlins gekauft, der aufzutreiben war. Miss Bloom hat den Platz gezeigt. Das wäre also in Ordnung, die Stelle finden wir. Wie sollten wir aber da hinein? Vielleicht ist dort ein MP-Posten oder Polizei? Alles ist möglich! Habe ich unseren Fünferbund gebildet: Ich, Beatrice, Giselle, Heinz und Friedel. Herrn Haus- und Realitätenbesitzer als Ersatzfußballspieler. Jetzt weiter.

Man braucht Geld für den Flug und die Aktion. Gut, das Geld war da. Schließlich geht es nicht in die Tausende. Zweitens, Fachausrüstung und Waffen. Normal geht man da nicht hinein. Hier ist es schon schlimmer. Wir alle sind schon längst aus dem Geschäft ausgetreten. Punkt drei: Papiere für den Heimkehrer. Ohne Ausweis kommt man aus Berlin nicht raus. Und so weiter, und so weiter. Im Laufe von zwei Tagen haben wir alles geschafft. Gottlob, die Verbindungen sind da. Wir fühlten alle, daß wir uns beeilen mußten. Natürlich nicht nur aus Idealismus. Wir hatten alle Angst, daß der Heimkehrer ein bißchen zu singen anfängt."

„Darf ich fragen..."

„Sei nicht bös, Heimkehrer, aber die Internellen, die quatschen gerne, diese Niederträchtigen. Also, haben wir den Befreiungsplan ausgearbeitet. Gleich kamen die Schwierigkeiten. Das Wichtigste, das einzig Wichtige war, alles über dieses Teufelshospital zu erfahren." Heinz zog ein tragisches Gesicht. „Denn abgesehen davon, daß du drin bist, wußten wir gar nichts. Am Morgen schickten wir Beatrice auf den Kriegspfad. Die ist doch Lesbierin, und das ist fast dasselbe wie eine Amerikanerin..."

„Ein bißchen leiser, bitte. Unter Amerikanern gibt es mehr gute Burschen als bei uns. Und außerdem, ich..."

„Ja, ja, du bist eine tiefpoetische Natur. Wie du gleich hochgehst! Kannst weitererzählen!"

Beleidigt kneift Beatrice die Lippen zusammen.

„Nun, ich fand das Grundstück. Ein äußeres Gatter, dann weit hinten eine zweite Mauer, noch weiter ein Gebäude, zweistöckig, hinter Bäumen versteckt. Hole meinen Fernstecher. Nichts Genaues ist zu sehen. Beide Tore sind geschlossen. Gitter scheinen an den Fenstern nicht zu sein. Ich sah aber nur den zweiten Stock. Von außen waren Wachtposten nicht zu entdecken. Das besagte natürlich gar nichts. Im Hause selbst konnte ein Dutzend aller möglicher Typen sitzen. Angefangen von bezahlten Wächtern aus dem Milieu der ausgeschiedenen Boxer, Mittel- und Schwergewicht, bis zur Berliner Polizei, vielleicht auch diese bürstenköpfigen Amerikaner..."

„Die natürlich unfehlbar auf dich wirken!" Giftig lächelt Heinz und streicht den Schlips des Professors glatt.

„Du wolltest selbst, daß ich erzähle, und jetzt schießt du quer. Das Schlimmste habe ich vergessen, nämlich die

Hunde. Wenn Hunde da sind, wird man mit ihnen nicht fertig. Man muß schießen, und Gebell und Schießerei machen die ganze Gegend rebellisch. Da habe ich Fleisch gekauft und durch das äußere Gatter reingeworfen. Das Fleisch war mit solch einem Mittel präpariert, der lateinische Name dafür ist viel zu schwer. Flanierte ich hin und her. Hunde sind nicht zu erblicken. Dann nach Hause. Giselle hat inzwischen das Auto beschafft, mit dem man dich gefahren hat. Dann zog Heinz los, als Bettler. Er sieht auch so aus, was sollte er sonst tun. Jetzt du weiter!"

„Ich zog los, in Christi Namen! Beginne zu betteln und stelle fest, daß die Berliner viel freigebiger sind als die Frankfurter. Frage auch nebenbei. Dort, auf dem verlassenen Grundstück, sieht man ein Gebäude, was ist das denn? Ich sehe, die Wenigsten wissen Bescheid. Einer sagt nur:

‚Dort ist irgendeine amerikanische Einrichtung, wohl ein Labor. Da kriegst du aber nichts, mein Lieber. Manchmal fahren da schicke Wagen rein, manchmal raus.'

Dann traf ich eine Portierfrau, und die, wie jede Frau, ist der Wahrheit am nächsten.

‚Ich glaube', sagt sie. ‚dort ist eine Klappsmühle. Einmal ging ich vorbei, da sind aus der Tür Sanitäter rausgekommen, ich meine, aus dem Tor. Oder was weiß ich, wer. Sahen alle wie die Ärzte aus, nur die Gesichter waren anders. Da kriegst du, mein lieber Sohn, zuerst 'nen Groschen, und dann ein Zwangshemd.'

Und lacht dabei. Ich sage gleich:

‚Da gehe ich aber nicht hinein, Oma, ich habe viel zuviel Angst vor Hunden.'

‚Da sind doch keine Hunde! Ich gehe jeden Tag vorbei, habe noch nie einen Hund bemerkt. Das ist bei den Nachbarn, da halblinks, die haben zwei Schäferhündinnen, bildschöne Tiere!"

Mir ist gleich wohler geworden. Anscheinend wirklich keine Hunde. Zurück ins Hotel und habe den Übrigen alles erzählt."

„Das heißt: Bericht erstattet!"

„Ich, liebster Friedel, habe in der hochverehrten SS nicht

gedient und bin nicht gewillt, jetzt, im tiefsten Frieden, noch eure Ordnung kennenzulernen."

„Deshalb ist aus dir auch so etwas geworden: Schicker Anzug, und drin steckt halb Hanswurst, halb oberbayerischer Depp!"

„Heinz, Friedel! Verstopft eure Fontänen, heute ist ein feierlicher Tag. Zum Schimpfen habt ihr noch genug Zeit. Heinz hat das Seinige erzählt, jetzt du, Heinrich, als Chef."

„Bei euch wird man Chef vom falschen Ende! Ihr habt mich so weit gebracht, daß ich sogar vergessen habe, meine Hosen zu bügeln." Tragisch guckt Heinrich unter den Tisch. „Was soll's? Mitgefangen — mitgehangen! Beinah hätten wir uns geprügelt, bis wir alles überdacht haben. Von außen gibt es also keine Wachtposten, ebenfalls keine Hunde, dagegen das verschlossene Tor, das Gatter und die Eingangstür. Man mußte in der Nacht wirken, in den Stunden, wo es am wenigsten Publikum gibt. Das Gatter — das geht noch! Aber das Tor und die Tür? Wenn sie es schaffen, im Sanatorium Alarm zu schlagen — ist das Malheur da! Alle werden wir eingesperrt! Vielleicht gibt es drinnen auch keine speziellen Wachtposten, aber die Alarmvorrichtungen sind zweifellos erstklassig. Unmöglich, daß es keine gibt!

Um zwölf gondeln wir los. Zum Glück Nebel und Nieselregen. Friedel klettert über das Gatter. Ein Bild, sage ich euch, für die Götter! Ein amerikanischer Hauptmann in voller Kriegsbemalung, wie direkt vom Pentagon, nachts über den Zaun. Rund herum Stille. Das Tor ging auf, und wir hinein. Das zweite Tor. Jetzt bloß keinen Funkstreifenwagen! Eine kleine Leiter hatten wir. Wieder Friedel über die zweite Mauer. Am Tor sind zwei Schlösser, ein gewöhnliches und ein Sicherheitsschloß. Ich mit dem Schweißgerät. Rund herum keine Seele. Beatrice und Giselle haben die Decke ausgebreitet, daß man von der Straße kein Licht sieht. Friedel hält dieselbe Decke von hinten. Nach zehn Minuten sind wir fertig. Hinein wie ins Fußballtor. Tor zu. Schweißgerät und Decke in den Kofferraum. Giselle ans Steuer.

Nun sind wir am Haus, und das deutsche Herz rutscht in die deutschen Hosen! Alles finster, nur in einem Fenster im ersten Stockwerk ist Licht. Die Tür ist ganz solide. Ein merkwürdiges Schloß. Zu meiner Zeit, als ich noch aktiv war, hat es solche nicht gegeben. Hier hat aber unser Friedel gleich herausbekommen, wie man in das fremde Haus hineinkommt. Er als SS-Mann ist ja großer Fachmann auf diesem Gebiet."

„Ich muß doch sehr bitten, mein lieber Heinrich!"

„Ich nehme alles zurück. In der SS gab es nur Idealisten und Ritter ohne Furcht und Tadel."

„Das gefällt mir schon wesentlich besser."

„Du sollst auch weitererzählen — wesentlich besser."

„Wie abgemessen seitwärts unten ein Kellerfenster mit ziemlich dünnem Drahtgitter. Keine fünf Minuten, und das Gitter war ab. Fensterscheiben raus. Ich springe als erster hinein. Ich kann es nicht ausstehen, in die Dunkelheit hineinzuspringen. Man weiß niemals, auf was man mit dem Bauch kommt. Aber nichts passiert. Der Keller war nicht tief. Hinter mir Heinz, dann Heinrich. Grabesstille. Kisten mit Etiketten, eine Mausefalle, dann ein zweites Zimmer, Treppe nach oben. Die Tür ist natürlich verschlossen. Wieder ein Sicherheitsschloß. Heinrich hat es rausgesägt. Etwa zehn Stufen nach oben. Wieder eine Tür. Hinter ihr Schritte, zweifelsohne die einer Frau. Der Schlüssel steckt von draußen. Das ist bei einem einfachen Schloß kein Problem. Schließlich sind wir Fachleute. Auf und hinein!

Stille wie auf einem Friedhof. Ein Korridor, alles blitzt vor Sauberkeit. Blaue Nachtbeleuchtung. Wir mit halber Kraft voran. Der Korridor macht einen Haken, dann einen Bogen, eine lange, gerade Strecke und am Ende die Eingangstür. Wir dorthin. Links von der Eingangstür Licht, jemand blättert in Papieren. Heinrich leise mit dem Knöchel und von drinnen eine melodische weibliche Stimme:

‚Was willst du, Volker? '

Wir hören, wie der Stuhl zurückgeschoben wird, und da erscheint deine Schwester, Heimkehrer, im Dékolleté, und was für einem! Natürlich hat sie nicht gepiepst! Mund zu,

Hände zusammengedreht. Stark war sie, krümmte sich wie eine Schlange. Alles blieb still. Besehen uns den Haupteingang. Natürlich eine Alarmvorrichtung. Wir folgen den Leitungen. Wird vom Schreibtisch im Empfangsraum ein- und ausgeschaltet. Dann war die Tür kein Problem mehr. Lassen Beatrice und Steffen herein. Die im Dékolleté wird mit dem Arztkittel zugedeckt, und Beatrice setzt sich daneben und beginnt, sie zärtlich zu streicheln..."

„Das ist eine gottverdammte Lüge! Ich habe sie nicht gestreichelt, ich habe nur untersucht, wie die Fesseln sind. Auf euch Männer ist doch kein Verlaß! Trottel oben, Trottel unten, Trottel vorn und Trottel hinten!"

„Nicht so stürmisch! Selbst warst du Feuer und Flamme, wie eine Atombombe, so explosiv. Wir alle kennen dich. Heinz, du bist jetzt wieder dran."

„Wir sind also alle drin. My home is my castle! Stimmt's, Mary? Alles muß jetzt schnell durchgestöbert werden, die Einheimischen unschädlich machen — war doch nicht anzunehmen, daß das Mädchen allein im Hause war — und das Entscheidende, den Heimkehrer finden. Ich, Heinrich und Friedel besehen alles ganz systematisch. Das Haus ist nicht groß. Zuerst drei Zellen, alle leer. Überall nur Chrom, Stille und blitzende Sauberkeit. Dann wieder ums Eck. Der Weg zurück. Halber Kreis und eine große, verschlossene Tür. Wieder eine Zelle, in der du dich befandest, Heimkehrer. Wir wollten sie gerade aufmachen, kamen aber nicht dazu. Von oben Schritte, wo die Treppe ist. Es kommen zwei. Leise kommandiert Heinrich:

‚Die Nylonstrümpfe über die Gesichter! Die Visage wird zwar schief, aber man erkennt nichts.'

Wir hinter die Ecke. Von oben fragt jemand mit poetischer Stimme:

‚Christine, bist du es? '

Heinrich hatte schon die Pistole raus, war aber nicht nötig. Um die Ecke kommen zwei. Dieser gut aussehende Professor Kunzer und der kurzbeinige Frankenstein mit Bärtchen. Heinrich dem Professor die Pistole unter die Nase, und wir beide den Frankenstein mit den Totschlägern über den Kopf, und dann dem Professor, über den Kneifer.

Wohin jetzt? Die große Tür. Alle Schlüssel haben wir der Christine weggenommen. Zu zweit da hinein. Dort ist eure Folterkammer. Die Treppe rauf. Oben sind Wohnzimmer. Ich blieb am Telefon... Friedel, warum schweigst du die ganze Zeit? "

„Ich schweige, weil du schwatzt wie ein Papagei. Viel ist nicht mehr zu erzählen. Ich bin als erster oben. Schließlich trage ich amerikanische Uniform. Heinz drückt im Empfangsraum auf alle Knöpfe. Erst kommt einer rausgerannt, ein Großer, mit Pfoten wie Kohlenschaufeln, wie ein Orang-Utan. Ich ihm die Pistole unter die Nase. Er setzt sich hin — gleich sieht man das schlechte Gewissen — und plappert:

‚Ich, Sir, bin völlig unschuldig, Captain! Gleich kommt Mr. Professor.'

Kommt der zweite, lang und breitschultrig. Wir ihn an die Wand und über den Kopf. Der erste aber stottert immer noch:

‚Mister Captain, Mister Captain...'

‚Was heißt hier Mister Captain? ' schreie ich. ‚Für dich bin ich Sir, meine Vorfahren waren Peers of England. Idiot, deutsches Sauerkraut, Spinat!'

Und noch einmal mit der Pistole über den Deckel. Zusätzlich noch den Kunzer und den mit dem Bärtchen verschnürt. Dem Kunzer geht es allerdings schlecht, verliert viel Blut. Schadet aber nichts! Das waren wohl alle. Heinrich hat dein Zimmer aufgemacht, und das Expropriieren begann, wie die gebildeten Leute die Klauerei nennen. Hier hat sich hauptsächlich unser Vorsitzender ausgezeichnet."

„Nicht ich allein, bitte sehr!"

„Sei schon still! Bist in des Professors Talar geschlüpft..."

„Du, Heimkehrer, bist in einem merkwürdigen Zustand. Ohnmacht war es nicht, und auch kein Wachsein. Der Panzerschrank oben war offen, da haben wir Glück gehabt. Da haben wir viel Interessantes gefunden, auch ein Prachtstück von einem Fotoapparat mit Blitzlicht. Ich habe auch ein Dutzend Aufnahmen geschossen, von dem Saal, wo sie dich,

Heimkehrer, präpariert haben. Heinz hatte schon seine Farce mit dem Umkleiden beendet und schleppt den Medikamentenkoffer, zur Errettung der Menschheit.

Das wäre alles.

Ich habe auch noch einiges geknipst, was man nicht alle Tage sieht. Solch ein Lumpenpack, durchaus nicht besser als unsere Experimentierer in allen möglichen Buchenwaldlagern! Das nennt sich christlicher Westen!"

„Wer schont heute schon jemanden? Alle schreien nur von Humanismus. Jetzt bist du voll im Bilde, Heimkehrer. Und wie hat Ihnen die Aktion gefallen, Miss Bloom?"

Mary saß still da und betrachtete alle mit begeistertem Gesichtsausdruck.

„Ich habe gar nicht gewußt, daß es überhaupt solche Deutsche gibt, und es freut mich, daß mein Landsmann, der Hauptmann, zu euch gehört."

Unruhig rutscht Friedel auf seinem Sessel hin und her.

„Glauben Sie mir, es gibt verschiedene Deutsche. Wir alle hier sind natürlich ein bißchen heruntergekommen, aber wir bitten Sie trotzdem, nicht über uns aufgrund von amerikanischen Comics die Lanze zu brechen, diesem Mischmasch aus billiger Erotik und Hollywooder Hurra-Patriotismus. Glauben Sie mir, Deutschland ist keineswegs das, wofür Sie es halten."

„Wie edel von Ihnen, daß Sie als amerikanischer Hauptmann Ihre deutschen Kameraden so in Schutz nehmen. Ich liebe und verehre alle Deutschen, mit Ausnahme der SS."

Friedel macht den Mund auf. „Aua!"

Ich sehe, wie ihn die Wirtin mit ihrem spitzen Absatz auf den Fuß tritt.

„Ich bin Ihnen allen bis zu meinem Lebensende dankbar." sage ich. „Es ist einem nicht gegeben, zu wissen, wo man seine Freunde findet. Seid unbesorgt, ich ersetze alle Kosten."

„Was heißt hier Kosten? Die haben wir uns schon selbst ersetzt. Du solltest lieber an etwas anderes denken."

Die Wirtin und Heinrich blicken sich düster an.

„Punkt eins: Was hatten sie für ein Interesse, dich an

solch einen Ort zu bringen? Punkt zwei: Wer steckt hinter der ganzen Geschichte? Und daß das nicht noch einmal passiert? "

„Das weiß ich wirklich nicht."

„Da lügst du aber wie gedruckt, Heimkehrer. Du hast uns viel zuviel Sonderbares über dich erzählt. Lassen wir die reine Mystik beiseite, die können wir schwer verstehen. Was ist das überhaupt für ein dummes Wort: Mystik? Doch hinter deinen mystischen Erlebnissen steckt eine reale Gefahr. Jemand braucht dich sehr dringend, so dringend, daß er sogar sehr gefährliche Sachen begeht. Wer ist dieser ‚er' und wozu braucht er dich? "

„Das weiß ich nicht."

„Besinne dich! Steffen und Friedel haben dich hergebracht, damit du uns hilfst, zu begreifen, was der Teufel ist. Du hast es versucht, du hast uns viele merkwürdige Begebenheiten aus deinem Leben erzählt, doch sind wir der Antwort nicht näher gekommen. Dafür mußten wir dich retten. Wir werden aber nicht immer da sein, und du brauchst Hilfe. Wäre es nicht besser, du würdest uns alles erzählen? "

Ich schaue sie der Reihe nach an, sie alle, die ausgestoßenen Vertreter eines mir fremden Volkes. Jeder Fleischermeister in Frankfurt wird verachtungsvoll grunzen, wenn er sie ansieht. Trotzdem hat keiner von ihnen gezaudert, eventuell die schwersten Folgen auf sich zu nehmen, um mir zu helfen.

Die Zeit verging.

„Liebe Freunde, gebt mir ein bißchen Zeit, denn das, was ich wirklich weiß, wird euch allen fremd und unverständlich erscheinen."

„Was sind wir alle über den Heimkehrer hergefallen wie das Finanzamt über einen Bankier. Wenn er es für nötig hält, wird er selbst alles erzählen. Er ist doch nicht dumm. Wir wollen hier feiern, und ihr seid wie ein Rudel Krähen."

Dankbar sehe ich die Wirtin an.

DAS FEST

„Trinken wir auf das Wohl unseres vom Tode auferstandenen, verrückten Heimkehrers!"

„Und auf alle, die ihm geholfen haben!" füge ich hinzu.

Die Wirtin erweist sich als ein sehr geselliger Mensch. Der leicht angesäuselte Kellner Ernst bringt einen rosafarbenen Likör. Auf dem Etikett ist die preußische Königin Luise mit einem riesigen Herzen und einer Kirsche abgebildet.

Friedel seufzt.

„Ich kenne den Schwarzwald aus den Erzählungen von Hauff. Erinnert ihr euch an ‚Das kalte Herz' und so weiter, aber nie im Traum habe ich daran gedacht, daß sie dort solch einen Fusel trinken!"

„Fusel? Das nennst du Dreck? Du willst natürlich Champagner schlürfen, wie seinerzeit im Offizierskasino. Die Zeiten sind vorbei!" zitiert Franz feierlich.

„Du Bart!" Friedel tut beleidigt. „Vergib mir schon großzügig. Ich erkenne aber schlecht Leute an, die Bärte tragen müssen, um zu beweisen, daß sie Persönlichkeiten sind."

Mit trüben Augen schaut Franz ganz finster drein.

„Das heißt, du verneinst überhaupt die Persönlichkeit?"

„Wie kann ich die Persönlichkeit verneinen, wenn man

in die Persönlichkeit sogar mit der Faust reinschlagen kann."

„Was meinst du damit? " Schwerfällig erhebt sich Franz.

„Das geht dich nichts an. Wer wird dich schon prügeln? Paß nur auf, daß man deinen Existentialistenbart nicht Haar für Haar rauszupft. Hättest du lieber Beatrice geheiratet. Sie ist nämlich lesbisch, und was du bist, wage ich gar nicht in anständiger Gesellschaft zu sagen. Das wäre aber eine pfundige Ehe!"

Die heruntergekommene Persönlichkeit am anderen Tischende kichert laut.

„Kichere nicht!" Friedel starrt in die Ecke.

„Auch ein Cowboy mit Blechgürtel. Reiten tut er in der Kneipe, in der Gosse allezeit!"

Die Zeit vergeht. Alle werden mehr und mehr alkoholisiert. Die heruntergekommene Persönlichkeit bittet mit weinerlicher Stimme Beatrice, mit ihm auf du und du zu trinken.

„Wir duzen uns ja sowieso." pariert Beatrice. „Du willst mich nur abknutschen. Ich knutsche aber nicht mit Zooaufsehern."

Ein Radio erscheint. Es ertönt etwas Walzerähnliches, das wie ein Boogie-Woogie klingt. Alle, die noch Augen haben, schauen mich an. Ich verstehe und fordere die Wirtin zum Tanz auf.

„Du kannst doch gar nicht tanzen, Heimkehrer!"

„Zwar sehr schlecht, aber für solch einen Fall kann ich auch tanzen."

Die Wirtin und ich beginnen den Walzer. Meine Füße legen komplizierte, brezelähnliche Figuren auf das Parkett. Die Wirtin, rot wie eine Nelke, beherrscht den Walzer viel besser als ich. Sie tanzt leicht und geschickt, trotz des konsumierten Alkohols.

Das Hundevieh sitzt in der Ecke und betrachtet mißtrauisch meine künstlerische Tätigkeit.

Andere Paare stehen auf. Der Herr Haus- und Realitätenbesitzer tanzt mit Beatrice, Friedel mit Giselle. Der bärtige Franz dreht sich mit einer hohen Frau. Ich sehe nur die

Kontur ihrer schlanken Figur. Hinter den Tabakschwaden kann ich ihr Gesicht nicht erkennen. In ihrem Wesen liegt etwas mir sehr wohl bekanntes, das ich schon lange kenne und vor dem ich schon sehr lange Angst habe. Ich weiß, sie ist immer dort, wo ich bin. Heute werde ich ihr die Maske abreißen, heute wird sie mir antworten, wer sie ist und was sie von mir will.

Der Walzer wird von einem anderen Tanz abgelöst. Unter meinen Füßen schleicht der Köter fort. Alle schauen ihm nach, wer ihm zuerst auf den Schwanz treten wird. Doch der gepflegte Schwanz erweist sich als unerreichbar. Mit verachtungsvoller Miene verschwindet der Köter unter dem Tisch.

Gleich werde ich an Franz herantreten und werde ‚ihr' ins Gesicht schauen, und alles Gespenstische wird ins Nichts zerfließen.

An der Tür hört man mäßig lautes Klopfen. Auf der Schwelle erscheint ein sehr bieder aussehender Mann von fünfzig Jahren. Die Wirtin läßt mich los und geht ihm verlegen entgegen. Der Mann preßt die Lippen zusammen und betrachtet sie scharf.

„Sehr interessant!"

Pause.

„Das habe ich nicht gewußt, Frau Pietsch. Seit wann tanzen Sie hier? Soviel ich weiß, wird Ihr Restaurant nicht unter denen geführt, in denen getanzt werden darf. Wie soll ich das verstehen?"

„Sehr wohl, sehr wohl, Herr Johansen. Ich glaube, daß die Frankfurter Polizei nichts gegen eine kleine Familienfeier haben kann."

„Vor solch einer Familie wird der Teufel selbst den Schwanz einziehen!"

„Aber, liebster Herr Johansen..."

„Gott sei Dank bin ich schon seit zweiundfünfzig Jahren Johansen. Aber ich bitte Sie, mir zu sagen, was Sie eigentlich feiern. Geburtstag?"

„Nein, aber Rückkehr aus Rußland."

„Wieso?"

„Ja, er ist aus Rußland, dieser Heimkehrer."

Ich sehe, daß ich die Situation retten muß.

„Darf ich mich vorstellen? Kreiton."

In den unangenehmen Augen Johansens leuchtet offensichtliches Interesse.

„Sehr angenehm. Johansen, vom Polizeipräsidium. Liebe Frau Pietsch, ein Gläschen für mich. Wir werden uns ganze fünf Minuten unterhalten."

Hinter meinem Rücken flüstert jemand:

„Der Bursche hat aber einen Geruchssinn!"

Johansen versucht, mich vorsichtig auszufragen, merkt als erfahrener Polizeibeamter aber sofort, daß ich nicht lüge. Ich habe nichts zu verheimlichen. Schnelle Blicke der Wirtin warnen mich. „Quatsch nicht so viel!" Johansen hat bereits jegliches Interesse verloren und verabschiedet sich sehr höflich. Dabei sagt er mit Nachdruck, daß Restaurants mit Tanzvergnügen eine besondere Konzession haben müssen.

Mit ihm zusammen geht die hohe, schlanke, weibliche Figur hinaus.

„Ich hoffe, Heimkehrer, du hast nichts von Berlin erwähnt? "

„Um Gottes Willen, Frau Pietsch! Was denken Sie von mir? "

„Das ist gut. Dieser Johansen ist ein Spürhund für zehn. Er weiß aber genau, daß es hier nichts Interessantes für ihn gibt."

„Hör mal!" Aus dem Dunkel erscheint Heinrich. „Auf diesen Polizeispitzel können wir ruhig spucken. Für uns bedeutet er keine Gefahr. Wollen wir uns lieber ein bißchen unterhalten, welche Folgen die Berliner Sache haben kann."

„Heute können wir doch nichts sagen." Der Haus- und Realitätenbesitzer hebt den Finger in die Höhe. „Morgen werden wir sehen, ob etwas in den Berliner Zeitungen steht oder hier bei uns. Wenn ja, heißt es, die Angelegenheit ist der Polizei übergeben worden. Woher sollten die Reporter sonst etwas erfahren, wenn alle schweigen wie ein Grab.

Wenn nicht, so heißt das, die Sache steht entweder sehr schlecht oder sehr gut... Kapiert ihr nicht? Wenn sie schweigen, bedeutet das, daß der Fall begraben ist. Das Vöglein ist entflogen. Sie werden es kaum wagen, den Heimkehrer hier aufzugreifen. Oder umgekehrt, sie bewahren Stillschweigen, um eine neue Aktion zu starten. Dann halte die Ohren steif, Heimkehrer. Du mußt genau durchdenken, wer dich letzten Endes braucht. Wenn du uns schon nicht die Wahrheit sagen willst, wer wird dich denn beschützen außer uns? Wo ist dein Zuhause außer in dieser Kneipe? Jetzt, in diesem Sinne... Alles wird auf morgen verschoben."

Zwei Stunden vergehen. Der Tabakrauch wirkt wie die Vernebelung aus dem ersten Weltkrieg. Alle sind betrunken.

„Wo ist sie? " brumme ich. „Franz, wo ist sie? Die, mit der du getanzt hast? "

„Du hast einen Vogel, Heimkehrer, ungefähr in den Dimensionen eines Straußes. Ich weiß das selbst nicht. Sie ist manchmal hier, und manchmal ist sie nicht hier, sondern woanders..."

„Franz, mein lieber, heißgeliebter Franz, ich bin betrunken, aber du bist es auch. Sag mir wenigstens, wie sie heißt."

Schwerfällig sitzt Franz am Tisch und atmet keuchend.

„Heimkehrer, es wird nicht mehr lange mit mir gehen. Es geht mit mir zu Ende, Heimkehrer. Ich liebe dich wirklich, und wenn du zwanzig Jahre jünger wärest, würde ich dich noch mehr lieben. Und wer sie ist, weiß ich trotzdem nicht. Keiner weiß es. Mir ist es aber miserabel. Etwas Furchtbares sitzt bei mir drin. Das ist der Tod, der da sitzt. Und diese andere — sie ist auch der Tod. Aber nicht für mich. Ich bin eine kleine, bärtige Null, du aber bist jung und stark. Sie kommt auch wegen dir, und sie wird immer dort sein, wo du auch bist."

Franz blickt sich um, als ob er Furcht hat, daß sie noch da sei.

„Hör genau zu! Wenn ich sterbe, kommst du mit zu meiner Beerdigung. Ich brauche nichts, nur einen Strauß weißer Tulpen bringst du mir. Die hat mir meine Mutter geschenkt, als ich in die Obersekunda versetzt wurde. Damals habe ich noch nicht getrunken und konnte Mädchen lieben. Jetzt wird sie mich töten, weil ich dir gesagt habe, du sollst keine Angst haben. Du hast deine Freunde hier auf der Erde und auch dort. Versprichst du mir, daß du die weißen Tulpen bringst? "

„Ganz fest, Franz, und vielen Dank!"

„Ich hätte dich gern geküßt, aber das darf nicht sein. Andere werden das anders auslegen. Du weißt doch, was ich bin."

Franz sackt völlig zusammen und kippt mit der Brust quer über den Tisch. Niemand beachtet ihn. Beatrice küßt die betrunkene Giselle nach Pariser Art mit Einsaugen. Ich trete an die Wirtin heran und will ihr die Hand küssen, greife aber vorbei. Das Bier und der rosa Likör machen sich bemerkbar. Erst beim dritten Anlauf ergreife ich ihre Hand.

Die Straße ist dunkel. Die Laternen zischen in der Dunkelheit wie aufrecht stehende Schlangen. In der nachbarlichen Kneipe rumoren irgendwelche Subjekte. Alle sind in billige, schwarze Regenmäntel gekleidet, als ob eine geizige Zahlmeisterei sie eingekleidet hätte. An der frischen Luft wird mir ganz übel.

Bis nach Hause ist es nicht weit, aber auch nicht zu nah. Mary habe ich vollkommen vergessen. Vielleicht ist sie immer noch dort.

Ich bin in meinem Zimmer. Still und kühl muß ich erst meine Lage durchdenken. Ich komme mir wie eine große Fliege vor, die von der Spinne selbst befreit wird, damit sie ihr das Netz nicht zerstört. In meinem Leben gibt es aber zwei Spinnen — die eine fängt mich dauernd, sie ist daran interessiert, die andere befreit mich dauernd, sie ist ebenfalls daran interessiert. Die, die mich befreit, ist zweifellos eine Spinne weiblichen Geschlechts. Und die, die mich fängt? Womöglich gibt es nur eine einzige Spinne, aber sie erscheinen mir als zwei.

Wenn ein Mensch nicht weiß, warum man ihm Böses tut, muß er doppelt vorsichtig sein. Wenn er sich aber nicht erklären kann, warum man ihm Gutes tut, so muß er zehnmal vorsichtig sein.

Flucht? Ich wußte, daß die Kräfte, die in mein Leben eingedrungen waren, mich überall finden werden, wenn sie es wünschen. Demnach ist es gleichgültig, ob ich in Frankfurt bin oder in Abessinien. Kein Kampf in direktem Sinne ist mit diesen Kräften möglich. Vor allem muß ich erfahren, welche Ursache mein Leben, das Leben eines kleinen Mannes, unter den Hammer gebracht hat.

Diese Ursache muß ich beseitigen.

Ich lag und dachte nach. Hinter dem Fenster keuchte der Herbstwind. Regen. Blasen jagen einander auf dem Asphalt. Dann wurde der Regen von nassem Schnee abgelöst. Die Stadt war wie in einem Spinnennetz aus Kälte und Finsternis. Und irgendwo, hinter diesem Netz, lauern die niemals müden Spinnenaugen, schöne, kalte und böse weibliche Augen.

Ich weiß, sie sehen mich. Irgendwann und irgendwo werde ich der Spinne wieder in die Pfoten geraten. Bis jetzt wurde ich gerettet. Wie aber werde ich mich fühlen, wenn ich nicht gerettet werde? Und meine Freunde aus der Kneipe am Allerheiligentor? Jeder von diesen Ausgestoßenen und Einsamen, der auf seine Art eine Lebenstragödie erlebt hat, sorgte wie ein Bruder für mich, versuchte, Gutes zu tun. Genauer, das, was er für gut hielt. Alle zusammen haben mich sogar aus den Pranken des Professor Kunzer befreit.

Ich schlief bis zum Morgen. Der 18. November. Ich bin gerade seit vierundzwanzig Stunden frei. Das Wetter ist mörderisch. Ich brauche einen Spaziergang. Schmutz und Schnee, Regen und Dreck. Ich denke nach. Aus jeder Lebenslage gibt es einen Ausweg, mit Ausnahme des Todes. Wie einst von einem klugen Mann für alle Zeiten gesagt wurde:

„Der Tod ist ein Ausweg aus jeder Lebenslage, doch er ist die einzige Lebenslage, aus der es keinen Ausweg gibt."

Schwer zu widerlegen.

Beide Hälften der Menschheit machten auf mich Jagd.

Beide mit genau demselben Ziel. Mir unbekannte, böse, grausame, erbarmungslose und sehr mächtige Menschen wollen mich in ihre Krallen bekommen. Sie wollen etwas erfahren, etwas, das ihnen sehr wichtig erscheint. Und das, was sie erfahren wollen, wird ihnen ihrer Ansicht nach noch mehr Macht verleihen. Sie wissen genau, der Tod ist unbestechlich, er kennt keine Gnade. Die größte menschliche Macht zerfällt mit dem Tode ins Nichts. Sie bilden sich ein, das Geheimnis erfahren zu haben, das Geheimnis aller Geheimnisse. Es gibt nichts Wichtigeres für einen Menschen als das Geheimnis eines langen Lebens, eines sehr, sehr langen Lebens, wenn nicht der Unsterblichkeit. Man schlägt Alarm. Was weiß ich schon! Doch denen da drüben scheint es, daß ich etwas weiß. In ihren Augen bin ich die Spur zur Unsterblichkeit, ihr Leben, kläglich und böse, muß — so wollen sie — uferlos dauern.

WARNUNG

In Gedanken gehe ich zu dem Haus meiner Bekannten. Es ist nicht weit. Man empfängt mich höflich, aber zurückhaltend.

„Gut, daß Sie gekommen sind." sagt der Hausherr. „Hier ist eine Anfrage von den Vorgesetzten eingetrudelt, in ziemlich kategorischer Form. Ich wollte Ihnen gerade schreiben. Einiges muß geklärt werden. Sehen Sie, Jewgenij Borisowitsch, unsere Organisation verzeiht vieles, doch vergessen tut sie nichts. Ihr Privatleben geht selbstverständlich niemanden etwas an. Sie haben viel erlebt. Aber Sie sind keine Privatperson. Sie gehören zu uns. Unsere Lage ist sehr schwierig, auf uns werden alle Hunde gehetzt..."

„Wie soll ich das verstehen? "

„Sie verkehren in mehr als obskuren Kreisen, in diesem Restaurant am Allerheiligentor. Sie sind dort doch gewesen? "

„Allerdings, sogar sehr oft."

„Sehen Sie, wie sind Sie dort überhaupt hineingekommen? Das ist die verdächtigste Kneipe der ganzen Stadt. Dauernd findet dort ein Eiertanz der Verbrecher statt. Alles Mögliche kann dort mit Ihnen geschehen, Sie werden bestohlen, oder gar umgebracht."

„Dort bestimmt nicht, dort sind meine Freunde."

„Wir haben auch von diesen Freunden gehört. Ohne Umschweife müssen wir Ihnen sagen, daß Sie als Mitglied unserer Organisation in solch einer Kneipe eine sehr merkwürdige Figur abgeben. Dort ist kein Platz für Sie."

„Diese Menschen haben mir sehr viel Gutes getan und dabei ein großes Risiko auf sich genommen. Ich will nicht Gift speien, aber ich glaube kaum, daß die Organisation — wie Sie sich so schön ausdrücken — mir in diesem Falle hätte helfen können oder wollen. Sie wissen, in der Not darf man nicht allzu wählerisch mit seinen Freunden sein."

„Ich kann mir nicht vorstellen, worin diese so überragende Hilfe bestehen könnte. Ich weiß, daß Sie uns nicht um Schutz angegangen sind."

„Das stimmt."

„Demnach können Sie auch nicht die Organisation des Versagens beschuldigen. Ich nehme an, daß Ihnen keine unmittelbare Gefahr mehr droht. Sie kennen nicht das Frankfurter Milieu und sind zufällig in diese Gesellschaft geraten. Doch jetzt ist Ihnen offiziell unterbreitet worden, was wir von diesem Milieu halten. Ich muß Sie offiziell warnen, daß Sie kein Recht haben, durch ihre privaten Bekanntschaften mit derartigem Gesindel die Organisation in Verruf zu bringen. Wir sind durchaus nicht überzeugt, daß in diesem Milieu nicht schon ein Messer für Sie geschliffen wird. Glauben Sie mir, diese Menschen, die zu jeder Schweinerei fähig sind, sind auch fähig zu einer Schweinerei Ihnen gegenüber. Vergessen Sie nicht, daß alle Kommunisten der Welt sich des Abschaums der Menschheit bedienen, wenn auch auf verschiedenen Ebenen. Die Stärke des modernen Kommunismus wurzelt im Lumpenproletariat, das ihm folgt."

„Nicht nur im Lumpenproletariat, sondern auch in den Talmiblüten und Eintagsfliegen der westlichen wurzellosen Pseudo-Intelligenz."

„Leider ist das wahr, aber unser heutiges Gespräch berührt das nicht. Gott sei Dank, in diesen Kreisen verkehren Sie nicht. Ihre Bekanntschaft mit dieser Unterwelt muß aber beendet werden."

„Und wenn ich dazu ‚nein' sagen werde? "

„Das können Sie nicht, damit stellen Sie sich selbst außerhalb unserer Gesellschaft. Natürlich kann niemand auf Sie Druck ausüben, ich rate aber sehr, über Ihr eigenes Benehmen nachzudenken. Wenn Ihre Interessen aber unbedingt Ihre Anwesenheit in diesem Milieu verlangen, so liegen die Dinge anders. Sie dürfen aber nicht Ihre eigenen Interessen an die erste Stelle setzen. Das eben Gesagte fassen Sie bitte als offizielle Meinung der Organisation auf. Und jetzt..." lächelte der Hausherr. „wollen wir zusammen Tee trinken."

Der Tee schmeckte bitter, wahrscheinlich, weil das vorherige Gespräch einen bitteren Nachgeschmack hinterlassen hatte.

Ich war wütend, fühlte aber, daß die Warnung durchaus berechtigt war. Ganz gleich, wie heimatlich ich mich im Hinterzimmer fühlte, dort war ich nicht auf meinem Platz. Ich erfuhr dort sehr viel und konnte noch mehr erfahren, das änderte aber nichts. Mir helfen, mein Leben neu zu gestalten, das überstieg ihre Kräfte. Solange ich dort war, waren mir alle anderen Lebenswege verschlossen. Und wer braucht mich schon? Nun, erstens brauche ich mich selbst am meisten, aber ich darf kein Feigling sein. Offen muß man seine Niederträchtigkeiten eingestehen. Ich werde einfach wieder dorthin gehen und alles erzählen, und erklären, daß mich niemand und nichts von meinen Freunden trennen wird. Allerdings, ich war in Deutschland — wo man immer über einen Menschen urteilt nach dem, was er tut und in welchen Kreisen er verkehrt.

LIEBE

Als ich eintrat, bemerkte ich gleich ein perplexes Aussehen der Wirtin. Das einzige Auge flatterte unruhig.

„Was ist passiert, Frau Pietsch? Etwas mit Berlin? "

„Schrei nicht so! Das nennt sich Konspirator! Nein, etwas viel schlimmeres."

„Vielleicht Polizei? "

„Da habe ich gerade Angst, vor deiner Polizei? Geh ins Hinterzimmer. Dort macht unser Casanova mit dem Blechgürtel gerade an Fräulein Giselle eine Liebeserklärung. Beide sind angetrunken."

Im Hinterzimmer herrschte solch eine Stimmung, die immer entsteht, wenn etwas ganz Außerordentliches und sehr Unangenehmes geschieht, etwas so sehr Unangenehmes, daß niemand weiß, was man dagegen unternehmen kann, und alle schweigen konfus.

Am Tisch, wie immer leicht angetrunken, im kurzen karierten Rock und in einer neuen Lederjacke saß Giselle. In den Händen eine längst erloschene Zigarette. Ihr gegenüber, auf einem zerkratzten Hocker, thronte die heruntergekommene Persönlichkeit. Zuerst habe ich ihn gar nicht erkannt, so ungewöhnlich sah er aus, sehr feierlich und sinnlos aufgeregt.

Ein grünliches Jackett, weißer Kragen, so weiß, daß man

ihn mit Zucker vergleichen konnte. Der riesige Knoten einer schwarzsilbernen, kirschroten Kravatte schnitt sich tief in den Adamsapfel ein. Die dünnen Strähnen der dezimierten Haare, mit irgendetwas eingeölt, umrahmen das verwüstete, von Mitessern bedeckte Gesicht mit Fressecken in den Mundwinkeln. Ein falscher Amethyst, groß wie eine Walnuß, steckte im Schlips. Und die Hosen, mein Gott, was waren das nur für Hosen! Khakifarben, mit einer Bügelfalte, scharf wie ein Rasiermesser, aber aus irgendeinem unerklärlichen Naturgesetz an den Knien unterbrochen, zeugten sie von den ernsten Absichten des Besitzers. Das Sonderbarste waren aber die Schuhe, kastaniengelb mit orangeroten Verzierungen und spitz zulaufend. Solche Modelle nannte man vor dreißig Jahren „Shimmy". Die Absätze waren heruntergetreten und an den Spitzen blinkten überdimensionale Stahlbeschläge. Ein Spazierstock aus Bambusrohr, den Griff als Pudel geformt und mit falschen Diamanten übersät, lag auf dem Tisch.

Hier stand auch eine Flasche Champagner mit zwei Gläsern.

Die gesamte Kleidung wirkte schreiend und unterstrich den bejammernswert abstoßenden Eindruck des früh gealterten Gesichts. Alles war widerlich, niederträchtig und primitiv, mit Ausnahme der Augen. Sie waren klug, mit tiefem menschlichem Leiden. Der Blechgürtel war nicht zu sehen.

Giselle war blaß.

Das einzige Auge der Wirtin versuchte, auf niemanden zu blicken. Hinten, weit hinten saß Mary Bloom. Sie guckte verlegen und schien die Ereignisse förmlich in sich hineinzusaugen. Alle rauchten und sahen — wie mir schien — einander nicht an. Mich bemerkte niemand.

„Giselle, ich warte."

„Worauf wartest du denn? " Giselle wurde noch blasser.

„Giselle, du weißt doch. Das, was ich sage, das sage ich zum ersten Mal nach acht Jahren, und du mußt mich anhören und mir antworten."

„Hermann, hör mit dem Quatsch auf! Wir kennen uns schon mehr als ein Jahr. Was ist bloß in dich gefahren? "

„Giselle, sagt dir mein Aussehen gar nichts? Ich bin ganz ernst und kann mich nicht erinnern, wann ich mich jemals so angezogen habe. Ich bin extra für dich ins Bad gegangen, weißt du, in das für dreißig Pfennig auf dem Merianplatz."

„Hermann, lieber Hermann, ich freue mich so, daß du dich so gut gebadet hast und so gut aussiehst. Ich weiß, jetzt wird es mit dir wieder bergauf gehen. Du bist doch sehr klug, viel klüger und besser als ich. Du weißt doch, was ich bin. Ich trinke und war schon zweimal im Knast. Doch ich achte dich und glaube, die anderen hier auch." Giselle blickte sich um, als ob sie Hilfe und Unterstützung suchte. „Du bist der Allerbeste, doch um deine Frau zu werden, muß es mehr geben, viel mehr. Dazu muß sogar ich dich lieben."

„Aber ich liebe dich, Giselle, und ich liebe dich während der ganzen Zeit und weißt du, es scheint mir, als ob alles, was mir im Leben durch die Finger geschlüpft ist, daß alles mit dir zusammen wieder zu mir zurückgekehrt ist. Verstehst du, Giselle, das ist ganz einfach. Auf der einen Seite alle meine Mißerfolge, und auf der anderen Seite wir beide zusammen. Du allein wiegst mehr als alles Pech!"

„Ich bin nichts wert, Hermann, ich weiß, wie du zu mir stehst und wollte nicht und hatte Angst vor diesem Gespräch. Doch du hast von selbst losgelegt."

„Hör zu, Giselle, du bist die letzte noch wirkende Triebfeder meines Lebens, alle anderen sind durchgerostet, verfault. Und diese letzte wird auch bald stillstehen, wenn du nicht meine Frau wirst..."

Hermann schwieg und wurde runzlig im Gesicht. Seine Augen wurden kindlich, bittend. Schweigen herrschte. Giselle machte eine merkwürdige Bewegung, als ob sie sich von unsichtbaren Stricken befreite. Sie wollte etwas sagen und konnte es nicht. Sie öffnete den Mund. Plötzlich atmete sie die Luft aus.

Hermann erhob sich. Seine Augen wurden ganz hell. Er hob das Glas und reichte es Giselle.

„Giselle, auf unser gemeinsames Leben!"

Giselle schwieg. Dann erhob sie sich.

Sekunden vergingen.

Hermann verstand alles. Er erhob sich ebenfalls und stellte vorsichtig, als ob der Pokal keinen Fuß hätte, das Glas zurück. Dann lächelte er traurig und schief, öffnete das Jackett. Der blecherne Gürtel klapperte in seiner Hand.

„Hier, nimm das zum Andenken an mich, Giselle."

Dann streichelte er den Hund, der an der Schwelle saß und ging hinaus. Alle schwiegen.

Plötzlich preßte Giselle ihre Finger an die Schläfen und trank in einem Zug den Champagner aus.

„Das ist eine Nummer!" Heinz fixierte Giselle. „Du dumme Ziege!"

Er kam nicht weiter.

Alle betrachteten Giselle schweigend und hörten seine Worte nicht.

„Was glotzt ihr mich an? Wie die Eulen das Licht! Was habe ich eigentlich getan? Habe ich das Recht, ‚nein' zu sagen oder nicht? Er ist doch kein Mensch! Hinter seinem Kragen hat er einen richtigen Zoo!"

„Es wäre deine Aufgabe, ihm das abzugewöhnen."

„Das kann ich nicht, das kann überhaupt niemand." Giselles Mund zuckte hysterisch. „Das haben schon andere versucht."

„Wenn ein Mann eine Frau liebt, macht er für sie alles."

„Sei du ruhig, Beatrice, du bist eine weiße Krähe. Hast nie in deinem Leben einen Mann geliebt und gibst gute Ratschläge!"

„Ich rede ja auch nicht von einer Frauenliebe."

„Bitte, Beatrice, halt dich raus! Er liebt dich doch, Giselle! Das weiß ich doch besser als jeder andere." Heinrich macht eine effektvolle Pause. „Ich habe selbst Frauen und paß auf, was ich dir sage. Wenn eine von ihnen anfängt, richtig zu lieben, so mache ich alles, um ihr zu helfen. Wenn das auch für mich ein Verlustgeschäft bedeutet."

„Natürlich, du bist ein Idealist für die ganze Bundesrepublik. Alle Straßenmädchen himmeln dich ja an!"

„Bitte, ohne Gift, Giselle! Wir sind deine Freunde. Und was sagst du zu allem, Heimkehrer? Du bist heute auch so finster wie Napoleon, nachdem ihn die Marschälle verlassen haben."

„Dazu gibt es auch Grund genug. Ist wohl solch ein Tag heute."

„Was hast du auf Lager? "

Alle schwiegen, bis ich fertig war.

„Und was jetzt, Heimkehrer? " Die Wirtin war wie ein Zyklop, der sein Opfer anstarrt.

„Ihr alle seid meine Freunde, und werdet es auch immer sein. Ich bin ein freier Mensch, sogar erwachsen, und kann Freundschaft führen, mit wem ich will. Berlin kann ich niemals vergessen."

„Ja, und die eigene Dummheit!" ergänzte die Wirtin mit Nachdruck.

„Ich hab dich auch für klüger gehalten." näselt Heinrich.

„Wieso, sind denn Niedertracht und Klugheit dasselbe?"

„Das ist zu philosophisch, Heimkehrer. Das ändert aber nichts an der tatsächlichen Lage. Deine Freunde haben recht, du gehörst zu ihnen und nicht zu uns. Hier ist nur Platz für solche, denen alle anderen Wege tabu sind, ungefähr wie für mich und alle anderen. Du aber hast noch etwas in der Ferne."

„Und du, Vorsitzender, was hältst du davon? "

„Da gibt es nichts Fragwürdiges. Vielen Dank, Heimkehrer, für deine guten Worte. Vielen Dank für die Erzählungen. Wir werden wohl nicht so bald wieder etwas Ähnliches hören. Dem Teufel hast du uns allerdings nicht näher gebracht, aber auch nicht weiter. Doch du hast ehrlich versucht, Sinn und Wesen dieses Herrn zu untersuchen. Wir danken dir auch, daß du uns wie Gleichartige behandelt hast. Das ist sehr selten heutzutage, wo jeder Pinkel, der Auto fährt, sich wie Graf Rotz vorkommt. Wir haben auch dir geholfen, wie wir es konnten. Doch jetzt ist der Tag der Trennung gekommen. Wir können nichts mehr für dich tun und wenn du weiter bei uns bleibst, heißt das, drei Kreuze auf dein ganzes Leben. Und bitte, komm nicht mehr hierher. Wir jagen dich nicht fort. Das ist deine Sache. Doch du gehörst nicht zu uns. Hier ist die Vergangenheit zu Hause, aber für dich gibt es noch ein Türchen in die Zukunft, durch das du hindurchschlüpfen kannst."

„Außerdem ist es ein bißchen schreckhaft mit dir, Heimkehrer." fügte Friedel hinzu. „Wenn du so redest, denken wir, der hat aber eine Phantasie, und jetzt wissen wir, daß es nicht Phantasie allein ist. So ist es besser, dich auf Entfernung zu genießen. Sei nur nicht böse!"

„Heimkehrer!" Die Wirtin wartet, bis der Kater auf ihren Schoß kommt. „Du hast gehört, was drei von uns gesagt haben, und ich meine auch, nach diesem Gespräch bist du losgetrennt wie ein Stück Käse. Steck deine Nase nicht mehr zu uns. Nach einer Woche wird Heinrich dich aufsuchen. Zu dieser Zeit werden wir schon alles auseinandergebracht haben, ich meine, was wir vom Kunzer geerbt haben. Selbst ich kann schwer glauben, daß es solche Lumpen wie diesen Professor gibt. Nun aber hinaus mit dir. Vergiß uns nicht! Ich habe zwar nur ein Auge, sehe aber viel besser als manch einer mit einer Brille."

Ich erhebe mich. Das Urteil war gesprochen. Einfach „Auf Wiedersehen" sagen und fortgehen, war ausgeschlossen. Ich küsse der Wirtin die Hand. Mir scheint, als ob in ihrem einzigen Auge etwas glitzert. Dasselbe mache ich mit Beatrice und Giselle. Giselle ist froh, daß man sich nicht mehr mit ihr befaßt. Dann umarme ich jeden der Reihe nach. Heinrich umarmt mich wie ein Prinz von edelstem Geblüt in seinem Palast. Seine Hand betastet blitzschnell und gründlich meine Tasche.

„Alles leer!" sagt er kaltblütig und überreicht mir mein Notizbuch und einen Fahrschein. Friedel knallt tadellos die Hacken zusammen. Franz umarmt mich ungeschickt, als ob er sich an einen Laternenpfahl klammert. Er ist nicht betrunken. In seiner Brust wälzt sich etwas schwer, als ob dort schwere Balken geschleift werden. Heinz lächelt verlegen und steckt mir das bronzene Figürchen eines Elefanten in die Hand.

„Das ist mein Talisman, du hast ihn nötiger!"

Alles ist vorbei. Ich gehe hinaus.

WASSER

Der Tag ist hell und sonnig. Es friert etwas. Eine Seite in meinem Leben hat sich umgeblättert. Womit soll ich die nächste Seite anfüllen?

Ich erinnere mich, daß ich seinerzeit kein schlechter Schwimmer und Sportler war. Wo kann man in Frankfurt schwimmen?

Am Morgen des nächsten Tages ziehe ich los, um Schwimmgelegenheiten auszukundschaften. Ein höflicher Polizeibeamter spreizt die Hände. Es gibt zwei Schwimmbassins, eins ganz im Westen der Stadt, das andere im Osten. Mit der Straßenbahn erreiche ich das westliche Bad, bezahle gleich für zwei Stunden.

Nur derjenige, der das Element des Wassers liebt, kann alle Freuden des Schwimmens richtig begreifen. Man muß wissen, daß Wasser ein Kollektivlebewesen ist, ähnlich wie die Ameisen, doch unsagbar zahlreicher. Gewöhnlich wird das Wasser mit einem Planeten geboren und stirbt auch mit ihm. Wasser kann zärtlich sein, aber auch brutal, gütig und böse. Wasser ist ein Spiegel, in den jeder eindringen kann, das ist viel leichter als bei einem gewöhnlichen Spiegel, doch dementsprechend auch weniger interessant, wenn man die Geheimnisse des Wassers nicht kennt. Das Wasser ist offensichtlich ein Wesen weiblichen Geschlechts. Es ist kapriziös und liebt, wenn man es verwöhnt, sich an ihm begeistert. Wenn die Wolken es mit schmutzigen, schweren und unschönen Fetzen bekleiden, wird es böse wie jede Frau, die man in häßliche Kleider gesteckt hat. Im Wasser leben zahllose Lebewesen, so wie im menschlichen Körper zahllose Mikroorganismen leben.

Das Wasser gehorcht dem Guten. Christus schritt über das Wasser und befehligte dem Sturm. Das Wasser trug auf seiner Oberfläche die Heiligen, gehorsam den Erhabenen und Edlen.

Das Wasser fühlt sehr wohl, wie das Herz der Geschichte schlägt. Viele Große errettete es, deren Stunde noch nicht geschlagen hatte. Schwamm doch Djelal-Edin, der letzte Herrscher der Choresmer, unter dem Regen mongolischer Pfeile über den Indus, geschlagen vom großen Dschingis-Khan. Julius Cäsar schluckte die fetten Fluten des Nils. Viele verschlang das Wasser, so wie 1812 die Beresina die Franzosen.

Im Wasser hausen Wassergeister, Nixen und viel außerirdisches Gespenstervolk. Aber dem, der an Gott glaubt und das Wasser liebt, tut es niemals etwas Böses. Ich selbst schwamm auf der Flucht vor meinen Feinden unter Wasser, daß die Lungen zu bersten schienen und der Kopf vom fehlenden Sauerstoff wie eine Glocke dröhnte, und in der grünen Tiefe bewegten sich träge schuppige Körper und winkten einladend mit den Händen. Eine ganz kleine Nixe, so eine Art Nixenteenager, klatschte sogar mit begeistert erweiterten Augen in die Hände, als ich am anderen Ufer auftauchte.

Oftmals war das Wasser zärtlich zu mir, wie eine Frau zu ihrem Liebhaber. Es macht alles, was in seinen Kräften steht für solche, die es lieben. Doch es ist nicht allmächtig, es hat grimmige Feinde, und wehe dem, der mit dem Feuer Freundschaft führt und mit ihm zaubert. Man darf niemals vor dem Wasser Angst haben. Wenn es böse ist, muß man es nur meiden und in der übrigen Zeit mit ihm tollen und spielen. Man muß es vergöttern und verwöhnen, und dann wird es für den Rest des Lebens der beste Freund.

Das Schwimmbassin ist nicht allzu groß, 25 x 15 m, und dreieinhalb Meter tief. Das ist nicht viel, man kann aber tauchen. Vor mir dehnt sich ein durchsichtiger, grüner Spiegel. Es sind nur wenige Schwimmer. Das Sprungbrett federt unter meinen Füßen. Die kühle, nachgiebige Masse trennt sich, die Hände gehen nach vorn und ich werde von allen Seiten von einem zärtlich kitzelnden, grünen Körper umfaßt.

Ich öffne die Augen und setze mich auf den Grund. Über mir huschen die Schatten der Schwimmer, komisch und hilflos wie zappelnde Frösche. Den anderen Rand des Bassins sehe ich nicht. Er verschwindet in einem glasartigen Schimmer. Ist er überhaupt vorhanden? Im Wasser herrschen andere Gesetze, im Wasser ist man der Unendlichkeit viel näher.

Der Sauerstoff im Körper geht zur Neige, die Lungen ziehen sich krampfhaft zusammen. Das ging aber schnell. Ich bin sehr schwach geworden. Systematisches Training tut not. Ich stoße mich vom Boden ab und bin wieder an der Oberfläche. Die feuchtwarme Luft der Halle. Die komischen Frösche verwandeln sich in verschiedene Leute. Die meisten schwimmen sehr schlecht. Man merkt gleich, wenn ein Mensch vor dem Wasser Angst hat und sich ihm nicht anvertrauen will. Krampfhaft hebt er den Körper so weit wie möglich aus dem Wasser, zieht den Kopf in den Nacken zurück, schielt ängstlich nach unten in den gefährlichen, glasigen Abgrund. Das Wasser fühlt dieses Mißtrauen. Es wird böse. Geschickt wartet es den Augenblick ab, wenn der schwarze, nach Luft schnappende Mund geöffnet ist, und plätschert hinein. Die Augen des Schwimmers quellen heraus, er hebt den Kopf noch höher, verdreht den Hals, reißt die Arme empor und sieht aus wie ein kleiner, polnischer Edelmann, der durch sein Veto einen wichtigen Beschluß des Sejm zunichte macht. Er schnaubt, röchelt, verliert den Schwimmrhythmus, hustet, betrachtet mit Haß die Wasserplantscher. Ich spüre, wie das Wasser lautlos lacht.

Das Wasser liebt auch nicht unnütze Frivolitäten. Ein Mädchen von nichtdeutschem Aussehen, Mannequin-Typ, im umwerfenden Bikini, wiegt kokett ihre Hüften und springt vom Drei-Meter-Brett. Unter Wasser geschieht irgendetwas. Die junge Dame taucht rotübergossen empor — oben ohne. Alle gucken verstohlen. Der Bademeister mit einem grauen Schnurrbart wie ein preußischer Feldwebel aus der Zeit Friedrichs des Großen läuft ebenfalls rot an.

„Hallo, Fräulein! Was ist das für eine Schweinerei! Ist das hier ein Schwimmbassin oder vielleicht Striptease auf der Kaiserstraße? "

Die Dame steckt den Kopf unter Wasser und versucht, nach dem Verlorenen zu tauchen. Sie ist nur knapp einen Meter unter Wasser, strampelt mit den Beinen in der Luft, schluckt Chlorwasser, von ihren konvulsivischen Bewegungen verändert auch der unsere Teil des Bikinis seine Position. Der Bademeister mit dem Feldwebelschnurrbart sieht die heraufziehende Katastrophe und kommandiert:

„Fräulein, rauskommen, und bitte schnell anziehen!"

Die Schulklasse am anderen Ende des Bassins grölt. Die Mädchen kichern. Mir tut die junge Dame leid. Ich tauche ungefähr an die Stelle, wo sie „oben ohne" rausgekommen ist, doch ich kann den Bikini nicht entdecken. Ich weiß, was das bedeutet und murmele vor mich hin:

„Also hör, mein liebes Wasser, du hast natürlich recht, diese dumme Angeberin zu bestrafen, doch es beginnt ein kleiner Skandal. Ist es nicht an der Zeit, das Konfiszierte zurückzugeben? "

„Nicht so eilig, mein Lieber", raunt das grüne Element. „Soll diese dumme Pute ein bißchen leiden!"

Ich tauche empor. Die junge Dame steht am Rand, völlig kopflos geworden, und sieht mich mit Hoffnung und Verzweiflung an. Doch meine Hände sind leer. Der alte Bademeister und die hinzugekommene Bademeisterin reden unter heftigen Gesten auf die „oben ohne" ein. Wieder tauche ich. Diesmal scheint das Wasser Milde walten zu lassen. Weit entfernt, kaum sichtbar, bewegt sich etwas Rotgrünes. Ich schwimme heran. Das Wasser will auch an mir seinen Spaß haben. Immer greife ich vorbei. Die Luft geht zu Ende. Mit der letzten schnellen Bewegung erhasche ich eine Strippe und tauche auf. Ein dicker Mann landet auf meinem Kopf. Das Wasser scheint sich vor Lachen zu krümmen.

„Diese Narren muß man für ihren Idealismus bestrafen!"

Ich will antworten und schlucke dabei Wasser. Die junge Dame bekommt ihr Privateigentum und verschwindet im Umkleideraum.

„Na, so was!" regt sich die Bademeisterin auf. „Sie hat sich noch nicht mal bei Ihnen bedankt! Die können und können es nicht lassen, in unanständigen Bikinis hierher zu kommen. Das ist doch nicht Sport und Körperpflege — nur Flirt mit den Männern! Und der Dicke — weiß nicht, wohin mit seinem Bauch!"

Bald ist meine Schwimmzeit um. Wieder springe ich vom Ein-Meter-Brett und tauche eine Strecke durch. Nehme mir vor, vom nächsten Male an ernstlich zu trainieren.

Ein junger Bengel springt so ins Wasser, daß er eine möglichst große Fontäne erzeugt. Das gilt als besonders schick, und der Dicke, der mich mit seinem Bauch beinah ertränkt hat, kriegt einen wohlgezielten Strahl in den Mund. Er röchelt, bricht in unchristlichste Flüche aus, spricht etwas von früher, und daß es beim Adolf so etwas nicht gegeben hat.

„Schadet nichts, Chlorwasser ist gesund, Opa!" kichert der Bengel und schwimmt zünftig im Delphinstil fort.

„So ein Dreck!" tobt der Dicke. „Das ganze Wasser ist voller toter Bazillen. Die schütten das Chlor auch zentnerweise herein. Ich habe selbst gesehen, wie die toten Bazillen auf dem Rücken schwimmen! Verdammte Strolche! Ich verstehe nicht, da muß doch die Polizei...!"

Ich grüße den Bademeister und verabschiede mich in Gedanken vom Wasser.

Seit meiner Rückkehr aus dem Lager habe ich wenig an die Frauen gedacht. Jetzt aber habe ich wieder eine Frau gefunden, genauer — ein weibliches Wesen, das mich liebt. In der Regel wirkt die Liebe einer Frau stark ermüdend und keinesfalls erfrischend. Besonders leiden die geistigen Fähigkeiten darunter. Doch wenn das Wasser Sie liebt, ist das etwas ganz anderes. Die Gedanken arbeiten klar und ruhig.

Aber etwas viel, viel Wichtigeres habe ich vergessen, völlig außer Acht gelassen. Als ich noch im Käfig saß, habe ich oftmals jemandem versprochen, zum heiligen Abendmahl zu gehen. In Berlin konnte ich es nicht tun und jetzt, da meine Freunde mich aus unbekannten Krallen herausgezerrt haben! Was wird Vater Pjotr von mir denken? Immer wende ich mich an Gott, wenn es mir dreckig geht und vergesse ihn sofort, wenn es wieder gut geht.

Heute ist Sonnabend, und die Versuchung, morgen schwimmen zu gehen, ist sehr groß. Aber ich muß zur Kirche. In der Nacht schlief ich sehr schlecht. In der Ferne heulte ein verschiedenstimmiges Rudel Hunde. Gegen Morgen wurde der Schlaf bleiern schwer. Mir träumte, daß ich wieder schwimme, aber nicht im Wasser, sondern in einer klebrigen, dickflüssigen Masse. Die Masse hält mich fest. Ich muß aber unbedingt heraus. Das Empfinden ist wie beim Professor Kunzer, bevor ich befreit wurde. Doch dieses Mal platzt der Reifen um meinen Kopf von selbst. Im Zimmer ist es hell. Es ist schon spät. Beinah wäre ich nicht mehr rechtzeitig zur Kirche gekommen.

Die Kirche ist fast leer und besonders rührend. Ich bin zum ersten Mal in unserer Frankfurter Kirche. Über mir knistern Balken aus geborstenem Holz. Die Kirche ist eine lange Holzbaracke. Alles ist ärmlich, doch sieht so rührend aus, wie nur russische Emigrantenkirchen aussehen können, mit wenig Mitteln, doch sehr viel Glauben und Liebe. Die Kerzen sind in gewöhnlichen Sand gesteckt. Billige Vergoldungen bedecken handwerksmäßig gemachte Schnitzereien. So ähnlich müssen die ersten christlichen Kirchen ausgesehen haben.

Der Gottesdienst hat gerade begonnen, und zugleich auch die Versuchung. Der blaue Weihrauch erscheint mir wie das grünliche Element des Wassers.

„Langweilst du dich hier nicht?" fragt das Wasser.

„Beten ist niemals langweilig." antworte ich.

„Und was wird aus all deinen Gebeten rauskommen?

Wirst du dir einen Pelzmantel davon nähen können?"

„Mir hat das Gebet immer geholfen."

„Bist du vielleicht ein bißchen dumm?"

„Ich glaube, nicht."

„Und ich, habe ich dir nicht auch geholfen?"

Ich verliere die Geduld.

„Schämst du dich gar nicht! Immer bringst du mich in Versuchung! Das nennt sich Freundschaft! Auch dich hat Gott geschaffen, und du versuchst mich in der Kirche. Schließlich bist du doch nicht böse!"

„So, so! Bete ruhig weiter. Ich bin nicht böse, sondern für dich sogar sehr gut. Auch ich lobe den Allmächtigen, nur Heuchler und Lügner sind mir zuwider."

In der Kirche ertönte ein leises Lachen.

„Herzlichen Dank für die guten Worte."

„Hast du begriffen, daß ich weder gut noch böse bin, sondern nur so, wie du selbst? Hast du vergessen, wie der heilige Antonius den Fischen gepredigt hat, und nicht den Fischen allein? Auch ich habe ihm zugehört. Du weißt, wie sich Venedig mit der Adria vermählt hat, wie alle, Arme und Reiche, Junge und Alte, auf Gondeln in die Lagune hinausschwammen, und der Doge im großen Ornat, das nur zu den höchsten Feierlichkeiten angelegt wurde, warf einen goldenen Ring in die Wellen. Ich kann dir versichern, der heilige Markus, der Beschützer Venedigs, war durchaus nicht böse."

„Willst du nicht endlich schweigen! Deinetwegen habe ich schon zwei Gebete überhört."

„Ein guter Beter bist du! Nach der Kirche komm zu mir, ich habe dir eine Überraschung bereitet, solch eine, die nur meinen besten Freunden zugute kommt, und längst nicht allen!"

„Du wirst mich noch ertränken, in deiner überschwenglichen Liebe!"

„Wozu brauche ich solch einen Narren! Dein Tod findet nicht in meinem Schoß statt. Das steht dir auf der Stirn geschrieben."

„Laß mich endlich beten, du schamloses Frauenzimmer!"

Schweigen.

Ein kleiner Chor singt. Ich bete und denke an die Toten, auch an meine Freunde aus der Kneipe. Sie sind sehr weit von jeder Kirche entfernt, aber wahrscheinlich viel näher an Gott. Die meisten von ihnen werde ich wohl niemals mehr sehen. Nur mit Heinrich werde ich Ende der Woche zusammentreffen.

Die nächsten Tage verbringe ich in dem prosaischen Milieu verschiedener Kanzleien. Schreibmaschinen klappern. Zahllose, in Papier gesteckte Beamtennasen. Die Beamten mit ihren Nasen sehen mageren Truthähnen sehr ähnlich.

TOD

Ich treffe mich mit Heinrich. Wie immer ist er sehr elegant gekleidet, doch sein Gesicht ist verfallen, als ob er auf dem Weg zum Alter ein Jahrzehnt übersprungen hätte. Er sieht meinen fragenden Blick.

„Hermann hat sich ertränkt. Vorgestern hat man ihn aus dem Main gefischt. Die Polizei ist da gewesen. Ein merkwürdiges Gesicht hatte der Tote, so glücklich und ganz ruhig, als ob mit dem Tode ihn alles Leid verlassen hätte. Giselle sieht zum Steinerweichen aus. Natürlich hätte sie ihn niemals geheiratet, doch hat sie wohl etwas zu ihm gefühlt. Morgen ist die Beerdigung. Kommst du mit?"

„Selbstverständlich."

„Um drei am Friedhof. Hauptportal. Alle von uns werden da sein. Alle haben für eine anständige Beerdigung gespendet. Er war doch in keiner Krankenkasse. Und jetzt zur Sache. Nimm dies hier."

Er überreicht mir einen umfangreichen grauen Schnellhefter.

„Zu dritt haben wir die Materialien des Professor Kunzer in Ordnung gebracht, einiges fotografiert, von allem mehrere Fotokopien gemacht. Die Originaldokumente sind gut verwahrt. Das ist für dich, gewissermaßen belastende Dokumente gegen Unbekannt. Dein Fall ist ziemlicher Dreck. Du bist der Gejagdte, und es ist keine einfache Jagd. Ein dummer Lehrer in einer alten Schule hätte sich ausgedrückt: Er ist zwischen Szylla und Charybdis geraten! Das Unglück besteht aber darin, daß man wohl wußte, was Szylla und Charybdis sind, in diesem Fall aber nichts weiß, abgesehen davon, daß zwei Fallen für dich bestimmt sind, eine in Rußland und die andere, wer weiß, wo, bestimmt aber im Westen. Schreib dir eins hinter die Ohren, Heimkehrer, wenn die im Westen vor etwas Angst haben, dann nur vor einer lautstarken Zeitungsschreierei oder einem Polizeiskandal mit Fassade. Studiere die Dokumente genau durch und übergebe sie zur Aufbewahrung einem vertrauenswürdigen Rechtsanwalt, der dich nicht gleich verkauft, und gib schriftliche Anweisung, daß er alles sofort der Presse übergeben soll, wenn mit dir etwas passiert!"

„Nutzt das was?"

„In solch einem Fall kann man nicht mit Bestimmtheit sagen, was nutzt und was nicht. In diesem Fall kann es tatsächlich zu einem Weltskandal kommen, und du mußt auch einigen Leutchen zu verstehen geben, daß es solch einen Skandal gibt, wenn sie mit dir — wollen wir nicht grob sein — unsanft verfahren. Schärfe deinem Anwalt ein, er soll die Polizei aus dem Spiel lassen, was auch geschehen mag."

„Wieso, ich dachte gerade an die Polizei?"

„Das sieht dir ähnlich, du Anfänger. Die Polizei ist an Händen und Füßen gebunden und wird, bevor sie sich mit deinem Fall ernsthaft auseinandersetzt, irgendwo oben Recherchen anstellen. Sie haben so ein feines Gefühl und werden gleich kapieren, daß das kein Dutzendfall ist. Und man wird ihnen ins Ohr flüstern: ‚Nicht so stürmisch!' und alles werden sie auf die lange Bank schieben, so lange, bis du dreimal krepiert bist. Auf der Welt gibt es nichts Feigeres als den pensionsberechtigten Beamten. Denen braucht man bloß anzudeuten, daß die Pension wegfällt — und deine Jäger sind sehr machtvolle Leute. Selbst Interpol wird nichts nützen. Deine Feinde sitzen ganz hoch oben."

„Vielleicht Professor Kunzer selbst?"

„Was heißt Kunzer? Der ist Exekutive und nicht Legislative! Aber mit der Presse wird man nicht so schnell fertig. Die posaunt gleich alles aus — um der Sensation willen, und diese Unterlagen sind mehr als sensationell. Der Publicity willen trampeln sie jedem auf den Schwanz. Journalisten haben nicht viel zu verlieren. Absichtlich habe ich mich hier mit dir getroffen. Hier belauscht uns niemand. Nimm also dein Dynamit und trag es nicht zu lange mit dir herum. Also, bis morgen!"

Ich scheue keine Ausgaben, wechsle ein paarmal das Taxi. Anscheinend verfolgt mich niemand. Zu Hause verstecke ich den Schnellhefter unter der schmutzigen Wäsche. Niemand liebt es, in schmutziger Wäsche zu wühlen. Jetzt muß ich so schnell wie möglich einen soliden Rechtsanwalt ausfindig machen. Wo aber ist die Garantie, daß er kein Winkeladvokat ist, kein Gauner oder ihm die Aufgabe nicht über den Kopf wächst? Ich habe keine Verbindungen zu diesen Kreisen, es wird sich schon einer finden. An Rechtsanwälten hat es nie Mangel gegeben. Selbst Napoleon hat einmal über sie gesagt:

„Wenn ich an diese Herrschaften denke, bedaure ich immer, daß man in unserer Zeit keine Zungen mehr rausschneidet."

Der Tag der Beerdigung war grau und hoffnungslos, so grau und hoffnungslos wie das Leben Hermanns. Wir versammelten uns am Hauptportal. Es war noch früh. In der Kapelle fand noch die Trauerfeier für einen soliden Geschäftsmann statt — jedenfalls dem Berg teurer Kränze nach zu urteilen. Wie auf Kommando begannen wir, über Hermann zu reden. Alle merkten sofort, daß eigentlich über ihn niemand etwas Genaues gewußt hat. Man wußte, daß er während des Krieges Gefreiter und in französischer Kriegsgefangenschaft gewesen war. Wann es anfing, mit ihm bergab zu gehen, konnte niemand sagen.

„Da war auch nicht viel zu wissen." sagt Friedel. „Hat ihm Gott eine zarte und gefühlvolle Seele zugeteilt, er war ein delikater und scheuer Mensch. Solche Personen, wenn es mit ihnen bergab geht, kann man kaum zurückhalten.

In ihren zarten Seelen ist einfach nichts, woran man sie festhalten kann. Von selbst nach oben zu kommen — dazu fehlt ihnen die Kraft. Mit Niederträchtigkeiten Karriere zu machen — der Stolz erlaubt es nicht. Sie schließen sich von der übrigen Welt ab und von da ist es bis zum Abstieg nur ein Schritt..."

Ein gleichgültiger Kirchendiener mit einer schwarzen Fliege und einer höchst pietätlosen Warze ruft den Namen:

„Bitte, zum Trauerfall Sturer!"

Alle sind erstaunt, daß Hermann einen Familiennamen hat.

„Ich glaube, man hat ihn zum ersten Mal mit Familienname angesprochen." murmelt Franz in seinen Bart.

Heinz wird böse.

„Du hast das wenigste Recht, Gift und Galle zu speien."

Vorn führen Beatrice und Mary Bloom die weinende Giselle. Merkwürdig, die Amerikanerin Mary Bloom hat sich völlig in diese Kneipe eingelebt. Ein Gedanke huscht vorüber:

Sie wird wohl meinen verwaisten Platz einnehmen.

In den nassen, kalten Ästen der Friedhofsbäume heult der Wind etwas Drohendes, Traurig-Hoffnungsloses, wie Leben und Tod, das letzte Lied für den armen Hermann Sturer, dem auf dieser Erde kein Glück beschieden war. Unter ihren Denkmälern lauern die Toten und warten auf den Neuen. Der Sarg fährt vorn. Das Grab wird irgendwo weit sein, mitten auf dem Friedhof. Hinter dem Sarg schreitet ein evangelischer Pastor. Er hat das rote, satte, zufriedene Gesicht eines jungen und gesunden Menschen, der sich trotz seines geistlichen Standes nicht allzu sehr mit Lebens- und philosophischen Problemen quält.

Die Gruft ist bereits fertig. Der Pastor betet, ruhig und systematisch. Dann blickt er sich um. Seine Augen fragen, ob jemand reden will. Heinz tritt hervor.

„Was soll man da sagen. Der Herr Pfarrer hat in der Kapelle sehr gut gesprochen, da kann man nichts hinzufügen. Ich will nur sagen, was der Herr Pastor nicht wußte und auch nicht wissen konnte. Nicht viel hat der Entschlafene vom Leben gehabt und nicht viel hat er erreicht. Er war auch ein Kind des Pechs. Vielleicht hat er auch Schlechtes getan, doch uns war er ein lieber Freund und Kamerad, nicht besser und nicht schlechter als wir alle. Als neulich einer unserer Freunde in Gefahr geriet, hat er sich als erster angeboten für etwas sehr Schwieriges und Gefährliches. Wenn ein Mensch tot ist, fallen alle Masken. Alle fühlen, wer er in Wirklichkeit war und wie schwer er gewogen hat. Wir fühlen alle, daß er ein guter und unglücklicher Mensch war und Gott wird ihm sicherlich alles verzeihen. Aber ich bin nicht derjenige, der Gott Ratschläge erteilen kann. Er wird sich auch ohne mich zurechtfinden."

Heinz winkte hoffnungslos mit der Hand, als ob er sagen wollte: „Ich schwatze schon viel zuviel." Trat von einem Fuß auf den anderen und verließ den sandigen Hügel. An nassen, schmutzigen Leinenbändern wird der Sarg heruntergelassen. Als die Reihe an mich kommt, Erde in die Gruft zu werfen, sage ich nur: „Hab Dank für alles."

Wir gehen nach Hause. Ich bemerke die Blicke von Mary Bloom. Anscheinend will sie mir etwas sagen.

„Was machen Sie heute? "

„Nichts, ich werde über ihn nachdenken."

„Wir werden zusammen über ihn nachdenken, und über Sie. Mit mir ist etwas Merkwürdiges passiert, das auch Sie angeht. Sagen Sie bitte, glauben Sie an Träume? "

„Was soll ich da sagen? Es steht in der Heiligen Schrift: ‚Ihr sollt keinen Träumen, keinen Visionen und keinen Wahrsagungen glauben, wenn sie nicht von Gott sind.' "

„Wie kann man feststellen, was von Gott ist und was nicht? "

„Ich glaube, wenn der Traum von Gott ist, kann es bei demjenigen, der das erlebt, überhaupt keinen Zweifel geben. Der Gedanke, daß es etwas anderes sein könnte, entsteht einfach gar nicht."

„Das ist mir etwas zu russisch, und ich bin doch Amerikanerin. Ich habe einen Traum gesehen, der sich auf Sie bezieht. Ich weiß nicht, warum gerade ich, aber merkwürdigerweise bin ich in Ihr Leben eingetreten."

Ich bemerke, daß wir das Tor passiert haben. Um uns ist niemand mehr. Alle meine Freunde sind verschwunden. Mary und ich, wir sind ganz allein.

„Mary, das ist ein Skandal! Ich schwatze mit Ihnen und habe ganz vergessen, mich zu verabschieden. Vielleicht werde ich sie alle nicht so bald wiedersehen. Selbst Giselle, die an meiner Befreiung teilgenommen hat und jetzt weint, habe ich kein Wort gesagt.

„So ist es immer. Das Wichtige bemerken wir immer viel zu spät. Doch ich muß Ihnen erzählen, was heute nacht los war. Ich habe hier nämlich ein Café entdeckt, genau wie mein Stammcafé in New York."

DAS ZWEITE GESICHT

Wir sitzen in einer Ecke des Cafés und mich belustigt der Gedanke, daß man uns wohl für ein Liebespaar hält und darüber staunt, wie ein alltäglicher Mann zu einer hübschen Amerikanerin kommt.

„Jewgenij!" beginnt Mary. „Seit unserer Bekanntschaft in Berlin bin ich Zeugin sehr merkwürdiger Ereignisse geworden."

„Und das spannt Sie auf die Folter, Mary?"

„Ich wäre nicht Amerikanerin, wenn ich nicht wie ein Schmetterling zum Feuer verschiedenster Sensationen, Geheimnistuerei und Romantik fliegen würde. Wissen Sie, Sensation das ist eins. Aber ich fühle, daß ich bis über den Kopf in irgendeinen mystischen Sumpf geraten bin."

„Es tut mir leid, Mary, daß ich indirekt daran die Schuld trage. Ich habe Sie in das Ganze hineingezogen."

„Ich dachte, nachdem wir Sie aus Berlin herausgefischt haben, könnten wir uns auf immer auf Wiedersehen sagen, doch es sieht anders aus. Ich möchte einige Fragen stellen. Punkt eins: Wer ist die große Dame mit einem blassen, unbeweglichen, ovalen und sehr hübschen Gesicht?"

„Hübscher als Sie, Mary?"

„Bitte, machen Sie keine Witze, sondern geben Sie mir Antwort."

„Bevor ich Ihnen antworte, gestatten Sie mir eine Gegenfrage: Wo haben Sie diese Dame gesehen und unter welchen Umständen? "

„Ich habe sie heute nacht im Traum gesehen. Ich sah sie sehr deutlich, und das war der deutlichste Traum meines Lebens. Ich wohne hier in Frankfurt in einem Hotel am Ausstellungsgelände. Die Umgebung dort ist sehr prosaisch, kommerziell und keineswegs mystisch. Gestern abend um zehn habe ich eine große Portion Vanille-Pistazien-Eis mit Schlagsahne verzehrt, trank ein Glas Tee mit Zitrone und nippte einen Whisky."

„Viel? "

„So ein Doppel-Scotch, der die Seele wie Petersilie durchrüttelt, wie ihr Russen sagt. Das hat Ihr Cousin mich gelehrt. Jesus Christus geht barfuß über die Seele!"

„Mary, lästern Sie bitte nicht über Gott. Kein Wunder, daß Sie alle möglichen mystischen Träume haben. Auf russisch lautet dieser frevelhafte Spruch allerdings etwas anders. Wieso wissen Sie das überhaupt? Haben Sie in einer Spionageschule russische Folklore studiert? "

„Jewgenij, kennen Sie den schottischen Witz, einen ganz alten, mit solch einem Bart? "

„Ihr Amerikaner säuft tonnenweise Scotch Whisky und macht euch noch über die Schotten lustig."

„Der liebe Gott hat doch die Schotten dazu geschaffen, daß man sich über sie lustig macht. Aber ich habe meinen Traum ganz vergessen. Nach dem Tee stellte ich mich unter die kalte Dusche und ging schlafen. Allein — ich bitte, diese Tatsache zu berücksichtigen."

„Und da fielen Teufel und Spione über Sie her? "

„Gleich werden Sie zu lachen aufhören! Ich liege und weiß nicht genau, ob ich schlafe oder nicht, und es scheint mir, als ob ich vor einer alten Tür stehe, sehr alt und dunkel. Berühre die Tür, und hinter ihr steht ein Mann unbestimmten Alters, mit einem vollen, birnenartigen Gesicht, in einer Chauffeurslivree und zeigt mir, wo ich gehen soll. Auf einmal stehe ich in einem alten Saal. So etwas sieht man bei uns in den Staaten selten. Alles aus schwarzem

Holz, an den Wänden fabelhafte Bilder, goldene Kronleuchter auf einem niedrigen Schrank, eine schwarze Treppe führt nach oben, wie zu einer anderen Welt. Silber. Ich weiß gar nicht, wohin ich gucken soll. Selbst bei unseren Millionären findet man so etwas selten.

Und in einem Sessel, in dem eigentlich ein Greis mit einem Bart sitzen sollte, sitzt eine junge, hübsche Frau mit einem blassen, ovalen Gesicht und sagt höflich lächelnd:

‚Setzen Sie sich bitte dorthin, liebe Mary. In diesem Sessel sitzt immer unser gemeinsamer Bekannter Jewgenij Kreiton.' "

„Hat sie direkt meinen Namen gesagt, im Traum?"

„Ja, und sagte noch:

‚Hier in diesem Sessel hat er mir auch einen Heiratsantrag gemacht. Das war vor sehr langer Zeit.'

Im Traum bin ich direkt hochgehopst, aber die mit dem blassen Gesicht lacht nur.

‚Aber altersmäßig paßt er nicht zu mir. Ich kann nicht nur seine Urgroßmutter, sondern vielleicht auch Ururgroßmutter sein. Aber galant ist er doch, hat sogar Blumen mitgebracht. Ohne Umschweife, liebe Mary, Sie sind ein nettes, gutes, amerikanisches Mädchen und nicht ganz ohne Poesie. Das ist sehr selten, besonders bei Ihren Landsleuten. Ich habe nie gehofft, daß Sie überhaupt fähig sind, einem Menschen so zu helfen wie unserem gemeinsamem Freund. Das Gute an Ihrem Volk ist die Energie. Hut ab! Aber auch diese Frankfurter Bohème ganz fabelhaft! Nicht umsonst hat Christus die Sünder, Steuereintreiber und lockeren Frauen mehr geliebt als die Spießer. Jetzt hat man ihn aus dieser Kneipe rausgesetzt. Sie wissen ja Bescheid, Mary. Damit haben sie auch recht getan. Er gehört nicht dorthin und Sie auch nicht, wie im Grunde genommen, keiner. Sie sind doch Journalistin. Es wäre nicht übel, wenn Sie vorläufig in Frankfurt blieben. Jetzt hat Jewgenij seine kritische Periode. Mich werden Sie bald wiedersehen, aber etwas anders als jetzt. Was halten Sie davon?'

‚Meine Meinung...? Darf ich Ihren Namen erfahren..? Erst vor kurzem... Jewgenij hat viele Feinde... und Sie?'

‚Ich weiß, ich weiß... Jetzt quetscht man selbst allen Saft aus diesem Professor Kunzer. Meinen Namen werden Sie bald erfahren. Doch bis dahin wäre es nicht übel, wenn Sie — so ein bißchen mit Fingerspitzengefühl — für Jewgenij sorgen würden. Aus gewissen Gründen kann ich selbst jetzt nicht in seiner Nähe sein, aber Sie können es. Er hat gefährliche Feinde. Sie werden sie besser bemerken. Und jetzt leben Sie wohl. Die Zeit ist um.'

‚Noch eine Frage. Sind seine Feinde nicht allzu sehr gefährlich? '

‚Jeder Feind ist zu gefährlich, wenn man mit ihm nicht fertig wird.'

Schon steht der fettgesichtige Chauffeur neben mir. Die Tür aus Eiche und Bronze. Kronleuchter in Form einer merkwürdigen Frucht. Ich berührte die Tür und stieß an etwas an, so sehr, daß es weh tat.

Komme zu mir. Sehe, ich liege im Bett. Mache das Licht an. Merkwürdig, weiß nicht, was Traum war und was nicht. Bin auch gar nicht müde und sehe, zum Schlafen komme ich doch nicht mehr. Ich zog mich an und marschierte zum Entsetzen des Nachtportiers los. Gerade halb drei. Ich kam bis zum Bahnhof. Na, Jewgenij, euer Bahnhof sieht bei Nacht vielleicht aus!? "

„Das ist mir wohlbekannt."

„Nein, also, was ich gesehen habe, kennen Sie nicht. Alle möglichen Landstreicher auf dem Bahnhof, Deutsche und Nichtdeutsche, sogar Amerikaner."

„Was heißt ‚sogar Amerikaner'? Sind die etwa besser als andere? "

„Bitte keine nazistische Propaganda! Zuhälter, Straßenmädchen, meine angetrunkenen Landsleute aus den Süd- und Weststaaten, die niemand außer Geographielehrern kennt. Plötzlich höre ich einen Bums und schreckliches Geschrei. Das kommt aus der Toilette. Ich gleich dorthin und kapiere erst dort, daß ich in der Männertoilette bin."

„Aber Mary!"

„Wieso? Sind Sie selbst etwa niemals aus Versehen in die Damentoilette gekrochen? Die Aufwartefrau, eine alte

Deutsche, schimpft fürchterlich und klopft mit dem Stiel des Schrubbers auf die Fliesen.

‚Sehen Sie!' sagt sie zu mir. ‚Selbst der Dekan der Frankfurter Universität kann nicht auseinanderhalten, ob das hier eine Toilette oder ein Nachtasyl ist.'

‚Wie meinen Sie das? '

‚Sehen Sie sich das an! Alle Kabinen sind besetzt. Kam vor einer halben Stunde ein französischer Offizier, hat sich bald in die Hosen gemacht. Alles besetzt! Kommen Landstreicher, zahlen zwanzig Pfennig und plazieren sich dort wie im Ministersessel, bis zur Pensionierung. Aber nicht bei mir! Hier ist kein Hotel, sondern ein Klosett — um nicht grob zu werden. Sie selbst sind wohl Amerikanerin? '

‚Ja.'

‚Da, sehen Sie mal, womit sich die Nachkommen von Schiller und Goethe befassen! Ich habe auch die Schule genossen! Wenn ein Mensch schon im Klosett schläft, ist es vorbei mit ihm. Tiefer geht's nicht. Passen Sie auf, was gleich passiert!'

Die Aufwartefrau öffnet mit einem Ersatzschlüssel die erste Kabine und, Jewgenij, der erste Auftritt. Irgendein verwachsener, zerzauster Kerl ohne Hose sitzt auf der Brille.

‚Marsch, von hier raus! Sofort die Hosen anziehen, sonst hole ich die Bahnhofspolizei!'

Der Typ tritt von einem Fuß auf den anderen, blinzelt mit verschlafenen Säuferaugen und zieht brummend seine ziehharmonikaartigen Hosen an.

‚In der Damentoilette dasselbe, Madam, oder noch schlimmer. Die Weibsen sind hysterischer. Hör auf zu brummen, du Säufervisage!'

Der Schock wirkt. Der Typ betrachtet mich und fängt an, etwas zu kapieren.

‚Was macht eigentlich eine Dame in der Herrentoilette? '

‚Sie ist extra gekommen, um solch ein Ferkel wie dich anzusehen. Dich muß man auf Kosten der Krankenkasse erst einmal waschen und dir die Haare schneiden lassen. Sonst wird man dich nicht einmal im Gefängnis aufnehmen.'

Auf der Treppe blinken die Knöpfe einer Polizeiuniform.

Das behaarte Subjekt zieht den Kopf ein und verschwindet. Erleichtert atmet die Aufwartefrau auf.

‚Das ist noch nichts. Passen Sie auf, Madam! Gestern nacht mache ich eine Tür auf, und auf der Brille sitzt ein Typ im Cut, im richtigen Cut! So etwas haben Sie doch auch in den Staaten? Lackhalbschuhe. Nur ein Knopf fehlt. Ein Aussehen hat er wie aus einem Adelsalmanach. Hopst heraus und will mir die Hand küssen. Zum Glück habe ich gerade die Bürste gehabt. Bin ich ihm ein bißchen mit der Bürste über die Visage gefahren. Und er:

‚Wie kann eine Dame einen Gentleman mit der Klosettbürste schubsen? '

Verbeugt sich und marschiert hinaus, wie ein regierender Fürst. Hat sich nicht mal umgeblickt. Die Wunder Gottes geschehen hier im Klosett, mit einem Wort.'

Ich habe mir diese Szene notiert, Jewgenij. Vielleicht kann ich sie in einem Digest unterbringen, gerade passend für dieses Niveau."

„Ich muß schon sagen, Mary, Sie erforschen die deutsche Kultur direkt an ihrer Wurzel."

„Das ist noch gar nichts. Ich werde noch etwas Besseres erzählen. Noch vor dem zweiten Weltkrieg existierte in einem gewissen demokratischen Staat in einem gewissen liberalen Reich mitten im jüdischen Viertel die russische orthodoxe Kirche, gewidmet irgendeinem von euren unausstehlichen nationalen Heiligen..."

„Mary, wir haben gar keine nationale Heilige!"

„Und gar nicht weit war eine jüdische Synagoge, schon viel größer als die Kirche, denn ihr Russen seid dem Irdischen viel mehr entrückt. Im Nachbarpark gab es eine grüne Bank, auf der sich immer euer russischer Heidenpriester mit dem alten Rabbiner traf. Sie sitzen beide auf der Bank, zusammen etwa hundertfünfzig Jahre alt, und unterhalten sich über die Gottlosigkeit. Bald danach begannen für den russischen Priester schwere Zeiten. Haben sich die rührigen jüdischen Buben in den Kopf gesetzt, die Fensterscheiben in eurer Kirche rauszuschmettern. Mehrmals haben der Priester und der Diakon den Jungens aufgelauert, um ihnen die Ohren abzureißen. Beschwerden beim Distriktsheriff und Gott weiß, wo noch. Nichts nützt. Kaum hat man neue Scheiben eingesetzt — zwei, drei Tage, schon sind sie wieder raus. Direkt zum Heulen! Da hat euer Priester seine Not dem Rabbi gebeichtet. Der sagt:

‚Was für ein unverständliches Volk sind doch diese Orthodoxen! Das ist ganz einfach. Versichern Sie bitte sämtliche Scheiben in einem jüdischen Versicherungsunternehmen, dort, hinter der zweiten Ecke, beim Gerschenson. Allerehrenwertester Mann ist er! Und dann sei ich nicht nur Rabbi Fischman, sondern Trotzkij selbst, wenn da noch eine einzige Scheibe rausfliegt!'

Tatsächlich, hat man versichert, und seitdem fliegt kein Stein mehr. Da sollen Sie mir erzählen, Jewgenij, daß man ohne die Juden auskommen soll..."

Mary lacht lustig.

„Mary, Mary, Sie haben wirklich eine Zunge! Ohne Knochen, wie man sich in Rußland ausdrückt. Manch einen wird man da drüben auf verschiedene Art strafen. Sie werden bestimmt glühende Bratpfannen ablecken, ohne Fett!"

Mary wurde auf einmal ganz ernst.

„Hören Sie, mein Liebster, vor lauter Geschwätz habe ich das Wichtigste vergessen. Jetzt, wo Sie vom Jenseits reden, kommt es mir wieder in den Sinn. Da habe ich noch etwas anderes geträumt. Es gibt eine Bitte an Sie."

„Von wem? "

„Ihre blasse Bekannte bat mich, Sie daran zu erinnern, daß der Vertrag — was ist das überhaupt für ein Vertrag? — immer noch Gültigkeit hat. Sie bittet Sie, das für sie zu tun, was Sie schon oft getan haben. Man wird Sie bald holen."

„Merkwürdige Träume haben Sie, Mary."

„Ich versichere Ihnen, bevor ich Ihre Bekanntschaft gemacht habe, habe ich solche Träume nie gehabt. Ich war sehr stolz, als ich einmal ganz deutlich von einem Rugby-Match geträumt habe. Ob Sie mir glauben oder nicht, ist Ihre Privatsache. Alles, was ich Ihnen erzählt habe, ist die reine Wahrheit."

„Hinsichtlich Ihrer wissenschaftlichen Forschungen in

den Frankfurter Bahnhofstoiletten hege ich gar keine Zweifel. Was Sie aber vorher erzählt haben..."

„Werden Sie nicht frech! Schließlich bezieht sich das alles auf Sie."

Mary erhob sich.

„Wann sehe ich Sie wieder, Mary? "

„Wann Sie wollen."

„Machen wir einen Termin aus. Vielleicht in drei Tagen."

„Werden Sie bestimmt kommen? Und mit allen möglichen Teufeleien? "

„Sicher, vorausgesetzt, daß ich nicht wieder irgendwohin abfahre, so wie in das Sanatorium des Professor Kunzer."

„Und wo treffen wir uns? "

„Am besten unter der Ihnen bekannten Uhr."

DAS GEHEIMNIS

Die halbe Nacht lag ich wach und dachte nach. Ich mußte zum heiligen Abendmahl gehen. Wie oft habe ich in der Haft unter Tränen versprochen, daß mein erster Weg in die Kirche führen wird, wenn ich herauskomme. Mein erster Weg führte aber in die Kneipe. Außerdem muß ich meine Verpflichtung erfüllen. Das ist sehr wichtig. Wen außer der Lutschitzkaja habe ich schon? Sie hat mich so oft aus der Patsche geholt. Übermorgen ist Sonnabend und für einige Tage will ich allen irdischen Rummel vergessen.

Ich sitze zu Hause und betrachte schon lange ein Heiligenbild. Mit diesem Bild hat mich meine Mutter gesegnet, als ich noch gar nicht da war. Das Bild zeigt die Erscheinung der Mutter Gottes dem Heiligen Sergius von Radonesch. Es ist ein bescheidenes Bild, rührend in seiner Einfachheit. Die gebenedeite Jungfrau erscheint in Begleitung der Apostel Petrus und Johannes. Als Kind habe ich dieses Heiligenbild sehr geliebt. Sicherlich hat mich meine Mutter, als ich verschollen war, der heiligen Mutter Gottes anvertraut, und ich habe alles überlebt.

Stunden vergehen. Ich betrachte das kleine Bild, das für mich das Allerheiligste in dieser Welt ist. Dann fange ich an, in dem alten Evangelium meiner Mutter herumzublättern. Wie wenig habe ich doch in diesem Buch gelesen. Jetzt ist mir klar, daß jedes Wort seinen drohenden, aber auch seinen hoffnungsvollen Sinn hat. Ich sehe, daß Christus immer mit denen war, die sich quälten und litten, aber auch mit denen, die wagten und glaubten.

Bis zum Sonnabend tue ich fast nichts. Ich lese nur das Evangelium und betrachte immer das Heiligenbild. Ich möchte alle Einzelheiten fest in mein Gehirn einprägen für den Fall, daß wir uns einmal trennen müssen.

Es ist Sonnabend. Ich gehe sehr früh in die Kirche. Heute ist Beichte, morgen das heilige Abendmahl. Außerdem muß ich meinen Auftrag ausführen. Zur Beichte darf man sich niemals beeilen, das sind die Worte meines toten Religionslehrers, dann ist es schon besser, überhaupt nicht zu gehen.

Diesmal bringt mich niemand in Versuchung. Selbst das eifersüchtige Raunen des Wassers ist nicht vernehmbar. Dafür blicken die Heiligen von der Ikonostase besonders traurig auf mich herab. In der Tasche knistert ein Zettel mit allen meinen Sünden. Ihre Zahl ist sehr groß. Ich fühle mich unbehaglich. Als ich die Liste anfertigte, habe ich versucht, mich zu erinnern, wie oft ich diese Sünden wiederholt habe. Zum Beispiel, üble Nachrede — mindestens siebzigmal. Ich möchte „üble Nachrede" in Klammern setzen und oben die Zahl „siebzig" hinschreiben, also, üble Nachrede in siebzigster Potenz. Damit werde ich Erfinder einer neuen Art von Buchführung, sachliche Buchführung der Sünden. Der Sinn liegt aber nicht in der Buchführung, sondern in der Reue.

Als ich der Beichte schon nahe bin, beginnt eine neue Versuchung. Mein Gott, was für eine widerliche Warze hat der Diakon auf der Nase! Ich will ihn nicht ansehen und schließe sogar die Augen. Das nützt aber nichts, vor meinem geistigen Sehen flimmert die Warze viel deutlicher als die eigenen Sünden. Die Warze wächst, schwillt an, bläht sich auf, vergrößert sich und verwandelt sich in einen Hügel, den Grabhügel über dem Sarg meiner Demut und Reue.

Die Beichte dauert lange. Ich verwickle mich in den Sünden, mache mir verlogene Dialektik zunutze und bringe es fertig, da ich längst der schlangenartigen irdischen Verlogenheit verschrieben bin, so zu antworten, daß meine Sünden wie heldische Verdienste erscheinen, die ich nur deshalb begangen habe, weil andere mich darauf gestoßen haben, und die schädlichen Folgen meiner Sünden verwandeln sich summa summarum in ein unscheinbares Minimum.

Der Priester ist etwas verlegen. Ich fühle mit Schrecken, daß ein Unbestechlicher neben mir steht und genau alle meine Schlauheiten und Verdrehungen wahrnimmt und selbstverständlich nicht zu meinen Gunsten alles notiert. Ich entschließe mich, alle meine Sünden der Reihe nach aufzuzählen und sehe, daß es auch solche gibt, die ich nicht begangen habe. Nicht etwa deshalb, weil ich zu gut bin, sondern wegen meiner Unfähigkeit und Talentlosigkeit. Ich habe auch niemandem die Kehle durchgeschnitten, dazu bin ich viel zu feige. Die Beichte geht zu Ende, und ich fühle mich schon viel besser. Ich sehe, man muß lange und eindringlich üben, die Wahrheit zu sagen. Der Mensch kann nämlich verlernen, sogar die Wahrheit zu sprechen.

Das heilige Abendmahl. Es ist ein selten guter Tag für den Spätherbst. Der bescheidene Kelch aus vergoldetem Blech erscheint durchsichtig und aus dem Inneren leuchtend. Ich weiß, daß ich erst jetzt endgültig die Lager und Gefängnisse verlassen habe. Vorsichtig wickle ich die Prosfora ein und gehe nach Hause. Jetzt habe ich nur zu warten, bis man mich ruft.

Mary Bloom ist beschäftigt. Ich habe viel Freizeit und gehe schwimmen. Es ist früh am Morgen. Die Schwimmhalle ist fast leer. Sie ist wie ein riesiger Kelch, in dessen Mitte ich stehe.

Ich kühle mich ab, springe und tauche auf den Grund.

„Bist du also gekommen!" wispert es.

„Ja, ich bin gekommen und habe sogar bezahlt. Gib mir bitte eine Antwort, du hast von einer Überraschung gesprochen!"

„Das tat ich."

„Damit meintest du wohl, daß du den armen Hermann Sturer ertränkt hast? "

„Ich ertränke niemanden, dem das nicht auf der Stirn geschrieben steht."

„Wieso hast du trotzdem diesen armen Teufel, der sich sein Leben lang gequält hat, nicht verschont? "

„Es stand nicht in meiner Macht. Ich verstoße niemanden, der von selbst zu mir kommt."

„Tut dir der arme Hermann denn nicht leid? "

„Er tut mir sehr leid. An seinem Untergang ist eure Bande aus der Kneipe viel mehr schuldig, vor allem diese Giselle."

„Du kennst sie? "

„Ich bin sehr weit von der Allwissenheit entfernt, weiß aber mehr als ihr Menschen."

Der Sauerstoff geht zur Neige und ich tauche auf. Ein muskulöser, junger Bursche sieht mich erstaunt an.

„Ich dachte schon, Ihnen sei da unten schlecht geworden, und wollte gerade nach Ihnen tauchen. Sie waren bestimmt anderthalb Minuten unten."

„Vielen Dank."

Wieder tauche ich.

„Habt ihr nicht bemerkt, in welchem Zustand er war, als er euch verließ? Niemand von euch Dummköpfen ist ihm gefolgt, niemand hat ihn getröstet, menschlich behandelt. Zieh los mit deinen Komplexen, du hast grünes Licht! Und sein grünes Licht hat ihn auch zu mir geführt."

„Hat er sich wenigstens nicht gequält? "

„Nein. Herzschlag. Im Main bin ich sehr kalt."

„Und schmutzig."

„Das liegt an euch menschlichen Schweinen!"

„Du glaubst also, wir hätten ihn zurückhalten können? "

„Wenigstens hättet ihr es versuchen müssen, ob es gelingt oder nicht. Versuchen muß man es immer. Du bist mir einer! Und läufst noch in die Gotteskirche. Da gibt es so ein Kindergedicht..."

„Warte, bis später!"

Ich tauche wieder auf.

„Sie da, in der Mitte, warum schwimmen Sie so komisch? " ruft der Bademeister vom Rande des Beckens.

„So etwas habe ich noch nicht erlebt! Sie tauchen auf, schnappen nach Luft und verschwinden wieder, als ob Sie da unten eine Braut haben! Ich habe sogar Angst um Sie!"

Mir wird heiter zumute.

„Eine Braut gerade nicht, aber so ungefähr!"

Wieder bin ich in der grünen, zähen Masse.

„Du wolltest mir etwas sagen."

„Kennst du das Gedicht:

Böser Zauberer, Verbrecher,
Meister in der schwarzen Kunst.
Im Gebet ist er ganz klein,
säuft mit Wonne roten Wein,
trägt ein Kreuz der Katholiken,
am Altar läßt sich kaum blicken,
frißt Fleisch in der Fastenzeit,
meidet Christen weit und breit!"

„Wie wagst du es, mir so etwas vorzutragen? "

„Natürlich wage ich das. Ich habe dir aber doch eine Überraschung bereitet und halte mein Wort. Komm nach fünf Tagen."

„Warum nicht heute? "

„Heute ist kein passender Tag. So ein Stupider wie du kapiert das nicht. Wie man sagt: Klein, dumm, stur, unterentwickelt, krummbeinig, schiefseitig, rotznäsig und Gott zuwider!"

„Ich bin das letzte Mal bei dir gewesen! Was verzapfst du denn da? Und das mit mir, deinem treuen Diener! Ich komme nicht mehr!"

„Da werde ich aber schwer bestraft! Du bist nicht der Einzige bei mir!"

Ich tauche auf, atme tief ein und tauche nach unten. Dort ereifere ich mich in einer richtigen Schimpfkanonade. Doch das nasse Element schweigt. Im Summen der Ohren vernehme ich nur ein Kichern.

„Wenn die Dinge so stehen, brauche ich dich überhaupt nicht!"

Erzürnt tauche ich endgültig auf und betrachte mit Wehmut die grünliche, glasige Masse, mit der ich mich eben verkracht habe. Zu allem Unglück stellt sich heraus, daß ich meine Zeit überschritten habe und nachzahlen muß. Nicht umsonst hat ein Philosoph irgendeinem König empfohlen:

„Niemals dürfen Eure Majestät sich mit Frauen zanken, wenn Sie ruhig und glücklich regieren wollen."

Und ich habe mich mit der leibhaftigen Wasserseele verkracht, mit demselben Wasser, das Dampfer verschluckt wie Fliegen. In der letzten Zeit bin ich anscheinend dazu verdammt, alle meine Freunde zu verlieren. Jetzt bleibt mir nur noch Mary. Ob ich ihr meine Lebensgeschichte erzählen soll? Sie wird mich kaum verstehen.

Ich treffe mich mit Mary. Sie bemerkt sofort, daß ich geschwommen habe und fragt mich aus, als ob sie sich ihr ganzes Leben lang für Wassersport interessiert hätte.

„Gibt es auch einen Sprungturm? "

„Jawohl."

„Wie hoch? "

„Für jeden Geschmack, von einem bis zu zehn Metern."

„Springen Sie auch? "

„Ja, aber schlecht."

„Und wann gehen wir zusammen schwimmen? "

„Sehr bald."

„Ich bin Amerikanerin, Jewgenij, mich können eure russischen ‚bald', ‚nach einiger Zeit' und ‚später' keineswegs befriedigen."

„Nach einigen Tagen sage ich Ihnen den genauen Termin."

„Ich glaube, Jewgenij, Sie haben nicht alle Tassen im Schrank."

„Wieviel fehlen denn? "

„Sehr witzig!"

Zweifelnd sieht mir Mary nach, als wir uns verabschieden. Sie fühlt, daß mit meinem Schwimmen etwas nicht stimmt, und das beunruhigt sie.

Die nächsten Tage quäle ich mich mit der Frage: Soll ich gehen oder nicht? Wenn ich wieder schwimmen gehe, so bedeutet das Kapitulation, wenn nicht, werde ich womöglich einen neuen, unheimlichen Feind haben. Außerdem vergehe ich vor Neugierde, was es mit der Überraschung auf sich hat.

Das Schwimmbassin ist voller Menschen, je Quadratmeter ein Kopf. Nichts Außergewöhnliches. Unter der Dusche erkundigt sich ein dicker Bursche von unsportlichem Aussehen nach der Toilette. Vielleicht ist das die ganze Überraschung?

„Dürfen wir unterdessen unter Ihrer Brause duschen? Das Wasser fließt doch." fragt sehr höflich ein kleiner, magerer Junge.

„Ich werde dich lehren, meine Brause zu benutzen! Verwende gefälligst deine eigene Duschmarke!"

Der dicke Kerl verschwindet. Die Jungen kichern und drehen den heißen Wasserhahn voll auf.

„Das ist 'ne Art, mein Wasser zu benutzen! Frechheit!" murmelt der fette Kerl bei seiner Rückkehr und stellt sich unter seine Dusche.

Es ertönt ein Schrei in hohem Bariton, und trotz seiner Beleibtheit hopst der Dicke aus seiner Kabine wie eine Primadonna des kaiserlich-russischen Balletts auf die Bühne. Er reibt die verbrühten Stellen, springt auf einen Fuß.

„Wer hat den Hahn aufgedreht? Lumpen, Frankfurter Proletenpack! Ich werde euch zeigen... Herr Bademeister, Herr Bademeister!"

„Entschuldigen Sie bitte", mischt sich ein grauhaariger Herr aus dem Nebenabteil ein. „Von hier kann Sie übrigens die Bademeisterin sehen."

Der Fette murmelt Flüche über die verkommene Frankfurter Jugend und verschwindet wieder in seiner Zelle. Um die Ecke gucken grinsend die beiden Übeltäter.

Im Wassergrün schimmern die schwarzen, roten, blauen, grünen, karierten und gestreiften Flecken der Schwimmenden. Ich tauche und bin wieder auf dem vertrauten Boden des Bassins. Ich schiele nach oben. Dort zappeln verschiedenfarbige Frösche. Heute erscheint mir das Wasser besonders zart und rührend, wie eine zurückgewonnene Geliebte.

„Du hast doch das vorige Mal die beleidigte Leberwurst

gespielt und wolltest nicht mehr kommen? " raunt es von allen Seiten.

„Mit einer Wurst brauchst du mich nicht zu vergleichen, das ist sehr abgeschmackt. Ich wäre bestimmt nicht gekommen, wenn ich noch andere Freuden außer der Schwimmerei hätte."

„Und Mary? "

„Die kennst du auch? "

„Wie soll sie mir nicht bekannt sein, wenn du in ganz Frankfurt mit einer idiotischen, verliebten Miene herumläufst."

„Das ist nicht wahr!"

„Ich sage immer die Wahrheit."

„Und deine Überraschung? "

„Aha, du hast es nicht vergessen! Wie du willst!"

Der Sauerstoff ist zu Ende, ich bin wieder oben. *Etwas im Bassin hat sich verändert, während ich unten war. Luft und Wasser sind anscheinend zusammengeflossen. Der Lärm der Badenden wirkt leise und entfernt.*

Ich tauche und fühle, daß auch unter Wasser etwas nicht stimmt. Ich fasse an die Brust. Natürlich, ich habe zu Hause mein Kreuz vergessen. Genug von der Taucherei! Ich gehe noch tiefer nach unten, will mich vom Boden abstoßen, aber der Boden ist nicht da. Das ist doch Wahnsinn! Geht das schon wieder los! Das Bassin ist ungefähr dreieinhalb Meter tief, doch die grüne Masse geht nach und nach in eine bodenlose Tiefe über. Dann muß ich zum Rand schwimmen, nur noch knapp sechs, sieben Meter. Gleich berühre ich mit den Händen die Wand aus weißgrünen Kacheln, das Bord, auf dem man stehen kann, die runden Gläser der Unterwasserscheinwerfer, die Treppe.

Doch nichts ist da. Über mir ist eine einzige Wassermasse — es ist eine starke Belastung für die Nerven, dort hinauf zu schauen. Ich habe mindestens zwanzig Meter durchgetaucht. Endlich die grünweiße Wand! Gleich werden meine Finger die glatte, glasige Oberfläche berühren. Doch die ausgestreckten Hände fühlen keinen Widerstand. Ich bin durch, durch diese Kacheln, und habe sie gar nicht gefühlt! Wie-

der bin ich in einer grünen Masse, aber in einer anderen. Sie muß böse und feindlich sein. Es schwimmt sich leicht vorwärts. Schon fühle ich Stiche in der Brust, die Füße werden bleischwer. Jeder Schwimmer und Taucher kennt das. Nach einigen Augenblicken fühlt man einen starken Schmerz, rechts vom Herzen, eine Kraft, gegen die der menschliche Wille nichts ist, reißt den Mund auf.

Was weiter geschieht, erleben die anderen.

Der Schmerz rund um das Sonnengeflecht breitet sich aus. Sauerstoff fehlt, viel zuviel Kohlensäure im Blut. Gleich werde ich ersticken. Doch ich erstickte nicht. In den Mund strömt nicht Chlorwasser, sondern feuchte Luft. Die Lungen pumpen sich voll und arbeiten fieberhaft. Unter den Füßen etwas Festes, Weiches. Etwa zwei Minuten atme ich mit Wonne ein und aus und verstehe gar nichts. Dann kommt mir zu Bewußtsein, daß ich in einem Raum bin.

Stickige Wärme. Es riecht nach scharfen Essenzen. In der Ecke ein teurer, purpurner Vorhang, zurückgezogen. Eine rote Laterne, schwarze Masken.

In der Mitte des Zimmers steht Ingeborg.

„So, du Meisterschwimmer! Bist doch zu mir angeschwommen! Siehst nicht übel aus in der Badehose, so sehe ich dich zum ersten Mal. Erkennst du die Teufelsfratzen? Es sind immer noch dieselben, aus Afrika."

„Wie bin ich aus dem Wasser hierher gekommen, Ingeborg?"

„Alles wirst du erfahren. Meine traute, alte Laterne erkennst du wohl auch? Du hast doch eine Höllenangst vor ihr, warum eigentlich?"

Ja, da war die rote Laterne aus Gußeisen. Das rote Licht machte die Masken lebendig, genau wie beim ersten Mal. Im Hintergrund die Tür, durch die ich eingetreten bin. Dort ist etwas breites, grünlichweißes, das einem Bett ähnlich sieht. Ich bin im Hause meines alten Freundes, Ingeborgs Bruder, Heinz Stubinger, Sohn des Kommerzienrates, in Berlin-Dahlem. Hier hat damals alles angefangen.

„Kapierst du jetzt, wo du bist, Jewgenij?"

„Ja, daß ich dieses verdammte Zimmer nie gesehen hätte!"

„Du kennst doch den Spruch: Dreht der Wind auch seine Kreise... Aus dem Tempel bist du geflitzt, im Jahre 44 in Berlin hat es auch nicht geklappt, in der Tschechoslowakei mußte ich dich schon ziemlich unsanft am Schopfe nehmen. Doch auch dort warst du glatt wie ein Aal. Doch in Moskau und bei Professor Kunzer wärest du schon zehnmal tot, wenn man dir nicht geholfen hätte. Du hast Verbündete, besonders eine Verbündete. Das ist der Kern der Sache. Dein Kopf arbeitet doch noch! Merkst du jetzt, von wem ich spreche?

Du bist ein Heide, Jewgenij, für dich ist das tote Element des Wassers ein Lebewesen. Du beschwörst es sogar, und du liebst es. Übrigens, du bist auch in andere verliebt, leider nicht in mich, wenn ich auch viel schöner bin. Kannst du dich noch an die Rose in den hohen Stiefeln erinnern? An Hilde, Gerda und den nächtlichen Krach! Damals hast du das Hasenpanier ergriffen, aber weißt du, was danach kam?"

„Ich weiß nur eins, Ingeborg, im Laufe meines Lebens machen Sie mir das Böse. Ich kann mir diese hohe Ehre gar nicht erklären. So viele Merkwürdigkeiten sind schon mit mit geschehen, daß ich nicht einmal sonderlich erstaunt bin, in Badehose in diesem Zimmer zu stehen."

„Das ist recht von dir. Ich bin für immer zu dir abkommandiert worden. Erinnerst du dich noch an unser Gespräch, vor sehr, sehr langer Zeit in Berlin? Ich habe dich ehrlich vor dem gewarnt, was dich erwartet, wenn du bockig bist und habe nicht gelogen. Bis jetzt hast du dich immer herauswinden können, heute stehen die Dinge anders. Aale wie du, mein Lieber, gedeihen nicht in Chlorwasser."

„Rufst du mich wieder zu euch? "

„Ja, das tue ich, so wie vor dreiundzwanzig Jahren. Je öfter du ‚nein' sagst, um so mehr Hände werden sich nach dir ausstrecken. Das Ergebnis wird dasselbe sein. Du hast dein Leben lang an Gott geglaubt, hast geglaubt an das Lichte und Gütige in den Menschen. Du befolgst die Myste-

rien deiner Kirche. Das erkenne ich an. Sie ist eine leidende und Märtyrerkirche. Und was hast du erreicht? Wie hast du geendet? Mit heidnischen Beschwörungen des Wassers, wie bei den altslawischen Priestern im achten Jahrhundert. Weißt du denn nicht, daß Beschwörungen eine große Sünde sind? Dafür bist du auch bestraft worden. Ohne deine eigene Schuld ständest du nicht in diesem Zimmer."

Solange Ingeborg spricht, denke ich an das Wasser.

„Was hast du mit mir gemacht, du Verräterin?" raune ich ihm zu. „Ist das die berühmte Überraschung? Ist das der Dank für meine Liebe? Oder auch Rache wegen des armen Hermann?"

„Liebst du denn nicht diese Ingeborg? Das hätte ich nicht gedacht! Sie ist doch eine Schönheit, und sagte mir, daß ihr beide euch schon lange liebt. Sie beschwor mich, euch zusammenzuführen."

„Diese Ingeborg ist meine erste Feindin. Es gibt nichts Schlimmeres als sie, und du hast ihr auch noch geholfen!"

„Jewgenij!" sagt Ingeborg. „Ich warte auf deine Antwort. Zum ersten und zum letzten Mal — wenn du ‚ja' sagst, ist alles gut. Wenn nicht, holt man deine Leiche aus dem Wasser. Entscheide dich! Die Zeit schwindet dahin. Ja oder nein?"

Ich höre schlecht zu.

„Du kannst mich retten, wenn du willst!"

„Wenn die Dinge so stehen, ist das kein Problem. Geh zurück, von wo du gekommen bist, und denke an nichts."

Ich gebe Ingeborg keine Antwort und trete schweigend zurück in das Schlafzimmer. Ingeborg stürzt mir nach.

„Das verbitte ich mir! Das ist mein Schlafzimmer!"

Sie will mich packen, doch ich habe nur eine Badehose an, und sie kann mich nicht greifen. Dafür ergreife ich sie an der Kehle und werfe sie auf den blauen Überzug des Bettes. Ich verliere das Gleichgewicht. Einen Augenblick steht das gealterte, böse, runzlige Gesicht Ingeborgs vor mir.

Das Bett bietet keinen Widerstand. Der blaue Überzug wird zu einer kalten, nachgiebigen Masse, die mich in die Tiefe zieht. Automatisch mache ich eine schwimmende

Bewegung. Ingeborg zappelt über mir — nein, es ist nicht Ingeborg, sondern eine Sportlerin in weißrotem Bikini. Die Kachelwand entschwindet nach unten. Die Lungen füllen sich mit feuchter Luft.

„Bin ich wirklich so schlimm? " ertönt von allen Seiten ein fröhliches Lachen.

Das Bassin ist noch voll. Zu mir kommt Mary Bloom angerannt, in einem rotblauen, sehr gewagten Bikini mit einem gehörigen Schuß Hula-Hula aus Florida.

„Jewgenij, wo waren Sie? Ich suche Sie schon fast eine halbe Stunde! Plötzlich tauchen Sie aus dem Chlorwasser auf wie die Venus von Milo aus dem Meeresschaum."

„Mary, was reden Sie da! Außerdem ist die Venus von Milo niemals in Chlorwasser gewesen."

„Dann eben — Schaum! Wo waren Sie denn? Heute ist immer noch der dritte Dezember 1955."

„Zum wievielten Male an einem unangenehmen Ort."

„Ich frage mich immer wieder, woher die Götter so viel Seife für den Schaum beschaffen konnten, daß eine Göttin daraus entstand. Wir haben in New York große Wäschereien, dort gibt es genug Schaum. Eine Venus ist bis jetzt aber noch nicht entstanden, nicht mal ein muckliger Senator der Vereinigten Staaten."

„Wie könnt ihr Amerikaner die alten Götter begreifen! Eure Sache sind die Indianer-Totems."

„Sie sind gut, Jewgenij! Ich habe mir solche Sorgen um Sie gemacht, und Sie erzählen mir alle möglichen impertinenten Dinge über die Vereinigten Staaten. Warum denken bloß alle Europäer, daß wir Amerikaner nur etwas von Totems, Cowboys und Gangstern verstehen? Außerdem haben wir noch business, die Niagara-Fälle und Demokratie. Trotzdem, wo steckten Sie die ganze Zeit? "

„Daß Sie sich in die Zunge beißen, Mary! Ich war bei einer Bekannten, mit der ich schon seit mehr als zwanzig Jahren die Bekanntschaft beenden will und kann es nicht schaffen."

„Wie soll ich das verstehen? Waren Sie unter Wasser mit ihr zusammen? Eine merkwürdige Bekannte! Ich fange sogar an, eifersüchtig zu werden. Ich kann beschwören, daß Sie weder auf dem Wasser noch unter dem Wasser waren. Ich kenne doch Ihre Badehose! Und plötzlich tauchen Sie von unten auf. Mit Ihnen passiert immer etwas. Wollen wir lieber schwimmen. Hundert Meter Brust, wer ist schneller?"

„Vielen Dank, ich habe genug geschwommen und bin viel weiter gekommen als ich wollte, und bin kaum zurückgekehrt."

„Dementsprechend geschehen auch im Wasser mit Ihnen alle möglichen Merkwürdigkeiten, wie in Berlin."

„Ja, aber das ist kein Gesprächsstoff."

Es schwimmt sich leicht. Nur das Geschrei ist zermürbend und lästig. Trotzdem höre ich wieder das Raunen:

„So ein Affe, so ein wollüstiger Pavian! Hat diese Amerikanerin angeschleppt! Paß auf, ich bin eifersüchtiger als Othello! Eben habe ich dich gerettet, und du bist gleich bereit, für all meine Güte eine tote Ratte in mein Bassin zu werfen!"

„Mary ist doch keine Ratte!"

„Paß nur auf! Ich werde sie gleich ein bißchen versenken!"

„O weh, Jewgenij, ich habe einen Krampf in beiden Beinen!"

Mary taucht auf den Grund. Doch an diesem Ende des Bassins ist das Wasser nicht tief, und ihr Kopf ist gleich wieder über dem Wasser.

„Halten Sie mich fest, Jewgenij! Merkwürdig, ich habe unter Wasser ein Gekicher gehört. Habe mich wohl bei Ihnen angesteckt!"

„Was haben Sie denn gehört?"

„Immer dasselbe. Als ob eine Frau raunt: ‚Du olle amerikanische Bohnenstange!'"

„Das ist nicht sehr höflich."

„Das meine ich auch! Aber wir müssen rausklettern."

Der ältere Bademeister am Eingang schaut mich verdächtig an.

„Ich könnte beschwören, daß Sie vor zwei Stunden gekommen sind. Vielleicht waren Sie die doppelte Zeit... Aber nein, bei uns kann man sich schlecht verstecken. Auf Wiedersehen!"

„Wann gehen wir wieder schwimmen, Mary?"

„Sagen wir mal, übermorgen."

Zu Hause finde ich einen Brief, ich soll so schnell wie möglich zu einem der Unseren kommen. Mache mich gleich auf die Socken.

„Jewgenij Borisowitsch, unsere Führung ist zu der Überzeugung gekommen — die überdies gut begründet ist — daß die Frankfurter Luft Ihnen nicht gut bekommt, und man hat sich entschlossen, Sie für einige Zeit nach dem gesegneten Süden zu schicken, und zwar nach Italien, genauer, nach Rom. Sind Sie einverstanden?"

„Prinzipiell ja, wenn das keine Jahre dauert."

„Aber nein, ungefähr sechs Wochen."

„Und mein Auftrag."

„Nichts Abschreckendes. Es wird ein großer Zustrom sowjetischer Touristen erwartet, und man muß sie in verstärktem Maße mit Literatur versorgen. Zugleich werden Sie sich auch Rom anschauen können."

„Das klingt sehr verlockend. Kann ich mich mit einer Person in Rom treffen, oder ist alles streng konspirativ?"

„Aber nein, vorausgesetzt, daß diese Person von unserem Standpunkt aus unverdächtig ist. Selbstverständlich, schlagen Sie bitte nicht an allen Kreuzungen Krach über die eigentlichen Ziele Ihrer Reise. Aber es ist auch kein Geheimnis."

„Abgemacht!"

„Fahren Sie so schnell wie möglich los. Die einzelnen Instruktionen erhalten Sie von Nikolaj Pawlowitsch."

Ich fühle auch selbst, daß es gut wäre, mein Gehirn einer Ventilation zu unterziehen, einen Strich unter alles Vergangene zu ziehen und die jüngsten Ereignisse einigermaßen zu systematisieren. Ich muß mir darüber klar werden, was geschehen war und was mich in Zukunft erwarten könnte.

Rom ist so groß in seiner Vergangenheit, sagte mir einmal ein Bekannter, daß die Nichtigkeit eines jeden menschlichen Schicksals dort offensichtlich wird.

Gerade darin liegt die Bedeutung Roms.

Abfahrt in vier Tagen. Der erste Schnee in diesem Jahr. Als ich mich mit Mary treffe, will ich schnurstracks in die Schwimmhalle gehen.

„Nein, vielen Dank!" lacht sie. „Durch die Fensterscheiben sieht man Schnee! Allein der Anblick bringt mich in eine deprimierte Stimmung."

„So wirkt er auch auf mich, doch im Bassin ist es ganz warm."

„Ergebensten Dank! Ihr Russen habt eine ganze Menge sentimentaler Gedichte über den Schnee und den Winter. Ich finde sie alle furchtbar widerlich."

„Sie denken wohl an Puschkins Worte: ‚Der Frost und Sonne wundervoller Tag.' Mary, wir müssen uns leider für ungefähr sechs Wochen trennen."

„Wieso? Machen Sie wieder eine Spritzpartie nach der Hölle? "

„Keinesfalls, nur eine Dienstreise nach Rom."

„Wozu sollten wir uns trennen? Ich wollte mir schon lange Rom ansehen. Da soll es ein Capitol geben, wie in Washington, nur halb zerstört. Geld ist auch da. Wann fahren Sie los? "

„Morgen, am siebten."

„Glänzend, und ich übermorgen. Ich fahre mit Dollars und per Auto. Mein Jaguar wird auch mit der Schweiz fertig. Er ist nicht aus Zufall dunkelgrün, grün ist die Farbe der Hoffnung."

„Wo werde ich Sie in Rom finden, Mary? Ich habe noch keine Adresse dort."

„Morgen rufe ich Sie an und gebe Ihnen mein Hotel durch."

Mary erfüllt ihr Versprechen. Der D-Zug bewegt sich südwärts. Wie wohlvertraut sind mir die Schweizer Berge mit der Farbe von lädiertem Bergkristall, bedeckt mit Eis und bewohnt von netten Spießern, aber ihre Demokratie verstehen sie gegen jedermann zu verteidigen. Hut ab vor ihnen! Damals habe ich sie gesehen, im April 1945, beim letzten, hoffnungslosen Marsch der Truppenteile der Wlassowarmee von West nach Ost. Damals blitzten sie in der Ferne, kalt und unerreichbar... Und ich entdeckte mich in den Kohlengruben von Mährisch-Ostrau.

Jetzt betrachte ich sie aus dem Speisewagen, und in meinem Jackett, eng an den Paß geschmiegt, ein Zettel „Miss Mary Bloom, Hotel..."

ROM

In Italien ist es warm. Rom hat fast sommerliche Temperaturen. Ob man hier im Winter in der See badet? Von den Fenstern des Zuges aus ist Italien in der Nacht gänzlich uninteressant. Die üblichen Lichter, Schatten von Bäumen.

Der Tag ist weiß, durchsichtig, mit warmer, feuchter Luft durchtränkt. An der hellen Fassade der Statione Termini kleben rebellische Herbstblätter. Ein Kamerad empfängt mich und erklärt feierlich:

„Das hier ist Rom!"

Und, um mich gleich auf die Schulterblätter zu legen, führt er mich in den unterirdischen Teil des Bahnhofs. Dort sitzen Stiefelputzer, befindet sich ein Bad und irgendein Trümmerhaufen. Der Trümmerhaufen entpuppt sich als Rest einer altrömischen Mauer. Im Bad ist nichts Interessantes zu sehen. Eine ganz moderne Einrichtung, die nichts mit den altrömischen Bädern zu tun hat, abgesehen davon, daß man übers Ohr gehauen wird. Ich gebe einen Tausend-Lire-Schein und erhalte Wechselgeld auf Fünfhundert.

„Merken Sie sich das, ein für alle Mal!" erklärt der Kamerad. „Zahlen Sie niemals mit einem Tausend-Lire-Schein, Sie bekommen Wechselgeld sowieso nur auf fünfhundert Lire."

„Was soll ich denn mit den Tausend-Lire-Scheinen machen? An meinem Herzen aufbewahren wie eine Rose der Geliebten? "

„Das ist Ihre Sache! Aus der Hand lassen dürfen Sie sie jedenfalls nicht!"

Sehr beruhigend. Mein Hotel ist nahe der Piazza della Repubblica. Ich erinnere mich an die Petersburger Revolutionsparole 1917, als das Volk schrie: „Resch Publicu!", auf deutsch: „Schlachtet das Publikum!" Vom Fenster aus kann ich mich an der Fontäne mit den Najaden begeistern. Früher wurde der Platz Piazza Esedra genannt. Die das Wasser nach oben transportierenden Najaden hat im Jahre 1911 ein gewisser Rutelli geschaffen. Die Najaden sitzen auf verschiedenen Tieren, von denen eine Schildkröte am sympathischsten aussieht. Aber das ist meine private Meinung. Die Najaden wirken sehr spitzbübisch und gaunermäßig. Wären sie lebendig, hätte ich Ihnen bestimmt kein Geld gepumpt. Aus irgendeinem Grunde muß die Besichtigung Roms gerade bei der Esedra beginnen, wahrscheinlich deshalb, weil Italien eine Republik ist.

Doch ich bin ein sehr prosaischer Mensch und beginne meine Besichtigungen mit der Inspektion eines sehr imposanten, doch nicht allzu sauberen Hotels. Es stellt sich heraus — Wanzen und Heißwasser sind nicht vorhanden. Unwichtig, man kann auch ohne Wanzen und ohne Heißwasser leben, schließlich bin ich Russe. Man sagt, um von Rom begeistert zu sein, müsse man es kennen. Doch ich weiß gar nichts. Rom war Moskau immer sehr feindlich. Kaufe mir einen Guide-Souvenir of Rome.

E. Venturini

THE ETERNAL CITY

Im Augenblick habe ich nichts zu tun und beginne mit meiner Besichtigung. Da ich nicht weiß, wo ich anfangen soll, gehe ich einfach meiner Nase nach. Das winterliche Rom ist wunderbar. Der Tag ist hell und durchsichtig. Wintersonne, und endlos verzerrte Perspektiven tausendjähriger Ruinen.

Am nächsten Tag mache ich Mary ausfindig. Ihr Hotel ist viel kleiner als meines, auch bei weitem nicht so pompös, dafür ist es aber sauber und hat fließendes Heißwasser.

„Ja, mein liebster Jewgenij", lacht Mary. „Klassischer Geist und Hygiene sind unvereinbare Dinge!"

Der kalte Wind bläst durch die Terme di Diocleziano und durch die in ihr versteckte Kirche Santa Maria de Angeli. Von dort schlendern wir entlang der Via A. de Pretis zur Via Quattro Fontane am Palazzo Viminale vorbei. Es ist schon Abend. Tief über den Häusern hängt der Mond. Ein kleiner Platz, genauer, eine Straßenkreuzung. An jeder der vier Ecken ein kleines, von der Zeit zerfressenes Becken und vier gelblichweiße Wasserstrahlen. Alles ist still und wie verzaubert. Zum wievielten Male in meinem Leben fühle ich, wie mein Leben an die Grenze merkwürdiger Ereignisse gelangt. Ich rücke näher an Mary heran. Sie sieht mich erstaunt an.

„Was ist wieder mit Ihnen los, Jewgenij? Unterstehen Sie sich, hier in Rom verrückt zu spielen!"

„Das hängt nicht von mir ab, Mary."

„Das weiß ich. Kehren wir lieber ins Hotel zurück."

An diesem Abend geschieht nichts. Rom verschlingt Mary und mich. Ganz bewußt lasse ich die Besichtigung der berühmten Objekte für später, wie den Vatikan, die Heilige Peterskirche und das Forum Romanum. Wichtig ist das, was man gewöhnlich als Tourist nicht bemerkt.

Am nächsten Tag gehen Mary und ich zum Colosseum. Das ist ihre Idee. Die Ruine glänzt vor Feuchtigkeit. Vorbei fahren moderne Autos. Ein Amerikaner klebt sein Kaugummi auf ein klassisches Trümmerstück. In den Ruinen des unterirdischen Labyrinths unter der Arena herrscht noch winterlicher Nebel.

„Welche Größe!" beginne ich.

„Und welch eine Menge von Katzenvisitenkarten!" ergänzt Mary.

„Mary, schämen Sie sich nicht, sich über Rom lustig zu machen!"

„Ich mache mich gar nicht über Rom lustig, sondern über Sie und die Katzen."

Mary lacht wie eine Sphinx.

Nach dem Colosseum fahren wir ins Restaurant. Man bekommt Fisch in Butter, ein flunderähnliches Tier. Die Fläche, die mit Gräten besetzt ist, ist riesengroß — die Dicke minimal. Ich kämpfe mit den Gräten.

„Jewgenij, was sind Sie so schweigsam? "

„Ich habe Angst, eine Gräte zu verschlucken. Neben dem Capitol sterben will ich schließlich nicht."

„Ach so!" zischt Mary enttäuscht durch die Zähne.

„Und was dachten Sie? Daß ich verliebt und unglücklich bin? "

Mary plustert sich auf wie die Maus auf dem Korn. Dann sehen wir uns von der Seite an. Später schreiten wir die Via del Fori Imperiali entlang. Vor uns wächst wie ein riesiges, weißes Gespenst das Monument Emmanuels des Zweiten empor.

„Oh, dieses Rom!" ruft Mary aus. „Das einzige unversehrte Gebäude in der ganzen Stadt! Es ist auch das schönste! Ich verstehe nicht, was Sie an diesen zertrümmerten Ziegelsteinen so schönes finden? "

„Das sind doch Überreste der vergangenen Größe Roms. "

„Und was finden Sie dabei so schön? Hätten Sie bloß Washington angesehen!"

Wir klettern auf das Vittoriano.

„Sehen Sie, Mary, unter uns liegt das Capitol. Begreifen Sie das überhaupt: Capitolinum! Zweitausendfünfhundert Jahre Größe! Ein wilder Felsen, auf dem die Ziegen grasten, wurde zum Zentrum der Welt..."

„Ich liebe Ziegen sehr, Jewgenij, aber nur weiße."

„Wissen Sie, welche Tempel es hier gab? In der Höhle lebte die Sybille."

„Wer ist das? "

„Eine prophetische Frau."

„Was hat sie denn prophezeit? Wenn sie zum Beispiel im Jahr 1929 den großen Börsenkrach in New York vorausgesagt hätte, bei dem mein Onkel aus Cincinnati die Hälfte seines Vermögens verloren hat und anfing, Whisky zu saufen — das würde ich akzeptieren. Und dann..."

„Mary, Sie haben Nerven wie ein Walroß!"

„Und Sie, Jewgenij, sind dumm! Nicht nur wie ein Flaschenkorken, sondern wie ein ganzer Korkentrust, weil Sie sich so für alles mögliche Gerümpel interessieren. Die Gegenwart aber lassen Sie fahren. Übrigens, was ist das für eine Treppe, hier um die Ecke?"

„Die führt zum Capitol hinauf."

Links sieht man einen Käfig.

„Jewgenij, warum ist hier ein Hund?"

„Mein Gott, Mary, das ist doch eine Wölfin, ein lebendiges Symbol Roms! Kennen Sie die Legende überhaupt?"

„Habe mal was gelesen. Ich hätte schwören können, daß das ein Hund ist. Das Capitol wird eben bewacht, sonst werden sich auch hier die Katzen einnisten. Das ist unanständig. Rom hat mit einer Wölfin angefangen und endet mit Katzen, die hinter den Mäusen herjagen, wie die Römer hinter den Barbaren."

„Mary, Sie werden schlecht enden!"

„Gehen wir lieber ins Museum."

Nach dem Museum tigern wir noch lange auf dem Capitol herum.

„Jewgenij, wo ist hier der Tarpejische Felsen?"

„Was weiß ich — ich will nicht nach unten hopsen."

Wir gehen näher an den Rand.

„Ich glaube, das ist er!"

Mary schaut erschrocken auf die schmutzigen Dächer unter uns.

„Wirklich furchterregend! Wie wurden sie denn heruntergestoßen?"

„Wahrscheinlich wurden die Verurteilten an Händen und Füßen gepackt und nach unten geworfen."

„Was waren das für Verurteilte?"

„Vor allem maßlos geschwätzige amerikanische Damen."

„Und mystische russische Emigranten!"

Es wird dunkler. Der Mond ist kaum sichtbar hinter den Wolken, wie eine Laterne im russischen Dampfbad. Hastig rollt er heraus, wie ein Rad ohne Speichen. Ein kalter Wind bläst. Die Konturen Roms schmelzen zusammen wie ein einziges gezacktes Massiv. Weit, sehr weit am Pincio leuchtet ein helles Licht. Es scheint, als ob die ewige Stadt atme. Dann hängt über Rom der klingende Ton. Ich weiß sofort Bescheid. So viele Jahre sind vergangen, und nun ruft sie mich wieder.

„Jewgenij, was ist mit Ihnen los? "

„Nichts, doch wir müssen bald nach Hause gehen. Es ist schon spät. Die Tore des Capitols wird man bald schließen. Ich führe Sie in Ihr Hotel zurück."

„Wenn Sie sich schlecht fühlen, können wir ein Taxi nehmen."

Marys Hotel. Der Ton wird immer lauter, doch „laut" ist nicht das richtige Wort. Der Ton ist ganz leise, man hört ihn aber überall, so, wie das Pianissimo von Schaljapin. Alles ist erfüllt von ihm.

„Jewgenij, darf ich Sie begleiten? "

„Bitte nicht, Mary, ich muß allein gehen, Sie wissen nicht, worum es sich handelt."

„Dann folge ich Ihnen wenigstens zehn Meter hinterher."

„Wie Sie wollen, Mary, das ergibt aber nichts. Sehen Sie den Nebel? "

Ich gehe voran, Mary hinterher. Ich weiß, es ist gleich, wohin ich gehe, solange das Horn klingt. Der Nebel wird dichter. Was ist das für ein Licht über dem Pincio? Vor mir ist eine Kirche. Ich erkenne sie. Das ist Sant' Ignazio. Gehe hinein. Kerzen brennen. Nur wenige Menschen. Traurig sieht mich die ganz in Gold und Juwelen gekleidete Mutter Gottes an. Ich knie nieder und bitte sie, meine Leiden zu beenden, mir Frieden und Ruhe zu gewähren und mir die Kraft zu geben, mit dunklen Mächten fertigzuwerden, wozu mir selbst jede Kraft fehlt. Mir scheint, als ob die Mutter Gottes in Rom meinen russischen Gebeten lächelnd zuhört.

Der Ton wird lauter,ich muß gehen. Der Nebel verdichtet sich. Mary hat natürlich meine Spur längst verloren. Ich bin auf der Via delle Muratte.

An der Ecke ein luxuriöses, amerikanisches Auto. Der Chauffeur mit dem birnenartigen Kopf hält die Tür offen. In den Wagen steigt eine Frau. Jetzt ist die Reihe an mir.

Kein Muskel im Gesicht des Chauffeurs bewegt sich. Erst im Auto begreife ich, daß ich neben Mary sitze.

Wir fahren an. Mary schweigt. Wir fahren ziemlich schnell. Nichts ist zu erkennen. Rom scheint in schwarzen Wolken zu tönen und zu sieden.

„Jewgenij, wohin fahren wir? Ich glaube, wir sind schon über Rom hinaus."

„Das meine ich auch. Es ist sinnlos, zu fragen, Mary. Bald werden Sie es erfahren. Fürchten Sie sich nicht. Sie selbst wollten es so haben."

„Ich habe auch keine Angst. Bei Ihnen, Jewgenij, kann man sogar das Fürchten verlernen. Schade, daß ich keinen Kompaß habe. Ich glaube, wir fahren gegen Norden."

Im Nebel sieht man keine Häuser, aber Bäume am Straßenrand. Nach rechts entschwindet der Schatten eines Aquadukts. Das Auto dreht scharf. Ein Park. Offenes Tor. Ein großes, von Nebel verhülltes Gebäude. Das Auto hält vor einer mit Efeu umrankten Treppe. Der birnenartige Chauffeur öffnet die Tür. Ich steige zuerst aus und helfe dann Mary.

Die Tür ins Haus ist offen. Der Kronleuchter im Vestibül, bekannte Bilder. Links führt die finstere Treppe nach oben. Der alte, mich seit vielen Jahren im Traum und im Wachen verfolgende gotische Saal. Auf dem niedrigen Schrank goldene Leuchter. Silbergeschirr. Bilder.

Alles, wie damals, als es begann.

Sie stand an dem gleichen Platz wie an dem Tage, als ich ihr den Heiratsantrag machte. Das gleiche, halblange, schwarze Kleid, die rubinene Eidechse. Alles wie damals.

„Jewgenij, ich war schon hier. Das ist die Dame, und auch die Möbel sind dieselben."

„Natürlich waren Sie schon hier."

Die Lutschitzkaja macht eine einladende Bewegung.

„Erlauben Sie mir, daß ich mich erst offiziell vorstelle. Ich heiße Helene Lutschitzkaja, Geburtsjahr — sprechen wir lieber nicht davon. Sie beide sind mir schon seit langem bekannt, doch heute, lieber Jewgenij Borisowitsch, bist du nicht allein bei mir. Du hast natürlich alles getan, damit sie nicht hierher kommt. Erinnerst du dich an unseren Vertrag, den wir an dem Tage abgeschlossen haben, als ich dich beinah aus dem Kanal herausgefischt habe? Man munkelt, daß derjenige, der fast ertrunken wäre, sich später mit dem Wasser sehr gut zurechtgefunden hat. Ich rate Ihnen trotzdem, mein lieber Jewgenij Borisowitsch, sich nicht mit alten heidnischen Beschwörungen zu befassen und eine gewisse Dame, in die Sie sich gern versenken, in Ruhe zu lassen. Sehen Sie, diese elementare Dame kann natürlich ein guter Freund sein, aber auch ein Todfeind. Ein unangenehmes Erlebnis haben Sie doch schon gehabt, in Frankfurt vor einigen Tagen. Sie sind doch Christ, und es steht geschrieben: ‚Du sollst keinen Götzen dienen!' — Übrigens, fühlen Sie sich bitte wie zu Hause, Miss Bloom. Mein Haus ist natürlich nicht ganz alltäglich, aber man kann nicht alles im Leben durch Banalitäten erklären. Möchten Sie mich etwas fragen, Miss Bloom? "

„Ja, Miss Lutschitzkaja, oder vielleicht Mistress? "

„In meinem Fall ist das unwichtig, liebe Mary. In der Lubjanka hat man Jewgenij Borisowitsch für meinen Mann gehalten und deshalb gequält. Er hat's ertragen. Andere Personen, nicht weniger böse und gefährlich, halten ihn für meinen Liebhaber. Das stimmt ebenso wenig wie die erste Version. Wir sind durch einen Vertrag verbunden, und er liebt nicht mich, sondern Sie, Mary. Gerade darüber werden wir uns jetzt unterhalten."

Mary verwandelt sich in eine Salzsäule.

„Sie können nicht russisch, Mary? "

„Ich kann ein wenig lesen und sprechen, aber natürlich nicht alles und immer."

„Ich muß Sie für einige Minuten verlassen und Sie, Jewgenij Borisowitsch, müssen sich um Mary kümmern, zum Beispiel diese Bilder erläutern. Wenn Sie etwas nicht wissen, können Sie ruhig etwas zusammenflunkern. Das merkt niemand. Ich bin in fünf Minuten zurück."

„Jewgenij, wäre es nicht besser, auszukneifen? " flüstert Mary, als wir allein waren. „Angst habe ich auch."

„Von hier, Mary, kann man nirgendwohin fortlaufen,

Heute werden wir viel erfahren. Ich habe gar keine Angst."

„Das wundert mich nicht. Sie haben schließlich Ihr Leben lang mit Teufeln und Hexen zu tun!"

„Ich hoffe, daß die Hexe nicht ich bin!" Die Lutschitzkaja tritt durch die Tür. „Erkennen Sie das, Jewgenij Borisowitsch? "

Sie hält unseren Vertrag in der Hand.

Der erste Paragraph:

„*Hiermit verpflichte ich mich, alle Wünsche desjenigen zu erfüllen, der diesen Vertrag aufgesetzt hat.*"

Und der siebte Paragraph:

„*Dieser Vertrag ist von unbegrenzter Dauer.*"

Eigenhändig unterschrieben:

„*Der Verfasser*" und „*Jewgenij Kreiton*".

Dann das Datum:

„*Berlin, den 11. Dezember 1927.*"

„Ich freue mich, daß du dieses Dokument erkannt hast. Wir haben unseren Vertrag am 11. Dezember 1927 geschlossen, und jetzt haben wir den 11. Dezember 1955. Es sind genau achtundzwanzig Jahre vergangen. Eine sehr lange Frist für dich, Jewgenij, und eine sehr kurze für mich. Du hast nie dein Wort gebrochen, und heute erfüllst du zum letzten Mal das, was du mir damals versprochen hast. Bei dir zu Hause liegen das, was du mir immer bringst, und auch gewisse Dokumente."

„Was für Dokumente? "

„Hast du es schon wieder vergessen? Wie ich weiß, hat dir einer von deinen Freunden aus der Kneipe, und zwar ein gewisser Heinrich, alles Wichtige übergeben, was man in Berlin bei diesem Kunzer erbeutet hat. Ich kann mir sehr wohl vorstellen, daß es sehr gefährlich für jemanden sein wird, wenn diese Dokumente veröffentlicht werden. Dein Freund Heinrich ist nicht nur ein eleganter Mann, der sich nicht ganz zurechtfindet zwischen mein und dein, er ist auch ein sehr guter Mensch und dein wahrer Freund. Er wußte, was er tat, als er dir die Dokumente übergab. Dein Pech besteht darin, daß du nicht weißt, was man damit anfangen kann, und ich sage, der einzige Mensch, bei dem sie für gewisse Subjekte unerreichbar sind, bin ich. Sie bei mir zu finden, wird viel, viel schwieriger sein, als in dem Panzerschrank eines zuverlässigen Rechtsanwaltes."

Erstaunt sehe ich sie an.

„Du kannst sie natürlich trotzdem einem Rechtsanwalt übergeben. Sie gehören ja dir. Ich bezweifle allerdings sehr, daß du für diesen Fall einen Anwalt finden wirst, auf den du dich hundertprozentig verlassen kannst. Ich weiß, du hast gewisse Zweifel mir gegenüber. Ich erkenne sie auch an. Sie sind voll und ganz begründet. Ein Mensch hat immer das Recht, anzuzweifeln, was er nicht ganz versteht. Doch du weißt auch genug über mich. Denk an die Lubjanka und an Berlin, und auch an Böhmen. Mehr brauchst du nicht zu wissen. Nun entscheide dich. Niemand wird es wagen, gegen dich etwas zu unternehmen, solange man nicht weiß, wo sich diese belastenden Papiere über die Klinik des Professor Kunzer befinden, denn diese Klinik existiert immer noch. Allerdings — der Professor ist nicht mehr da."

„Ich bin mit Ihrem Vorschlag einverstanden. Ich habe aber die Dokumente nicht bei mir. Sie sind im Hotel."

„Hier ist ein Telefon. Ruf im Hotel an — du sprichst doch englisch — und sage, daß gleich eine Dame mit einem Brief von dir kommt. Sie, liebe Mary, bitte ich sehr, die Dokumente herzubringen und auch die Prosfora."

„Entschulden Sie, ich verstehe nicht..."

„Ach, Mary, Sie als Amerikanerin kennen das nicht, und ich vergesse das immer. Dieses russische Wort brauchen Sie nicht zu kennen. Das ist so ein kleines rundes Brot, in der Kirche geweiht. Wo liegt es, Jewgenij? "

„Im Nachttischchen, in ein weißes Taschentuch eingewickelt. Ist schon ganz ausgetrocknet."

„Und die Dokumente? "

„Im braunen Lederkoffer, in der kleinen gelben Mappe. Die Aktentasche ist verschlossen, die Schlüssel sind hier."

„Schreib den Zettel für Mary, oder besser, ich werde lieber diktieren." Die Lutschitzkaja zwinkert mit den Augen. „Sonst werden die Italiener im Hotel aus deinem Zettel etwas herauslesen, was gar nicht drinsteht."

In der Tür steht der birnenartige Chauffeur. Marys hohe Absätze verschwinden in dem dicken Teppich.

„Nimm Platz, Jewgenij! Solange Mary nicht da ist, muß ich einiges mit dir besprechen. Erstens, unser Vertrag existiert von dem heutigen Tage an nicht mehr. Ich habe für dich alles getan, was ich konnte, und auch du tatest für mich, was du konntest. Doch jetzt hast du einen Menschen, dem ich dich ruhig anvertrauen kann."

„Ich verstehe nicht."

„Es ist erstaunlich, wie du es fertigbringst, alle Schwierigkeiten zu meistern, wenn du so schwer von Begriff bist. Mary liebt dich, und ich rate dir sehr, sie zu heiraten."

„Aber liebe Frau Lutschitzkaja, wenn Sie auch angeblich ein übernatürliches Wesen sind, so reden Sie trotzdem Unsinn, wie jede Frau. Wie kann Mary mich überhaupt lieben? "

„Das ist kein Unsinn, und ich als Frau fühle das weit besser als du, sonst würden wir uns niemals einer Konkurrenz erwehren können. Ich habe dich noch nie hintergangen, weder im Kleinen, noch im Großen, und da ich jetzt zurücktrete, bleibt nur Mary übrig."

„Ich kann Mary nicht heiraten. In gewisser Hinsicht bin ich wie Nosdrjow bei Gogol eine ‚historische Persönlichkeit'. Mit mir passieren dauernd alle möglichen Historien."

„Diese Sorge kannst du ruhig mir überlassen."

„Gut, wenn Sie es unbedingt wünschen, werde ich Mary einen Heiratsantrag machen, und ich versichere Ihnen, daß Sie sich irren, vielleicht das erste Mal seit unserer Bekanntschaft. Sie wird natürlich mit Pauken und Trompeten ‚nein' sagen."

„Das wird sie bestimmt nicht tun, und ich irre mich durchaus nicht das erste Mal im Leben. Vor sehr langer Zeit habe ich mich so sehr geirrt, wie sich vor mir vielleicht noch niemand geirrt hat. Wenn du Mary keinen Heiratsantrag machst, wirst du vielleicht einen Irrtum begehen, genau so fatal wie der meine. Willst du Tee mit Kuchen? "

Das kam so plötzlich, daß ich mich verschluckte.

Die Lutschitzkaja reckte sich wie eine Katze.

„Bleib hier sitzen. Gleich kommt Mary, und wir werden alle zusammen Tee trinken, und zwar echt chinesischen."

„Ist der Tee auch mystisch? "

„In der letzten Zeit bist du mir viel zu munter!" beschwert sich die Lutschitzkaja.

Ich bin allein. Es kommt mir vor, daß ich wieder der Schüler bin, der die Absicht hatte, in den Kanal zu springen.

„Worüber denkst du nach, Jewgenij? "

Sie ist wieder im Raum, und neben ihr der so bekannte kleine Tisch aus Berlin mit allen möglichen Herrlichkeiten.

„Ja, mein Lieber, aus dem Kanal konnte ich dich retten, nicht aber vor der Ehe."

Mir wird ganz traurig zumute, und ich will zu weinen anfangen.

„Was hast du, Jewgenij? "

„Ich denke an meine Mutter und an die toten Freunde."

Anstelle einer Antwort richtet Helene ihre grünen Augen auf die Tür. Mir scheint, als ob sie weit hinaus blickt, durch die tote Materie hindurch.

„Mary ist gekommen, gleich wird sie hier sein."

Etwas außer Atem steht Mary im Zimmer.

„Da hast du, Jewgenij!"

In meinen Händen sind die gelbe Aktentasche und ein kleiner, leichter Gegenstand, von einem blendendweißen Taschentuch umschlungen. Helene nimmt die Prosfora und bekreuzigt sich mit dem weit ausholenden russischen Kreuz.

„Danke, Jewgenij."

Vorsichtig legt sie die Prosfora auf das Tischchen. „Und jetzt dies da!" Ich schließe die Aktentasche auf.

„Mary, Jewgenij, trinkt Tee und beachtet mich bitte nicht."

Lange und gründlich untersucht sie den Inhalt. Die wunderbaren Torten schmelzen im Munde.

„Fabelhaft sind die Adjutanten der Frau Pietsch!" sagt Helene nachdenklich. Ihr Gesicht ist ernst und konzentriert. „Die Unterlagen sind bestens in Ordnung. Hier hast du die Quittung. Übrigens, eßt nicht zusammen mit den Kuchen die Prosfora weg! Ihr beide habt einen fabelhaften Appetit.

Nicht umsonst haben sich Russen und Amerikaner die Welt aufgeteilt. Jetzt müssen wir Abschied nehmen."

Ich erhebe mich.

„Werde ich Sie noch einmal wiedersehen? "

„Wenn du es unbedingt willst, wirst du mich wiedersehen, doch man muß verstehen zu wollen. Ich trete meinen Platz an Mary ab."

Mary wird rot und schaut zur Tür. Dort steht bereits wie aus dem Boden gewachsen der Chauffeur. Ich küsse Helene die Hand. Sie ist kalt.

„Hast du Angst? "

„Ja, ich habe Angst, aber nicht allzu sehr."

In der Tür drehe ich mich um. Sie steht an dem kleinen Tischchen, das von Mary und mir so verwüstet worden ist, als ob die Hunnen vorbeigezogen wären. Sie steht dunkel und schlank.

So habe ich sie zum ersten Mal gesehen, so sehe ich sie auch zum letzten Male.

Geräuschlos beschleunigt das Auto. Immer noch herrscht souverän der Nebel über der ewigen Stadt.

„Mary? "

„Ja? "

„Wollen Sie meine Frau werden? "

„Ich will sehr, wenn Sie mir versprechen, mich nicht nach russischer Sitte zu prügeln und mit Wodka und Kohl zu füttern. Ihr Russen habt nämlich einen Meter Gedärme mehr im Bauch als wir Amerikaner und könnt alles vertragen."

„Den möchte ich sehen, der Sie verprügeln kann!"

„Jewgenij? "

„Ja? "

„Weißt du, ich habe ein Stück Torte bei dieser Helene gemaust. Jetzt möchte ich nachsehen, ob die Torte wenigstens echt ist. Später werde ich sie im Labor untersuchen lassen."

„Und wenn sie etwas bemerkt hat? "

„Wieso? "

„Was heißt: Wieso? Daß du den Kuchen gemaust hast!"

„Erstens heißt das nicht ich, sondern wir, und zweitens hat sie nichts bemerkt."

Der Buick bleibt an der gleichen Ecke stehen, an der wir eingestiegen sind. Der birnenartige Chauffeur öffnet die Tür. Seine Hand überreicht Mary ein großes Paket.

„Vorsicht!" Der Chauffeur spricht reines Russisch. „Hier sind die restlichen Kuchen."

Das Auto verschwindet im Nebel. Mary und ich wandern Hand in Hand ins Hotel. Dann gehe ich nach Hause. Ich schlafe wie ein Toter. Gegen neun Uhr ein Anruf von Mary.

„Jewgenij, hörst du mich! Ein unglaublicher Skandal und eine Blamage sondergleichen. Komm, Kaffee trinken! Ausserdem steht etwas in der Zeitung, was dich vielleicht interessiert. Ich habe schon gesagt, daß mein Verlobter zu mir kommt."

In Marys Zimmer herrscht ein unwahrscheinliches Chaos. Auf dem Tisch steht die Torte von gestern.

Mary liest in der Zeitung.

Auf der zweiten Seite steht:

„*Rom, den 12. Dezember 1955.*

Trotz des wiederholten Verlangens der Presse und — man kann das ohne Übertreibung sagen — der verzweifelten Proteste und Bitten zu dem Thema, daß unsere Straßen für die schweren, ausländischen Wagen viel zu eng sind, und daher schleunigst etwas unternommen werden muß, um einzelne Stellen breiter zu machen, ist leider bis zum heutigen Tage so gut wie nichts geschehen. Dies artet aber in eine wahre Katastrophe für den Tourismus aus. Die Väter unserer Stadt geruhen jedoch, weiter zu schlafen, einen Schlaf, der dem der an der Via Appia beerdigten Scipionen durchaus würdig ist. Doch da wir die Hoffnung auf ihre Erweckung nicht endgültig fahren lassen, so erlauben wir uns, einen Unglücksfall zu beschreiben, dessen Opfer eine in Rom wohnende Ausländerin wurde.

Ungefähr gegen zwei Uhr nachts wurden zwei Passanten Zeugen, wie eine große, elegant gekleidete Dame Anstalten machte, die Via delle Muratte zu überqueren. Genau in diesem Augenblick tauchte aus dem Nebel ein schwerer, amerikanischer Wagen, ein Buick, auf. Anscheinend bemerkte der Fahrer direkt vor dem Wagen eine Gestalt und wollte ausscheren, doch die Straße ist hier derart eng, daß er beim besten Willen dieses Manöver nicht ausführen konnte. Das Unglück geschah — die Dame war unter den Rädern.

Der Fahrer schaltete sofort den Rückwärtsgang ein und hier — wir müssen es leider vermerken — benahm sich der Fahrer in jeder Beziehung verantwortungslos und sogar verbrecherisch. Ohne sich um die Verletzte zu kümmern, fuhr der Wagen im schnellen Rückwärtsgang zur nächsten Kreuzung. Dort verschwand er im Nebel in Richtung des Piazza del Popolo.

Die Passanten alarmierten den Rettungswagen und die Polizei. Die Verletzte wurde in ein Krankenhaus gebracht, wo die Ärzte lediglich den Tod feststellen konnten. Ursache: Schädelbasisbruch und Bluterguß im Gehirn. Die Verunglückte konnte als eine Touristin deutscher Staatsangehörigkeit namens Ingeborg Stubinger identifiziert werden. Die Tote lebte seit einer Woche in dem Hotel... Bei der eingeleiteten Untersuchung und Befragung der beiden Zeugen von der Polizei stellte sich heraus, daß keiner der beiden die Kennummer des Autos bemerken konnte, was auch wegen des ungemein dichten Nebels nicht weiter verwunderlich ist. Der Beschreibung nach war der Lenker des Wagens ein in einer Livree gekleideter Mann mit einem merkwürdig vollen, blassen, sich nach unten verbreiterndem Gesicht.

Die Polizei hat energische Schritte unternommen, um den Schuldigen ausfindig zu machen, was uns jedoch nicht hindert zu sagen, daß es höchste Zeit ist, etwas für unseren Stadtverkehr zu tun und die verantwortlichen Stadtväter aus ihrem trägen und völlig unangebrachten Schlaf aufzuwecken. Man kann wahrhaftig in unseren unterirdischen Katakomben leichter Auto fahren als in manchen Straßen der Innenstadt."

Ich lege die Zeitung zur Seite. Ingeborg war also auch in Rom, wohl wegen mir. Jetzt aber ist sie nicht mehr da. Ich werde eine Totenmesse für sie lesen lassen.

Mehr kann ich für sie nicht tun.

„Trink den Kaffee, Jewgenij!" sagt Mary ernst. „Und denk nicht mehr an sie. Du bist nicht schuld an ihrem Tod, im Gegenteil, ihr Leben lang wollte sie dich zugrunde richten. Sieh aus dem Fenster, Jewgenij, der Nebel ist zerflossen. Über Rom steht die strahlende Wintersonne. Es ist kalt — aber die Sonne scheint doch! Das ist ein gutes Omen und überhaupt, mir scheint, daß all diese Mystik beendet ist."

„Und was hat begonnen, Mary? "

„Eine komische Frage für einen Frischverlobten! Natürlich die Erotik! Doch mir scheint, daß Mystik und Erotik gar nicht so weit von einander entfernt sind. Und sieh, welche Kuchen uns dieser birnenartige Chauffeur übergeben hat! Genau dieselbe Torte, von der ich ein Stück gemaust habe. Und ein Zettel. Halt dich fest! Da steht von der Hand Helenes:

‚*Welche Schande ist es, bei den Gastgebern zu mausen! Doch da Sie schon ein Stück Torte haben, schicke ich Ihnen auch den Rest nach. Wenn Mohammed nicht zum Berg kommt, muß der Berg eben zu Mohammed gehen.*

Helene ' "

„Mary, ich sehe es schon kommen, wir werden beide zugrunde gehen mit unserer Liebe und mit der Mystik und mit den Torten..."

„Wir werden schon nicht zugrunde gehen! Und jetzt gib mir einen Kuß, und wir wollen alles Gute für die Helene wünschen. Gott findet auch für sie einen Platz, wie er für uns beide einen gefunden hat."

Beide schauen wir auf das winterliche Rom. Dann stürzen wir uns auf die mystische Torte, und ich fühle genau wie Mary, daß sich alles für immer zum Guten gewendet hat.

ANMERKUNGEN

Bischof Antonin, Oberhaupt der sog. „Lebendigen orthodoxen Kirche", die Zusammenarbeit mit der Sowjetmacht anstrebte, wurde von der Sowjetregierung gefördert, die dadurch erhoffte, Zwiespalt in die russisch-orthodoxe Kirche zu bringen und in den kirchlichen Kreisen Fuß zu fassen. Diese Bestrebungen blieben erfolglos.

Stefan Batorius, Fürst von Siebenbürgen, in der 2. Hälfte des 16. Jahrhunderts zum polnischen König gewählt, kämpfte gegen Iwan IV., belagerte ohne Erfolg die russische Stadt Pskow.

Berdjajew, Nikolaj Alexandrowitsch, 1874-1948, namhafter russischer Philosoph, 1922 aus der Sowjetunion ausgewiesen, seitdem im Exil. Seine Philosophie übte starken Einfluß auf das geistige Leben des russischen Exils aus, und neuerdings auch in der Sowjetunion.

Berija, Lawrentij Pawlowitsch, grusinischer Bolschewist, Vertrauter Stalins, seit 1938 Leiter des NKDW (MWD), deren Leiter er wurde nach der Entmachtung und Vernichtung seines Vorgängers Jeschow, reorganisierte die sowjetischen Sicherheitsorgane, seit 1946 Politbüromitglied, versuchte nach dem Tode Stalins, die höchste Macht im Staat an sich zu reißen. Der Versuch mißlang und führte zu seinem Untergang.

Blatnoj, Sammelname für asoziale, kriminelle Elemente in der Sowjetunion

Der blaue Vogel, Schauspiel des belgischen Symbolisten Maurice Maeterlinck

Budjennij, Semjon, sowjetischer Reiterführer aus dem Bürgerkrieg, später Marschall der Sowjetunion

Reich des Choresm, ein moslemischer Staat in Zentralasien, um 1220 von Dschingis-Khan zerstört

Derschawin, Lyriker aus der Zeit Katharinas der Großen

Djelal-Edin, Sohn des Schah Mohammed, Gegner von Dschingis-Khan

Grani, eine Exilzeitschrift in russischer Sprache, in der hauptsächlich jene literarischen Werke abgedruckt werden, die aus politischen Gründen in der Sowjetunion nicht erscheinen.

KGB, Komitee für die Staatssicherheit

Sergej Lifar, berühmter russischer Ballettänzer in Paris

Losskij, Nikolaj Onufrijewitsch, 1870-1965, Philosoph, Befürworter des personalistischen Idealismus, Autor bedeutender Werke

Lubjanka, volkstümlicher Name des Hauptgebäudes der sowjetischen Sicherheitsbehörde in Moskau

MGB, Ministerium für die Staatssicherheit

Mordwinen-ASSR, autonome Mordwinen-Republik in Mittelost-Rußland

MWD, Ministerium für innere Angelegenheiten

Nationale Jünglinge, spöttische Bezeichnung des Nationalen Bundes der Schaffenden der neuen Generation, des späteren NTS.

NTS (russ.), Nationalno Trudowoi Sojus, Organisation russischer Solidaristen

Operativer Bevollmächtigter, Bevollmächtigter des Innenministeriums in Sträflingslagern, zuständig für die politische und allgemeine Sicherheit in den Lagern

Panagia, Bild der Mutter Gottes

Possev, russische antikommunistische Exilzeitung

Prosfora (russ.), geweihtes Brot, wird bei gewissen Anlässen in der Kirche verteilt und darf mit nach Hause genommen werden.

RAP, Russische Agentur für die Presse, eine von Exilrussen geschaffene Organisation zum Zwecke der Information der westlichen Presse aus nichtkommunistischer Sicht

Rörich, bedeutender russischer Maler im Exil

Sejm, polnisches Adelsparlament aus dem Mittelalter, später Name für Parlament

Serbskij Hospital, psychiatrische Heilanstalt in Moskau, in der entschieden wird, ob ein Häftling geistig krank ist oder nicht

Stanislawskij, russischer Schauspieler und Regisseur, Mitbegründer des Moskauer Künstlertheaters

ZU DIESEM BUCH

Orientiert an einigen klassischen Beispielen habe ich mir die Vermessenheit genommen, meine Bücher so zu verfassen, daß die Handlungen der einzelnen Episoden ineinander fließen und somit alle Bücher zusammen ein organisches Ganzes bilden, wie das Leben selbst, denn auch im Leben ist jeder einzelne Vorfall untrennbar mit vielen anderen verbunden, und dies geschieht, ob wir das haben wollen oder nicht, und auch dann, wenn wir eine Episode als etwas in sich Geschlossenes und Abgeschlossenes betrachten.

Die Handlungen der Bücher beginnen mit dem Versuch, die Wurzeln jenes gewaltigen Ereignisses, das wir russische Revolution nennen, zu entblößen, und pflanzen sich fort bis zu unserer Zeit, in der die russische Revolution bereits Welttragödie geworden ist.

Ich bemühe mich, die ungeheuerliche Vielfalt der russischen Revolution erschöpfend und im Rahmen des mir Möglichen lückenlos zu schildern. Der Grundgedanke meiner Bücher verfolgt aber das Ziel, jene Schicksale zu Papier zu bringen, die mir persönlich oder den Personen bekannt geworden sind, die mit oder gegen meinen Willen in mein Blickfeld hineingeraten sind. Ich schildere die Ereignisse aus der Perspektive der nichtmateriellen Welt, deren Widerspiegelung aber die Geschehnisse der materiellen Welt sind.

Mein nächster Roman „Wladimirschina" schildert die Anfänge der Revolution und knüpft in seinem zweiten Abschnitt unmittelbar an die „Gespenster in Frankfurt" an.

Zum Teil geht es in meinen Büchern um dieselben Personen, beziehungsweise um dieselben Familien, die aktiv am Leben dieser Epoche wirkten und selbst von den Ereignissen geprägt wurden. Durch diese Art zu schreiben werden nicht nur die Zeitperioden der einzelnen Romane, sondern durch die Verbindung zu den anderen Büchern Zeitspannen von mehreren Generationen erfaßt.

Ich bin mir bewußt, daß ich in der Beschreibung der Ereignisse, deren Wurzeln sich in der Welt des Unverweslichen befinden, kläglich versagen mußte, denn die menschliche Sprache ist dazu bestimmt, das Leben in den Grenzen der Zeit, des Raumes und der Kausalität zu schildern. Alles, was diesen natürlichen Rahmen sprengt, sprengt auch den sprachlichen Rahmen und ist dementsprechend nur unzulänglich und durch Symbolik dürftig anzudeuten, was wiederum durch die menschlichen Sinne bedingt ist.

Ich nehme es niemandem übel, wenn er mich für einen überspannten Geisterseher hält oder gar des billigen Spekulierens mit dem Mystischen beschuldigt, doch für mich ist das Niedergeschriebene absolut real. In meinen eigenen Augen wäre ich ein Lügner, wenn ich eine andere literarische Form gewählt hätte.

Jurij A. Treguboff

Frankfurt, den 19. September 1974